BELLADONNA

ADALYN GRACE

BELLADONNA

O gosto da morte

V. I da duologia
Belladonna

Tradução
Lavínia Fávero

PLATA FORMA 21

TÍTULO ORIGINAL *Belladonna*

Plataforma21 é o selo jovem da VR Editora

DIREÇÃO EDITORIAL Marco Garcia
COORDENAÇÃO EDITORIAL Thaíse Costa Macêdo
PRODUÇÃO EDITORIAL Camile Mendrot | Ab Aeterno
ASSISTÊNCIA EDITORIAL Luany Molissani | Ab Aeterno
PREPARAÇÃO Natasha Ribeiro | Ab Aeterno
EDIÇÃO DE TEXTO Tatiane Ivo e Leandra Pinzegher | Ab Aeterno
REVISÃO Lívia Pupo e Samuel Frison | Ab Aeterno
CAPA © 2022 by Hachette Book Group, Inc.
ARTE DE CAPA © 2022 by Elena Masci
DESIGN DE CAPA Jenny Kimura
ADAPTAÇÃO DE PROJETO GRÁFICO Priscila Wu | Ab Aeterno
DIAGRAMAÇÃO André Cavalcante Gimenez | Ab Aeterno e Pamella Destefi
FECHAMENTO Ana Clara Suzano | Ab Aeterno

Dados Internacionais de Catalogação na Publicação (CIP)
(Câmara Brasileira do Livro, SP, Brasil)

Grace, Adalyn
Belladonna: o gosto da morte / Adalyn Grace; tradução
Lavínia Fávero. – 1. ed. – Cotia, SP: Plataforma21, 2022. –
(Belladonna; 1)

Título original: Belladonna
ISBN 978-65-88343-41-8

1. Ficção juvenil I. Título II. Série.

22-134578 CDD-028.5

Índices para catálogo sistemático:
1. Ficção: Literatura juvenil 028.5
Aline Graziele Benitez – Bibliotecária – CRB-1/3129

VR EDITORA S.A.
Via das Magnólias, 327 – Sala 01 | Jardim Colibri
CEP 06713-270 | Cotia | SP
Tel.| Fax: (+55 11) 4702-9148
plataforma21.com.br | plataforma21@vreditoras.com.br

Existe uma casa no bosque
que tem uma mesa arturiana
e uma tábua de frios sem fim.
Esta história é para aqueles
com quem me sentei a essa mesa
e fizeram a escrita parecer
algo mágico.

PRÓLOGO

Tudo começou com um choro de bebê.

Suando em seu vestido, de um carmim vivo como sangue, Signa Farrow era o bebê de dois meses mais deslumbrante da festa, e sua mãe pretendia provar isso.

– Olhem só para ela – elogiou a mãe, levantando a agitada recém-nascida para todos poderem admirar. – Não é a criatura mais perfeita que vocês já viram?

Rima Farrow rodopiava, radiante, em meio aos convidados, mostrando sua bebê. Estava coberta de joias elegantes, presentes do marido arquiteto. O vestido longo de seda era do mais escuro tom de azul-cobalto e farfalhava sobre uma saia de armação tão volumosa que nenhuma das pessoas presentes no evento tinha a ousadia de usar uma maior.

A família Farrow era uma das mais ricas do local: aqueles que compareceram à festa queriam sentir o gostinho da riqueza deles, nem que fosse apenas de uma fração. E, sendo assim, estampavam os sorrisos que sabiam que Rima ansiava por ver e paparicavam a criança que ela levava no colo com enorme afeição.

– Ela é linda – disse uma mulher que ficou olhando para Rima e não para a bebê, abanando a pele grudenta com um leque, em protesto contra o calor do verão.

– Perfeita – disse outra, sem mencionar, intencionalmente, o narizinho encurvado de Signa e seu pescoço enrugado.

– Será igualzinha à mãe, tenho certeza. Irá devorar o coração dos pretendentes desavisados logo, logo.

O comentário foi feito por um homem que ignorou o quanto os olhos profundos de Signa o perturbavam – um era de um azul invernal, o outro, de ouro derretido. Ambos, alertas demais para uma recém-nascida.

Signa não parava de chorar – estava vermelha de tanta agitação, a pele suada. Todos que a viram acharam que isso era típico – os verões em Fiore eram um cobertor quente e úmido. Dentro ou fora de casa, os corpos das pessoas brilhavam de suor, cobrindo a pele feito um véu. Por causa disso, ninguém esperava pelo que a bebê já sabia: a Morte havia conseguido entrar na Quinta da Dedaleira. Signa era capaz de sentir a presença de seu emissário, o Ceifador, como alguém que poderia sentir a presença de uma mosca que chegou perto demais. A Morte era uma vibração em seu corpo, alertando os cabelos finos de seu pescoço. A presença do Ceifador acalmou Signa, que foi embalada pelo arrepio que brotava com a proximidade dele.

Só que ninguém mais sentiu o mesmo alento, porque a Morte só vinha quando era chamada. E, naquela noite, fora chamada à Quinta da Dedaleira, onde o veneno tingia cada gota de vinho.

Primeiro, veio a tosse. Ataques de tosse tomaram conta da festa, mas os convidados tossiam tapando a boca com suas belas luvas brancas e pediam desculpas, achando que a causa daquilo era algo que haviam comido. Rima foi uma das primeiras a ter esses sintomas. Um suor gelado pinicava suas têmporas, e ela passou a bebê para a criada mais próxima, porque começou a respirar com dificuldade.

– Desculpem – disse, com a mão na garganta, pressionando os dedos no suor que se acumulou nas reentrâncias de suas clavículas.

Tossiu de novo e, quando tirou a mão dos lábios, suas luvas de cetim estavam manchadas de sangue, da mesma cor do vestido da bebê.

A Morte ficou parada diante dela nesse momento, e a criança ficou observando o Ceifador colocar a mão no ombro de Rima. Com um último suspiro, o corpo da mulher caiu no chão.

A Morte não parou em Rima. Varreu o palacete grandioso, arrebanhando as pobres almas das pessoas, cujos rostos ficaram roxos, porque seu peito se fechava e a respiração não cooperava. A Morte levou dançarinos e músicos, roubando seu sopro de vida com um único e gelado toque.

Algumas pessoas tentaram chegar até a porta, achando que devia ser alguma coisa no ar. Achando que, se conseguissem chegar aos jardins, seriam poupados. Uma por uma, caíram feito estrelas, e apenas os poucos sortudos, que ainda não haviam provado do vinho, conseguiram escapar.

A criada mal conseguiu levar Signa para o quarto da bebê antes de cair também, os lábios sangrando rubis, enquanto a Morte diminuía as batidas de seu coração e colocava seu corpo no chão.

Mesmo recém-nascida, Signa nunca se abalou com o fedor da morte. Em vez de ficar agitada com o pânico que a cercava, a bebê se concentrou apenas no que ninguém mais conseguia ver – o brilho azulado dos espíritos translúcidos que tomavam conta da mansão enquanto a Morte os ceifava de seus corpos. Alguns foram tranquilamente, segurando a mão do companheiro enquanto esperavam o emissário que os levaria para o além-túmulo. Outros tentavam, com unhas e dentes, voltar para o corpo ou fugir de um Ceifador que não os perseguia.

Em meio a tudo isso, uma Rima morta e cintilante ficou parada, em silêncio, no quarto de Signa, observando, de cenho franzido e olhar vazio, a Morte passar pela porta. Os passos do Ceifador não fizeram ruído ao se aproximar da bebê, e sua forma não passava de sombras, que não paravam de se movimentar. Mas a Morte não precisava ser vista – devia ser *sentida*. Era um peso no peito ou um colarinho abotoado apertado demais. Uma queda em águas gélidas e letais.

A Morte era sufocante, era um gelo.

E, mesmo assim, quando ela foi buscar Signa, que estava satisfeita, com a barriga cheia do leite envenenado da mãe, a bebê bocejou e se encolheu para não ser tocada pelas sombras da Morte.

Ela caiu para trás, e suas sombras se afastaram. Tentou levar Signa mais uma vez, mas, ao tocar naquela criança tão nova, não viu os lampejos da vida que ela tivera. Em vez disso, viu algo que jamais havia visto: relances do seu futuro.

Um futuro brilhante e impossível.

O toque da Morte não era capaz de matar aquela bebê, e o Ceifador ficou rodeando a criança, confuso e fascinado, em igual medida, pelo que havia visto.

Rima queria ficar – queria esperar a filha, para irem juntas –, mas a Morte deu um passo para trás e estendeu a mão. Para surpresa da própria Rima, ela se aproximou e segurou a mão da Morte.

– Não é a hora dela, mas é a sua. Venha comigo – declarou a Morte.

Eram tantas as almas que precisavam ser levadas que o Ceifador não podia mais se demorar. Só que a Morte voltaria. Encontraria aquela criança novamente.

De mãos dadas com a Morte, o espírito de Rima lançou um último olhar para a filha, que os dois deixaram para trás, sozinha naquela casa, apenas com cadáveres para lhe fazer companhia. Rezou para que alguém encontrasse Signa logo e para que essa pessoa a protegesse.

A noite havia começado com um choro de bebê e, com um choro, ela também terminou. Só que, desta vez, não havia ninguém para ouvi-lo.

UM

Dizem que bastam cinco frutinhos de beladona para matar alguém.

Apenas cinco frutinhos doces, comidos direto do pé. Ou, como Signa Farrow preferia, amassados e diluídos em uma caneca de chá.

As sobrancelhas escuras estavam molhadas de suor quando ela se debruçou sobre a caneca de cobre fumegante, inalando os vapores. Certamente, engolir os frutinhos direto teria sido mais fácil, mas ela ainda estava aprendendo o efeito que a beladona tinha em seu corpo, e a última coisa que queria era que tia Magda a encontrasse desmaiada no jardim, com a língua roxa.

De novo, não, pelo menos.

Fazia semanas desde a última vez que Signa vira o Ceifador. Apenas um último suspiro seria capaz de atraí-lo para fora de seu esconderijo, e ele nunca ia embora de mãos vazias. Pelo menos, era para ser assim. Só que Signa Farrow é uma garota incapaz de morrer.

A primeira lembrança que Signa tinha de ter visto o Ceifador foi quando tinha cinco anos e caiu da escada da casa da avó. Ela quebrou o pescoço, que ficou todo torto, e observou o Ceifador de lado, caída no chão frio. Compreendeu, vagamente, que seu corpo de menina não fora feito para suportar tais coisas e se perguntou se ele havia chegado para levá-la. Mas o Ceifador não disse nada, ficou olhando os ossos de Signa se encaixarem de novo, e desapareceu quando a garotinha se recuperou de uma queda que deveria tê-la matado.

Passaram-se mais cinco anos até Signa rever a Morte. Ela ficou observando, junto ao leito da avó, a Morte pegar na mão da mulher e soltar o espírito do corpo. A avó estava doente há meses, sorriu e deu um beijo na testa de Signa antes de permitir que a Morte a levasse para um além-túmulo sereno.

Signa implorou para a Morte voltar. Para trazer a avó de volta, segurando a mão do cadáver e chorando até não sobrar mais nada dentro de si. Ninguém mais conseguia ver o Ceifador nem os espíritos que ele levava, e a menina achava que isso poderia ter acontecido por culpa dela. Poderia ser culpada porque era a garota capaz de enxergar a Morte.

Não lembrava por quanto tempo ficou naquela casa, até que alguém sentiu o cheiro do cadáver, entrou e a encontrou, com o cabelo sujo, roupas imundas, encolhida ao lado da cama da avó. Tiraram a menina da casa e a entregaram para o primeiro dos muitos tutores que ainda estavam por vir.

Signa passou os próximos vários anos testando suas insólitas habilidades. Começou furando o dedo em um espinho, observando o sangue borbulhar e desaparecer, como se a pele jamais tivesse sido machucada. A partir daí, as experiências mudaram – pulava de rochedos altos o suficiente para quebrar seus ossos durante a queda. Signa acabou se dando conta de que sentiria apenas um estalo, como algo se partindo, e aí ficaria bem a ponto de poder passear pelo precipício, minutos depois.

Mas os frutinhos de beladona jamais foram pensados como um experimento, eram só uma coisa que ela havia colhido no jardim malcuidado da tia, quando chegou, vários meses antes, achando que eram mirtilos silvestres. Não fazia ideia de que eram venenosos, até que caiu em cima das ervas daninhas, com a visão mareada. A Morte fez sua aparição na ocasião, ficou olhando de trás do tronco torto de um carvalho. E, apesar de Signa não ter se recuperado rápido o suficiente para conseguir falar com ela, ficou muito distraída com tia Magda, que a encontrou no jardim, com as mãos cheias de frutinhos da letal dama-da-noite e a boca manchada de roxo. A mulher quase teve um ataque do coração quando a sobrinha se levantou de repente, o veneno fora eliminado do seu corpo em questão de minutos.

Signa aprendeu algo naquele dia: como atrair a Morte, fazendo-a sair das sombras. E, com essa informação, recusou-se a permitir que o Ceifador se escondesse dela por um instante a mais que fosse.

Signa levou o chá aos lábios, e só foi a língua roçar no vapor quente que a caneca de cobre foi derrubada de suas mãos. A garota quase caiu do banquinho de madeira bambo em que estava empoleirada com o estrondo que a caneca fez ao bater no chão, derramando o chá violeta no piso gasto de pedra cinza da cozinha.

Signa se virou para trás e deu de cara com tia Magda, fazendo careta. Essa era uma expressão frequente na tia. Mas, se alguém olhasse com mais atenção, veria que seu fino lábio inferior e suas mãos enrugadas tremiam na presença da sobrinha. Notaria as pupilas dilatadas e um leve brilho de suor na testa enrugada da mulher.

– Você acha que não sei o que está aprontando, filha do demônio? – Tia Magda pegou a caneca do chão. Cheirou, olhou dentro dela e fez careta para os frutinhos amassados. – Sua menina imunda, praticando obra do demônio!

Tia Magda atirou a caneca em Signa, que foi para trás, mas não conseguiu evitar de levar um tapa no ombro. Ainda havia líquido suficiente na caneca para queimá-la e para o sumo roxo dos frutinhos manchar seu casaco cinza preferido.

– Eu avisei o que iria acontecer se você fizesse essas bruxarias dentro de minha casa.

Signa ignorou a ardência na pele e olhou feio para a tia, bem nos olhos.

– Era um chá – falou com uma voz tão firme que qualquer um que não a conhecesse tão bem poderia acreditar que havia dito a verdade. Mas, infelizmente, tia Magda a conhecia bem, sim. Acreditava que era uma mulher tão inteligente e beata que jamais seria enganada por uma "bruxa".

Não que Signa acreditasse mesmo que era bruxa, claro. Mas tinha, sim, amor pela botânica e não era raro perceber que gostaria de saber alguns feitiços, em certas ocasiões. Não seria maravilhoso ter um feitiço para tirar o pó daquele pardieiro, ou ter algo para comer além do pão velho e da sopa qualquer que conseguia fazer com os ingredientes escassos que tia Magda deixava para ela?

– Vá fazer suas malas – disparou a tia, bem na hora em que uma corrente de ar de outono passou assoviando por uma fresta da janela da cozinha.

Magda fechou mais o casaco para proteger o corpo frágil. A pele estava ficando acinzentada e, de vez em quando, o peito chiava com uma tosse úmida e incessante. Houve um momento em que Signa não viu mais a tia, mas enxergou as sombras e ficou esperando para ver se a Morte viria buscar Magda, como temia desde que a tosse começara, na semana anterior.

– Você vai dormir no galpão do jardim hoje à noite!

A tia falou de um jeito tão frio que as entranhas de Signa murcharam, e quando se deu por conta, desejou nunca ter tido o azar de morar com aquela mulher horrível. Pena que tinha tão poucas alternativas.

Por causa da herança que iria receber quando completasse 21 anos e da pensão que seus cuidadores recebiam dessa herança, a jovem já fora disputada por potenciais tutores. A avó ganhou a primeira guerra, não por ganância, mas por amor. Quando ela morreu, despacharam Signa para a casa do irmão da mãe – um banqueiro jovem e saudável, que possuía uma bela mansão e uma vida amorosa frutífera. Só que não era raro esse tio deixar a menina sozinha. Mas, apesar disso, Signa não desprezava os anos que passou com ele. Até tinha uma amiga para lhe fazer companhia em suas travessuras pelo bosque e em missões de espionagem na vizinhança: Charlotte Killinger.

No fim das contas, contudo, a vida amorosa do tio se revelou frutífera *demais* – aos 30 anos, morreu de uma doença que contraiu de uma de suas muitas parceiras. Signa ficou torcendo para ir morar com a família de Charlotte depois disso, mas descobriu que a mãe da amiga havia morrido da mesma doença. O escândalo foi, com efeito, o fim da amizade das duas meninas e, desde então, Signa não recebera sequer uma carta de Charlotte.

Ela tinha 12 anos quando as fofocas começaram. E pioraram quando seu terceiro tutor morreu em um trágico acidente de carruagem, indo buscá-la, e o quarto se afogou na própria banheira depois de tomar um sedativo e álcool em demasia. *A criança é amaldiçoada pela Morte,* diziam alguns. *A mais perversa das bruxas, cria do próprio demônio. Aonde ela vai, o Ceifador vai atrás.* Signa nunca disse uma palavra para dissuadir essas pessoas porque não tinha certeza de que estavam enganadas.

Fingia que não conseguia ver os espíritos pelos quais passava nas ruas ou até os que moravam na mesma casa que ela, na esperança de que, se não interagisse com eles, um dia, quem sabe, desapareceriam por completo. Infelizmente, ignorar espíritos não é assim tão fácil. Às vezes, Signa achava que sabiam que estava se escondendo deles e se comportavam ainda pior, ficavam gritando pela casa ou assombrando espelhos, sempre tentando pegá-la desprevenida para assustá-la com suas estripulias.

Felizmente, nenhum espírito morava na casa de Magda, só que isso não melhorou muito a situação de Signa. Tia Magda era do tipo que se perdia pelos antros de jogatina por dias a fio e sempre voltava de bolso vazio. Não se preocupava com tolices do tipo manter a cozinha abastecida ou garantir que Signa conseguisse respirar direito naquele pardieiro empoeirado que a tia chamava de casa, e só se importava com o dinheiro que ganhava por dar um teto para a jovem morar.

A garota entendia o medo que a tia tinha dela – esperava esse medo, até –, mas isso tornava sua vida um inferno. A poucos meses de completar 20 anos, logo poderia tomar posse da herança e, finalmente, ter sua própria casa. Uma casa cheia de luz e calor e, o mais importante de tudo, de gente. Desfilaria pela casa em um belo vestido, atraindo os olhares de uma dúzia de belos pretendentes, que declarariam seu amor por ela. E nunca mais ficaria sozinha.

Mas, para tomar posse desse futuro, precisava confrontar a Morte. Naquela mesma noite, de preferência, antes que o Ceifador levasse mais um de seus tutores e a desgraçasse ainda mais.

– Faça as malas, mocinha – exigiu tia Magda, novamente, com as mãos ossudas tremendo. – Não vou permitir sua presença em minha casa esta noite!

Signa só parou para pegar a caneca do chão, examinou o mais novo amassado no cobre e saiu correndo da cozinha. A escadaria de madeira bamba rangeu quando ela subiu, tentando pensar apenas que o chão rangia como se se sentisse ofendido pelo peso de seus passos e pela sujeira que cobria a casa inteira, das tábuas do chão ao teto inclinado. Signa tentou pensar na aranha-tecelã-orbital que vivia em uma teia perfeitamente preservada em um canto do teto, fora do alcance, mas sempre à vista. Em qualquer coisa para tirar aqueles pensamentos sombrios da cabeça – de que havia algo de terrivelmente errado com ela, que era um monstro e que tudo e todos ficariam bem melhores se fosse uma garota normal.

Magda acreditava que Signa levava o demônio dentro da própria alma, e talvez isso fosse verdade. Talvez o demônio estivesse aninhado confortavelmente dentro da garota, e era por isso que morrer, para ela, era impossível. Apesar de tudo, essa noção não mudava em nada o que sabia que precisava fazer.

A tosse de tia Magda sacudiu a casa, e Signa se apressou. Em seu quarto minúsculo, no sótão, arrastou o baú até a porta para impedir a entrada da mulher, e voltou na ponta dos pés, até o meio do quarto. Levantou as saias, sentou-se no chão, tirou o casaco e pegou os frutinhos de beladona do bolso. Colocou-os diante de si. Em seguida, pegou uma faca de cozinha enferrujada em outro bolso e enrolou o cabo manchado nas dobras das saias, para conseguir pegá-la com facilidade. Pegou cinco frutinhos e, apesar de não saber dizer o porquê, alisou as tranças castanho-escuras e arrumou a gola, garantindo que estaria apresentável antes de permitir que a doçura dos frutos explodisse em sua língua.

O veneno começou no peito, parecia que alguém o havia aberto com um ferro em brasa e estava comprimindo seus pulmões. A pele era uma torneira que vazava, grossas gotas de suor escorriam de seus poros. Signa arfou quando a bile queimou sua garganta, e fechou os olhos para afugentar as sombras que apareceram em bando e projetavam estranhas alucinações.

Pouco tempo depois, os efeitos da beladona já estavam passando – era uma dose que deveria ter matado, só que Signa se recuperaria em questão de minutos. No entanto, ela precisava se manter naquele momento o máximo possível, porque era isso que estava buscando – aquela era sua oportunidade de ir atrás do Ceifador e detê-lo de uma vez por todas.

Por fim, um gelo tomou conta de suas veias. Era uma presença conhecida, que a queimava por dentro e exigia ser reconhecida. Signa abriu os olhos, e a Morte estava diante dela.

Observando.

Esperando.

Sua presença era inebriante e conhecida, e Signa foi, como sempre, pega de surpresa – sombras que se contorciam e projetavam os contornos vagos de um ser humano. Tão escuros e desprovidos de luz que era doloroso olhar. E, apesar disso, só conseguia olhar para ele. Só conseguia fazer isso, o tempo todo. Era atraída pelo Ceifador como a mariposa é atraída pela chama. E, pelo jeito, o Ceifador também era atraído por ela.

A Morte não estava mais esperando de longe, mas se debruçava sobre Signa, como um abutre faria com sua presa, e sombras serpenteavam à sua volta. A garota olhou para cima, para dentro daquele abismo de escuridão sem fim e, por mais que seus olhos ardessem, recusou-se a desviar o olhar.

– Gostaria que você não ficasse me invocando toda vez que der vontade. – A voz não era a que Signa esperava. Não era gelada nem rouca, mas era o som da água em um bosque, que escorria por sua pele e a convidava para dar um mergulho tarde da noite. – Sou um homem ocupado, sabia?

Signa ficou imóvel, sem ar. Por mais de 19 anos esperava ouvir a voz da Morte e eram essas suas primeiras palavras? Segurou o cabo da faca, fez careta e falou:

– Se a sua intenção é acabar com a minha vida, está na hora de dizer por quê.

A Morte foi para trás e, com o movimento, o calor entrou, fazendo os dedos entorpecidos de Signa formigarem. Ela não havia percebido que estava com frio.

– Você acha que é isso que estou fazendo, Signa? – O tom de descrença na voz do Ceifador espelhava a descrença que a própria Signa sentia. – Acabando com sua vida?

Havia algo de preocupante nessas palavras. Algo muito íntimo, que fez a pele da garota se arrepiar.

– Não diga meu nome – falou. – Na boca da Morte, mais parece uma maldição.

O Ceifador deu risada. O som foi grave e melodioso e fez as sombras dele se contorcerem.

– Seu nome não é maldição coisa nenhuma, Passarinha. Eu apenas gosto de sentir o sabor dele.

Eram estranhas, as coisas que a risada do Ceifador causava em Signa. Por mais que tivesse passado anos escolhendo as palavras que empregaria naquele momento, percebeu que, agora, haviam sumido. E, mesmo que tivesse palavras, qual o sentido? Não podia se deixar levar por palavras curiosas – até porque as ações do Ceifador quase acabaram com a vida de Signa, roubando cada um de seus amigos, tutores e casas que ela já teve na vida. E, sendo assim, não se permitiu pensar mais – estava na hora de aproveitar a oportunidade e ver se a Morte tinha alguma fraqueza.

Com as mãos trêmulas, apertou mais ainda o cabo da faca, lutando contra o peso que sentia nos braços, reunindo todas as suas forças. E, então, o apunhalou bem no peito.

DOIS

A faca deslizou, atravessando as sombras, e Signa soltou um palavrão.

A Morte olhou para o próprio peito, e as sombras se inclinaram, parecia que o Ceifador havia inclinado a cabeça.

– Ora, ora. Você é uma coisinha curiosa mesmo. Certamente não pensou que algo tão trivial funcionaria comigo.

Os lábios do Ceifador se retorceram achando graça, e Signa puxou a faca do peito dele. Esperava que a arma causasse *alguma coisa*. Que fosse detê-lo ou deixar bem claro que estava falando sério quando pediu para que ficasse longe dela. Signa queria que a Morte pensasse que era perigosa. Que era alguém com quem não deveria mexer. Só que, em vez disso, a Morte estava *rindo*.

E, por causa do riso, Signa não se deu conta das batidas persistentes na porta do quarto. Só parou quando ouviu o baú deslizando pelo chão de madeira, fazendo um ruído estridente, e os gritos de tia Magda, que entrou no quarto, branca como um lençol, e com aquele olhar de medo do demônio. A mulher não perdeu tempo e agarrou Signa pelos cabelos, com as mãos trêmulas, e a levantou do chão. Então, dirigiu o olhar para a janela, como se pretendesse atirar a sobrinha por lá.

Ao lado de tia Magda, a Morte se eriçou, roubando o ar do recinto. Um gelo ardeu na pele de Signa enquanto tentava se desvencilhar da tia. E, apesar de saber que deveria pedir para o Ceifador parar, não o fez. Os olhos da tia arderam de ódio, e quando a mulher pôs a mão em seu pescoço, a garota cerrou os dentes, segurou a tia pelos ombros e a fez perder o equilíbrio.

No instante em que a pele de Signa encostou na de tia Magda, foi como se um incêndio ardesse em suas veias. A mulher caiu para trás, com uma cara perplexa, a respiração rasa e acelerada. A cor se esvaiu de sua pele, como se o fato de Signa ter encostado nela tivesse sugado tudo. Tia Magda tropeçou em um canto do baú e foi cambaleando para trás, dando um grito silencioso, enquanto seus pulmões se esvaziavam.

Caiu no chão com uma pancada seca, calando-se, talvez, pela primeira vez na vida.

Quando Signa compreendeu o que havia acontecido, era tarde demais para ajudar tia Magda, que fitava o teto com um olhar vidrado e vazio. A Morte pairava acima dela, debruçada sobre seu corpo, examinando-o.

– Bem, está aí um bom jeito de fazê-la calar a boca – disse, com um tom leve e zombeteiro, como se tudo aquilo fosse uma piada.

Signa, então, parou de respirar aos poucos e começou a engolir o ar, em pânico.

– O que foi que você fez?

Só aí é que a Morte se endireitou, reconhecendo o pânico da garota.

– O que foi que eu fiz? Receio que você esteja enganada, Passarinha. – O Ceifador falava com a mesma cadência lenta que alguém poderia empregar para ensinar algo a uma criança. – Respire fundo e preste atenção. Não temos muito tempo...

Signa não ouviu nada disso. Quando olhou para as próprias mãos, estavam com o mais claro dos tons de azul, translúcidas como as de uma assombração. Colocou-as para trás, com um gemido baixo.

– Fique longe de mim! – suplicou. – Por favor, apenas fique longe!

Quando a Morte respondeu, foi com um tom levemente irritado. Uma pincelada de escuridão espreitando no bosque.

– Até parece que já não tentei.

Então, deu as costas para a garota, e Signa só pôde ficar olhando, enquanto a Morte enfiava a mão no cadáver da tia e arrancava o espírito do corpo.

Esse espírito deu uma olhada para Signa, depois para a Morte, e seus olhos se arregalaram, compreendendo a situação. *Sua bruxa podre.*

Parecia que o chão estava se desfazendo sob os pés de Signa. Seus pensamentos já se encolhiam, seu campo de visão se estreitava quando olhou para as próprias mãos trêmulas. Mãos que a haviam traído. Mãos que ceifaram uma vida.

– O que foi que eu fiz? – sussurrou, encolhendo-se. *O que foi que eu fiz, o que foi que eu fiz, o que foi que eu fiz?* E, em seguida, com um pavor crescente, perguntou:

– O que eu *faço*?

– Primeiro, respire fundo. – Sabe-se lá como, os nervos de Signa se acalmaram ao ouvir a voz da Morte e não de Magda, que estava sentada, fitando o corpo translúcido da sobrinha, em estado de choque. – Posso lhe garantir que eu não esperava que isso...

– E eu lá ligo para as suas garantias? Foi por sua causa que isso aconteceu! – Signa não sabia se ria ou se chorava, e o som que escapou de seus lábios foi uma mistura dos dois.

As sombras da Morte triplicaram de tamanho, e a escuridão tomou conta do quarto.

– *Você me* invocou. Não fiz nada além de atender ao chamado. Não sou seu inimigo.

Disso, pelo menos, a garota conseguiu dar risada.

– Não é meu inimigo? Você é uma nuvem perpétua em minha existência. Por sua causa passei a vida em lugares como este, com gente como *ela*, cercada de espíritos! É por sua causa que sou infeliz. E olhe só o que você fez agora. – Signa pousou o olhar no cadáver diante dela e escondeu o rosto nas mãos translúcidas, porque lágrimas começaram a arder em seus olhos. – Você me desgraçou. Agora, nunca ninguém irá querer se casar comigo!

– Casar? – A Morte olhou para a garota, incrédula. – É por isso que você está chorando?

Signa chorou ainda mais, as palavras não ajudaram em nada para acalmar o redemoinho de seus pensamentos.

Se estivesse olhando, teria visto que as sombras da Morte esmoreceram. Teria visto que o Ceifador tentou encostar nela, mas mudou de ideia antes que ela pudesse rejeitá-lo. Teria visto que as sombras dele taparam a boca de Magda, silenciando a mulher antes que ela pudesse dizer mais uma palavra cruel.

– Nunca tive a intenção de que isso acontecesse. – O tom do Ceifador parecia sincero. – Nosso tempo é limitado, e sei que posso dizer qualquer coisa agora, que você não irá ouvir. Mas não sou seu inimigo. Dentro de dois dias, irei lhe provar isso. Prometa que, até lá, vai esperar aqui.

Signa não prometeu nada, só que não tinha muito para onde ir. Mesmo assim, só ergueu os olhos quando a Morte foi embora, e o calor voltou a se alastrar pelo quarto, trazendo a sensibilidade de volta aos seus dedos dormentes das mãos e dos pés, e a vida voltou a tingir sua pele. Os efeitos da beladona haviam passado, deixando uma dor de cabeça latejante e o espírito colérico da tia como únicos vestígios da visita da Morte.

A garota olhou mais uma vez para Magda, com os olhos rasos d'água, e a tia fez careta.

– Sempre soube que você tinha o demônio na alma.

Sem discutir, Signa se deitou no chão, de novo, para remoer sua própria infelicidade.

Ficou diante da porta torta da casa de Magda, sua tia morta, naquela mesma noite, abraçando o próprio corpo enquanto esperava o legista terminar seu trabalho.

Ele fez tudo com pressa – não porque estivesse incomodado com o cadáver, mas porque tinha medo de Signa, com seu cabelo tão preto como a asa de um corvo e seus olhos de cores diferentes, e da multidão de vizinhos que ficaram observando de longe, com olhares sugestivos.

– Você nunca pediu para que isso acontecesse – sussurrou Signa, com seus botões, preparando-se para enfrentar os curiosos ansiosos. – Pode ter *pensado*, mas pensar e fazer são duas coisas diferentes. Você é boa. Os outros poderiam aprender a gostar de você. Isso é culpa dele.

Culpa dele, culpa dele, culpa dele, esse era o novo mantra da garota.

Agora, Signa odiava a Morte ainda mais do que antes. Odiava aquilo que o Ceifador, de certo modo, a fizera se tornar. Só que... não poderia dizer que estava triste com o fato de tia Magda ter ido dessa para uma melhor.

Ou, pelo menos, quase ter ido dessa para uma melhor.

– Você vai permitir que eles me levem? – resmungou o espírito de tia Magda, brava mesmo depois de morta. – Você me deve essa, garota! Vai permitir que me enfiem dentro de um saco desse jeito? Faça alguma coisa, sua bruxinha, sei que consegue me ver!

– Infelizmente, também consigo ouvir – resmungou Signa, e se deu conta de que falara em voz alta quando o homem, que colocava o corpo ensacado da tia na traseira de uma carruagem preta, deu-lhe uma piscadela surpresa. Sem saber direito o que fazer, a garota ficou olhando para ele e para o espírito flutuante da tia, até que o homem ficou incomodado e pediu licença, balbuciando "meus pêsames" e "entrarei em contato".

O tempo todo os vizinhos seguravam suas cruzes, bem apertadas, perto do pescoço, cochichando, falando que sempre souberam que aquela garota tinha algo de estranho. Falando, para quem quisesse ouvir, que Signa era uma semente do mal, e que Magda não deveria ter convidado o demônio para entrar em sua casa. Entre eles, havia até um espírito de túnica branca larga, que ficava fazendo o sinal da cruz sem parar, fitando Signa com olhos vazios e encovados.

A garota se segurou para não fazer careta. Não tinha importância o fato de que a fofoca dos vizinhos a incomodava. Não tinha importância o fato de que daria tudo para ter uma única pessoa com quem pudesse desabafar – porque os vizinhos não estavam errados de terem medo dela. Havia usado os poderes do Ceifador.

Só precisava descobrir como isso havia acontecido. Sua pele ficou arrepiada quando foi se afastando e voltando para a casa de Magda, torcendo para que nem os vizinhos, nem a tia distraída – que estava ocupada fazendo escândalo por causa do próprio corpo, enquanto a carruagem do legista sumia rua afora – viessem atrás dela, saiu de fininho e entrou no jardim.

O termo "jardim", neste caso, foi usado no sentido metafórico. Ao longo dos anos, o terreno se enfeitou por conta própria, com ervas daninhas e flores do mato, das quais Magda reclamava com frequência e que Signa passava horas arrancando o melhor que podia, sem ter nem mesmo uma pá ou uma tesoura. Se havia alguma coisa na casa de Magda da qual sentiria falta, seria o jardim. Ela ficou debaixo de um salgueiro, afastando a ramagem que precisava ser podada para o lado, para conseguir se encostar no tronco da árvore. Mas não estava sozinha.

Debaixo das folhas, coberto de terra e gravetos, havia um passarinho que acabara de sair do ovo. Era tão recém-chegado ao mundo que os olhos ainda estavam fechados, a pele era rosa e desnuda, sem uma única pena.

Signa se abaixou para examinar a pobre criatura, encoberta de terra e de formigas famintas, que tinham toda a intenção de devorá-la viva. Os insetos tomaram conta do passarinho, implacáveis em sua missão. Não pôde deixar de se compadecer da criatura: era igual a ela – fora expulsa do ninho e esperavam que se virasse sozinha. Só que o passarinho não era tão capaz quanto Signa, porque não podia enganar a morte. Seria um ato de compaixão dar uma morte rápida ao bichinho, para acabar com seu sofrimento.

Só que a morte de Magda fora um acidente. Se Signa ceifasse outra vida, dessa vez, de propósito, o que isso faria dela, então?

Não queria refletir sobre o assunto, mas sabia que precisava responder à pergunta antes de ficar cara a cara com mais alguém a quem poderia fazer mal.

Temerosa, tirou as luvas e passou a ponta de um dos dedos na coluna do passarinho, tirando um pouco das formigas e da sujeira que havia se acumulado nele. Segurou a respiração, esperando para ver se a morte viria. Curiosamente, o passarinho continuou se contorcendo no chão, com o coração batendo.

Apertou o dedo na ave mais uma vez, por mais tempo. Quando tirou a mão, a criatura ainda estava respirando.

Signa se encostou no tronco do salgueiro, com os olhos cheios de lágrimas de alívio. Encostar no pobre pássaro não o matou. Seu toque não era *letal*. A menos que... a menos que tivesse algo a mais.

Lembrou-se dos frutinhos de beladona que tinha no bolso e, com a mão trêmula, pegou cinco deles. Certificou-se de que a ramagem a esconderia, caso alguém passasse, enfiou os frutinhos na boca e deixou que explodissem em sua língua. Os sintomas vieram rápido – a náusea, a visão turva e, então, bem na frente dela, a Morte em pessoa se apresentou, mais uma vez. Apesar de Signa saber que o Ceifador viria, recusou-se a reconhecer sua presença, feliz por ele ficar esperando de longe. Esticou a mão de novo, passou o dedo na coluna da ave e, dessa vez, o coração do passarinho parou de bater, e a pobre criatura ficou imóvel, dando um último suspiro de alívio.

Signa tirou a mão do pássaro e a levou ao próprio peito. Não havia como negar, com um único toque, era capaz de causar a morte. Só que, pelo jeito, essa morte só viria quando o Ceifador estivesse em sua presença. Só quando Signa estivesse naquele espaço estranho, oscilando entre a vida e a morte.

A garota tinha tantas perguntas e, apesar disso, não lançou um olhar sequer para a Morte, se obrigou a levantar do chão, deixando o passarinho morto na terra para que as formigas se apossassem dele, e foi cambaleando até a casa.

Estava feliz porque, pelo menos, o passarinho não sentiria mais dor. Feliz com o fato de, caso fosse mesmo um monstro, pelo menos era capaz de ter atos de compaixão.

TRÊS

Uma lustrosa carruagem de marfim chegou dois dias depois.

O latido dos cães do vizinho assinalou sua chegada, e Signa sentiu um aperto no peito ao olhar pela janela da cozinha e ver a comoção. Vivia praticamente no jardim desde a morte da tia, despedindo-se das plantas e esperando os dias passarem, ignorando o espírito que assolava a casa. Tia Magda era atroz mesmo depois de morta, sacudia as cortinas e berrava suas frustrações, sempre dizendo que Signa era uma praga, ou bisbilhotando a vida dos vizinhos.

A garota recebera uma carta no dia anterior – uma carta com um selo de cera vermelho, assinado por um tal de Sr. Elijah Hawthorne, convidando-a para se hospedar em sua residência, a Quinta dos Espinhos. A localidade deveria ter sido batizada assim em uma alusão ao significado do sobrenome da família, *Crataegus oxyacantha*, também conhecido como espinheiro-branco. Foi com certa surpresa que Signa reconheceu o nome, que correspondia ao do marido da neta de Magda, Lillian. Já ouvira Magda reclamar da jovem, contando histórias da mulher da alta sociedade, rica, que havia cortado a pensão de Magda sem nem mesmo avisá-la.

Signa havia passado o dia todo, até o raiar do sol da manhã seguinte, fitando a carta, sem conseguir se convencer de que não era fruto de sua imaginação. Não queria pensar em como a Morte deveria ter conseguido aquilo e, apesar de estar decidida a não aceitar o convite, não era boba. Mudar-se para a Quinta dos Espinhos era sua melhor opção. Não tinha muita escolha a não ser deixar o chá de lado, segurar a carta de Elijah bem apertada e correr para fora.

A carruagem não diminuiu a velocidade quando passou, sacolejando por cima dos cipós grossos e do limo úmido que brotava entre os paralelepípedos frouxos. Os dois cavalos que a puxavam tinham pelagem negra, molhada de suor, as narinas gotejavam de cansaço, mas seus corpos eram saudáveis e bem musculosos. Signa não pôde deixar de pensar nos próprios pulsos ossudos e nas próprias pernas raquíticas e ficar com uma certa inveja daqueles cavalos, cuja alimentação, com certeza, era superior à dela. Os enormes corcéis bufaram quando pararam em sua frente, e um cocheiro idoso desceu. Era um homem magro, fino feito um trilho de trem, alto e de pele clara.

– Bom dia, senhorita. – Ele a cumprimentou, tirando a cartola, e abriu a porta da carruagem. – Suponho que seja a moça que me mandaram buscar.

– Acredito que sim.

Signa tremia feito um beija-flor. Alguém havia mesmo chegado para buscá-la. Para arrancá-la dali e levá-la para uma família de um nível mais alto na hierarquia social, nela poderia usar belos vestidos e bebericar chá com outras mulheres, e ter a vida pela qual ansiava.

Parecia bom demais para ser verdade: ela não parava de olhar para as sombras, esperando a Morte aparecer, rindo e falando que era tudo uma pegadinha.

– Tenho ordens de levá-la sem demora – disse o cocheiro. – A viagem que nos aguarda é um tanto longa. A senhorita tem alguma bagagem?

– Apenas um baú, senhor. Está lá dentro. Posso ir buscar...

O cocheiro sacudiu a mão, interrompendo as palavras de Signa com um sorriso tão ousado que chegava a ser alarmante. A garota não conseguia lembrar a última vez que vira um sorriso tão franco.

– Bobagem, senhorita. É um prazer.

Desacostumada a tamanha educação, a garota conseguiu apenas balançar a cabeça, o homem se dirigiu à casa, e Signa ficou em dúvida se deveria ficar ali parada ou entrar na carruagem.

Não precisou esperar muito pela resposta. Um tossido vindo de dentro do veículo assinalou que o cocheiro não viera sozinho. Um rapaz bem mais novo do que ela imaginava – de vinte e poucos anos, no máximo – surgiu de dentro da carruagem. Estava bem-vestido, de casaca e botas de couro, no mais escuro tom de preto. Era alto feito um salgueiro e corpulento feito um carvalho, com um cabelo volumoso, preto-fuligem, enrolado atrás das orelhas. A pele era bronzeada de sol e havia um sopro de sardas salpicadas debaixo dos olhos, que fizeram Signa pensar em fumaça – um cinza-claro e ralo, formando uma auréola de carvão escuro em volta de cada íris. Ele também tinha uma pequena cicatriz diagonal na curva da sobrancelha esquerda.

Olha só os detalhes dourados dessa carruagem! É claro que Lillian, minha neta, sentiu necessidade de ostentar sua fortuna. Até parece que essa moça maldita um dia pensou em me ajudar. É uma coisinha boba e horrível, igual a você. As palavras de Magda exalavam amargura, e ela ficou rondando o garoto. Mas, pela primeira vez, Signa nem ligou.

A garota conhecia duas regras a respeito dos espíritos: a primeira era que Magda só seria capaz de assombrar no terreno onde morreu, e a segunda era que, se seu corpo fosse queimado, o espírito seria arrancado da Terra à força.

Foi a primeira dessas regras que tranquilizou Signa, porque isso significava que ela nunca mais teria que ver a odiada tia novamente.

– É um prazer conhecê-lo, senhor. Espero que a viagem tenha sido agradável.

A jovem pigarreou e reuniu toda a sua cortesia. Até tentou fazer uma reverência, com seu pesado vestido de tecido barato imitando veludo, e o véu preto de penas que pinicavam e, ao que parecia, era o único traje que usava ultimamente.

O rapaz não retribuiu a formalidade dela. Lançou um olhar severo para a varanda murcha e para o jardim malcuidado, que estava atravancado e cheio de gente a ponto de não ser possível andar sem pisar nas ervas daninhas que tomavam conta dele.

– Eu me chamo Sylas Thorly e vim até aqui a mando do Sr. Elijah Hawthorne para acompanhar a senhorita Farrow até a residência dele, a Quinta dos Espinhos. – A voz do rapaz tinha o ronco grave da tempestade que se aproxima. – Presumo que seja você.

O sobrenome dele despertou o interesse de Signa, que respondeu:

– Sou eu, sim.

– Que ótimo – falou Sylas, com um sotaque arrastado, demonstrando mais interesse em alisar as luvas de couro escuro que cabiam em suas mãos feito uma segunda pele do que em Signa.

– Vamos entrar na carruagem. Como disse Albert, temos uma viagem e tanto pela frente.

– Se precisa descansar, posso fazer um chá...

Sylas ajeitou o lenço amarrado no pescoço e praticamente a ignorou.

– Prefiro não me demorar nesse pardieiro nem por um segundo além do necessário.

Signa cerrou os dentes, mas insistiu:

– E os cavalos? Precisam de água?

Sylas ergueu a cabeça para o céu e espremeu os olhos. Deu um longo suspiro, e Signa ficou com a sensação de que o rapaz estava procurando nas nuvens a paciência que perdera, mas não conseguia encontrar.

– Que gentileza. Mas os cavalos me informaram que também preferem não se demorar, por medo de pegar uma doença. Entre logo, Srta. Farrow.

Sylas se aproximou da carruagem e estendeu a mão enluvada para ajudá-la a entrar.

A carruagem era pequena, e Signa precisou apertar o corpo tenso contra a lateral do veículo, para não bater sem querer nos joelhos de Sylas, que estavam bem afastados e refestelados, naquele espaço tão diminuto. Um instante depois – quando o baú de viagem da garota foi carregado, e Albert já havia subido na boleia – ouviu-se o estalar das rédeas, e os cavalos partiram.

Os olhos enfumaçados de Sylas cruzaram com os de Signa por breves instantes e, então, o rapaz pegou um jornal e o abriu em cima do colo. Sem saber direito o que deveria fazer, a garota procurou por outro exemplar ou alguma outra coisa para ler, mas não encontrou nada.

– Então você não é da família Hawthorne? – perguntou Signa, sentindo a necessidade de dizer *alguma coisa* por estar na companhia de alguém.

Pelo que aprendera em um livro que a mãe deixara para ela, o *Guia de beleza e etiqueta para damas,* era escandaloso uma mulher solteira ficar a sós com qualquer homem que fosse. E, apesar disso, dada a carruagem requintada e tudo o que ouvira falar, não havia dúvidas de que a família Hawthorne era rica e fazia parte da alta sociedade e, por conseguinte, era deveras respeitável. Talvez, quem sabe, o livro de Signa estivesse desatualizado.

– O Sr. Hawthorne não pôde vir pessoalmente me buscar? Nem Lillian?

Sylas soltou um leve suspiro e esticou as pernas compridas como pôde. Era alto demais para aquele espaço e tinha que ficar sentado meio corcunda, feito um corvo empoleirado em cima de uma tora.

– Lillian morreu, e Blythe, a filha do Sr. Hawthorne, está doente. Sendo assim, não, não puderam vir.

Ela ficou tensa. A Morte, pelo jeito, chegara antes dela à Quinta dos Espinhos.

– Lamento que não haja mais ninguém para assistir à sua partida – resmungou Sylas, parecendo tão constrangido quanto Signa no quesito puxar conversa.

– Não foi nada, estou bem acostumada a cuidar de mim mesma.

Além do mais, a única pessoa que poderia estar presente para se despedir dela era tia Magda, que Signa preferia nunca mais ver. Todos os espíritos que andam na face da Terra são ligados ao mundo por alguma espécie de emoção intensa, como raiva ou tristeza. A garota já vira mulheres chorando, olhando pelas janelas, e espíritos discutindo, presos em um ciclo de raiva sem fim. Signa se acostumara aos hábitos deles e desenvolvera a habilidade de evitá-los, porque os espíritos frequentam os mesmos lugares até que, uma hora ou outra, decidem abandonar este mundo. Em todos os seus anos de vida, a garota só teve conhecimento de dois espíritos que abandonaram o mundo. A maioria – como a enfurecida tia Magda, que estava batendo na porta da carruagem e gritando *Não ouse me deixar aqui, sua bruxa! Não ouse simplesmente me deixar aqui!* – era capaz de passar anos vagando sobre a Terra, alimentando-se de suas emoções mais angustiantes.

Mas eles foram embora, percorrendo ruas de paralelepípedos, sentindo o cheiro de canela e maçã levado pelo vento de outono. Signa suspirou de contentamento assim que se afastaram a ponto de Magda não conseguir mais segui-los, ouvindo o ocasional farfalhar das páginas do jornal sendo viradas por Sylas.

– Você me parece aliviada por ter ido embora – comentou o rapaz, depois de alguns instantes, sem tirar os olhos do jornal.

A garota resmungou, sem pensar, de tão verdadeiras que as palavras eram:

– Qualquer lugar é melhor do que esse.

Então, encostou a cabeça no vidro e se acomodou.

Signa nem percebeu que os dedos de Sylas ficaram imóveis, segurando o jornal. Não viu o olhar sombrio que perpassou o rosto do rapaz, nem que ele cerrou os dentes e se afundou na leitura.

Se tivesse percebido, quem sabe, teria pensado duas vezes e ficado em dúvida em relação à Quinta dos Espinhos e a tudo o que estava à sua espera.

QUATRO

Signa não contava com o fato de precisarem tomar um trem para chegar à Quinta dos Espinhos. Assim que sentiu cheiro de fumaça no ar, fechou as janelas da carruagem, pensando que apenas passariam pelo meio de transporte. Mas, quando a carruagem desacelerou, Sylas colocou um pequeno bilhete amarelo na mão dela. A garota jamais havia andado de trem, mas lera nos jornais sobre a velocidade deles – a nova maneira de viajar, um luxo moderno. O rapaz foi obrigado a pigarrear para que a garota se recompusesse e saísse da carruagem. No instante em que o salto das botas encostou no chão, Signa foi engolida por outro mundo.

A estação era um prédio enorme de ardósia cinza, decorada com um mostrador de relógio tão grande que só poderia ser descrito como imponente. Quando deu as horas, o som mais parecia um gongo reverberando pela estação.

Lá dentro, o chão desgastado pelo tempo era amarelado. Moscas voejavam aos montes nas lixeiras que transbordavam, e o cheiro característico de almíscar, de pessoas demais correndo, pairava no ar. Também havia um espírito presente. Um homem de sobretudo preto com buracos de esgarçado na barra, sentado em um banco, observando os passantes com um ar solene. Signa desviou o olhar, esquivando-se dele.

Por mais suja que a estação estivesse, tinha algo de grandioso. Nela, circulavam homens de negócios em trajes sociais, levando as bengalas mais luxuosas, e mulheres de chapéus amarrados com fitas embaixo do queixo e vestidos leves de algodão, todos apressados com seus compromissos. Alguns se sentavam nos bancos instalados em cada uma das plataformas, passando os olhos no jornal ou baforando charutos. Outros corriam apressados pela estação, grudados em seus pertences, olhando para o relógio gigante que governava a todos.

Um cavalheiro mais velho de peito estufado acompanhava uma mulher sorridente que não conseguia parar de olhar para o anel que tinha no dedo. Pela força do hábito de passar tantos dias sozinha, Signa completou a história dos dois em pensamento, imaginando que eram recém-casados e estavam embarcando em sua lua de mel. Visualizou todos os belos vestidos que deveriam estar no baú de viagem da mulher, feitos dos mais leves tecidos, para que ela conseguisse sentir o ar salgado na pele quando fosse para o litoral com o amado. Um desejo se assomou dentro de Signa, tão ardente que a garota se obrigou a virar de costas para o casal. Qual seria a sensação de ser uma mulher como aquela? De ser levada para o outro lado do país por um belo homem, para o qual ela não conseguia parar de sorrir, boba de tanta felicidade?

Ao lado de Signa, Sylas murmurou algo entre dentes. A garota balançou a cabeça e fingiu prestar atenção, perdida em seu devaneio e naquele mar de pessoas – nunca havia visto tanta gente na vida. Mal conseguia desviar de todos ao atravessar a estação com Sylas, guiada por um jovem e atencioso funcionário da estação, que dera uma olhada no bilhete e se ofereceu para carregar o baú de Signa, que era grande e pesado, mas Sylas não se ofereceu para ajudar o garoto. Na verdade, continuou calado e impassível, parecia fazer questão de não olhar para o funcionário.

– A senhorita terá a cabine inteira só para si. – A voz do funcionário estava ofegante por causa do esforço que fazia para carregar o peso da bagagem. – É a melhor do trem.

Signa nunca havia passeado por um lugar tão movimentado, e tudo o que encontrava lhe parecia vasto e grandioso. Tinha a sensação de que se perderia para sempre se virasse na direção errada. Apesar de Sylas ficar eternamente com cara de quem havia engolido uma tortinha estragada, a garota ficou feliz pelo rapaz estar ali com ela, na eventualidade de se perder.

– O senhor viaja muito? – perguntou.

A resposta veio do funcionário que estava ao seu lado.

– Não muito, senhorita. Eu adoraria, se pudesse fazer isso enquanto trabalho, mas eles sempre me mantêm ocupado.

A garota, então, se virou na direção de onde Sylas estava da última vez que o vira, mas se deparou com sua ausência. Respirou fundo e ficou procurando por ele na multidão, até que o avistou – lá, bem adiante, entrando no trem.

Foi atacada por um instante de pânico e se virou para o funcionário, já colocando as mãos debaixo do baú que ele carregava.

– Pronto, pode me dar – disse. – Eu carrego.

O funcionário se encolheu, mas agarrou o baú com mais força e falou:

– Não tem problema, senhorita. Este baú é pesado demais para uma dama...

Receando que não tivesse tempo para discutir, Signa arrancou o baú dos braços dele. De fato, estava extraordinariamente pesado, era feito de mogno maciço e fechado com cadeados de ferro. Certamente, não fora feito para ser carregado por uma mulher de salto alto e traje de luto, mas Signa daria um jeito. A pressão que sentiu nos pulmões – a preocupação de se separar da única pessoa que sabia para onde ela ia e que poderia ajudá-la, caso se perdesse – era bem pior do que o peso extra.

– Muito obrigada pela atenção. Consigo levar daqui – foi tudo o que Signa disse para o funcionário.

E, então, saiu correndo atrás de Sylas, tentando dar passos largos, apesar de estar com as costas arqueando e os braços tremendo.

Várias pessoas se ofereceram para ajudá-la, mas o condutor já estava gritando, fazendo a última chamada para o embarque, e Signa só conseguia se concentrar em chegar com seus pertences onde precisava estar e não se separar daquele demônio que se chamava Sylas Thorly. Quando conseguiu chegar ao trem, sua pele brilhava de suor e sua respiração estava tão ofegante que ninguém a olhava nos olhos.

Apesar de estar sobrecarregada pelo peso da bagagem, Signa teve que tirar um instante para admirar a beleza do trem. Era mais bonito do que esperava, com corrimãos de ferro preto e firmes mesas de madeira, com bancos de couro vermelho dos dois lados. O bilhete que tinha em mãos indicava uma cabine privativa, onde Sylas a esperava, esparramado em um refinado assento de veludo, com as botas em cima do assento da frente, também grená. Lançou um olhar para Signa e torceu o nariz.

– Meu Deus. Eu não fazia ideia de que as mulheres podiam suar tão copiosamente.

Se fosse mesmo bruxa, poderia ter fervido Sylas vivo.

– Eu não estaria suando se o *senhor* não tivesse resolvido sair correndo na frente.

Ao ouvir isso, Sylas deu uma tossida debochada. Um som asqueroso e repulsivo.

– Eu deveria ter adivinhado que a senhorita não estava prestando atenção ao que eu disse. Se não tivesse se permitido cair em distração, teria ouvido quando falei que iria na frente para me certificar de que nossa cabine estava em ordem.

Signa mordeu a língua. Agora que Sylas a lembrara, *sim*, recordava de o rapaz ter dito algo e que, sim, ela *havia* balançado a cabeça. Mas, apesar disso, Sylas deveria ter falado mais alto.

A garota optou por não responder e se ocupou em guardar a bagagem no compartimento em cima dos bancos. Como o baú estava pesado, seus braços tremeram quando tentou erguê-lo acima da cabeça. Estava feliz por ter uma desculpa para ficar de costas para Sylas, mas não conseguiu completar a manobra. Seus músculos arderam e, depois de vários minutos de esforço, tentando ignorar a dor, acabaram deixando Signa a ver navios.

Ela foi cambaleando para trás, momentaneamente convencida de que logo faria outra visita à Morte, depois de ser esmagada pelo baú de viagem. Mas, antes que desse tempo de Signa se espatifar, Sylas levantou e a segurou por trás. A garota ficou corada da cabeça aos pés quando sentiu o peito do rapaz pressionando suas costas. Nunca havia ficado tão perto de um homem.

Sylas, ao que parece, não ficou tão surpreso quanto Signa. Enquanto a garota ainda estava concentrada na firmeza do peito dele, o rapaz foi para o lado, pegou o baú e o colocou no compartimento.

– Por que resolveu carregar algo tão pesado? – perguntou. – Se eu não estivesse aqui, esse baú poderia ter caído na sua cara. E o que teria feito, então?

– Suponho que teria ficado sem cara – respondeu ela, indignada. – E, repito: eu não precisaria ter carregado esse baú se não tivesse que correr para alcançá-lo. Fiquei com medo de você me abandonar.

Sylas se atirou no assento dando uma risada debochada e esticando as pernas de um jeito insuportável.

– Você deveria ter me avisado que anda devagar assim. Se eu soubesse, poderia ter pensado em carregá-la no colo.

Ela se sentou diante de Sylas, perguntando-se se a personalidade insuportável dele era uma espécie de teste para sua paciência.

Mantendo os joelhos bem juntos para não bater nos do rapaz, deu um sorriso amarelo para seu acompanhante e perguntou:

– O senhor se importaria de se sentar um pouquinho mais reto, Sr. Thorly?

Sylas examinou a própria postura.

– Por acaso estou sentado de um jeito estranho?

Meu bom Deus, ela precisaria de forças para lidar com aquele homem. Com a ponta da bota cinzenta, Signa bateu em um dos joelhos dele, depois no outro – estavam muito afastados.

– O senhor está sentado como se fosse a única pessoa nesta cabine. Ele piscou lentamente e, apesar de Signa saber que Sylas havia entendido, o rapaz não se endireitou nem pediu desculpas. Apenas deu risada e fechou os olhos, como se pretendesse tirar um cochilo.

– Você, certamente, é avançada.

Signa se esforçou ao máximo para ter boas maneiras. Mas, havia algo de exasperante naquele homem. Algo em sua indiferença e no fato de ficar olhando para ela constantemente – como se já tivesse formado opinião a respeito de Signa, e a considerasse um estorvo – faziam essas boas maneiras claudicarem, e palavras ríspidas escaparem de sua boca. Ela mal conseguiu se conter quando olhou para o próprio vestido e o subiu até os joelhos, abrindo espaço para que se afastassem, como os de Sylas.

– Ao que parece, minhas boas maneiras são tão impecáveis quanto as suas. Eu esperava que alguém da sua posição fosse mais bem-educado.

– E que posição seria essa, Srta. Farrow?

– A posição de estar acompanhando uma dama.

– Que dama? – Ele entreabriu os olhos, examinando a postura improvável dela e o vestido levantado, e então os fechou de novo. – Pode me avisar quando encontrarmos uma, que a acompanharei de bom grado.

Ignore-o, Signa tentou se convencer, obrigando seus lábios a darem um sorriso capaz de fulminar alguém. *Você precisa ser uma dama. Alinhada, elegante e recatada,* pensou.

Ela cruzou as mãos e baixou o vestido.

Fingindo calma, inspecionou a cabine. Ao lado de Sylas, havia um carrinho repleto de doces e bolos. Caramelos de sal marinho, uma caixa de pãezinhos doces, dos quais pingava uma calda grossa e castanhas douradas, tortinhas minúsculas que derramavam geleia de ameixa e muito mais. A garota estava tão distraída comendo com os olhos que quase pulou quando Sylas sussurrou:

– Por acaso estaria interessada em um lenço, Srta. Farrow? Creio que há um pouco de baba em seus lábios.

Signa fez tudo que estava ao seu alcance para não lançar um olhar de desprezo para o rapaz, então indagou:

– Esses doces são para nós?

Sylas olhou para o carrinho, mas seu olhar não se acendeu. Seus lábios não expressaram deleite, e seu estômago não roncou de fome.

– Devem ter vindo com a cabine.

Foi tudo o que disse. Curto. Grosso. Como se não houvesse um banquete de doces diante dos dois. Signa se deu conta de que estava pensando que, talvez, aquele homem não fosse humano.

O *Guia de beleza e etiqueta para damas* dizia que há regras importantes a serem observadas quando se come na frente dos outros. Existem certos garfos que devem ser usados e uma ordem específica para comer as coisas. Só que Signa ansiava tanto por aquelas gostosuras que seu estômago protestou contra sua resistência. Bem alto.

Ela ficou petrificada e esperou, horrorizada, até se certificar de que Sylas não havia ouvido. A sorte, contudo, não ficava do seu lado com frequência.

O acompanhante ergueu uma das sobrancelhas finas, inclinou o corpo para a frente e segurou a mão de Signa. Apesar de estar com as duas mãos enluvadas, a garota ficou com o corpo tenso quando o rapaz colocou um lenço na palma de sua mão.

E, quando ele falou, foi com um tom de falsa timidez:

– A senhorita parece estar sofrendo.

Ela fechou a mão, amassando o lenço, considerando um milhão de coisas que poderia dizer, nenhuma delas apropriada ou educada. E, acabou falando:

– Comi bastante no café da manhã. Seria falta de educação me empanturrar.

O sorriso de Sylas era uma foice. Uma coisa surpreendente, certeira e cortante. Que durou poucos instantes.

– Seria ofensivo desperdiçar tanta comida, Srta. Farrow. Principalmente porque foi comprada para a senhorita. Demonstre que tem algum respeito pelo Sr. Hawthorne e coma.

Talvez Sylas não fosse a pior das pessoas, afinal de contas. Signa não precisou ouvir duas vezes e foi logo puxando o carrinho. Pegou imediatamente uma tortinha de creme bem amarelo e morangos, com cobertura brilhante polvilhada com açúcar de confeiteiro. Como não havia pratos nem talheres, tirou as luvas, colocou-as na lateral do corpo e comeu com os dedos.

– O senhor, então, fará essa grosseria com o Sr. Hawthorne?

Ela desafiou Sylas entre uma mordida e outra, fazendo de tudo para não gemer, porque a tortinha estava deliciosa. Fazia séculos que Signa não comia algo tão avassaladoramente doce. Acabou com ela em um minuto, e foi logo pegando um pãozinho doce.

Sylas piscou para os doces, como se jamais tivesse lhe ocorrido comer um deles. Ficou observando o carrinho, examinando cada uma das delícias até que escolheu um bolinho minúsculo, com cobertura de geleia de laranja. Enquanto comia, sua postura ficou menos severa e seu cenho franzido, menos sinistro. No instante em que terminou de comer o bolinho, lançou um olhar para o carrinho, querendo outro.

– Conte-me sobre o seu trabalho com a família Hawthorne – falou Signa, enquanto ele escolhia uma tortinha de frutas. Pareceu-lhe um assunto bem simples, nada de muito pessoal ou incisivo. Mesmo assim, Sylas pensou bem antes de responder.

– Eu trabalhava com a mulher dele, mas ficaria surpreso se Elijah soubesse que eu existo.

– Ele mandou vir me acompanhar – insistiu Signa, segurando-se para não lamber os dedos. – Certamente, sabe quem o senhor é.

Sylas deu o que, talvez, fosse a maior mordida que Signa já vira alguém dar na vida, e falou:

– Foi alguém da criadagem que me mandou. A filha do Sr. Hawthorne está morrendo da mesma doença que ceifou a vida da esposa. O homem não está em condições mentais de saber o nome de ninguém nesse exato momento.

A garota ficou feliz por estar com um caramelo na boca – era a desculpa perfeita para não ter que falar – e ficou imaginando como seria seu futuro na Quinta dos Espinhos. Talvez, aquela viagem não passasse de uma armadilha cruel. Talvez, chegasse lá e descobrisse que a Morte já havia se apossado de todos. Talvez, esse fosse o próximo movimento do Ceifador, em uma partida elaborada de xadrez, e Signa estivesse presa no papel de peão. Ou... o Ceifador estivesse mesmo tentando provar que não havia mentido para ela.

– Agora é minha vez de fazer uma pergunta – disse Sylas. – A senhorita sabe no que está se metendo indo morar na Quinta dos Espinhos?

Signa sabia muito pouco a respeito do local. E, apesar da pergunta ser inquietante, não mudou sua resposta.

– Não faz diferença. Não tenho para onde ir.

Sylas se virou para a janela e, lá fora, as ruas pavimentadas ao longe deram lugar a um mar reluzente. *Será que a Quinta dos Espinhos ficava perto do mar? Ou, quem sabe, de um bosque, ou de nada a não ser colinas a perder de vista?*, pensou Signa.

– Lillian ficaria feliz com sua chegada – comentou Sylas, um tempo depois. – Era uma pessoa incapaz de se recusar a abrigar uma órfã.

Órfã. Signa odiava essa palavra – odiava o fato de ser, para a maioria das pessoas, um termo que definia ela e sua situação tão completamente.

– E o local, em si? – perguntou, querendo mudar logo de assunto. – Existe faz muito tempo?

– A Quinta dos Espinhos é um lindo lugar. Ouvi dizer que está na família há muitas gerações.

Signa tentou não fazer careta enquanto devorava mais uma tortinha. Lugares antigos, provavelmente, deviam estar repletos de espíritos, os mesmos que ela estava tentando evitar.

– E o Sr. Hawthorne é um homem de negócios? – indagou, para não se demorar em seus pensamentos. – Ele trabalha em um banco?

Ficou surpresa quando Sylas esboçou um sorriso.

– Banco? Não. A família Hawthorne é dona do clube de cavalheiros mais famoso do país. Seus membros são duques e condes. Príncipes, até, de acordo com o que ouvi falar. Apenas as pessoas mais ricas e influentes. E é isso que o torna um homem ocupado.

Ao ouvir a explicação, Signa torceu o nariz. A ideia de existir um clube apenas para cavalheiros ricos lhe parecia ridícula.

– E eles têm um clube para mulheres também?

Rugas de confusão se formaram na testa de Sylas.

– Para mulheres? É claro que não.

– Então têm um para todo tipo de gente?

Mais rugas.

– Também não.

– Que pena. – Nessa hora, Signa apoiou a cabeça na janela. – Se fosse mais inclusiva, a família Hawthorne teria o dobro da riqueza. – As palavras saíram com facilidade, porque ela se sentia à vontade naquela cabine, apesar de Sylas. Ele era grosseiro, certamente, mas não cruel. E, ao longo da última hora, o humor taciturno do rapaz havia melhorado consideravelmente.

– É nisso que o senhor trabalha também, Sr. Thorly? No clube?

Ele desviou o olhar para o carrinho, examinando o que havia sobrado.

– Não, eu trabalhava no jardim, mas ele foi fechado depois que a Sra. Hawthorne morreu. Desde então, tenho cuidado dos cavalos.

Signa olhou para as botas de Sylas – de um couro requintado demais e gasto de menos para alguém que passava a vida dentro de um estábulo. O couro das luvas do rapaz também parecia novo, assim como a casaca, com seus botões de prata polida e suas minúsculas abotoaduras de rubi. Só que não parecia haver motivo para o rapaz mentir e, apesar disso, Signa tinha dificuldade de acreditar que o Sr. Hawthorne enviaria um cavalariço para buscá-la. Por ora, não fez nenhum comentário, decidiu que era melhor não estragar o clima.

– Por que fecharam o jardim?

Signa pegou outro caramelo do carrinho e se recostou no assento de veludo. Apesar da empolgação fazer seu sangue ferver, o açúcar a estava deixando cansada, e seus olhos iriam se fechar a qualquer instante, caso olhasse para o mar.

– Porque era nele que a Sra. Hawthorne passava boa parte do dia. Está enterrada lá, debaixo das flores.

A fala átona de Sylas tinha um quê de tranquilizante. Nenhum tom de surpresa. Nenhuma emoção. Só um marulhar constante, e Signa percebeu que estava relaxando com essa voz.

– Ela teve uma morte agradável?

Essa pergunta ficou pairando, estranha, nos lábios de Signa e, na mesma hora, a garota quis retirar o que disse. *Agradável,* eis um termo que poucas pessoas associariam à morte. Mas, Sylas, felizmente, entendeu o que ela estava perguntando.

– Suponho que já tenha visto uma flor murchar, Srta. Farrow. Ver Lillian morrer foi igual. A Sra. Hawthorne era como uma bela flor, adorada por todos que a conheciam. Até a doença a amava tanto que mal lhe deu trégua. Queria Lillian só para ela e, por isso, roubou sua vida, de uma hora para outra.

– E que doença foi essa?

Sylas franziu o cenho e respondeu:

– Foi algo tão misterioso que os médicos nem chegaram a dar um nome. Um dia, Lillian estava bem, saudável e, no outro, vomitava sangue. Poucos dias depois, perdeu a capacidade de falar. A boca ficou toda cheia de pústulas por causa da doença. E, pouco depois, ela perdeu a língua.

Signa se virou para a janela novamente, mas conseguia ver, pelo canto do olho, que Sylas ficara inquieto.

– Desculpe se a ofendi – disse o rapaz. E, pareceu sincero. – Essa conversa não é nada apropriada. Minhas sinceras desculpas.

Ele não podia enxergar que Signa cerrara os punhos, já que os escondera nas dobras do vestido.

– Não me ofendi, senhor. É só que, às vezes, me pego questionando o porquê de a morte ser tão cruel, sem necessidade.

Algo fez as rugas da testa de Sylas mudarem de posição.

– Acho que, para alguém que estava sofrendo tanto, a morte deve ter sido um alívio.

A jovem tentou encontrar um fundo de verdade nessas palavras. Mas só conseguiu enxergar o sangue nos lábios de tia Magda e seu olhar vazio ao cair no chão. Só conseguia pensar que o ódio da tia a impedira de seguir viagem para o além-túmulo e a prendera à Terra, sabe-se lá por quanto tempo.

– Talvez – falou a garota, quase em um suspiro –, mas não acredito que isso torne a morte menos cruel.

– E por que a senhorita diz isso?

Signa colocou as mãos em cima do colo, tentando não deixar a amargura transparecer em sua voz.

– Porque a morte só é um alívio para quem morre, Sr. Thorly. Não se importa nem um pouco com quem fica para trás.

CINCO

Havia algo de estranho naquelas folhas de bordo. As que estavam esparramadas pelo gramado da Quinta dos Espinhos eram as mais escuras que Signa já vira – algumas tinham um tom de café, outras, o vermelho queimado do sangue seco.

As estradas esburacadas, que a segunda carruagem tomou – depois de terminar o trecho de trem – percorria, metamorfosearam-se em ruas de paralelepípedos bem cuidadas, tão brancas e impecáveis que parecia que alguém esfregara pedra por pedra, de joelhos. Sebes altas e bem aparadas acompanhavam a estradinha sem fim que levava à mansão, algumas formando espirais elegantes ou podadas no formato de cavalos e cisnes.

A fachada da Quinta dos Espinhos era grandiosa – uma enorme mansão de arenito, como a que Signa imaginava que os pais possuíram, situada em meio às colinas com encostas a perder de vista, que estavam amarelando, dando as boas-vindas às mudanças do outono.

Algumas janelas tinham, pelo menos, o triplo da altura de Signa, os telhados vermelhos e pontudos eram protegidos por esculturas de criaturas aladas. As carruagens eram finamente laqueadas, puxadas por cavalos musculosos que trotaram, atravessando um portão de ferro com jasmins e heras entrelaçadas.

Dezenas de pessoas perambulavam pelo gramado. Cavalheiros com seus melhores fraques e damas com as mais chamativas das anquinhas entravam e saíam da mansão, equilibrando cuidadosamente taças de champanhe entre os dedos, dando risada.

Com certeza, era bem diferente da casa de tia Magda – havia riqueza onde quer que Signa olhasse. Colunas imponentes cercavam o pátio e tinham arabescos de ouro incrustados. No primeiro andar da mansão, reluziam delicadas janelas de vitral com milhões de cores, que se projetavam em uma grande sacada. Até a terra parecia rica, e a grama, de certa forma, mais silvestre e vibrante do que a do lado de fora dos portões. Nada de ervas daninhas – minúsculas flores silvestres laranjas e amarelas desabrochavam nas colinas, esparramando-se em direção a um pequeno arvoredo ao longe, que demarcava o início do bosque.

Nenhum lugar fora capaz de deixar Signa tão atônita – quando percebeu, estava se espremendo na janela da carruagem, embaçando o vidro enquanto a paisagem se descortinava diante dela. Sentia-se um peixinho em uma lagoa formada na primavera: pequena e insignificante diante de tanta beleza.

Quando a carruagem parou, Signa precisou de todas as suas forças para lembrar das boas maneiras, não escancarar a porta e sair correndo para vasculhar o local. Esperou o cocheiro descer e abrir a porta para ela. Assim que o homem o fez, o ar frio e seco do outono envolveu os ombros da garota, trazendo o cheiro de seiva, terra e folhas retorcidas do chão. O vento soprou através de suas tranças castanho-escuras, e ela inspirou essas boas-vindas, dirigindo-se à estradinha que levava à magnífica mansão.

Esperando no enorme alpendre, havia três pessoas que observavam Signa de longe – um homem mais velho e corpulento, uma mulher que parecia ser gentil, e um rapaz com a expressão mais severa que a garota já vira na vida. O jovem estava parado na soleira da Quinta dos Espinhos com um sofisticado fraque azul-marinho que lhe caía como uma luva, empertigado, observava a movimentação dos convidados. Era jovem demais para ser o tutor de Signa, mas o orgulho de sua postura transmitia que se sentia à vontade na mansão.

Não adiantava nada ficar simplesmente parada ali, mas esperou um pouco mais, porque na mesma hora desejou ter um espelho em mãos. Até um corpo d'água ou uma pedra polida serviriam – qualquer coisa em que pudesse ver o próprio reflexo –, para ter certeza de que estava apresentável. Passou a mão no vestido, alisando a imitação de veludo para ficar mais apresentável.

– Aquele não deve ser o Sr. Hawthorne, não? Ah, ele parece ser tão jovem. Fale logo: estou apresentável? – perguntou.

Então, olhou para Sylas, cujos olhos cor de fumaça a mediram de cima a baixo, uma única vez. Ao sentir o tom de preocupação na voz da garota, o rapaz foi um pouco mais delicado.

– Aquele não é Elijah. E, a senhorita está ótima, Srta. Farrow. Dada a longa viagem que fizemos, tenho certeza de que ninguém irá se importar se você chegar um pouco desalinhada.

Signa ficou em dúvida se essa declaração deveria tranquilizá-la ou não.

– Se o senhor puder me apresentar, Sr. Thorly, serei muito grata.

Só que Sylas se esquivou, baixando a cabeça.

– Pode acreditar, será melhor se eu não fizer isso. O Sr. Hawthorne não comunicou sua chegada para toda a criadagem. Nem todos ficarão felizes em saber que alguém de minha posição foi enviado para acompanhar uma dama como a senhorita. Receio que terá que fazer as apresentações sozinha.

Não havia tempo para insistir pedindo mais detalhes, porque Sylas já estava fugindo, descendo a colina logo atrás de Signa, dirigindo-se aos estábulos. Abandonada ali, sozinha entre as folhas de bordo caídas, com o peito apertado de pânico, a garota engoliu em seco e tentou acalmar seus nervos se lembrando das primeiras lições do livro de etiqueta da mãe.

1. *Mulheres sempre devem sorrir.*
2. *Mulheres jamais devem sacudir a mão de quem a estender, mas segurá-la exercendo uma pressão cordial.*
3. *Para as mulheres, a submissão e o recato são considerados duas das mais respeitadas virtudes. Devem ser praticadas a todo momento.*

Signa tinha dificuldade de acreditar que a terceira regra deveria ser obedecida. Mas, para o bem de seu futuro, tentaria. Segurando as saias, começou a percorrer a estradinha que levava à mansão. Olhos curiosos e cochichos nada discretos a acompanharam. E, a cada passo que dava, a garota foi percebendo que só queria um buraco bem fundo onde pudesse se esconder.

Era falta de educação ser vista em traje de luto em uma *soirée*, mas que opção ela tinha? Na sua opinião, aquele não era um dia apropriado para seu novo tutor realizar tal evento, mas Signa não estava em condições de fazer comentários.

Quando se aproximou do rapaz que esperava na porta, a garota pôde perceber, pelo rosto lisinho e pelos olhos intensos, que era ainda mais jovem do que imaginara, devia ter vinte e poucos anos. Ao vê-lo de perto, Signa pensou em uma raposa – seus olhos verdes-claros eram simpáticos, mas o olhar era demasiadamente de soslaio, e a mediu de cima a baixo. O sol havia descolorido seus cabelos, que não eram ruivos nem loiros, mas uma mistura estranha entre os dois. Um laranja intenso, de abóbora, dourado e resplandecente.

E, enquanto observava Signa, seu maxilar se repuxava, tentando claramente expressar sua reprovação.

– Srta. Farrow? – perguntou o homem mais velho, ao lado do rapaz, que era corpulento, tinha uma pele olivada e usava um refinado fraque preto. Apesar de seus lábios esboçarem um sorriso por baixo do bigode preto e volumoso, os olhos eram coisas escuras e cansadas.

– Seja bem-vinda. Sou Charles Warwick, mordomo da Quinta dos Espinhos.

– É um milagre você ter chegado – disse o rapaz, baixando o queixo para examiná-la. – Papai só nos contou que você viria hoje pela manhã. Seja bem-vinda, prima. Sou Percy Hawthorne.

Signa estendeu a mão e quando o primo a apertou, depois de um instante de hesitação, ela se esforçou ao máximo para exercer uma pressão cordial. Percy apertou os lábios, tirou a mão e a colocou nas costas. Talvez, a pressão tenha sido demasiada. Ou, quem sabe, não tenha sido cordial o suficiente? Ou será que aquela era uma situação que exigia uma reverência e não um aperto de mão? O *Guia de beleza e etiqueta para damas* realmente deveria ter sido mais específico.

– Estamos felizes que tenha vindo morar conosco, Srta. Farrow. – Signa ficou aliviada por poder dirigir sua atenção a uma mulher curvilínea, que tinha sedosos cachos de um loiro avermelhado, e usava um vestido azul, cor de amor-perfeito. – A senhorita veio desacompanhada? – A mulher, então, lançou um olhar para trás da garota, como se esperasse que mais alguém fosse aparecer. Como ninguém surgiu, ela passou o braço nos ombros de Signa e falou:

– Isso não tem importância. Sou Marjorie Hargreaves, governanta da filha de nosso amo. E, agora, sua também. Seu quarto já está pronto. – Sua voz era suave feito uma canção. – Se precisar de qualquer coisa, será um prazer...

Ela deu um pulo de susto, porque uma taça se espatifou, perto da entrada da mansão, seguida por uma gargalhada que parecia... inebriada, para empregar uma definição bem-educada.

Os olhos de Percy brilharam, só que esse brilho durou apenas um instante, e ele logo se corrigiu.

– Warwick providenciará que sua bagagem seja trazida imediatamente. Você não terá problemas para se acomodar.

Marjorie fez sinal para Signa entrar com ela na Quinta dos Espinhos e, quando entrou, a garota teve certeza de que o primo tinha razão. A mansão era mais grandiosa do que tudo o que seria capaz de imaginar – poderiam tê-la colocado em uma cocheira, junto com os cavalos, que Signa teria ficado bem do mesmo jeito. Qualquer coisa era melhor do que morar na casa de tia Magda, mas a Quinta dos Espinhos era um lugar de outra categoria. Apesar disso, certamente havia muita gente ali.

– Por acaso o Sr. Hawthorne está comemorando alguma coisa? – perguntou, torcendo para ter alguma indicação de que aquilo ocorria raramente.

Percy fez careta e, apesar de ter aberto a boca para responder, Warwick o interrompeu e foi logo dizendo:

– Não precisa se preocupar com isso agora. Se quiser participar, não se preocupe. Haverá muitas *soirées* das quais poderá participar no futuro, quando estiver vestida adequadamente e for preparada para tal.

Signa passou a mão suada no próprio vestido.

– Venha – disse Marjorie, com um sorriso gentil. – Deve estar cansada da viagem.

A governanta deu mais um pulo porque outra coisa se espatifou, seguida por um riso ainda mais arrebatador vindo do salão de baile, logo adiante. Mas não tirou os olhos de Signa nem por um instante.

A atenção de Percy, contudo, estava dividida.

– Estou ansioso para lhe conhecer melhor, prima. Seja bem-vinda à Quinta dos Espinhos.

Com o chapéu na mão, ele fez uma reverência para Signa, girou nos calcanhares e se dirigiu para a fonte do ruído de vidro quebrado, seguido por Warwick. E, apesar da curiosidade de Signa continuar presente, Marjorie não lhe deu tempo para seus pensamentos divagarem.

– Venha – repetiu a mulher. – Vou lhe mostrar seus aposentos.

Marjorie acompanhou Signa por uma das duas escadarias de mogno imponentes, que levavam ao primeiro andar da enorme mansão de três andares. A governanta falou amenidades com um tom bem-educado, mas não parava de olhar para baixo, espichando o pescoço para ver de relance a festa que transcorria no térreo. Estava tão distraída que nem reparou no homem apoiado no corrimão, esculpido à semelhança dos galhos de uma árvore nodosa, que se retorciam para cima, da altura de ambas as escadarias.

Signa, contudo, reparou. Reparou que ele tinha cabelo preto feito piche, nariz comprido e pontudo, e olhos sinistros que só se importavam com Marjorie. Quando o desconhecido foi para a frente e tentou segurar a mão da governanta, a mulher praticamente pulou de susto.

– Por que você é uma mulher tão difícil de encontrar, Srta. Hargreaves? – A voz dele era grave e desagradável, parecia que falava com algo preso no fundo da garganta. O homem usava sapatos do couro mais fino que Signa já vira na vida, e seu fraque bem preto parecia ser feito sob medida, com botões de prata derretida. Nas mãos, levava uma bengala que segurava bem apertado – uma peça impressionante, de jacarandá com cabo de metal esculpido em forma de crânio de pássaro. – Procurei por você por toda parte.

– Se encostar a mão em mim de novo, irei atirá-lo do alto desta escada, Byron. – Marjorie puxou a mão e a colocou nas costas de Signa, com certa força. – Venha, Signa. Não dê atenção a esses convidados. Estão proibidos de entrar nos andares superiores.

– Não sou convidado coisa nenhuma, Srta. Hargreaves... – insistiu o homem, mas Marjorie não perdeu um segundo sequer com ele, e as duas foram subindo as escadas, para decepção de Signa. A garota não gostava de quebra-cabeças, porque tinha a péssima tendência de sentir necessidade de montá-los. A vida – assim acreditava – seria bem mais simples se as pessoas pudessem contar com todas as peças logo de cara.

Fazia apenas uma hora que chegara à Quinta dos Espinhos e já estava louca de curiosidade. Era estranho o fato do Sr. Hawthorne ter organizado uma *soirée* justo no dia em que ela chegou, isso para não falar que havia mandado um cavalariço para ser seu acompanhante e mantivera sua vinda em segredo até o último instante. E o que será que estavam comemorando lá no térreo, tão cedo, com aqueles ecos de risos e taças estilhaçadas? Signa teve vontade de perguntar, mas a tensão que pulsava no pescoço de Marjorie dava a entender que aquele não era o melhor momento. A garota era uma pedinte, não alguém que tinha escolha, e precisava jogar com as poucas cartas que tinha, com todo o cuidado.

Sentiu uma coceira na pele e se perguntou se tudo aquilo não seria uma espécie de armadilha. Algum estratagema inteligente da Morte. Será que o Ceifador sabia que Elijah a convidaria para morar ali? Será que fora a Morte quem mexera seus pauzinhos? E, se sim, como?

Ela teve a sensação de que levou uma eternidade para percorrer os corredores compridos e mal iluminados que levavam ao seu novo quarto, um recinto que era quase do mesmo tamanho da casa de tia Magda, com sala de estar, quarto e o próprio banheiro, tudo em uma mesma suíte. Na sala de estar, o papel de parede tinha uma bela estampa de treliça em vários tons de verde, cortinas de veludo dourado enfeitando as portas de vidro que levavam a uma sacada.

O chão de mogno escuro era coberto por um tapete persa de tamanho exagerado, com desenhos em tom de ouro e esmeralda, e Signa só queria pisar nele de pés descalços. O teto em si era de um branco reluzente, com sancas largas, decoradas com cipós e flores habilmente entalhadas. Combinavam com a lareira, em cuja cornija havia peônias amarelas desabrochando em vasos de cristal. Havia sofisticadas poltronas de leitura, meticulosamente dispostas em torno da lareira, e uma elegante bancada de desenho de madeira logo atrás, perto da janela. A luz que atravessava a fresta nas cortinas brilhava sobre essa bancada feito uma auréola, quente e convidativa.

Signa sentiu um aperto no coração ao observar tudo aquilo. Era o recinto mais bonito que já vira na vida e, de certa forma, era *dela*.

– Será que conseguirei conhecer o Sr. Hawthorne hoje à noite? – perguntou. – Gostaria de agradecer por permitir que eu fique aqui.

– O amo é um homem ocupado – respondeu Marjorie, ajudando a distraída Signa a tirar o casaco. A mulher fez que ia guardá-lo no armário. Mas, quando o inspecionou melhor e viu a mancha deixada pelos frutinhos de beladona, torceu o nariz e dobrou o casaco em cima do braço, para colocá-lo para lavar. – Mas irei perguntar quais são os planos que ele tem para a senhorita, e garanto que será bem cuidada. Amanhã pela manhã, experimentará novos vestidos, depois de suas aulas.

O cabelo de Signa bateu em seu rosto porque ela se virou rápido, e ficou de frente para Marjorie. Não havia como disfarçar a empolgação em sua voz:

– Minhas aulas?

A risada que a governanta soltou foi suave como a seda.

– A senhorita é uma jovem dama, Srta. Farrow, e eu sou a governanta desta mansão. Não sei bem que educação recebeu antes de vir para cá. Mas, enquanto estiver aqui, nada mais adequado do que ajudá-la a se preparar para o casamento e para gerenciar sua própria casa, um dia. Imagino que ainda não tenha debutado...

– Imaginou certo.

Mais uma vez, acendia-se aquela esperança. A emoção de estar diante, justamente, do que ansiava: debutar na sociedade. Frequentar festas e ser cortejada por belos pretendentes e, depois, fofocar sobre isso com as amigas, no chá da tarde. Só de pensar, seu coração ameaçava explodir. E estava tudo ali, ao alcance de sua mão.

– Sendo assim, tenho muito o que lhe ensinar, e pouco tempo para isso. – Marjorie, então, colocou a mão livre na cintura, ainda sorrindo. – Que tal começarmos amanhã?

Por mais cansada que estivesse, Signa gostaria de começar imediatamente, se Marjorie permitisse. Um sobressalto em seu coração a deixava impaciente e desejosa. Mas ainda faltavam seis meses até receber a herança e, se quisesse permanecer naquela mansão – se quisesse ter a liberdade que tanto almejava –, precisava garantir que a Morte não colocaria as mãos em nenhum morador da Quinta dos Espinhos. Isso para não falar que também teria que segurar as próprias mãos.

Apesar de saber que não fariam mal a ninguém naquele exato momento, pôs as mãos nas costas mesmo assim e sorriu.

– Amanhã está perfeito.

– Maravilha. – Marjorie ajeitou o casaco em cima do braço e completou:

– Pode passar o resto da tarde se acomodando, então. Fique à vontade para passear pelos andares superiores, mas peço que se ausente do térreo enquanto os convidados estiverem aqui. Esta noite, seu jantar será servido no quarto. Sendo assim, por favor, descanse. Tenho certeza de que está exausta.

Signa estava. Mas, quando Marjorie saiu da suíte, fechando a porta sem fazer barulho, a garota teve certeza de que não descansaria muito. No mesmo instante em que parou de ouvir os passos da mulher no corredor, entreabriu a porta de novo.

Marjorie havia sugerido que ela passeasse, afinal de contas.

SEIS

Ter que encontrar modos de passar o tempo não era nenhuma novidade para Signa. Como não tinha muito o que fazer e pouca gente com quem conversar, a garota passava muitas tardes espiando pela janela ou perambulando pelo lado de fora, curiosa para saber mais sobre os vizinhos de todas as casas em que viveu. Alguns eram mais interessantes do que outros, saíam escondidos na companhia de outras pessoas quando o esposo se ausentava, ou contavam as fofocas mais recentes para a amiga, tomando chá – fofocas essas que Signa, de vez em quando, ouvia, nas ocasiões em que, por acaso, passava, em suas caminhadas, perto de alguma janela aberta. Ela nunca tinha, de fato, estado na presença dessas pessoas e havia pouquíssimo o que se fazer com as informações recolhidas. Mas, para Signa, a graça sempre estava em preencher as lacunas das histórias que tais pessoas contavam. Ficava determinada a montar os quebra-cabeças que formava em sua cabeça e a criar, em pensamento, histórias para as pessoas com as quais nunca tivera intimidade.

A Quinta dos Espinhos já era um quebra-cabeça, e um jogo deveras interessante para ela ficar sem investigar. Signa contou até sessenta, de trás para a frente, e só então foi se esgueirando pelos corredores mal iluminados, ficando perto da parede e contando com as sombras para esconder sua presença, enquanto ia, na ponta dos pés, até a escadaria. Tecnicamente, não estaria infringindo nenhuma regra, desde que permanecesse naquele andar.

Signa se agachou e espiou pelas balaustradas – através dos galhos esculpidos que a decoravam – para ver a festa que transcorria no térreo.

Daquele ângulo, conseguia apenas ter vislumbres do que estava acontecendo e tinha que se esforçar para ouvir as vozes, por causa da música alta, de piano e violino. Os detalhes da festa vinham aos pedaços – em luzes fortes, relances de paredes douradas e travessas de prata. Taças de cristal cheias de champanhe borbulhante e bolos dourados em miniatura eram oferecidos para mulheres em belos vestidos de gala e homens com o devido traje. Quem não comia se ocupava bebendo ou dançando no ritmo da música que tomava conta do salão de baile. A dança, contudo, era bem diferente do que a garota esperava.

A avó de Signa sempre contava histórias do quanto a filha gostava de festas. Foi em um baile que Rima conheceu o pai de Signa, e a avó sempre prometera que a garota teria o mesmo e afortunado destino. Nunca chegaram a discutir que foi o amor que Rima tinha por festas que, em última instância, ceifou sua vida. Concentravam-se em romantizar o tempo em que a mãe da garota passara viva. Por anos, Signa ouviu histórias sobre a mãe, contadas com grande delicadeza, enquanto a avó penteava seu cabelo ou a colocava na cama, como se contar aquelas histórias em voz alta fosse capaz de manter vivas tais lembranças. Ela adorava ouvir as histórias e imaginar que, logo, logo, seguiria os passos de Rima. Mas, sua curta vida não se desenrolou como antecipara. E, agora, essas histórias lhe causavam uma grande inveja das mulheres vestidas de seda e renda, com seus cachos delicados e *rouge* nas bochechas. As histórias a faziam imaginar por onde andaria seu belo desconhecido, o homem que a tiraria para dançar uma valsa (valsa que, claro, ela dançaria perfeitamente, apesar de jamais ter dançado fora do próprio quarto).

Mas, se o livro de etiqueta que Rima deixou servia de parâmetro para como um evento deveria ser, a festa que transcorria na Quinta dos Espinhos estava completamente errada. Festas deveriam ter carnês de baile. Música variada, para cada tipo de baile, com uma miríade de regras para cada um deles. As mulheres não deveriam beber mais do que uma única taça de champanhe, nem rir tão ruidosamente, nem dançar tão livremente. Só que, na Quinta dos Espinhos, ninguém se importava muito com a etiqueta.

As mulheres estavam coradas e saíam cambaleando do salão para tomar ar, aos soluços, abanando-se com leques. Usavam esses leques para bater nas mãos afoitas de quem tentasse tirá-las para dançar e caçavam os requintados bolinhos de cobertura rosada e brilho dourado. Ao que parecia, ninguém prestava atenção às duas mulheres escondidas bem no canto, com os corpos tão próximos que o sangue subiu nas bochechas de Signa – ela jamais vira duas pessoas se abraçando com tamanha intensidade.

Das duas, uma: ou o seu livro de etiqueta estava mais desatualizado do que imaginava, ou aquilo estava bem longe de ser uma sociedade bem-educada.

Signa levou alguns instantes para perceber que havia um rosto conhecido no meio da multidão – era Percy, parado do lado de fora do salão, com o punho cerrado em torno de uma taça de champanhe, enquanto os gritos de alegria soavam do lado de dentro. Como todos estavam distraídos, a garota foi até o primeiro degrau, para ver melhor. Mal conseguia ver o contorno de um homem de pé no alto do espaldar de uma cadeira, exibindo-se e tentando não perder o equilíbrio quando a cadeira se inclinou. O homem bateu palmas, exigindo a atenção de todos. Parecia estar se divertindo, assim como os convidados da festa, com aquele espetáculo.

Percy, contudo, estava de cara fechada. Assim como o homem mais velho de nariz comprido que estava ao seu lado. Aquele, que pegara na mão de Marjorie pouco antes. Byron.

– Alguém precisa dar um fim nisso – declarou Percy.

Sua expressão era tão severa que Signa pensou em voltar de fininho para a segurança do seu quarto, sabendo que não deveria se envolver. Mas ninguém havia percebido sua presença, e a curiosidade a prendia ali, então, aproximou-se mais das sombras para observar.

– Será pior se eu ou você fizermos escândalo – disse o homem, apertando os lábios, porque Percy se afastou dele.

– Por quantos meses mais teremos que ficar parados, apenas observando? Por quanto tempo devemos permitir que ele viva essa fantasia? Meu pai não é criança, e essa casa não é circo! Já se passaram seis meses, tio.

O punho de Percy estava cerrado com tanta força que, se ele não tivesse atirado a taça de cristal no chão, naquele momento, o cálice poderia ter se partido em sua mão. O homem de cabelo castanho-escuro soltou um suspiro e deu vários passos para trás, e Percy foi para a frente, exigindo que todos os olhos se voltassem, curiosos, para ele, incluindo os do homem que estava em cima da cadeira – que, Signa, então, entendeu: era Elijah Hawthorne.

Ele estava com as bochechas coradas e os olhos vidrados, era alto, de corpo esbelto e cabelo loiro ondulado. Tinha uma certa grandiosidade, um ar de exuberância que transmitia ser alguém capaz de partir o mundo ao meio com seu sorriso. Alguém que vivia na companhia de duques e príncipes e, sabe-se lá como, tinha uma aparência ainda mais refinada do que a desses homens.

– Dado que nossos convidados têm passado tanto tempo em nossa casa, acho que seria de bom tom dirigir-lhes algumas palavras, pai. – Percy deu um sorriso discreto e olhou mais além de Elijah, para aquele salão cheio de convidados, que pareciam estar completamente desinteressados em observar algo tão sério. – Queria tirar um instante para agradecer a todos por terem vindo a essa comemoração contínua em honra à minha mãe morta.

Elijah desceu da cadeira quando a música parou, espremendo os olhos para o filho, que não se abalou com os suspiros de assombro.

– Dado que minha mãe não conseguia comer, dançar, ficar alegre, nem respirar em seus últimos dias de vida, tenho certeza de que ela teria gostado do fato de vocês todos fazerem isso de forma tão interminável. – Nessa hora, Percy endireitou os ombros. – E, agradeço ao meu pai, por continuar dando essas *soirées* em homenagem a ela, para que possamos continuar a comemorar, juntos, a morte de minha mãe.

Dito isso, o rapaz ergueu a taça de champanhe para fazer o brinde.

Ninguém ousou se mexer, esperando que o amo da Quinta dos Espinhos se manifestasse. Que punisse o filho por esse acesso de raiva ou, de alguma maneira, desse um jeito naquela situação lamentável. Só que, em vez de fazer isso, Elijah pegou uma travessa contendo um bolo em miniatura. Tirou uma das luvas, pegou o doce com os dedos, deu uma mordida e se aproximou do filho. Tão rápido que quem tivesse piscado não teria visto, Elijah enfiou o resto do bolo na boca de Percy.

– Ora, Percy. – Elijah, então, deu risada. – Você é muito engomadinho. É algo tão ruim assim relaxar por uma única noite?

Um monte de gente que Signa não conseguia ver soltou um suspiro de assombro, porque Percy cambaleou, cuspiu o bolo e limpou a cobertura cor-de-rosa da boca, com um grunhido. A garota não conseguiu ouvir o que o jovem disse para o pai, só conseguia ver que seus lábios se mexiam, cuspindo as palavras, e que ele se afastou de Elijah com um empurrão.

As risadas se tornaram mais altas, porque Percy tropeçou e Elijah estendeu a mão para pegar outra taça de champanhe.

– Agora – falou, subindo na cadeira de novo. Nessa hora, a música voltou a tocar alto, como se não tivesse parado nem por um único compasso –, onde estávamos mesmo?

Percy saiu correndo do salão, disparou na direção da escada, apesar de Byron ter tentado segurá-lo. Foi tão rápido que Signa mal teve tempo de ficar de pé, não conseguiu se esconder nas sombras antes que o primo percebesse sua presença. Os olhos amargurados de Percy pousaram nos olhos de Signa.

– Que bom ver você de novo, prima. – disse ele, entre dentes, tentando fazer os punhos cerrados pararem de tremer, quando viu que Signa ainda não havia tirado o vestido preto. – Veio aproveitar a festa?

– Desculpe. Eu nunca havia visto um baile e eu... eu pensei... eu só queria ver como era.

Signa não teve coragem de dizer que o queixo de Percy estava sujo de glacê. Sua voz mal saía – parecia que qualquer coisa dita mais alto que um suspiro seria capaz de fazer o primo desmoronar.

Percy não teve o mesmo receio. Sua voz era um revólver carregado, prestes a disparar em quem passasse pela frente.

– Bem, agora você já sabe. Minha mãe morreu há meses, e ele tem dado essas festas ridículas desde então. Às vezes, duram dias a fio. Ou horas, quando fica de mau-humor e manda todos serem acompanhados até a saída. Eu me pergunto por que as pessoas continuam se dando ao trabalho de aparecer, além do fato desses arrivistas delinquentes não terem nada melhor a fazer.

A garota não sabia se falar estava ajudando Percy a desabafar, ou se o estava o deixando com mais raiva ainda. De qualquer modo, achou que não seria adequado detê-lo.

– Desculpe... – começou a dizer, mas se interrompeu, porque o rapaz levantou a mão.

– Não se preocupe, prima. – Percy, então, limpou o glacê do queixo, desviou dela e foi subindo a escada. – Encare isso como suas boas-vindas à Quinta dos Espinhos.

SETE

Foi um alívio Percy não ter ficado ali. Sem ter ideia de como consolá-lo, Signa ficou apenas olhando o primo subir a escada enquanto resmungava que precisava desanuviar a cabeça. Tendo decidido que era melhor não continuar ali – na eventualidade de que outra pessoa a pegasse bisbilhotando –, a garota saiu de seu esconderijo em meio às sombras. Tinha sérias intenções de voltar para o quarto e tentar desanuviar a própria cabeça, depois de ter testemunhado aquela situação bizarra. Só que, no instante em que pisou no corredor, um clarão branco inundou sua visão periférica.

Foi com uma sensação de pavor no peito que Signa virou para trás, piscando para seus olhos se acostumarem à claridade. Quando olhou novamente, não havia mais nada.

Talvez estivesse mais exausta do que percebera. A viagem foi longa, afinal de contas.

Pelo menos, foi disso que tentou se convencer enquanto percorria os corredores, com dificuldade para encontrar o próprio quarto naquilo que lhe pareceu um labirinto interminável de corredores. A Quinta dos Espinhos era mais sinistra do que ela previra. Esfregou os braços, obrigando seus pés a seguirem em frente, um passo por vez.

Apesar de o térreo da mansão estar em polvorosa, quanto mais Signa adentrava no primeiro andar, mais vazia e sinistra a mansão ficava. Não havia nem sinal de bolos dourados, e apenas um leve murmurar de um violino ao longe. As colunas de mármore branco, que haviam lhe mostrado o próprio reflexo como se fosse um fantasma, sumiram, quando passou por elas. Em seu lugar, havia estranhas arandelas de ferro, que fizeram Signa pensar em ninhos de pássaro. Como os galhos do corrimão, eram entalhados de forma intrincada – vários pedaços de ferro, mais parecidos com galhinhos, saíam delas, e havia uma vela de luz fraca bem no alto, no meio de cada uma.

A garota olhou para trás e, mais uma vez, reluziu um clarão branco, fora de seu campo de visão. Dessa vez, Signa poderia jurar que viu um rosto.

E virou-se na mesma hora, segurando a respiração. Se fosse *mesmo* um espírito, tomara que não tivesse percebido que ela o viu. Signa seguiu em frente, determinada a ignorá-lo e encontrar o próprio quarto. Só que foi difícil ignorar o frio que arrepiou sua pele enquanto percorria paredes intermináveis, repletas de quadros que tinham o dobro da sua altura, todos com molduras douradas e retratando alguém que, em algum momento, deveria ter morado na Quinta dos Espinhos. A quantidade de retratos, por si só, não era muito tranquilizadora – aquela mansão, com certeza, estava lotada de espíritos.

Ela se deparou com o quadro de um homem todo paramentado, de cabelo quase tão laranja quanto o de Percy. O homem tinha um rifle pendurado no ombro, e a outra mão pousada nas costas de um cachorro da raça whippet. O retrato estava pendurado ao lado de uma sala grande, com dois sofás de couro cor de melado queimado e estantes repletas de livros bolorentos que preenchiam toda a parede da esquerda.

Signa atravessou o tapete vermelho e felpudo para chegar às estantes e pegou um dos livros. Ficou decepcionada quando descobriu que não passava de um livro sobre finanças. Não se lembrava de qual fora a última vez em que ficou rodeada de livros – quando morava com o último tio, talvez? – e enfiou o volume de volta na prateleira, mal-humorada.

Em seguida, examinou uma grande escrivaninha de jacarandá, em cima da qual havia vários vidros de nanquim e folhas de papel espalhadas. E, também, recortes de jornal. Alguns falavam do Clube de Cavalheiros Grey, e havia um obituário de Lillian Rose Hawthorne. A garota pegou o recorte, mas, no instante em que encostou nele, um musgo brotou no papel, enrolando-se nas pontas de seus dedos. Nunca na vida Signa havia soltado algo tão rápido.

Levando a mão ao peito, xingou a si mesma, em pensamento, por ter sido tão tola. Se o espírito ainda não tivesse se dado conta de que ela era capaz de vê-lo, certamente agora saberia. Precisava tomar mais cuidado.

Chegando à conclusão de que o recinto, com sua escrivaninha e seus livros-caixa, devia ser onde Elijah trabalhava, saiu do escritório sem encostar em mais nada. No instante em que pisou no corredor, aquela sensação de arrepio e formigamento voltou feito um verme em sua pele e, quando passou pelo próximo retrato, pôde jurar que os olhos do quadro acompanharam cada passo que dava. Essa sensação lhe era bem conhecida, mas Signa a negava principalmente agora que a possibilidade de uma vida normal estava ao alcance de sua mão. Determinada a aproveitar essa oportunidade, apressou o passo. Só que, não importava onde virasse, os corredores se alastravam. Quanto mais os percorria, mais sua pele ficava arrepiada. Virou para trás e viu que não havia ninguém ali. Nenhum ser humano. Nenhum espírito. Nem mesmo o próprio Ceifador.

É tudo coisa da sua cabeça, tentou se convencer. *Você não está acostumada a uma mansão tão grande.*

Signa já vira muitos espíritos em sua vida – espíritos demais, na verdade – e sabia que ficar na presença deles causava cansaço e um frio que nenhuma lareira era capaz de amenizar. E era essa mesma sensação que penetrava em seus ossos naquele exato momento.

Um frio que vinha do cômodo ao lado e que esperava por ela.

O retrato do lado de fora da porta era de uma mulher de pele clara e cabelo que mais parecia um raio de sol. Seu sorriso era afetuoso e espontâneo, mas era impossível não ficar olhando para os olhos – um azul, outro castanho. Tão parecidos com os da própria Signa que, quando a garota deu por si, estava soltando um suspiro de assombro. Nunca vira ninguém com olhos iguais aos seus, sequer imaginara que tal coisa poderia existir.

Signa pôs a mão na maçaneta. Mas, no mesmo instante em que sua pele encostou no metal, ouviu o pavoroso ruído de tosse úmida, vindo de um quarto atrás dela. Virou-se nessa direção e, na mesma hora, o frio que tomava conta de seu corpo se esvaiu, o feitiço foi quebrado. O calor foi voltando para sua pele e, apesar disso, Signa tremia. Quem mais – perguntou-se – poderia estar no primeiro andar, como ela, e não na festa, lá no térreo? Como a curiosidade foi mais forte do que a atração dos mortos, a garota cruzou o corredor, foi até a porta de onde vinha o som e a abriu, sem bater.

Tirando as cores, a suíte era uma cópia dos aposentos da própria Signa – com uma bela saleta de leitura em tons claros de azul e prata, iluminada pelo lume dourado de uma lareira em chamas, com uma cornija lustrosa de marfim. O local era encantador, mas, talvez, um pouco frio. Também não parecia que alguém morava ali. Não havia nenhum livro na mesa de leitura, nenhuma pena nem papéis espalhados na escrivaninha. Ela foi andando devagar, aproximando-se com passos cautelosos do quarto adjacente. A porta estava escancarada e, por mais que tivesse tentado não fazer barulho, a pessoa que estava lá dentro a ouviu.

– Quem está aí?

Signa ficou parada no limite entre os dois recintos. Uma garota muito magra estava na cama, era quase um esqueleto: sua pele era tão translúcida que parecia que ela jamais vira o sol na vida. O cabelo tinha o tom amarelo-claro da palha seca, sua cor fora sugada. Parecia que alguém arrancara a vida de seus olhos, transformando-os em coisas vazias e insondáveis. Quando a garota franziu o cenho, todo o contorno de seu crânio ficou visível.

– Quem é você?

A garota fez careta, seus lábios tinham o mais claro dos tons de rosa, parecia uma rosa desbotada pelo inverno.

– Você deve ser a filha de Elijah. – Signa entrou no quarto e fechou a porta, feliz por ter uma desculpa para deixar o corredor sinistro e o espírito que esperava por ela para trás. – Ouvi dizer que você está doente.

Mas não havia se dado conta da gravidade da situação.

A outra garota deu uma risada fraca.

– Tenho nome. É Blythe. – Ao que parecia, não tinha energia para levantar a cabeça dos travesseiros, mas não parou de olhar feio para Signa. – O que você está fazendo em meu quarto? Os criados estão proibidos de entrar sem permissão.

– Peço desculpas, mas não sou criada. Sou sua prima, Signa Farrow.

Ela sabia que não seria difícil inventar uma desculpa para sair de fininho. Parecia que Blythe não precisava de um empurrão muito grande para bater na porta da Morte, e Signa se recusou a ter alguma participação nisso. Só que algo em Blythe prendeu os pés dela no chão. Talvez fosse porque a última vez que falara com uma garota mais ou menos da sua idade tenha sido há anos, na época em que era amiga de Charlotte Killinger. Ou, quem sabe, tenha sido o desespero nos olhos de Blythe e o fato de parecer tão sedenta de companhia quanto ela. Seja lá qual fosse o motivo, permaneceu ali.

– Está um pouco escuro aqui – falou, então. Ficou alguns segundos em silêncio, procurando sinais da Morte entre as sombras. Como não avistou o Ceifador, relaxou satisfeita e perguntou:

– Posso abrir uma janela?

– Você acha que não consigo abrir uma janela sozinha?

Apesar de não ter feito nenhum esforço para expulsar Signa do quarto, cada palavra que Blythe disse foi seca e letal, feito veneno. Signa suspeitou que poderia pedir para a garota cantar um hino religioso, que ela daria um jeito de brandi-lo feito uma arma.

Ela não tinha resposta para a pergunta da prima. Bastaria um suspiro errado para, provavelmente, ter sua cabeça arrancada do pescoço e atirada pela janela. Em vez de responder, sentou-se na beirada da cama de dossel. A curiosidade que sentia parecia aquela energia que se tem quando se toma café, dava coceira nas pontas dos dedos e vontade de ficar mexendo na bainha do vestido. Signa olhou para a prima, examinando-a. Pele clara, olhos prostrados, corpo frágil... Mas Blythe não tinha cheiro de morte. Não tinha aquele aroma de doce estragado, de podridão e de doença. As unhas estavam rachadas, mas não amareladas nem cinzentas. E, seus olhos azuis gigantes, apesar do veneno e das olheiras de cansaço que os tornavam profundos, eram límpidos, sem névoa.

– Você está doente de quê? – perguntou Signa.

– Como você é atrevida – zombou Blythe. – Se soubéssemos, talvez eu não tivesse que ficar o dia inteiro presa a essa cama. –

Ela, então, encostou a cabeça no travesseiro e soltou um suspiro. – Ai de mim se mandarem alguém tolerável para me fazer companhia.

Signa ficou com uma vaga impressão de que Blythe sabia que ninguém a mandara entrar ali e só queria descontar nela. Ignorou a alfinetada e olhou para a porta, pensando no retrato da mulher com olhos de cores diferentes, iguais aos seus.

– Nunca imaginei que um lugar tão grande poderia parecer tão vazio, mesmo com tantas visitas – comentou, distraída. – Quem mais mora nesse andar? Pensei ter ouvido alguém no quarto em frente ao seu.

O ar ficou tão gélido que, quando deu por si, Signa estava arrependida de ter permitido que Marjorie levasse seu casaco. Os olhos de Blythe eram lanças de gelo, prontos para empalá-la.

– Isso não pode ter acontecido – sussurrou a garota. – É o quarto de minha mãe. Ninguém entra lá há séculos.

Antes que desse tempo de Signa pensar no que essas palavras poderiam significar para alguém que não tinha a intimidade que ela tinha com a Morte, perguntou:

– Você quis dizer *era*, não é? Sua mãe era Lillian Hawthorne?

Essas palavras foram o que bastou para derreter o gelo de Blythe e afogá-la. Ela ficou com um branco fantasmagórico – até seus lábios empalideceram. Abriu a boca, como se fosse dizer alguma coisa, mas a surpresa deteve suas palavras. Signa demorou demais para perceber a gafe que cometera.

– Ah, Blythe, não tive a intenção...

O pedido de desculpas já saíra de seus lábios pela metade, quando Blythe, literalmente, a chutou da cama, esfregando o calcanhar na coxa de Signa.

– Saia daqui! – disparou a garota. – Sua menina perversa, saia do meu quarto!

Signa se levantou da cama, atrapalhada, xingando a si mesma pela própria falta de sensibilidade.

– Desculpe! – Nessa hora, pôs a mão no ombro de Blythe. – Não tive a intenção... – Mais uma vez, suas palavras foram interrompidas. Só que, desta vez, por uma inspiração abrupta. No instante em que colocou a mão em Blythe, só conseguia enxergar a prima e só conseguia sentir... bem, ela não sabia direito descrever o que sentia. Era diferente de tudo o que já vivenciara – uma espécie de sensação avassaladora, que a mantinha presa ali e dificultava sua respiração.

Seja lá qual fosse a sensação, Blythe, ao que parece, não sentiu a mesma coisa.

– Saia daqui! – berrou Blythe. – Sua imbecil, saia...

Ela arregalou os olhos, o peito chiou e o corpo tremeu, acometido por um acesso violento de tosse úmida. Blythe cobriu a boca com os lençóis, manchando-os de um carmim-escuro. A cada tossida, os lençóis ficavam mais escuros.

Os pelos da nuca de Signa se arrepiaram, porque o frio inundou o quarto. Sabia muito bem o que aquele frio traria – *quem* aquele frio traria – e a raiva se assomou dentro dela.

– Ah, não, nem comece! – vociferou Signa, em tom de censura. Talvez tenha sido tola de ir para a Quinta dos Espinhos. Talvez tudo aquilo realmente fosse uma artimanha para desgraçá-la ainda mais. Independentemente, Signa não ficou no quarto para confirmar a chegada da Morte. Deu as costas e correu o mais rápido que suas pernas conseguiram –, voltou pelo corredor, desceu as escadas até encontrar o primeiro criado que viu pela frente. Até encontrar qualquer um que tivesse chance de salvar a vida de Blythe e deter a Morte.

Só precisava permanecer ali por seis meses. *Seis meses* e, ainda assim, não conseguiu ficar nem um dia sem trazer a Morte para a Quinta dos Espinhos.

OITO

Felizmente, Signa Farrow não matou ninguém naquela noite.

Depois de horas de entra-e-sai de pessoas no quarto de Blythe, as coisas começaram a se aquietar. A garota ficou espiando pela fresta na porta do quarto, surpresa ao descobrir que seus aposentos ficavam no fim do corredor do quarto de Blythe – das duas, uma: ou os espíritos ou sua própria paranoia deviam estar brincando com ela, fazendo-a se perder.

Agora, quando Signa espiava o corredor, havia apenas meia dúzia de silhuetas paradas do lado de fora da porta do quarto de Blythe, à luz das velas. Ela espremeu os olhos para ver se a Morte estava entre essas silhuetas e ficou aliviada ao perceber sua ausência. Havia, contudo, outra pessoa que Signa estava cada vez mais curiosa para conhecer: Elijah Hawthorne. Ele estava de costas, mas Signa conseguia enxergá-lo um pouco mais do que conseguira há poucos instantes. Era extremamente alto e alarmantemente magro, com um cabelo loiro, mais claro do que o de qualquer um. Mais claro até que a luz das estrelas, talvez. A garota saiu pela porta, dando um passo largo, para ver melhor. E, no instante em que seu pé pressionou as tábuas do chão, elas rangeram tão alto que Elijah e os criados se calaram e se viraram para descobrir de onde vinha aquele som. Signa não conseguiu se mexer. Mal conseguia respirar, porque todos os olhos se voltaram para ela. Bastaram quatro passos compridos de Elijah, e ela conseguiu, finalmente, ver o rosto de seu tutor com clareza.

Era um rosto sisudo. Um rosto cansado, que não tinha um pingo da exuberância que Signa testemunhara há poucos instantes. Era difícil acreditar que era o mesmo homem.

– Quem é essa? – Elijah se dirigiu aos criados, com um tom duro e um leve toque de língua enrolada. Então, perguntou, para Signa:

– Quem é você?

Foi Marjorie quem respondeu, surgindo por trás do Sr. Hawthorne e segurando firme o ombro de seu amo.

– É Signa Farrow, sua nova protegida.

Tinha uma certa intimidade no modo como Marjorie encostou em Elijah. Uma certa informalidade. Uma certa coisa – Signa percebeu – que era completamente deslocada entre uma preceptora e seu empregador.

– Que protegida?

Elijah apoiou o corpo cambaleante na parede, e Marjorie soltou um suspiro. O olhar lançado para Signa foi de puro pesar.

– Sim, senhor. Sua protegida. Ela chegou hoje pela manhã, trazendo a carta que o senhor lhe enviou.

– Ah, essa protegida.

Elijah se afastou da parede e se aproximou de Signa, que manteve a postura mais altiva que pôde, sentindo um aperto tão grande no peito que achou que iria explodir.

– Olá, senhor – disse, com um tom mais submisso do que pretendia, uma voz mais fraca até do que exigia a etiqueta. Então, tentou falar um pouco mais alto:

– Sou muito grata pela sua hospitalidade.

O homem fez careta, fechou os olhos, bem apertados, e massageou as têmporas com a palma da mão.

– Silêncio, mocinha. Está tentando acordar os mortos?

Ela gaguejou, porque mal tinha resposta para aquela pergunta tão ridícula.

– Pe-pelo contrário, senhor. Prefiro que continuem dormindo.

Elijah deu mais um passo na direção dela para poder medi-la de cima a baixo. E, assim que o fez, foi para trás, bufando.

– Meu Deus. Seus olhos.

Signa se encolheu toda e pôs a mão no rosto, logo abaixo de seu olho dourado. Essa era uma reação bem típica – estava acostumada à surpresa. Mas Elijah não parecia surpreso – quase parecia ter medo.

– Posso tapá-los se os incomodarem, senhor – disse a garota, já pronta para dar as costas e procurar algum tipo de pano. Qualquer coisa que pudesse amarrar em torno dos olhos. Mas, antes que desse tempo de voltar para o quarto e pegar algo, Elijah a segurou pelo pulso.

– Você está aqui para me mostrar meus pecados, filha? É o meu passado que veio me assombrar? Um fantasma, para me lembrar do que fiz?

Ele pronunciou essas palavras com a respiração ofegante. Na mesma hora, Signa recordou do retrato que viu no corredor e compreendeu que a mulher do quadro era Lillian. Mas, e o espírito que a tinha chamado para entrar naquele quarto? O que a tinha seguido. Também seria de Lillian?

Atrás de Elijah, Marjorie encolheu os ombros.

– Solte a garota, Elijah. Ela não é fantasma coisa nenhuma. Mal tem o sangue de sua esposa.

A expressão do homem ficou mais fria nessa hora, cada contorno, afiado feito vidro. Lentamente, soltou o pulso de Signa. E, então, a examinou por mais alguns instantes, observando o cabelo – tão mais escuro do que os cachos dourados de Lillian – e, a pele, tão mais pálida.

– Perdão – disse ele, mas seu tom de voz estava longe de implorar pelo perdão. – É possível que eu tenha bebido demais. Por um instante, achei que você poderia ser alguém que conheço. Mas, se for verdade que você é minha protegida, suponho que seja meu dever repreendê-la por estar acordada a essa hora tão inapropriada.

O bolo que se formou na garganta de Signa ficou impossível de engolir. Sabe-se lá como, a garota conseguiu falar, apesar dele.

– Tive dificuldade para dormir. Queria me certificar de que Blythe estava… – Com saúde? Viva? – … segura, por essa noite.

Elijah apertou os lábios e perguntou:

– Você conheceu minha filha?

Isso também parecia ser surpresa para Marjorie. Os olhos da mulher enrugaram-se nos cantos.

– Brevemente apenas, senhor. Ouvi alguém tossir e fui ver como ela estava.

– Então foi você que chamou ajuda.

Apesar de, talvez, não ser a coisa mais sincera a fazer, Signa fez que sim, deixando de fora o fato do ataque de tosse de Blythe ter sido *causado* por ela.

– Sendo assim, certifique-se de fazer isso de novo, se ouvir qualquer coisa. – A partir daí, Elijah não olhou mais para Signa. – Agora, vá para a cama, filha. Estamos nos aproximando daquela hora destinada apenas aos fantasmas.

Signa tremeu e respondeu:

– Sim, senhor.

Ao partir, Elijah foi se segurando pela parede novamente, e o olhar firme que Marjorie lançou para Signa deu a entender que ela deveria fazer a mesma coisa. A garota girou a maçaneta de seus aposentos e sumiu. Por mais estranho que fosse, não foi na lembrança de Elijah segurando seu pulso, nem na reação do tutor ao ver seus olhos que os pensamentos dela se concentraram, enquanto atravessava o tapete felpudo da saleta e entrava no quarto. Foram as últimas palavras que o homem disse: *uma hora destinada apenas aos fantasmas.*

Signa se sentou na beirada da cama de dossel. O baú de viagem estava ao lado, ainda bem fechado. Depois de ter seus pertences trancafiados por tanto tempo, o que mais queria era desfazê-lo.

Mas, por mais que tentasse, Signa não conseguiu se convencer nem a abrir uma fresta nele. Depois daquela noite, não tinha dúvidas de que sua estadia na Quinta dos Espinhos seria abreviada. Se havia uma constante em sua vida, com a qual Signa podia contar, era que, não importa onde estivesse, a Morte a encontraria. Não sabia como nem por quê, nem se aquilo tudo era um jogo elaborado para arrastar sua tortura enquanto o Ceifador observava, dava risada e se divertia com o espetáculo.

Descobriria, contudo. E, nem que fosse a última coisa que fizesse na vida, iria detê-lo.

Já passara muito da meia-noite, a hora em que os fantasmas e os espíritos ficam à solta, quando Signa acordou ouvindo gritos e o farfalhar das folhas de bordo entrando por uma janela, trazidas pelo vento. Não se lembrava de tê-la deixado aberta, mas assim estava, entrando o cheiro de chuva e terra molhada.

Signa saiu do calor da cama para espiar a noite. Como se passaram alguns minutos sem que tornasse a ouvir os gritos, fechou a janela e voltou para a cama. Mas percebeu, pelo canto do olho, que quando passou pela penteadeira, seu reflexo no espelho permaneceu parado. Com a nuca arrepiada, parou para inspecionar o espelho, torcendo para que aquela imagem fosse apenas um truque da luz. Mas, quando o próprio reflexo a fitou, com os contornos enevoados e um sorriso que ela não estava dando, teve certeza de que aquilo não era nenhum truque.

A garota abafou o grito e se afastou correndo da penteadeira, de onde escapou um clarão de luz branco que fugiu pela fresta debaixo da porta. E, na mesma hora, teve certeza de que era o espírito que sentira naquela noite e, dessa vez, não havia como negar que o vira.

Não se deu ao trabalho de pegar um casaco nem de calçar as botas, não perdeu tempo e foi logo escancarando a porta e perseguindo a luz pelo corredor. Agora que o espírito confirmara que poderia ser visto, Signa não tinha opção a não ser confrontá-lo. Se não o fizesse, quem há de dizer se aquela coisa bestial a deixaria em paz um dia.

A Quinta dos Espinhos não crepitou com o peso de seus passos quando desceu a escada correndo, e as dobradiças sequer fizeram ruído quando abriu a porta da mansão, deixando entrar a noite gelada. Na mesma hora, ela abraçou o próprio corpo, porque sua camisola branca e fina não ajudava em nada a deter aquele frio invasivo, que tomava conta de sua pele.

– Olá? Tem alguém aí?

Passo a passo, Signa obrigou seus pés dormentes a se aproximarem dos gritos que iam comendo sua pele e mastigando seus ossos. À medida que os gritos ficavam mais altos, o mundo sob os pés de Signa murchava mais. O limo que cobria um pé de bordo secou até ficar marrom-escuro, e folhas caídas se enroscaram e se espalharam, levadas por um vento súbito. Parecia que a própria terra tentava alertá-la do que havia logo adiante, de que ela deveria dar meia-volta. Mas Signa só parou de avançar quando viu a fonte daquele som.

Uma mulher de pele translúcida e, cabelo branco e macio, que esvoaçava atrás dela, feito a encarnação do próprio vento, estava sentada na saliência de uma árvore, usando um vestido tão prateado quanto a lua, próxima do horizonte. Os gritos do espírito cessaram quando Signa se aproximou, erguendo a cabeça para enxergá-lo melhor. A garota tropeçou em um espinheiro morto quando os olhos do espírito percorreram seu corpo, examinando-a. Tentou não deixar transparecer que o medo cravava as garras nela, insistindo para que saísse correndo.

O espírito deslizou para a frente, de repente – sem fazer ruído – e, quando Signa tentou ir para trás, raízes mortas irromperam do chão, enroscaram-se e apertaram seus calcanhares, prendendo-a ali. Ela caiu de costas no chão, tremendo e maldizendo a própria sorte, porque o espírito ficou pairando em cima dela.

O espírito era lindo, tinha pele lisa e cabelo claro, que caía em ondas soltas. Mas, quanto mais Signa olhava para aquela mulher, mais cinza ficava o espírito, que tinha lábios de um preto azulado e unhas da mesma cor. Entretanto, era para os olhos que Signa não conseguia parar de olhar – um azul, outro castanho-claro. Duas cores diferentes, como os dela. Como a mulher do retrato que Signa vira naquela noite.

Lillian Hawthorne.

Assim, tão próxima, Signa pôde enxergar que a boca do espírito era uma coisa saída de um pesadelo, cheia de pus e bolhas que sangravam e infeccionavam as gengivas. A língua era uma gosma roxa e inútil, parecia ter sido queimada. Lillian tentou falar, mas só conseguia gemer e, quanto mais alto Signa gritava para o monstro se afastar dela, mais altas eram as lamúrias dele.

A mulher esticou a mão, como se fosse pegar Signa, mas a garota afundou as unhas nas raízes e as arrancou dos tornozelos. Furiosa, Lillian gritou quando Signa ficou de pé, com dificuldade.

– Fique longe de mim! – vociferou a garota.

O espírito se encolheu ao ouvir o tom firme da voz de Signa. Mas essa interrupção foi apenas temporária e, franzindo o cenho, Lillian avançou de novo.

Signa se abaixou, pegou um punhado de terra e atirou na cara do espírito.

– Não quero saber quem você é, apenas me deixe em paz! – Para não acordar todos na Quinta dos Espinhos, teve que sussurrar essas palavras que tinha vontade de gritar, e odiou o espírito por isso também. – Deixe-me em paz, senão vou encontrar seu corpo e queimá-lo, até você não passar de um monte de cinzas!

Quando Lillian tirou a terra do rosto, seus lábios enegrecidos esboçaram o que Signa pensou ser um sorriso de desdém. Mas, a ameaça a conteve.

– O que você quer? – resmungou Signa. – Por que me atraiu até aqui?

Lillian não era uma pessoa com a qual Signa queria se envolver e, apesar disso, a mulher morrera de um jeito que – isso a garota admitia – a deixava deveras curiosa. E a curiosidade é uma coisa sedenta e persistente.

O espírito de Lillian titubeou e, então, apontou para os lábios negros.

– Você não consegue falar? – perguntou Signa, e o espírito sacudiu seus cabelos claros, com um grunhido.

Não era a primeira vez que Signa via um espírito incapaz de falar. Certas ruas eram repletas de soldados ou guerreiros de batalhas ancestrais sobre os quais ela não se deu ao trabalho de saber mais e, não raro, os espíritos estavam crivados de buracos no peito ou no rosto.

– Sei quem você é. – Signa deu vários passos para trás, para seu próprio bem. – Sei que era você que estava esperando por mim dentro da casa hoje. O que quer de mim?

Espíritos não precisam respirar, mas parecia que aquela mulher estava inspirando longamente, tentando não perder a paciência. Ela não se aproximou de Signa, mas partiu um galho frágil de uma árvore. Por um instante, a garota considerou sair correndo, mas em vez de espetar a pele de Signa, Lillian se agachou até o chão, limpou um trecho com os pés e usou o galho para escrever palavras na terra. Quando terminou, atirou o galho para longe e apontou para o que havia escrito.

Apesar de Signa saber que meter o bedelho onde não era chamada poderia muito bem, qualquer dia desses, ser sua desgraça, obedeceu ao espírito e leu as palavras. Sentiu um embrulho no estômago ao lê-las e olhou para Lillian, em busca de explicações. O corpo do espírito tremulava nos contornos, feito minúsculos ramos de fumaça. Se Signa havia aprendido algo depois de anos vendo espíritos, era que eles não tinham liberdade de ir e vir. Quanto mais se afastassem do local onde haviam morrido, mais difícil ficava permanecer na face da Terra.

Claramente, o espírito de Lillian estava longe do local onde havia falecido, e sua estadia ali estava acabando. Ela foi em direção ao bosque, nas imediações da propriedade, até que seu único vestígio foram as palavras que riscara na terra:

Vá para meu jardim e salve a vida dela.

Na mesma hora, Signa teve certeza de que Lillian estava falando de Blythe.

Blythe, a quem a Morte provara que estava atrás.

Blythe, a quem Signa se sentia ligada por motivos que não sabia explicar.

Blythe, cuja morte faria os boatos surgirem. Cuja morte, provavelmente, faria Signa ser expulsa de mais um lar que não podia se dar ao luxo de perder.

E, nesse momento, ela se deu conta: se conseguisse impedir que Blythe morresse, impediria a Morte. Ela *derrotaria* o Ceifador. E, se conseguisse fazer isso, ele, talvez, finalmente a deixasse em paz e permitiria que a garota tivesse a vida pela qual tanto ansiava. Uma vida fora das sombras, sem nunca mais ter que lidar com ele nem com aqueles espíritos abomináveis. Uma vida com pessoas e, festas e amizades, em que poderia simplesmente *ser.*

Por mais tolo que fosse fazer um trato com um espírito, se isso significasse que Signa derrotaria a Morte, ela faria tudo o que fosse preciso.

NOVE

Marjorie cumpriu a promessa de que os trajes de luto de Signa logo seriam coisa do passado.

A modista chegou ao amanhecer e entrou nos aposentos de Signa arrastando um baú cheio de tecidos.

A garota mal pregara o olho e – somando-se isso aos últimos dias de viagem, e ao fato de que passara a noite anterior sendo assombrada – não queria nada além de se encolher na cama e passar o resto do dia ali.

Até que recordou que aquele era o dia em que começariam suas aulas.

– Ande logo, Signa. Apenas os mortos dormem até tão tarde. – Marjorie soltou um suspiro e entrou atrás da modista. – O amo não quer que a senhorita ande por aí parecendo o Ceifador. Está na hora de darmos um toque de cor nesse seu guarda-roupa e prepará-la para a nova estação.

Signa levantou como os mortos ressuscitam, com braços e pernas pesados e os olhos ardendo por causa da claridade do sol, que também despertava. Parecia que só haviam passado alguns minutos desde que caíra na cama. Apenas minutos, desde que teve a infelicidade de se encontrar com o espírito de Lillian. E, apesar disso, reuniu todas as suas forças para despertar, com a promessa de novas roupas, e foi logo para a sala de estar. Uma jovem agradável, que Marjorie apresentou como Elaine, a nova camareira de Signa, começou a pentear as ondas do cabelo castanho-escuro da garota, tirando-os da frente do rosto, enquanto a modista media sua cintura com a fita métrica.

A modista era velha, tinha tantas rugas marcando seu rosto, quanto anos de vida. Olhos redondos e castanhos cobertos por óculos também redondos, que, pelo jeito, não ajudavam muito, dada a proximidade que manteve de Signa, curvando-se para ler os números na fita.

– Você é magra demais, mocinha – censurou a mulher. – Não passa de um graveto com seios.

Signa se virou para a janela, determinada a não permitir que elas vissem a vergonha estampada em seu rosto. A camisola transparente não ajudava muito a disfarçar suas costelas saltadas, e a garota passou as mãos nervosas por elas. Marjorie também olhou para suas costelas, aqueles ossos salientes demais, que saltavam de sua pele. Signa fazia o que podia quando morava com Magda, mas não tinha idade para dispor da própria herança, e a modesta quantia que a tia recebia dela ia direto para os antros de jogatina. Magda, provavelmente, teria ficado *feliz* se Signa tivesse morrido de fome. Só se importava – como a maioria dos tutores, ao que parece, que só se importavam – com a posse de parte da fortuna da garota.

– Deixe os vestidos mais soltos – falou Marjorie para a costureira, tirando os olhos das costelas de Signa e fingindo se ocupar ajudando Elaine a pentear o cabelo da garota. – Não vai demorar muito para ela ter bochechas de bebê.

A costureira grunhiu, satisfeita. Assim que anotou as medidas de Signa em um caderno de bolso com capa de couro, pôs amostras de tecidos de uma grande variedade de cores na cara da garota. Trabalhavam diante de um espelho de prata ornamentado, e Signa aproveitou para olhar de relance para si mesma, esperando ver o próprio reflexo começar a se mexer sozinho, como acontecera na noite anterior. Ainda tinha terra debaixo das unhas, assim como nas solas dos pés. E só pôde fingir ignorância quando a modista os inspecionou fazendo careta.

Signa não sabia muito quanto custava mandar fazer um enxoval completo, mas conseguia imaginar. E era mais do que qualquer tutor já gastara com ela, na vida. Elijah deveria mesmo querer que ela tirasse os trajes de luto. Marjorie soltou um suspiro de encantamento ao ver os tons mais claros, como rosa pálido, champanhe e hortênsia, mas os olhos de Signa se dirigiram para verdes-escuros como os da floresta, e vermelhos intensos e profundos como sangue. Mas não expressou sua opinião, até porque, o que ela entendia de moda? Se quisesse se encaixar na sociedade, certamente deveria confiar nas escolhas de Marjorie e aceitar aqueles tons sem graça, sem reclamar.

Quando foi embora, a modista deixou um vestido diurno amarelo-claro, com fitas azuis e renda branca. Signa teve vontade de gritar, de tão cafona que era o traje, mas levantou os braços para Elaine ajudá-la a vesti-lo. Se a moda era essa, não fazia diferença se achava que combinava com ela ou se se sentia à vontade naquele vestido.

– Por ora, teremos que nos contentar com esse – disse Marjorie, enquanto Elaine amarrava o espartilho. – Pelo menos, até que seus vestidos novos fiquem prontos.

A palavra mais gentil que Signa conseguiu pensar para descrever o vestido foi "horroroso". Também era incessantemente alegre, dado o estado da Quinta dos Espinhos. Ela poderia até parecer uma banana ambulante, mas segurou a língua e não reclamou quando terminou de vesti-lo, apenas perguntou:

– E quando esses vestidos ficarão prontos?

A risada que Marjorie deu foi educada e recatada, o perfeito exemplo de como o *Guia de beleza e etiqueta para damas* afirmava que deveria ser. Signa a gravou na memória, para ensaiá-la igualzinha, mais tarde.

– A modista trabalha rápido. Agora, venha, está na hora dos estudos. O amo irá pedir minha cabeça se vir que estamos procrastinando.

Pelo que conhecera de Elijah, Signa duvidava muito. Mesmo assim, saiu do quarto com Marjorie e percorreu o corredor, tentando ignorar o formigamento que sentia na pele, causado pela sensação de estar sendo seguida pelos olhos de dezenas de retratos.

O formigamento passou assim que chegaram ao térreo, e Signa ficou aliviada ao perceber que a Quinta dos Espinhos parecia um lugar completamente diferente naquela manhã. A música e os vestidos de baile que tomavam conta dos corredores haviam sumido, assim como a risada que pairava logo atrás deles. Em seu lugar, ouvia-se o ruído silencioso da vassoura varrendo o mármore.

– Não se esqueça: nada de procrastinação – censurou Marjorie, porque Signa se demorou demais na escadaria, examinando a decoração insólita que prevalecia por toda a mansão. A escadaria parecia ter sido esculpida a partir de uma árvore. Arandelas de ferro em forma de ninhos de pássaro. E, como Signa continuou olhando, também havia um em forma de cabeça de raposa e um lustre cujos braços pareciam lanças.

Seja lá quem havia projetado aquele lugar, possuía uma alma estranha. Uma alma – Signa chegou à conclusão – que implorara para aquela casa ser assombrada.

E que, com certeza, tivera seu desejo realizado.

Signa ainda conseguia sentir a pressão do cansaço no corpo, causado pela assombração da noite anterior, quando entrou com Marjorie em uma sala de visitas – um recinto tão requintado quanto qualquer outro na mansão. Mas, talvez, mais bem iluminado, porque tinha dois janelões. As paredes eram de um amarelo-manteiga ainda mais claro do que o do horroroso vestido de Signa, perfeitas para capturar a luz. O cômodo era decorado com toques femininos, em completo desacordo com o primeiro andar, mais masculino. Havia espirais elegantes gravadas nas sancas do teto, um tapete de estampa alegre e delicadas almofadas florais com borlas de renda. Eram nessas almofadas que Percy e Blythe estavam sentados, bebericando chá de xícaras fumegantes.

Blythe não parecia estar melhor do que estava na noite anterior, com aquela pele descorada e a postura encolhida, mas seus olhos estavam mais aguçados. Uma disposição de se sentar no sofá e beber o chá, e não de ficar no quarto sozinha, por mais que suas mãos tremessem toda vez que levava a xícara aos lábios.

– Minha querida irmã disse que acordou se sentindo revigorada – declarou Percy, no instante em que o olhar surpreso de Marjorie pousou na garota. – Pensei que um pouco de ar fresco e companhia poderiam lhe fazer bem.

Marjorie apertou os lábios, em uma expressão severa. Mas não discutiu – deu as costas e abriu as janelas, deixando entrar a brisa fresca.

– Muito bem, então. Talvez você tenha razão.

Signa endireitou a postura na presença dos primos. Só estava na Quinta dos Espinhos há um dia e já achava que havia causado uma primeira impressão horrorosa nos dois. Queria provar seu valor para eles, mas estava com dificuldade, por causa das pálpebras pesadas e da vontade absurda de bocejar.

Aqueles espíritos terríveis e teimosos. Não queria pensar em Lillian, nem nos mortos, nem em nada que não fossem suas aulas e a nova família com a qual morava agora. Queria estudar, impressioná-los, e provar sua aptidão para debutar, na próxima fase de sua vida. Uma fase que torcia para ter muito mais ligação com os vivos e muito menos com os mortos.

Jogando o cabelo para trás dos ombros, ela recobrou a concentração e sorriu para os primos.

– Fico feliz em ver que vocês dois estão bem, na manhã de hoje.

– Igualmente – disse Percy, enquanto Blythe colocava a xícara em cima do pires e a equilibrava no colo.

– Já teve uma governanta, Srta. Farrow? – perguntou Marjorie, sentando-se em um pufe pequeno e redondo, na frente de Signa.

– Dada a educação dela, presumo que não – murmurou Blythe, disfarçadamente, e tomou mais um gole de chá quando Marjorie lhe lançou um olhar.

– Por acaso, você está dizendo que a sua educação é melhor do que a dela? – perguntou a governanta.

Blythe fez careta, e Signa sentiu uma onda de vergonha, quente e abrasadora. Não queria permitir, contudo, que Blythe percebesse que suas palavras a atingiram.

– Já tive governanta, sim – respondeu Signa. – Durante certos períodos.

Marjorie deve ter pensado alguma coisa dessa resposta, mas não deixou transparecer nada.

– E o que estudou?

Em vez de admitir quanto tempo havia se passado desde a última vez que estudara propriamente, Signa disse:

– Sei ler e escrever razoavelmente. Também conheço um pouco de Aritmética.

Apenas o básico, dado que ninguém ficava por perto tempo suficiente para ensinar mais do que isso para a garota.

Marjorie esboçou um sorriso de dar inveja.

– E música?

Não querendo dar aos primos mais motivos para debochar dela, admitindo que raramente tocava um instrumento, Signa respondeu:

– Creio que sou uma ouvinte maravilhosa.

Blythe tossiu dentro da xícara, e Percy a cutucou com o cotovelo, silenciando-a entre uma risadinha e outra.

Marjorie ignorou ambos os irmãos.

– Anotado. Por que não começamos por aí, então? Com uma leitura de partitura e lições de piano.

Por mais frustrante que fosse, haviam debochado tanto de Signa ao longo da vida que ela ignorou os primos. Fez que sim e optou por ficar imaginando que estava sentada em sua própria mansão, que um dia estaria, na banqueta de um piano de cauda, tocando com a mais perfeita desenvoltura. Seu devaneio teve vida curta, contudo, porque uma onda de frio percorreu sua espinha.

– Srta. Farrow? – A voz de Marjorie vinha de longe.

Signa não conseguia ver Lillian, mas um som fraco de gritos tentava roubar sua atenção.

Nada de espíritos, censurou-se, fingindo que não ouviu. *Pense no seu futuro. No esforço que precisa fazer para debutar. Pessoas normais não falam com os mortos, Signa.*

Só que ela não conseguia parar de ouvir. Parecia que os demais também ouviram, porque Blythe ficara imóvel feito um cadáver. A xícara de porcelana escorregou de suas mãos e caiu em seu colo, manchando o vestido de chá quente. Percy se endireitou com um pulo, assim como Marjorie.

– Céus, Srta. Hawthorne! – A tutora fez sinal para Percy e completou:

– Ajude sua irmã a voltar para o quarto e vá chamar Elaine. Blythe precisará trocar de vestido. E, enquanto faz isso, arranje um jeito melhor de passar o tempo também, Percy. Vocês dois causam distração demais.

Marjorie esperou Percy ajudar a irmã – cujos olhos ainda estavam atônitos e nervosos –, e sair do recinto para, então, dirigir-se à Signa.

– Bem, não dê importância para isso e não ligue para o ruído. É apenas o vento. – Ela pegou a mão de Signa e a levou até a baqueta preta e elegante de um lindo piano de cauda que devia ter custado o mesmo valor que a casa inteira de tia Magda, se não mais. Não havia nem vestígio de pó em cima do instrumento. – Sempre faz mais barulho nessa época do ano. Dá a impressão de que o próprio demônio está batendo os cascos lá fora.

Signa sabia muito bem que o vento não tinha nada a ver com aquele ruído, mas não tinha escolha a não ser concordar, balançando a cabeça. Ela se sentou, resistindo à tentação de se encolher na banqueta quando Marjorie endireitou sua postura e espichou seu pescoço, colocando as mãos de Signa nas teclas, na primeira posição.

– Agora – disse Marjorie –, vamos começar praticando as escalas. Os ossos de Signa protestaram por ter que manter uma postura tão ereta, já doendo. Mas, se fosse isso o necessário para realizar seu sonho e garantir seu lugar na sociedade, ela faria. Apertou a primeira tecla e teve que segurar a careta quando sentiu que seu dedo saiu molhado. Cada centímetro de seu corpo se enrijeceu, os músculos se tensionaram, porque não havia nada no piano. Só que, quando levantou o dedo, viu que estava sujo de lama, e que vermes minúsculos brotavam do meio das teclas.

– As escalas, Signa – insistiu Marjorie, sem dar nenhum sinal de que conseguia ver o que estava acontecendo debaixo das pontas dos dedos de sua pupila. Não viu que os pés de Signa estavam afundando em uma terra que não estava ali, nem que seus dedos se transformaram em poleiro, para os vermes se enroscarem.

A mensagem de Lillian foi clara como o dia: Signa precisava encontrar logo o jardim, senão aquele espírito jamais descansaria em paz.

Mas, até aí, se recompôs e apertou as teclas enlameadas. Recusou-se a parar de tocar.

DEZ

Levou horas para Signa conseguir ir lá para fora, alongando as costas doloridas, com o vento fustigando seu corpo. O ar estava frio e seco, mas não era nada que a echarpe e a barriga cheia de chá quente não pudessem enfrentar. Seu corpo recebeu o frio de braços abertos depois de passar tanto tempo estudando.

Em apenas um dia, ela quase esquecera o flagrante contraste que havia entre o interior e o exterior da mansão. Fora era um local fantástico, com seus morros intermináveis, cobertos de grama amarelada, suas flores silvestres que impregnavam a terra e seu tapete dourado de folhas espalhadas no chão. A tarde foi tranquila – não havia pessoas dançando dentro, nem fora da casa. Nada de desconhecidos em seus melhores trajes. Apesar de Signa não saber o que os cozinheiros estavam assando, algo doce, de massa, aquecia o ar ao seu redor, e seu estômago roncou, apesar de Marjorie ter lhe dado mais pães doces do que ela seria capaz de comer.

Mas haveria tempo para comer doces depois, quando suas mãos não estivessem enlameadas, sujas de terra e cheias de vermes que não estavam lá de fato.

Vá para meu jardim e salve a vida dela.

Signa iria àquele jardim. Só que, antes, precisava encontrá-lo.

Atrás da mansão, havia morros íngremes e sem fim. Antes disso, plantas bem aparadas e um pequeno arvoredo, de pés de bordo. E, bem além dos limites da Quinta dos Espinhos, havia uma fileira de árvores que marcava o início do bosque. Nenhum jardim à vista.

Signa poderia ter acreditado que estavam brincando com ela, se não tivesse conversado com Sylas dois dias antes – o rapaz havia dito que antes trabalhava no jardim com Lillian. Apesar de desdenhar da ideia de pedir ajuda para ele, o cavalariço era a opção mais segura. Por mais que a diferença de classes entre os dois fosse evidente, Sylas certamente não teria coragem de denunciá-la por meter o bedelho onde não fora chamada.

E, sendo assim, Signa subiu os morros com seu horroroso vestido amarelo e atravessou o gramado bem aparado até chegar aos estábulos, segurando as saias cada vez mais apertado, à medida que se aproximava dos animais que relinchavam e batiam seus cascos no chão. Os cavalos da Quinta dos Espinhos eram criaturas enormes, e todos tinham uma pelagem lustrosa, em um espectro de cores – preto absoluto, branco puro, castanho intenso. Pareciam à vontade em suas baias espaçosas, mas Signa não confiava muito nas barreiras de madeira que os confinavam. Se aqueles animais quisessem sair, tinham inteligência suficiente para se libertar.

A garota espiou as baias, andando na ponta dos pés pelos estábulos, cercada por cavalos que espichavam o pescoço, em uma tentativa de chamar a sua atenção. Um deles chegou a mordiscar seu ombro, Signa foi para trás e bateu forte no focinho do animal.

– Nada disso! – advertiu, alisando o ombro do vestido. – Tocar em uma mulher não é jeito de chamar atenção dela.

O cavalo bufou, indignado. Era menor do que os outros, apesar de não parecer mais jovem. Sua pelagem, ao contrário da dos demais, brilhava, era castanha e opaca, cor de caramelo queimado. Comparado aos outros cavalos, aquele animal era magrelo e estranho.

– Ora, ora – disse ela, olhando para o animal com as mãos na cintura –, você é muito bobo, não é?

A resposta do cavalo foi espichar o pescoço e mordiscar o ombro de Signa novamente. Ela, que ia dar um passo, cambaleou para trás para arrancar o tecido da boca do cavalo, bem na hora em que alguém deu risada. Era um som intenso, que fez um arrepio minúsculo percorrer a espinha da garota. Signa o reconheceu instantaneamente.

Então, virou-se para trás, sem ter ouvido que Sylas havia se aproximado. Estava altivo, como sempre, com o cabelo castanho-escuro lambido para trás, deixando à mostra os belos contornos de seu rosto. Apesar do vento frio de outono, o cavalariço usava apenas calças e uma túnica de algodão de mangas compridas. Aberta no colarinho, com as mangas arregaçadas, revelando braços fortes, como se estivesse trabalhando, apesar das botas e das luvas escuras mal terem um pingo de terra. Eram de um couro tão fino – e tão bem engraxadas e limpas para serem de um cavalariço.

Sylas apoiou os braços em uma pilha de fardos de feno. Um grande galgo inglês estava sentado ao lado dele, em posição de alerta, com as orelhas erguidas e a cabeça inclinada.

– Não sabia que a família Hawthorne possuía um cachorro – falou Signa, por falta de algo melhor para dizer, odiando o fato de sua língua parecer inútil e anestesiada quando estava perto daquele rapaz.

Por mais grosseiro que Sylas fosse, a falta de companhia de garotos da sua idade sempre a deixava mais sem palavras do que ela gostaria de admitir.

– Ah, sim. E ele é uma fera também. Foi treinado para matar qualquer um que invada a propriedade.

Signa deu um passo nervoso para trás. Mas, no instante em que fez isso, o cão mostrou a língua e se deitou de costas, alegremente. A garota lançou um olhar para o cavalariço.

– Falei que ele foi treinado. Não que deu ouvidos ao treinamento. E ele é meu, não da família Hawthorne. O nome dele é Gundry.

Signa se abaixou e coçou a barriga do oferecido Gundry. Deu risada da respiração ofegante do cão e por ele ter se contorcido para lamber a mão dela. Ela sempre quis ter um bicho de estimação – qualquer animal serviria, na verdade. Sonhava em ter um gato ou um cão. Até um rato, talvez, desde que lhe fizesse companhia. Mas, levando em consideração a frequência com que mudava de casa, sempre teve medo de pedir um, receosa com o que pudesse acontecer com o bichinho – ou que um de seus tutores se recusasse a permitir que levasse o bicho de estimação quando fosse morar na casa deles. Nunca pensara muito em ter um cavalo, dado o próprio tamanho do animal, mas supunha que seria uma companhia igualmente maravilhosa.

– Anda a cavalo, Srta. Farrow? – A voz de Sylas foi fria como o vento que os cercava, debochando de Signa, que batia no cavalo travesso para afastá-lo de seu cabelo. – Parece ter um talento natural para tanto.

– Ah, sim. Quase esqueci das suas impressionantes boas maneiras. – Signa passou a mão no cabelo para se certificar de que estava bem preso. – E faz muito tempo que não convivo com cavalos. Meu falecido tio tinha alguns, mas foram vendidos quando ele morreu, e ele jamais gostou muito da ideia de eu andar em seus cavalos. Só que os dele não eram tão grandes.

– Cavalgar era uma paixão que os dois patrões tinham em comum. – Sylas foi até o cavalo que estava perturbando Signa e deu um tapa no focinho dele, com a mão espalmada. O animal logo se aquietou e soltou um suspiro satisfeito. – O amo Hawthorne raramente vem vê-los agora, mas ele é o responsável por esses cavalos. Sempre amou coisas bonitas.

Signa olhou para o cavalo menor e mais travesso de todos, e Sylas deu risada.

– Aquela criatura se chama Balwin e tem sua própria beleza. Dizem que seduziu Lillian em seus velhos tempos: os patrões o compraram de uma estalagem, onde se hospedaram durante as férias de verão. Balwin é um cavalo até que bem divertido, mas voluntarioso. Tem opinião própria.

Sylas Thorly, o homem que aterrorizara Signa com suas esquisitices durante um dia inteiro, tinha sentimentos por um cavalo estranho e por um grande galgo inglês que parecia ser parte lobo. Ela jamais imaginaria tal cenário.

– Vim montar a cavalo – declarou a garota, determinada. – Quero conhecer o jardim de Lillian.

Um lampejo de surpresa se esboçou no rosto de Sylas antes dele fazer que sim.

– Escolha um cavalo, então. Menos Balwin. Que precisa dar uma volta, mas gosta de testar quem cavalga nele.

– E, aquele ali? – Signa apontou para um corcel negro esplêndido, cuja pelagem brilhava tanto que parecia estar molhada.

– Que tal tentarmos alguma das éguas mais velhas? Como aquela branca ali, mais à direita?

Sylas apontou para um animal branco de estatura firme, mas os olhos de Signa pousaram na magnífica égua dourada ao lado dele.

Ela era um pouco mais alta, e seus olhos, bem mais vivos. A égua bufou e bateu os cascos, cumprimentando-a de forma agradável, como se estivesse convidando Signa para se aproximar e cumprimentá-la.

– E ela? – indagou a garota, fazendo as vontades do animal ao oferecer a palma da mão para a égua cheirar e lamber.

O rapaz baixou o rosto e respondeu:

– Ela é... um animal amigável, mas faz tempo que não sai da baia. Escolha outro, quem sabe... O que está fazendo, Srta. Farrow?

– Quero essa.

Signa já estava abrindo os cadeados da baia e entrando para pegar a montaria, atraída pela égua dourada de uma maneira que nenhum dos outros cavalos a atraiu. O animal piscou os olhos cor de chocolate para a garota e bufou, abaixando a cabeça, meio que se oferecendo. Signa aceitou a oferta e passou os dedos no pescoço aveludado dele, e coçou atrás de suas orelhas.

– Tem alguma coisa de *errado* com ela? – perguntou, e a égua olhou para Sylas, como se exigisse dele uma resposta bem-educada.

– É claro que não. – O rapaz soltou um suspiro e pegou o equipamento na lateral da baia, depois entrou junto com Signa para tirar a égua dali e colocar a sela. – É só que Mitra era a égua de Lillian. Mas está na hora de você dar uma boa volta, não é, garota?

Então, fez carinho no pescoço do animal, com uma delicadeza que Signa não esperava. Quando deu por si, estava olhando fixamente para o rapaz, e a leveza do tom de sua voz aqueceu sua pele.

– Espere lá fora. – Quando se dirigiu à Signa, que se encolheu, a voz de Sylas não tinha mais nada dessa delicadeza. – Irei aprontá-la.

ONZE

Quando Sylas saiu dos estábulos, quinze minutos depois, usava uma capa azul-marinho grossa e não trazia apenas um, mas dois cavalos e o cachorro, que andava ao seu lado, ofegante. Acompanhando a beleza dourada da égua, estava Balwin, o corcel castanho travesso, obcecado em tentar comer o cabelo do rapaz.

– O senhor me trouxe duas opções?

Foi tudo que Signa conseguiu pensar em perguntar.

Sylas, apesar de estar bem ocupado, estapeando Balwin para afugentar o animal, teve tempo de soltar um riso debochado.

– Vou com a senhorita. O jardim de Lillian fica no bosque. É óbvio que não cavalga há um tempo, e se eu permitisse que fosse a cavalo para lá, desacompanhada, o Sr. Hawthorne me mataria.

Signa se segurou para não cerrar os dentes. Como se sentisse a irritação da garota, Mitra se aproximou dela e a cutucou com a espádua. Signa, por sua vez, abraçou o pescoço da égua e fez cafuné em sua crina macia. Conseguia sentir o pulsar feroz da vida do animal sob as pontas dos dedos. A rapidez com que o coração da égua batia, e sua respiração ofegante e impaciente.

Eram um par adequado, ambas estavam loucas para se libertar e andar a esmo. Mas, quando Signa foi montar na égua, não conseguiu. Apesar de ser alta, não alcançou os estribos. Abraçou-se no pescoço de Mitra e tentou erguer o corpo, mas o animal se sacudiu e a derrubou.

Atrás dela, Sylas perguntou, com um tom zombeteiro:

– Precisa de ajuda?

De queixo erguido, a garota ignorou o rapaz e tentou novamente, agarrando-se ao animal como se sua vida dependesse disso, e ensaiou colocar um pé dentro do estribo. Mitra bateu os cascos no chão, e Signa ficou pendurada, escorregando, recusando-se a admitir sua derrota.

– Meu Deus, como a senhorita é teimosa.

Dessa vez, Sylas não perguntou se podia colocar as mãos na cintura de Signa, ergueu a garota e a colocou em cima da égua. Fez isso com um único e fluido movimento, como se ela fosse leve como uma pluma. O coração de Signa disparou, mas Sylas, ao que parece, não achou nada daquele contato físico tão íntimo. Bateu no traseiro de Mitra, certificou-se de que os pés de Signa estavam bem presos e montou em Balwin.

Debaixo de Signa, Mitra estremecia de expectativa. Não esperou o comando para sair trotando em disparada, tanto que a garota começou a escorregar da sela. Signa segurou bem as rédeas e inclinou o tronco para a frente, para se equilibrar. Então, Sylas surgiu ao seu lado e açoitou o traseiro de Mitra com um galho. A garota teve vontade de rosnar para o cavalariço, porque o açoite fez a égua relinchar e ir mais rápido, ainda que sua corrida desabalada tenha cessado em questão de segundos.

Signa endireitou-se na sela e lançou um olhar para Sylas, cujos olhos brilhavam de malícia enquanto ele e a garota corriam pelos morros, passavam por colinas sem fim, cheias de flores do campo, e atravessavam charcos que retardavam suas montarias. Foram se aproximando cada vez mais do bosque, até que o peito de Signa começou a arder de tanta vontade de chegar logo lá.

Vá para meu jardim. O espírito de Lillian a atraía, guiando seu caminho. *Vá para meu jardim.*

A pele dos braços e das pernas da garota ficou arrepiada. Nunca vira um espírito tão bravo, e a última coisa que queria era ser aterrorizada por Lillian Hawthorne. Mais do que isso – mesmo que não tivesse nenhuma intenção de admitir com todas as letras –, Signa era capaz de sentir a curiosidade afundando as garras nela. Uma pilha de peças de quebra-cabeça misturadas, que queria encaixar.

Precisava saber o que aquele espírito queria com ela, e como uma mulher tão jovem e tão bonita havia morrido em um jardim secreto escondido no meio do bosque, bem longe da Quinta dos Espinhos.

Signa bateu com o pé delicadamente na lateral do corpo de Mitra, e a égua reagiu imediatamente. Era o cavalo de Lillian, afinal de contas – talvez também sentisse a mesma atração.

De tão rápido que as duas foram, Sylas ficou para trás, gritando, tentando impedir a dupla de se precipitar até o bosque. Mitra percorreu habilmente os morros, sem nunca desviar do caminho, mas Sylas estava com dificuldade para fazer o insubordinado Balwin avançar. A voz do rapaz parecia vazia aos ouvidos da garota, os protestos se dissipavam ao longe. Signa não esperou – *não podia* esperar. O bosque a convocava, e ela entrou com tudo, como Jonas na barriga da baleia, e permitiu que as mandíbulas do monstro se fechassem e a engolissem por inteiro.

O bosque a devorou, abraçando-a tão forte que os gritos frustrados de Sylas e o barulho dos cascos de Balwin foram interrompidos, o único som que se ouvia era o farfalhar das árvores outonais, cujas folhas eram uma mistura de laranja-abóbora e verde-noite.

Não demorou muito para a grama amarelada ficar grudada nas patas brancas de Mitra. A floresta puxava a saia de Signa e a crina de Mitra, arranhando e machucando a pele das duas, sedenta de sangue. A garota tentou tapar a égua com o próprio corpo o melhor que pôde, mas os galhos eram baixos e selvagens, e afundavam as garras na lateral do corpo de Mitra.

Pelo canto dos olhos, Signa viu um clarão branco tão fortuito que teria passado despercebido se ela tivesse piscado. O clarão apareceu de novo, segundos depois, e se enveredou para a direita, onde as árvores haviam sido partidas ao meio ou arrancadas. A garota seguiu o que sabia ser o espírito de Lillian, que a levou até uma clareira onde havia um portão de ferro instalado em um muro de pedra desgastado pelo tempo. Signa empurrou o portão e descobriu que tinha um cadeado no meio, coberto por heras e cipós.

Ficou feliz por não haver ninguém por perto para ouvir o palavrão, bem pouco adequado a uma dama, que soltou ao olhar para o muro do jardim, que tinha o triplo da altura dela, impossível de pular, mesmo se ficasse de pé em cima de Mitra. Forçou o cadeado, e a frustração aumentou, porque a tranca não se mexeu.

Como achavam que ela iria encontrar a chave de um jardim que obviamente estava abandonado há meses? Até parece que podia pedir a chave para Elijah, e Sylas, provavelmente, já sabia que o local fora lacrado e a incentivara a realizar aquela missão impossível só para dar risada de Signa. Segurando firme as rédeas, a garota já ia dar meia-volta e procurar o cavalariço, para dizer poucas e boas para ele, quando outro clarão piscou nos limites de seu campo de visão.

Lillian estava ali, observando, escondida nas sombras do portão de ferro. O cabelo era claro feito manteiga, e o rosto estava coberto de limo, com cipós apodrecidos enredados, que saíam pelo buraco enorme no lugar em que deveria estar a boca. Olhos vazios observavam por trás das folhas de hera. Olhos vazios que não olhavam para Signa, mas para trás dela. Para o chão.

A garota se virou e deu de cara com a imagem bem conhecida, de frutinhos pretos e minúsculos – de beladona – e compreendeu tão bem que teve a sensação de que alguém estava partindo seu peito ao meio.

Na última noite em que ingerira beladona – na noite em que conversara com a Morte –, usou os poderes do Ceifador como se fossem seus. E se pudesse fazer isso de novo? Já o vira atravessar paredes. Vira o Ceifador sumir no meio das sombras e, em seguida, voltar a se formar, quando bem entendesse. Será que Signa também era capaz de fazer isso?

A garota desceu do cavalo e cerrou os dentes ao ver os frutinhos de beladona que estavam à espera, nas botas dela. Não queria se aproximar da Morte de novo até que tivesse um modo de destruir o Ceifador e acabar com sua odiosa maldição. Mas, ao que parece, se quisesse que Lillian a deixasse em paz, não tinha opção.

Sentindo pavor no estômago, abaixou-se e colheu os frutinhos, enchendo os bolsos e as mãos.

A Morte pairava no ar, feito uma tempestade que se aproxima, sombria e pesada. Signa sentiu o peso do Ceifador deixando-a sem ar, alertando-a. Até o som do vento era cortante feito uma lâmina quando o mundo diminuiu de ritmo ao seu redor, como se o tempo estivesse prestes a parar.

Só que a Morte não encostaria um dedo nela. Nunca fazia isso.

Signa apertou cinco frutinhos contra a língua e esperou, com o sangue ardendo e arrepios percorrendo sua espinha. Não demorou muito para o veneno comprimir suas entranhas. Para a visão se turvar e delírios com aquele bosque se afunilarem ao seu redor, para um poder sem igual se formar dentro de si, convocando-a a vir e experimentá-lo.

A Morte havia chegado.

DOZE

A presença da Morte era uma geada que queimava até mesmo os ossos de Signa – um lago congelado no qual ela mergulhara de cabeça. Mas, em vez de permitir que a garota emergisse para respirar, o Ceifador a abraçou naquelas águas gélidas, sem nenhuma intenção de soltá-la.

– Olá, Passarinha. Veio me esfaquear de novo?

A voz do Ceifador era um bálsamo para a pele arrepiada de Signa, e as entranhas da garota se reviraram, irritadas com a reação de seu corpo à voz da Morte. Não foi de raiva nem de medo, mas de uma profunda e exasperante curiosidade da qual, ao que parece, Signa não conseguia se livrar.

– Diga se posso ou não usar seus poderes novamente – declarou ela, com firmeza.

Já que o Ceifador não titubeara, Signa tampouco o faria.

A garota ergueu o queixo e se virou de frente para a Morte. Ou, pelo menos, acreditou que estava de frente para o Ceifador.

Era difícil saber, dada a sua forma. A Morte era pouco mais do que as sombras das árvores. A escuridão que paira nos cantos onde a luz não consegue alcançar. Não estava em lugar nenhum e estava em todos os lugares, até que, lentamente, as sombras do Ceifador começaram a se contrair na terra, devorando o chão do bosque e o banhando de escuridão, até que ele apareceu. Sem rosto, sem boca, mas uma silhueta de um homem bem mais alto do que a jovem.

– Diga, Signa – a Morte começou, ignorando a pergunta da garota –, você tem medo de mim? – As sombras do Ceifador, então, se contraíram, até que a silhueta ficou menor, menos imponente. – A maioria das pessoas têm medo da morte. A temem durante toda a vida, apesar de só me verem em seu último suspiro. Existe um punhado de seres humanos por aí que têm um olhar mais aguçado, claro. Aqueles que passam a vida tentando preencher a lacuna entre os vivos e os mortos, e que têm vislumbres do que há por trás do véu. Mas, quando fico diante delas, até essas pessoas têm o bom senso de ter medo de mim. Só que você me chamou inúmeras vezes. Você me questionou. Chegou até a tentar me assassinar.

Apesar de as palavras ditas pela Morte serem sinistras, Signa não deixou de reparar na pitada de humor contida nelas. Começou, então, um incêndio ardente e furioso dentro da garota.

– Por acaso me acha engraçada, *senhor*? – perguntou.

E, cerrou os dentes, em seguida, porque as sombras serpentearam em meio às árvores.

– Às vezes. – A voz do Ceifador era pouco mais do que um sussurro no vento uivante, mas ela ouviu muito claramente, como se aquela voz tivesse vindo de seus próprios pensamentos. – E, outras vezes, você é um incômodo sem fim. Mas é sempre fascinante.

Ao conversar com a Morte, mais parecia que estava ouvindo uma charada. Signa mal conseguia resistir à vontade de revirar os olhos de tão prolixo que o Ceifador era, e precisou esmagar mais dois frutinhos na língua.

– Diga se posso ou não usar seus poderes novamente – repetiu, com mais firmeza dessa vez, mas falando baixo, na eventualidade de Sylas estar por perto. – Naquela noite, você disse que poderia explicar, então, explique. Rápido.

Caso a Morte tivesse olhos, Signa imaginou que estava olhando bem para eles, de forma ameaçadora.

As árvores silenciaram quando o Ceifador falou.

– Aqui, neste espaço entre os vivos e os mortos, parece que você é capaz de fazer mais do que apenas me infernizar, Passarinha. Não sei até que ponto chegam suas habilidades, mas acredito que você mal entrou em contato com elas.

Signa engoliu o medo que empesteava sua garganta, depois de ter suas suspeitas confirmadas.

– Como isso é possível? O que você fez comigo?

Quando o chão tremeu sob seus pés, a garota compreendeu que fizera a pergunta errada.

– Como você vive me culpando – disse a Morte –, fique sabendo que eu não fiz *nada*. Não sou responsável pelos seus dons. Não sou responsável pelo que aconteceu com sua tia, apesar de que, às vezes, gostaria de ter sido. As coisas que ela fez você passar... Se você não a quisesse viva, eu poderia tê-la levado há muito tempo.

– O fato de eu querer que alguém continue vivo nunca o impediu antes. – O corpo de Signa era uma mola encolhida, prestes a se soltar. – Devo acreditar que você não teve nada a ver com as mortes que me acompanham aonde quer que eu vá? Que eu sou a única responsável por elas?

A noite se aproximou quando a Morte foi para a frente.

– Você não tem nenhuma responsabilidade por essas mortes. A vida de Magda foi a primeira que você ceifou. Nem eu estava esperando por isso.

Se o que o Ceifador disse fosse verdade, que nem ele estava esperando que isso acontecesse, então...

Como?

Pareceu que o próprio vento sussurrou a resposta.

– Não é por acaso que você é capaz de ver espíritos, Signa. Não é por acaso que consegue atravessar o véu entre a vida e a morte. Apesar de eu não ter conseguido confirmar o *porquê*, parece que suas suspeitas estão corretas. Quando está aqui, quando cruza o véu e consegue me ver, parece ter acesso a um arsenal de habilidades parecidas com as minhas.

Foi tão estranho o misto de alívio e terror que Signa sentiu. A bile subiu na sua garganta com a confirmação do que ela havia feito. Nenhuma das outras mortes era culpa de Signa, o que foi um alívio, claro. Só que a morte de Magda *foi* culpa da garota. A tia morreu pelas mãos de Signa e, só de pensar, ela tinha vontade de se encolher, encostar na árvore mais próxima e vomitar.

– Preste atenção – sussurrou a Morte. – Regras importantes foram desobedecidas naquela noite. A vida e a morte são uma questão de equilíbrio, Signa. Um equilíbrio que sempre deve ser mantido. Caso contrário, você provocará caos neste mundo. Não era para Magda ter morrido naquela noite. Quando uma vida é ceifada, outra deve ser poupada. Você compreende?

As palavras, sim. Mas o que significavam de fato? Signa mal compreendia. O suspiro que a Morte deu atingiu o rosto da garota, e as sombras do Ceifador a cercaram.

– Quando você matou Magda – explicou ele, com um certo tom de cansaço –, tive que dar a vida de sua tia para outra pessoa que deveria morrer naquela mesma noite. E a dei para Blythe.

O olhar de Signa se dirigiu para cima, de repente.

– Blythe teria morrido?

Apesar de tê-la encontrado apenas duas vezes, por pouco tempo, Signa sabia que a alma de Blythe ardia ferozmente. A garota era jovem demais, inocente demais e voluntariosa demais para morrer antes de ter a oportunidade de viver de fato. Apesar de saber que não deveria – sabia que isso não era certo –, descobrir que a morte de tia Magda salvara a vida de Blythe a fez se sentir... melhor.

Como se isso fosse algo que ela estaria disposta a fazer de novo, se tivesse escolha.

– Você salvou a vida de Blythe?

– *Você* salvou a vida de Blythe – corrigiu a Morte. – Apesar de ter matado outra pessoa para fazer isso. Está entendendo o que estou lhe explicando, Signa? Tudo tem um preço.

A garota passou diversos instantes tão obcecada pelas palavras do Ceifador que não conseguiu falar.

Havia salvado a vida de Blythe.

Não havia condenado Blythe a uma morte súbita. Não a amaldiçoara, nem a matara, nem fora a razão de seu sofrimento. Pelo contrário: era a primeira vez na vida que Signa salvara a vida de alguém.

Com os pensamentos formando um redemoinho, ela pôs as mãos no peito, que retumbava, como se assim pudesse parar o próprio coração. Naquele espaço entre a vida e a morte, a garota tinha os poderes do Ceifador. Se era verdade que ambos podiam ceifar e dar a vida, o que mais Signa poderia fazer com tais poderes? Uma ideia estava surgindo, em segundo plano, só que ela precisaria aprender mais antes de colocá-la em prática.

– Lillian entrou em contato comigo ontem à noite – admitiu, de repente, sussurrando, como se o espírito da mulher pudesse ouvir.

– Não me surpreende. Suas ações já salvaram a vida da filha dela uma vez. Você e Blythe, agora, estão conectadas.

– Você sabia que isso iria acontecer? – perguntou Signa, e nunca havia sentido tanta coragem quanto naquele instante, em que olhou bem para as profundezas das sombras do Ceifador. – Você sabia que eu acabaria vindo parar aqui, na Quinta dos Espinhos?

– Eu sabia que Blythe morreria naquela noite, assim como sabia que os Hawthornes eram os últimos parentes que lhe restavam. Poupei a vida dela para que você fosse bem-vinda aqui, mas não sou capaz de acabar com o sofrimento da moça.

Talvez não fosse prudente desafiar a Morte, mas Signa não se importou com isso.

– Sou bem-vinda, de fato, ou você é o motivo para eu estar aqui? Qual foi o feitiço que você lançou na família Hawthorne para eles me receberem?

– Não foi feitiçaria. Eu simplesmente ajudei a acelerar o processo com uma carta. Apesar do que você possa pensar de mim, quero que fique segura e tenha um lar estável. Se eu tivesse escolhido outra pessoa que não Blythe, essa oportunidade teria sido perdida.

Signa digeriu essa informação, sem saber direito em que acreditar. O Ceifador não *parecia* estar mentindo, pelo som de sua voz. Mas, até aí, ele era a Morte. Provavelmente, era o próprio inventor de todas as farsas.

– Lillian está esperando por mim. – Nessa hora, a garota se virou de frente para os portões do jardim. – Lá, dentro do jardim.

Do jardim *trancado*.

– E como você pretende entrar? – Mais uma vez, aquele tom absolutamente irritante, de quem achava graça, coloriu a voz do Ceifador. – Subir pelas heras? Acho que vou gostar de assistir.

Signa o ignorou. Se o que a Morte havia dito fosse verdade, e ela realmente fosse capaz de possuir seus poderes, haveria um modo. Se o Ceifador era capaz de se tornar incorpóreo – se era capaz de se tornar as próprias sombras –, o que a impedia? Seu único motivo para titubear era o fato de não saber, ao certo, como *empregar* tais poderes. Na noite em que Signa matou tia Magda, não tinha a intenção de fazer nada com a mulher, apenas mantê-la a distância.

– Você consegue atravessar paredes? – perguntou Signa, apesar de achar que já sabia a resposta.

– Eu consigo atravessar qualquer coisa – foi a resposta da Morte, com uma voz aguda e intrigada.

– Então, se eu quiser atravessar o portão do jardim...

– Você simplesmente precisa invocar o poder, deixar claras as suas intenções e atravessar.

– E o meu corpo? Vou permanecer inteira ou me transformar em espírito?

A risada da Morte foi um ronco grave que estremeceu o chão.

– Você permanecerá inteiramente você mesma. Só precisa estar aqui comigo, do outro lado do véu. Por que não tenta?

Até parece que Signa tinha escolha.

Ela respirou fundo pelo nariz e tentou invocar seus poderes – e sentiu-se ridícula, levando em conta que não conseguia sentir nada, e ainda acreditava que tudo aquilo era uma mentira muito bem elaborada –, então, correu direto na direção das grossas barras de ferro do portão do jardim.

Para sua surpresa, não esborrachou a cabeça no portão. Mas também não o atravessou. Pelo menos, não completamente.

As árvores sacudiram e a terra tremeu, porque a risada da Morte estremeceu os ossos de Signa. Ela não tinha certeza de que o Ceifador era capaz de causar tamanho ruído, mas, ao ouvi-lo, sentiu um calor subindo pelo rosto. Porque estava presa no portão do jardim. A metade da frente de seu corpo ficou para o lado de dentro, e as costas permaneceram com a Morte.

Tinha a sensação de que havia algo duro *dentro* dela. Um metal gelado e corrosivo, que esmagava suas entranhas. As mãos tremeram, porque tudo aquilo estava muito errado, parecia que fora serrada ao meio.

– Esqueci de dizer – completou a Morte, com aquela sua vozinha bucólica –, se seus poderes forem iguais aos meus, suas habilidades se concentram na intenção. Você pode fazer o que quiser, mas se duvidar de si mesma, por um segundo que seja... bem...

O Ceifador riu novamente, e Signa não pôde deixar de reparar que as estrelas piscaram com o ruído, como se também a achassem ridícula.

Signa se perguntou quanto poder será que a Morte tinha? Quanto poder será que ela tinha?

Foi logo enfiando mais vários frutinhos na boca, porque não queria descobrir o que poderia acontecer caso voltasse a ser completamente corpórea naquele estado – ou, pior ainda, talvez, se fosse descoberta por Sylas.

– Você vai me ajudar – falou, entre dentes – ou vai só ficar parado aí e continuar dando risada, seu amontoado de sombras inútil?

Lentamente, o riso do Ceifador foi cessando.

– Ora, ora, Passarinha. É só pedir ajuda que eu concedo.

A irritação ferveu e se derramou dentro de Signa.

– Apenas me tire daqui antes que...

– Antes que essas frutinhas que comeu percam o efeito e você volte a ser completamente mortal? Ou antes que aquele garoto a veja de bunda para cima? – Apesar de Signa não conseguir enxergá-lo, ficou parada ao sentir as sombras roçarem nela e gelarem sua pele. – Nunca ninguém ousou falar comigo do jeito que você fala. Por que é tão bem-educada com os outros? Tão recatada e delicada, mas tão grosseira quando conversamos? Peça com educação, Signa Farrow.

Ela revirou os olhos.

– Talvez seja porque alguém acabe morrendo sempre que você está por perto.

Mas não era só isso. Talvez fosse porque a Morte não podia existir – porque *não deveria* existir, e Signa não estava completamente convencida de que o Ceifador não era coisa de sua imaginação. Talvez fosse algo que ela manifestasse em sua solidão, uma maneira de explicar as coisas estranhas que aconteciam à sua volta.

Ou, talvez, fosse porque a Morte era real e, perto do Ceifador, Signa ficava à vontade demais. Livres de todas as suas costumeiras dissimulações, as palavras da garota se tornavam mais afiadas e venenosas. Devia ser, provavelmente, porque Signa não sentia necessidade de impressioná-lo. Não sentia necessidade de ter traquejo social nem de duvidar de cada pensamento e de cada atitude sua. Com o Ceifador, não havia fingimento. Talvez, ela simplesmente fosse daquele jeito mesmo.

– Você anda me espionando? – perguntou Signa.

– Sinto que o tempo passa mais rápido se eu fizer isso. Do contrário, fico entediado e cansado, e de quem mais posso debochar?

A resposta do Ceifador surpreendeu Signa – tão cara de pau, tão saliente.

A garota odiou o fato de ter ficado tão incomodada com essa resposta.

– Levando em consideração que você me acha tão fascinante, é melhor me ajudar a sair daqui antes que eu me solidifique e tenha uma hemorragia interna, causada pelas *grades de ferro* que estão perfurando meus *órgãos.*

A Morte ficou esperando, parada, paciente, e achando consideravelmente mais graça do que deveria, até que Signa disse um sucinto *Por favor,* a contragosto.

– Ah, bem melhor. Fico feliz de ver que você está aprendendo.

Então, ficou diante da garota, e as sombras se esticaram em sua direção. Esticaram… a mão? Signa jamais vira nada remotamente humano na Morte, mas foi mesmo uma mão que a envolveu em sombras. Uma mão que pairou no ar, hesitando por um instante, e entrelaçou os dedos nos dela. A vida ao redor deles parou para respirar fundo.

E o mundo enfim expirou quando a Morte puxou Signa, fazendo-a entrar no jardim.

TREZE

O jardim não estava tão morto quanto Signa esperava.

A primeira coisa que ouviu quando entrou foi o marulhar baixinho da água, acompanhado de um coro de sapos coaxantes. A terra estava rica, pronta para o outono, sustentando uma abundância de acônitos, laranjas aromáticas, crisântemos vermelhos e amores-perfeitos com um centro roxo bem escuro, que se esparramava pelas pétalas amarelas, hamamélis que desabrochavam, e dezenas de plantas impressionantes que a garota jamais havia visto. Diante delas, havia canteiros de ervas amarronzadas por colher e, mais adiante, arbustos de dama-da-noite. Apesar de não ser cuidado, o jardim não passava a sensação de ser abandonado, como o de tia Magda. Brilhando ao pôr do sol, aquele jardim parecia vivo e pleno de magia.

Signa tentou imaginar como o jardim seria em um dia quente de verão, como Lillian deveria ter se sentido bem ali, ouvindo o cantar dos pássaros e o zumbido baixo dos insetos, deitada na grama, tomando banho de sol. Ou, talvez, fazendo um piquenique.

Lillian, Lillian, Lillian.

O nome zumbia pelo ar, parecia que o jardim estava abrindo caminho para ela, levando Signa adiante.

– Foi uma morte serena?

Foi uma pergunta parecida com a que Signa fez para Sylas. Dessa vez, contudo, perguntou direto para a fonte.

A Morte estava parada ao seu lado, e a tensão carregou o ar.

– Apesar do que você, ao que parece, acha de mim, não sou nenhum monstro. Apesar da dor nem sempre poder ser evitada, tento tornar a morte serena sempre que posso. Não sou capaz de levar todos em seu estado mais feliz, mas tento, e com afinco.

Para sua surpresa, Signa percebeu que acreditava no Ceifador.

– Então, como foi a morte de Lillian?

– Não me lembro de todas as vidas, Passarinha, porque são muitas, e não posso contar muita coisa. O que sei é que este era o lugar preferido dela, e que Lillian foi enterrada lá nos fundos, perto do laguinho. Posso levar você até ela?

Signa tremeu e respondeu:

– Por favor.

A Morte guiou os passos da garota pelo jardim, parecia que estivera ali antes, centenas de vezes. Ao seguir o Ceifador, a garota se perguntou por quanto tempo Lillian ficou doente. Quantas vezes estivera tão perto das portas da Morte, ao ponto do Ceifador se sentar naquele jardim com ela, esperando para ver se Lillian finalmente o chamaria?

Apesar de estar verde de tantas algas, o laguinho era cheio de vida. Era um local de muita delicadeza, cheio de folhas de bordo caídas e lírios que brotavam nas margens. Minúsculos sapos marrons se entocavam na terra úmida ou se escondiam entre as pedrinhas que os cercavam. Dentro da água, havia peixinhos muito diminutos e, de frente para o laguinho, havia dois bancos de carvalho, ambos tomados de limo úmido. Atrás dos galhos, escondida mais para o fundo, estava a cova, salpicada de pétalas caídas de um buquê em decomposição, e de mais limo.

– Tenha cuidado quando falar com Lillian. – A voz da Morte perdera o tom zombeteiro. – Como os espíritos precisam de uma grande quantidade de energia para fazer isso, não se comunicam com os vivos com muita frequência. Mas, se um espírito estiver muito enraivecido, pode tentar lhe possuir.

Até então, Signa nem imaginava que isso era *possível*. Mas, até aí, nunca se deparara com um espírito tão malévolo quanto o de Lillian. Precisou se recompor e esperou o próprio coração bater algumas vezes antes de se aproximar da cova. No caminho, arrancou um lírio do caule e o colocou, delicadamente, ao lado do buquê murcho.

– Você me pediu para vir aqui – sussurrou Signa, batendo com a mão na terra. – Estou aqui, Lillian. Venha me dizer o que quer de mim.

O coração da garota, então, parou de bater, e um frio tomou conta de sua pele, parecia que mil agulhas se fincavam nela. A bile queimou sua garganta.

Quando olhou para cima, Lillian estava flutuando na beira do lago.

Sua boca não era mais um buraco negro – agora, seus lábios estavam completos e tinham formato de coração. A boca de Lillian estava coberta de bolhas e feridas, e Signa teve certeza de que a língua da mulher ainda seria aquela gosma de carne podre, caso tentasse falar. Mas, em última instância, parecia mais humana.

Presumindo que seres humanos sejam capazes de ter um brilho branco azulado e de pairar acima do chão.

A Morte deu um passo à frente, estendeu a mão para o espírito, mas Lillian se esquivou para não encostar no Ceifador, como se esse contato fosse um veneno, e resistiu ao seu chamado. À oferta do além-túmulo.

– Você não pode simplesmente levá-la? – perguntou Signa.

E, a Morte ficou tensa, como se a sugestão, por si só, já fosse uma desgraça.

– Não quero fazer tal coisa contra a vontade dela. Lillian virá quando estiver preparada.

O Ceifador baixou a cabeça e, feito isso, se recolheu às próprias sombras.

Quando as duas ficaram sozinhas, Lillian esboçou um leve sorriso. Só que seus lábios estavam rachados e machucados demais para dar conta desse movimento, e uma das feridas se abriu, vertendo um sangue preto, que escorreu pelo seu queixo. Caso o espírito tenha percebido, não deu importância.

Signa ficou feliz por ninguém da família Hawthorne ser capaz de ver Lillian daquele jeito. Ela, como um todo, era uma maneira de lembrar de que não há lugar para os mortos no mundo dos vivos. A mulher apavoraria até aqueles que mais a amavam.

– Lillian – sussurrou Signa. Se o espírito não estivesse em condições de usar palavras, precisava facilitar as coisas. – Você tem consciência de que está morta?

Pela experiência de Signa, muitos espíritos não percebem esse fato e continuam agindo como se ainda estivessem vivos. Só que, para surpresa da garota, Lillian fez que sim.

Ótimo. Era um bom começo.

– Os médicos disseram que você morreu devido à doença. Você ficou doente por muito tempo?

O rosto do espírito se contorceu, e sua postura teve uma mudança sinistra. Ela flutuou até o túmulo, debruçou-se sobre as heras que cobriam o chão e arrancou um bom punhado, com as duas mãos. Olhando para Signa por baixo dos cílios iridescentes, nem piscou ao destroçá-las, até que Signa sentiu um aperto na garganta.

– Morte – chamou Signa, sem tirar os olhos de Lillian. – Você sabe como Lillian morreu? Viu a doença?

O Ceifador tomou forma, encostado em uma árvore, e respondeu com um tom que não deixou transparecer nada.

– Receio que não sei nada além do que ela já sabe.

Que bela ajuda ele deu. A garota resmungou, tentando tranquilizar seu coração disparado, porque Lillian continuava arrancando as heras, e aí parou, de repente, com um pulo, ao ver um pedregulho perto de seu túmulo. O espírito pegou a pedra e, com as mãos trêmulas, riscou uma única palavra na terra, com uma letra tão confusa que mal dava para ler: *matou*.

A palavra foi tão encorajadora que Signa precisou de cada gota de sua determinação para permanecer ali, por mais que seus pensamentos insistissem para que saísse correndo.

– Você... matou alguém? – perguntou, e Lillian fez uma careta.

Em seguida, o espírito apontou para as feridas nos próprios lábios, depois para o corpo, e Signa soltou um suspiro de assombro quando se deu conta do que ele estava tentando dizer.

Se Lillian estivesse dizendo o que Signa achava que estava dizendo... a situação mudaria, e muito, e seria bem mais complicada do que estava disposta a se envolver. Em parte, estava compelida a dar meia-volta e fugir naquele exato momento, antes que fossem mais longe. Antes que descobrisse um segredo que não queria descobrir.

Só que Signa não conseguia se afastar. Não conseguia fazer os próprios pés se mexerem, por mais que quisesse. Sendo assim, em vez de fugir, ela se obrigou a perguntar:

– Lillian, você está tentando me dizer que alguém a matou?

A mulher soltou o pedregulho e se virou para Signa, balançando a cabeça com fervor. Na mesma hora, a garota começou a ligar os pontos. A morte súbita, as visitas dos médicos que fracassaram, o espírito furioso e agora...

– Blythe. Está acontecendo de novo, não é? O que quer, *quem quer*, que tenha matado você voltou para pegar sua filha. Isso está correto?

Lillian sumiu, piscando, e reapareceu em seguida, perto de um pequeno arbusto cheio de frutinhos, do outro lado do jardim.

Signa correu até ela e abriu a mão, onde ainda havia um pequeno punhado de frutinhos, que agora estavam meio esmagados. Ela estendeu a mão para Lillian, e os olhos da mulher enegreceram quando a garota perguntou:

– Veneno? Você acha que foi envenenada?

O espírito de Lillian balançou, com um repuxão violento. Contendo o próprio tremor, Signa ousou completar:

– Foi alguém que mora na Quinta dos Espinhos?

Mais um estremecimento violento. As feridas nos lábios de Lillian infeccionaram, passaram de roxas a um preto terrível, e então se abriram, expelindo sangue, que escorreu dos lábios, desceu pelo queixo e manchou a parte de cima do vestido. O corpo entrou em espasmo, a cabeça sacudindo, fazendo que sim de um jeito furioso e apavorante.

– Quem? – indagou Signa, e os olhos de Lillian se desanuviaram e brilharam.

– Foi um dos cozinheiros? A criada? A governanta? Foi alguém em quem você confiava?

– Já chega! – A Morte surgiu ao lado de Signa, suas sombras a devoraram, fazendo-a se afastar de Lillian. – Não pressione os mortos, Signa. Ela não sabe.

O aviso chegou tarde demais. O pescoço do espírito se dobrou e se partiu, porque ela o contorcia de um lado para o outro, sacudindo, balançando, torcendo. O sangue brotou da boca de Lillian, e o luar iluminou o que sobrava de sua língua dilacerada, quando ela jogou a cabeça para trás e soltou um grito tão agudo e estridente que Signa caiu de joelhos. O vento fustigou a água do laguinho e atirou os sapos coaxantes contra as árvores, manchando os galhos limpos com o sangue deles.

A Morte ficou na frente de Signa, as sombras do Ceifador eram uma armadura que bloqueava a visão daquela carnificina.

– O que está acontecendo? – gritou a garota, com os dentes cerrados, apertando as mãos nos ouvidos que zuniam, tentando ver além dele.

– Você exagerou. – A escuridão se expandiu ao redor dos dois, criando uma barreira. – Não é bom fazer espíritos desgarrados se lembrarem de seus últimos momentos. Nunca se sabe como vão reagir.

Signa inclinou o corpo para o lado, contornando as sombras, e viu Lillian pôr a mão no fundo da própria garganta e segurar aquele amontoado de carne pavoroso que fazia, às vezes, de língua. A mulher afundou as unhas imundas, sujas de terra, naquela gosma, arrancando pedaços. Atirou-os, ensanguentados, no chão, e tentou arrancar mais em seguida. Parecia que estava tentando remover a própria língua por completo.

Mas, então, o vento parou de soprar, e o pescoço de Lillian se virou e voltou para o devido lugar. Os olhos se fixaram em Signa, depois nos pedaços arrancados da língua, que já estavam desaparecendo. Nas árvores manchadas de sangue, onde havia vários sapos empalados.

E aí a mulher olhou para a Morte, e seus olhos se encheram de lágrimas, negras e sangrentas.

E, então, Lillian sumiu, assim como a estática no ar.

A Morte retirou suas sombras de cima de Signa, que foi se arrastando até a árvore mais próxima e vomitou. Seu corpo estava tomado por um gelo que ela não conseguia abrandar, e as mãos tremiam, mesmo depois de pressioná-las contra o tronco da árvore, para se equilibrar. Do lado de fora do jardim, Mitra relinchou, porque ouviu, ao longe, o som de outro par de cascos.

– Está na hora de ir embora – foi tudo o que a Morte disse, segurando os ombros da garota, colocando-a de pé e atravessando o jardim com ela.

– Você sabe quem a matou?

Essas palavras escapuliram da boca de Signa, um tanto arrastadas.

– Se eu soubesse, contaria a você. Não sou onisciente, Signa. Quando encosto em alguém, tenho alguns vislumbres da vida que essa pessoa teve. Mas só sei o que a própria pessoa sabe. E, apesar de Lillian suspeitar que foi assassinada, não sabe quem está por trás disso.

Gundry cavoucou a terra do lado de fora do portão. Parou de farejar na mesma hora e olhou para cima, colocando a língua para fora quando viu Signa atravessar o portão, cambaleando. Também olhou para a Morte e começou a balançar o rabo.

– Ele consegue ver você?

Depois de tudo o que vira naquele dia, a garota não sabia ao certo por que ficou tão surpresa. Já vira espíritos interagindo com animais antes, mas sempre teve a sensação de que a Morte estava um passo além disso. Era tipo alguém que nem deveria ser real.

– Todos os animais conseguem me ver – respondeu a Morte, fazendo carinho na cabeça do cachorro.

Signa quase chegou a pensar que enxergou um sorriso se esboçar das sombras do Ceifador. Mas, quando piscou os olhos mais uma vez, ele havia sumido.

Era tanta coisa. Tanta coisa que a garota não sabia. Tanta coisa acontecendo que ela mal conseguia processar.

Possuía os poderes da Morte.

Lillian fora assassinada.

E, agora, para salvar a vida de Blythe, Signa precisava descobrir quem havia feito isso.

QUATORZE

Quando Sylas a encontrou, Signa estava apoiada em Mitra, agarrada às rédeas, para conseguir se manter em pé. O cabelo do rapaz estava bagunçado e cheio de galhinhos – parecia que ele havia rolado nos arbustos. Logo atrás do cavalariço, Balwin parecia encantado e nem um pouco sem fôlego.

– Srta. Farrow! – Sylas soltou um suspiro de alívio. – Não deveria ter saído em disparada daquela maneira!

– Não é culpa minha se o senhor não conseguiu me acompanhar – ela conseguiu dizer.

Então, limpou a boca no braço e respirou fundo várias vezes, engolindo o ar gelado, deixando que inundasse seus pulmões e esfriasse sua pele. Não se dera conta, até então, de que seu corpo pagava um preço tão alto por interagir com um espírito. Mas, naquele momento, mal conseguia erguer as mãos. Não conseguia mais sentir que Mitra estava ali ao seu lado, mantendo-a de pé. Não conseguia sentir mais *nada*.

– Signa? – A voz de Sylas saiu fraca. – Está passando mal?

– Muito – foi o que a garota conseguiu dizer. – Receio... receio ter comido algo estragado.

Ela não conseguia parar de tremer, não conseguia deter a pressão do frio no fundo de seus ossos. Não conseguia pensar em mais nada, a não ser que precisavam voltar logo, porque o assassino de Blythe estava à solta, em algum luga da Quinta dos Espinhos.

Signa gemeu quando Sylas a pegou no colo e a colocou em cima de Balwin. Meio que teve vontade de protestar quando o rapaz passou os braços em sua cintura, para segurá-la diante dele na sela – apesar de, naquele estado, mal conseguir enxergar direito. Tentou não se encolher toda quando o cavalariço encostou nela. Tentou aceitar ajuda e recordar que não poderia ferir ninguém, agora que os efeitos da beladona haviam se esvaído de seu sangue.

– A senhorita irá perder o estômago – avisou Sylas. – Só não faça isso em minhas botas.

Signa não prometeu nada. Tinha a sensação de que alguém havia pegado um taco de críquete e golpeado suas têmporas. O estômago ameaçava se esvaziar a qualquer momento e, apesar de Sylas ter tirado a capa e colocado nos ombros dela, ela não conseguia parar de tremer.

– O que foi que aconteceu com a senhorita? – Por mais gentis que fossem suas atitudes, o tom de Sylas era um pouco ríspido. – Costuma passar mal assim com frequência ou só quando some para se aventurar no bosque?

– Eu não chamaria isso de me aventurar – argumentou Signa, agarrando-se à capa que lhe foi oferecida. – E, não, isso não acontece com frequência. Acho que vi alguma coisa lá no bosque. – Resolveu revelar um fundo de verdade na próxima frase, apenas o suficiente para dar a impressão de que ficara um tanto perplexa. – Tive a sensação de que algo no bosque estava me chamando.

Como o peito de Sylas pressionava suas costas, Signa conseguia sentir o corpo do rapaz ficando tenso em contato com o dela. Sentiu um calor nas bochechas e tentou não pensar no quanto aquela situação era inapropriada, nem que as coxas do cavalariço, que a seguravam, eram tão fortes. E concentrou-se no fato de que, ao que tudo indicava, Sylas não estava respirando.

– Algum problema?

– Nada com que a senhorita deva se preocupar...

– Isso quem decide sou eu – interrompeu Signa, sentindo uma coragem na presença de Sylas que não costumava ter. – Seja o que for, fale.

Houve um momento em que o único ruído que se ouvia era o esmigalhar das folhas sob os cascos dos cavalos. Signa virou o corpo para olhar para o rapaz e, quando os olhos esfumaçados de Sylas cruzaram com os seus, na fraca luz do luar, a garota ficou com a boca seca.

Tudo naquele homem abalara seus nervos no dia em que se conheceram. Agora, contudo, a situação se invertera, o que era frustrante. Ela dirigiu o olhar para a túnica do rapaz, cujas mangas estavam arregaçadas, para os ombros largos, para o decote profundo que deixava à mostra um relance de seu peito... Então desviou o olhar, sendo uma perfeita dama, e fingiu que Sylas não causava um calor em sua pele e, simultaneamente, vontade de esmurrá-lo.

O cavalariço, felizmente, não dava indícios de ter percebido o dilema da garota.

– Circulam certos boatos sobre a Quinta dos Espinhos. – Ele sussurrava de um jeito tão inquietante quanto o sombrio bosque que os rodeava. – Boatos que tive vontade de comentar no dia em que fui buscar a senhorita, mas não sabia como. Se a senhorita tivesse outro lugar para morar, talvez, tivesse comentado.

Os dois tiveram que se abaixar para não bater nos galhos que tentavam agarrá-los e, quando um dos galhos ameaçou a rasgar a manga da capa emprestada de Signa, Sylas parou para ajudá-la a se desvencilhar, com suas mãos ágeis. No instante em que se libertou, a garota inclinou o corpo para a frente, em cima da sela, e pigarreou.

– O que você estava dizendo mesmo?

E só pôde torcer para que sua pele não estivesse corada de vergonha. Sylas franziu um pouco o cenho, mas continuou falando, de todo jeito.

– Eu estava falando que, à noite, os criados dizem que ouvem uma mulher gritando. Há quem se recuse a andar pelos corredores depois que escurece, porque há rumores de que existe um fantasma. Uma mulher loira de vestido branco, que os observa por um instante e some sem mais nem menos. E o amo Hawthorne... é quem está pior. Acho que ele também ouve a mulher. Acho que é por isso que não dorme, não come, não faz mais nada.

– Além de dar *soirées* – completou Signa.

As *soirées* mais exuberantes e eróticas de que ela tinha notícia.

– Para abafar o barulho dos gritos dela, imagino – defendeu Sylas. – E, assim, contê-la e esquecer. Conheço a família Hawthorne há muito tempo e posso lhe garantir que Elijah nem sempre foi assim.

Então também sabiam do espírito de Lillian. Podiam até não conseguir enxergá-la, mas sabiam que ela estava presente. O corpo de Signa murchou e se encostou em Sylas, e a garota soltou um suspiro de alívio. Ficou tão aliviada que, se tivesse energia para isso, teria abraçado Balwin e dado um beijo bem no meio de seus olhos. A Morte lhe contara que certas pessoas conseguem vislumbrar o que há por trás do véu dos vivos. Apesar de, provavelmente, não conseguirem ver Lillian como Signa conseguia, sabiam que estavam sendo assombrados. Se alguém suspeitasse que a garota estava vendo o espírito de Lillian, não daria importância. A sorte, ao que tudo indicava, finalmente resolvera favorecer um pouco a garota.

– E o senhor? – Ela estava ficando um pouco à vontade demais, encostada em Sylas, mas não podia fazer nada a respeito, porque o cansaço havia atingido seus ossos. – Acredita em fantasmas, Sr. Thorly?

– Não pense que sou tolo, Srta. Farrow. Em um lugar como a Quinta dos Espinhos, como poderia não acreditar?

Essas palavras foram como música das fadas –, Signa nunca ouvira algo tão melodioso.

– Então irá compreender se eu disser que, hoje, fui obrigada a sair da mansão e ir para o bosque.

– Seja qual for o motivo, precisa tomar mais cuidado. A senhorita não parou de tremer desde que a encontrei. – Para enfatizar o que disse, Sylas ajustou a capa que colocara nos ombros de Signa. – Se descobrirem que isso aconteceu e que não informei, perco meu emprego. Não devo lealdade à senhorita, mas ao meu patrão. Então, se quiser que eu corra esse risco, terá que me dar um bom motivo.

Signa tentou convencer o próprio cérebro a criar uma história tão factível, contada com tanta maestria, a ponto de conseguir fugir daquela situação sem revelar muito ao rapaz, mas suas têmporas latejavam, e a boca ardia de vontade de simplesmente *falar*. Contar para alguém o que estava acontecendo, para não ter que fazer aquilo sozinha. Algo em Sylas e no seu modo de falar – tão factual e direto – dava-lhe a sensação de que o rapaz poderia acreditar nela. Foi por esse mesmo motivo que, perto do cavalariço, sua guarda baixou um pouco. Conseguira dizer o que estava pensando sem que Sylas saísse correndo. Isso, para não falar que o rapaz já admitira acreditar que o espírito de Lillian estava assombrando a mansão da família Hawthorne.

O suspiro que a garota soltou foi tão ruidoso que Mitra ficou de orelhas em pé.

– Se eu contar – sussurrou Signa –, o senhor terá de jurar que não irá contar a ninguém mais.

Sylas, ao que parece, era tão dominado pela curiosidade quanto Signa. Com um sorriso na voz, aproximou-se dela e falou:

– Prometo.

– Para *ninguém*? Mesmo que me ache ridícula?

– Já acho a senhorita ridícula – declarou, em tom de deboche. Signa se virou para trás e olhou bem feio para ele. – Certo, sim, não contarei ninguém mais, seja lá o que tiver a dizer. Agora, continuará com o suspense? Desembuche.

– Eu queria encontrar o túmulo dela.

Sylas ficou olhando para Signa com indiferença.

– Por acaso é fascinada por coisas macabras, Srta. Farrow?

Não havia um modo simples de traduzir aquilo em palavras. Signa fez a única coisa que estava ao seu alcance – endireitou os ombros e falou:

– Tenho motivos para acreditar que Lillian não morreu de causas naturais. Que ela foi assassinada e, se nós não descobrirmos quem fez isso, Blythe também irá morrer.

Durante vários instantes, o piado distante de uma coruja foi sua única resposta. A garota se encolheu toda quando o ouviu, meio que esperando, enquanto percorriam os morros, que Sylas saísse correndo e fosse buscar o médico mais próximo, pedindo que a levassem embora. Só que, para sua surpresa, a primeira coisa que o rapaz perguntou foi:

– *Nós?*

Signa acariciou a crina de Balwin. Não pretendia ter dito isso, mas agora que havia dito... estava ficando claro que aquela era uma situação que não conseguiria resolver sozinha. Precisava de ajuda, e Sylas sabia de tudo a respeito da Quinta dos Espinhos. Sabia de tudo a respeito da *família Hawthorne* e tinha um acesso à criadagem que ela jamais teria. O rapaz poderia ajudá-la.

A garota foi poupada de ter que responder até que chegaram aos estábulos. Quando Sylas a ajudou a descer de Balwin, Signa segurou a mão do rapaz. O cavalariço pulou de susto e, por um instante, ela temeu que os efeitos da beladona ainda fossem potentes. Talvez, ainda tivesse acesso aos seus poderes e tivesse ceifado a vida de Sylas. Mas ambos estavam de luvas, e o rapaz piscava para ela, com um olhar curioso e sinistro.

– Preciso que me conte tudo o que sabe a respeito da família Hawthorne – insistiu.

E, percebeu que, em sua empolgação, falara alto, porque Sylas se aproximou e foi logo colocando o dedo em seus lábios, e esse contato físico foi tão íntimo que ela ficou com a boca seca.

– Eu trabalho nos estábulos, Srta. Farrow. – Sylas, então, olhou mais adiante, certificando-se de que ninguém estava olhando, e a puxou para dentro dos estábulos. – Não cabe a mim fazer fofoca sobre quem paga meu salário.

– Já vi suas botas, Sr. Thorly. Reparei nos seus trajes, e é evidente, para quem quiser ver, que o senhor não quer ser um mero cavalariço. – Nessa hora, algo brilhou nos olhos do rapaz. Algo em que Signa se agarrou e incentivou. – Imagine o que poderia acontecer se o senhor salvasse a vida de Blythe. Se pusesse fim à assombração de Lillian e trouxesse paz de espírito a Elijah. Se puser os pés nos estábulos depois disso, será para montar em seu próprio cavalo. Nunca mais terá que trabalhar.

Sylas soltou as rédeas e as selas dos animais, e seu cenho franzido indicava que sua cabeça estava maquinando.

– Caso seja descoberto e demitido por qualquer motivo – completou a garota, para tornar a proposta mais atraente –, eu mesma o contrato, no instante em que tomar posse de minha herança. Use sua posição para me ajudar, Sr. Thorly. Seja meu confidente, meus ouvidos, e seu futuro irá muito além de trabalhar nos estábulos.

– A senhorita tem uma língua afiada – respondeu ele. Depois de recolher os cavalos em suas baias e guardar os equipamentos, subiu em um fardo de feno e perguntou:

– A senhorita tiraria dinheiro do próprio bolso e me pagaria para ajudá-la a solucionar um assassinato, favorecendo uma família que acabou de conhecer?

– A família Hawthorne tem sido boa comigo – respondeu Signa, apesar do escrutínio de Sylas, olhando fixamente para a pequena cicatriz perto da sobrancelha do rapaz. – Além disso, não posso dizer que preciso de dinheiro.

A risada que Sylas soltou foi praticamente uma bufada desconcertada.

– Presumo que faz sentido. Muito bem, então. Negócio fechado, Srta. Farrow.

Ela tentou não deixar transparecer sua surpresa. Sempre soube que dinheiro significava poder. Que era tudo nesse mundo. Mas essa foi a primeira vez que testemunhava com os próprios olhos a atração que o dinheiro tem. Permitiu-se, por uma minúscula fração de segundo, relaxar os ombros e se deleitar no alívio que sentiu com o fato de não estar mais enfrentando aquela situação sozinha. Sabia muito pouco sobre a família Hawthorne e tinha muito pouco tempo para lidar com aquilo por conta própria. *Precisava* de alguém como Sylas, e ele também poderia tirar muito proveito daquela situação. Dinheiro sempre foi o que todos queriam da garota e, se fosse isso que seria preciso para conseguir a ajuda do rapaz, que fosse.

– Conte-me tudo o que sabe – insistiu, mais uma vez. – Alguém não gostava de Lillian?

– Toda uma sociedade não gostava de Lillian. – Sylas, então, passou a mão no cabelo cor de nanquim como a noite. – A senhorita viu com os próprios olhos a riqueza da família. E aposto que já viu o que a inveja e a ganância fazem com as pessoas. Ninguém precisava conhecê-la para não gostar dela.

Com grande amargura, Signa pensou no que acontecera com os pais, depois em todos os seus tutores e na maneira como foi tratada por eles ao longo dos anos. Apesar de a amizade com Charlotte preencher de boas lembranças o período que passou com o tio, à medida que Signa ficava mais velha, pensava cada vez mais na frequência em que ele a deixava sozinha. No fato de o tio gastar o dinheiro que deveria ser empregado para cuidar dela com roupas importadas e presentes suntuosos para as amantes. Signa passava a maioria das noites trancada no quarto, tentando abafar os estranhos ruídos das visitas que nunca tinha permissão para ver.

A avó de Signa foi a única pessoa que a amou de verdade, os outros apenas desejavam sua fortuna. Alguns tiveram a decência de alimentá-la e de lhe dar um teto, mas a garota nunca teve a sensação de ser uma pessoa para eles. Nunca teve outra sensação que não fosse a de ser a menina invisível que arrastava, atrás de si, uma quantia vultosa.

Enxergando a reposta estampada no rosto da garota, Sylas fez que sim.

– Lillian era uma mulher maravilhosa, mas a família Hawthorne sempre será alvo de inveja, por mais gentis que todos sejam. Existe gente capaz de matar por dinheiro, Signa. Gente que inventa mentiras e as conta com palavras ternas e sorrisos mais ternos ainda. Tenha o bom senso de jamais se esquecer disso.

A garota duvidava de que teria problemas para esquecer. Houve momentos em sua vida em que desconhecidos lhe demonstraram bondade, certamente. Até que a viram conversando com um espírito ou ouviram os boatos e saíram correndo. Mesmo quando estivesse de posse da herança, não conseguia imaginar alguma mudança, a menos que garantisse um marido decente e conquistasse uma boa reputação na sociedade.

Será?

– Se o que diz é verdade, então por que eu deveria confiar no senhor? Não hesitou em aceitar meu dinheiro.

A resposta que Sylas deu foi simples. Firme.

– A senhorita não deveria confiar em ninguém, apenas em si mesma, Srta. Farrow. Mas, para o bem de Blythe, irei ajudá-la. Um passo de cada vez. Primeiro, precisa voltar para a Quinta dos Espinhos sem levantar suspeitas.

Sylas, então, ficou em pé e estendeu a mão enluvada para Signa.

Com os ombros tensos, a garota pegou na mão do rapaz. O cavalariço a levou até uma baia na qual Gundry, seu cachorro, estava deitado, encolhido no feno. O cão rosnou, Sylas, então, o mandou sair e se abaixou para tirar vários fardos de feno da frente. Signa não pôde deixar de notar que os músculos de suas costas se contraíram enquanto fazia aquilo, aproveitando-se do fato de Sylas estar distraído, para observar o físico masculino. Cada vez mais, percebia que seu interesse por esse assunto aumentava.

– Aperte aquele painel com a mão espalmada. – Havia uma parede de pedra escondida atrás do feno. Signa seguiu as instruções de Sylas e apertou a pedra. Que fez um *clique* e se movimentou, debaixo de sua mão. – Agora, vire.

Quando Signa virou a pedra, a parede se abriu, revelando um caminho banhado pela escuridão. Sem luz, sem som, apenas uma corrente de ar e um labirinto sem fim.

Sylas pegou um lampião a óleo em uma das bancadas de trabalho do estábulo. Gundry levantou, espichou-se, deu um bocejo e foi até o lado do dono.

– Alguém já lhe mostrou os túneis que levam à Quinta dos Espinhos?

Quando o rapaz ergueu o lampião, Signa espiou o nada que havia diante dela. Os pelos dos seus braços se arrepiaram.

– Nunca. Para onde levam?

– Esse? Para a despensa da cozinha. Tenho certeza de que há mais uma dúzia de caminhos, mas só conheço alguns. Acredito que não sejam mais usados, esse túnel foi construído para servir de rota de fuga para os criados, na eventualidade de um incêndio na cozinha. Existem outros, que os criados usavam para não serem vistos por quem mora na mansão. Os túneis são escuros, mas podem levá-la para dentro da mansão sem que ninguém perceba. Caso alguém veja a senhorita surgindo na cozinha, diga que estava perambulando pela mansão, perdeu-se e estava precisando de um lanchinho, já que faltou ao jantar. Agora – ele, então, abaixou-se para conseguir passar pela entrada e pisou no túnel, estendendo a mão –, a senhorita confia em mim a ponto de permitir que eu a acompanhe?

Essas palavras mais pareciam uma armadilha. Sylas avisara que Signa não podia confiar nele. Não podia confiar em *ninguém*. E, mesmo assim, a garota segurou a mão do rapaz, afoita para sentir o roçar de seus dedos novamente.

– Nem um pouco.

– Muito bem, Srta. Farrow. Agora, vamos embora.

Sylas entrelaçou os dedos nos de Signa e a arrastou para os túneis.

De acordo com Sylas, não era raro haver festas na Quinta dos Espinhos.

– Eram poucas as coisas que ela amava mais do que companhia e motivos para comemorar – disse, enquanto andavam lentamente, com todo o cuidado, pelos túneis.

Sylas falava de Lillian de um jeito que fez a garota imaginar alguém muito mais grandioso do que o espírito fantasmagórico que conhecera. Pensou na imagem que ela tinha da própria mãe – alguém que nasceu para os holofotes. O tipo de mulher que ganhava vida sob o brilho das luzes e da música. Alguém cujo corpo foi feito para usar vestidos de baile e cujo sorriso encantava a todos que o contemplavam.

Assim, ficou mais fácil acreditar no que Sylas disse, que todo mundo que conhecia Lillian se apaixonava por ela, e que Elijah não foi exceção.

– Dizem as más línguas que ele nem sempre teve fama de cavalheiro ou de ser um homem de uma mulher só – sussurrou o rapaz. – Isso mudou quando Elijah conheceu Lillian.

– Será que o assassino poderia ser uma das ex-amantes desprezadas por Elijah?

Signa espremeu os olhos, aproveitando a luz fraca do lampião que Sylas levava para ver aonde estava indo.

– Pode ser. – Ele ergueu mais o lampião, tentando projetar melhor sua luz. – Ouvi dizer que o irmão de Elijah também se interessava por Lillian, mas era raro encontrar uma alma que não se interessasse. A patroa sempre dizia que a Quinta dos Espinhos era um lugar magnífico demais para ser desfrutado apenas por eles. Convidados iam e vinham constantemente.

A garota balançou a cabeça. Mas, lá no fundo, sabia que a história não parava por aí. Lillian morrera envenenada, sozinha em seu jardim. E, se havia algo que a garota sabia sobre a beladona, é que a morte vinha rápido se a quantidade certa fosse ingerida. Só que Lillian passou meses doente, ou seja, alguém lhe deu o veneno em pequenas doses, habilmente, a ponto de fazê-la ter uma morte lenta e dolorosa. Ela e Sylas não estavam procurando por alguém de passagem, alguém aleatório que não simpatizava com a família Hawthorne – estavam procurando por alguém com tempo disponível para ser meticuloso. Alguém que tivesse acesso frequente à mansão.

– Alguém da criadagem tinha ressentimento por Lillian? – perguntou Signa, organizando, mentalmente, as peças do quebra-cabeça mais uma vez.

– Não – respondeu Sylas, com segurança. – Todos que trabalhavam na Quinta dos Espinhos enquanto Lillian estava viva a adoravam.

Signa não sabia se acreditava que alguém poderia ser tão amado e admirado. Com certeza, a mulher devia ter alguma rusga com alguém.

– E Elijah?

Sylas ficou balançando a cabeça, pensativo.

– Os criados não gostavam tanto dele. Não que não gostassem, mas, para Elijah, os negócios sempre vinham primeiro, e todo o resto vinha depois. Passava a maior parte do tempo no escritório ou no clube de cavalheiros.

A garota recordou de uma pessoa que, claramente, não desgostava de Elijah. Não passou despercebido, para ela, o modo como Marjorie acariciou o braço dele, nem o fato da mulher se dirigir ao patrão com uma familiaridade descabida para alguém da criadagem. Mas isso não provava nada. Se algo estivesse acontecendo entre Marjorie e Elijah, poderia ser uma nova revelação.

Signa apoiou a mão na parede do túnel para se equilibrar, seus pensamentos se atropelavam tanto que não conseguia prestar atenção por onde andava.

– Conte mais sobre onde ele trabalha.

– O Clube Grey é um negócio de família. Acho que a família Hawthorne é tão dedicada ao clube por orgulho, mais do que qualquer coisa. Foi fundado pelo bisavô de Elijah, Grey Hawthorne, e é propriedade deles há várias gerações, possibilitando que tenham acesso a algumas das pessoas mais influentes do país e do exterior. Sendo o filho mais velho, Elijah herdou o clube do pai. E o dirige com o irmão, Byron. E, um dia, Percy que o herdará.

Signa demorou alguns instantes para lembrar daquele nome, para lembrar do homem que a interpelara quando ela e Marjorie estavam na escadaria, na primeira noite que passou na Quinta dos Espinhos. O homem que fez Marjorie dar uma resposta afiada – Byron. Era com o irmão de Elijah que Percy conversava naquela noite. O mesmo irmão que tinha interesse por Lillian.

– Byron não tem filhos?

– Mesmo que tivesse, Percy é o primogênito de Elijah e herdará tudo – respondeu Sylas. – Mas não. Ele nunca se casou.

As peças do quebra-cabeça não paravam de se movimentar na cabeça de Signa, mas nem um par se formou. Aquela história toda não parava por ali, e a garota não conseguia enxergar as peças que faltavam. Felizmente, aquela era apenas a sua segunda noite na mansão. Agora que concordara em realizar a tarefa que Lillian lhe pedira, talvez tivesse oportunidade de dormir sem que o espírito a perturbasse. De *pensar* e ficar de olho em Blythe, para descobrir como o veneno estava sendo administrado.

– Conheci Byron na noite em que cheguei aqui – comentou Signa. – Ele parecia bravo, mas não consegui entender o porquê.

Sylas segurou as costas da capa que emprestara para Signa, e a fez ir para o lado, para que não caísse em um buraco pequeno. Fez isso de modo muito natural, e a garota ficou feliz por ele não conseguir ver sua vergonha, naquela escuridão. Olhou de relance para o cabelo preto que emoldurava a cabeça do rapaz feito uma auréola escura, e reparou de novo no quanto o cavalariço era grande. Feito um tronco de árvore ambulante, na verdade. Um tronco de árvore com músculos. Era impressionante.

– Elijah não pôs mais os pés no clube desde que Lillian morreu – contou Sylas. E esboçou um leve sorriso ao perceber que Signa olhava para ele. – Andam dizendo que não está mais em condições de administrá-lo, só que a propriedade é apenas dele, e Elijah se recusa a permitir que Byron assuma o controle.

Se o que Sylas disse era verdade, então, talvez, fosse por isso que Byron estava na Quinta dos Espinhos, conversando com Percy, na noite em que Signa chegou. Será que o relacionamento dele com o sobrinho era uma maneira de assumir o controle dos negócios? Ela já ia perguntar isso em voz alta quando a ponta de sua bota ficou presa na beirada de outra depressão no chão. Deveria ter caído – sentiu o impulso do próprio corpo caindo e se preparou para o impacto –, mas Sylas estava bem na frente e, com a mão livre, segurou seus ombros, e Signa bateu o rosto, com força, no peito do rapaz.

Por uns bons instantes, ficou congelada no mesmo lugar, ponderando se aquela seria uma situação apropriada para fingir a própria morte, para não ficar ainda mais mortificada. Acabou chegando à conclusão de que valia a vergonha de olhar para ele, bem devagar, mas só conseguiu que todos os seus ossos travassem, porque viu que os olhos cinza-fumaça de Sylas estavam olhando bem para os seus.

– A senhorita nunca presta atenção por onde anda? – disse ele, com uma voz grave e ríspida. – Poderia ter se machucado.

– Estou muito bem, obrigada. – Assim, tão perto, a garota não pôde deixar de ficar olhando para as sardas claras salpicadas sob os olhos do rapaz.

– Então não se importaria de me soltar? Chegamos.

Signa não havia percebido que se agarrava à camisa de Sylas com as duas mãos e o soltou imediatamente. O fato de não ter simplesmente derretido e se dissolvido no chão de pura vergonha era mais uma prova de sua incapacidade de morrer.

– Obrigada por ter me acompanhado, Sr. Thorly – declarou Signa, afastando-se e alisando o vestido. – Tentarei fazer uma visita para Blythe amanhã e ver o que consigo descobrir.

– E eu revistarei a cozinha hoje à noite e falarei com os cozinheiros. – Ele abaixou a cabeça para Signa, com uma covinha na bochecha direita que a garota não havia reparado até então. – Se descobrir alguma coisa, entro em contato. – Havia uma porta diante dos dois, pequena e embutida na parede. – Essa porta sai na despensa. Durma bem, Srta. Farrow. Fique tranquila, vamos descobrir o que está acontecendo na Quinta dos Espinhos.

QUINZE

Signa empurrou um saco de batatas quase de seu tamanho para conseguir passar agachada pela pequena abertura que saía na despensa da cozinha. Quando empurrou o saco, ele caiu, derrubando quase uma dúzia de batatas no chão. No silêncio da noite, o ruído que os tubérculos fizeram ao rolar foi tão alto que deu a impressão de ter sacudido toda a Quinta dos Espinhos. A garota amaldiçoou a própria má sorte enquanto colocava tudo no lugar, escondendo a porta do túnel que dava na despensa. Tirou as luvas, guardou-as no corpete do vestido e tentou parecer, ao menos, que estava meio pronta para ir dormir, caso alguém viesse procurá-la. Como ninguém fez isso, segurou as saias e saiu da cozinha na ponta dos pés, passando pela sala de estar. Já estava quase chegando à escada, quando ouviu uma voz rouca perguntando:

– Com mil demônios, o que está fazendo acordada a uma hora dessas?

Signa se virou para trás e deu de cara com Elijah Hawthorne, que a observava pela porta aberta da sala. Ele estava de camisola, mas seu ar de cansaço deixava claro que não havia dormido. Talvez não dormisse há dias, dadas as olheiras que tinha.

Ela se enrolou na capa emprestada, dando graças à escuridão por escondê-la. Bastaria olhar para suas saias enlameadas que Elijah perceberia que Signa ainda não fora para a cama.

– Boa noite, senhor. – Seus pensamentos repassaram uma lista de todas as possíveis desculpas, e todas lhe pareceram esfarrapadas. – Eu não estava conseguindo dormir.

– E, então, resolveu perambular por aí?

Os olhos inteligentes de Elijah brilharam, olhando para trás da garota, na direção da cozinha. O sangue de Signa ficou gelado – seu tutor sabia. Ou, pelo menos, suspeitava. Aquela era a casa dele, afinal de contas. Elijah deveria conhecer cada um daqueles túneis. Mas, caso tenha se dado conta, não disse nada. Apenas fez sinal para Signa se aproximar de onde estava, sentado à pequena mesa redonda, diante das paredes amarelo-manteiga. Apesar de Signa detestar essa cor, teve que admitir que a sala como um todo era aconchegante, o que queria dizer muito, dado que era capaz de admirá-la mesmo sob o peso da severidade de Elijah.

– Venha se sentar, filha. – Na frente dele, havia um tabuleiro de damas e, quando Signa se aproximou, Elijah arrumou as peças e perguntou:

– Sabe jogar?

– Sei – respondeu Signa, sem especificar que só jogava contra si mesma.

Tinha a sensação de que só havia uma resposta correta e não queria correr o risco de perder a oportunidade de conversar com o homem que mais despertava sua curiosidade. Sendo assim, foi pegando as peças pretas, tomando o cuidado de esconder as saias debaixo da capa.

– Compreendo não ser capaz de dormir. – Elijah deixou que Signa abrisse o jogo, mas não olhou para ela, ficou observando o tabuleiro. – Esta casa não é muito convidativa, receio. Mas devo pedir para que não fique andando por aí, principalmente, tão tarde da noite. As noites nesta mansão costumam ser difíceis para quem tem o coração fraco.

Signa esperou que Elijah movimentasse uma peça até a metade do tabuleiro, então movimentou uma de suas próprias peças e respondeu:

– Estou ciente dos boatos, mas pode ter certeza de que meu coração não é fraco. Por acaso, esses fantasmas são o motivo para o senhor também estar de pé?

O maxilar de Elijah se repuxou. Tão rápido que Signa não teria percebido, caso não estivesse observando aquele homem com tanta atenção.

– Você também a ouve, filha? – Ele, então, pulou uma das peças da garota, dominando o centro do tabuleiro. – Ouve os gritos dela?

Por mais que se esforçasse, Signa não conseguiu ouvir nem um sussurro no interior da Quinta dos Espinhos.

– Não ouço ninguém, senhor. Não neste momento.

Elijah não se abalou quando a garota tentou cercar as peças dele.

– Então você entende o problema. Não consigo dormir quando a ouço perambular pela casa, assombrando esses corredores. E não consigo sequer fechar os olhos na ausência dela, porque fico imaginando que nunca mais irei ouvi-la.

Ele, então, comeu outra peça de Signa, enquanto ela estava distraída. Porque, na escuridão das sombras, a garota finalmente viu com quem estava lidando – não com um tolo, como lhe parecera da primeira vez que o vira, nem um bêbado, mas um homem que estava por um fio. Um homem que mal conseguia se segurar para não desmoronar. Elijah passou a mão no rosto, sua barba grisalha era longa e desgrenhada demais para os padrões da sociedade.

Signa se deu conta, tarde demais, de que mesmo naquele estado era Elijah quem determinava o rumo da conversa.

– Se eu achasse que tinha escolha, jamais teria aceitado receber outra protegida.

O Sr. Hawthorne não olhou para Signa, mas para as peças do jogo de damas que estavam diante dele, como se estivesse resolvendo, mentalmente, seu próprio quebra-cabeça.

A garota foi pega de surpresa pela pontada amarga que sentiu ao ouvir as palavras daquele homem. Fazia sentido Elijah não querer sua presença – ela trazia muita bagagem e, para alguém que possuía tamanha riqueza, não era vantagem nenhuma para a Quinta dos Espinhos acolhê-la. Mesmo assim, ouvir aquilo, dito com todas as letras, doía mais do que Signa gostaria de admitir.

– Vejo uma certa esperteza em seu olhar, mocinha. Você não é limitada a ponto de não perceber que sou um homem que não se lembra de pôr um casaco se alguém não fizer isso por mim. Tenho certeza de que basta ter passado um dia aqui para saber que minha mulher morreu e minha filha se envereda pelo mesmo caminho. E, meu filho... meu Deus, meu filho. Decepcionei esse pobre menino de tantas maneiras. E, apesar disso, se minha querida Lillian tivesse conhecimento de sua situação quando sua avó faleceu, teria exigido que abrigássemos você. Que azar só termos tomado conhecimento disso recentemente, porque ela teria lhe dado uma vida maravilhosa! Lillian era assim, que Deus a tenha. Abrigava qualquer um e amava a todos. Para honrar sua memória, não tive escolha, a não ser trazer você para cá.

Elijah fechou a boca de repente, como se tivesse chegado à conclusão de que havia falado demais sobre aquele assunto. Uma sombra passou pelo seu rosto, e ele permitiu que Signa comesse duas de suas peças.

– Passei 19 anos sem pai nem mãe, senhor – contou Signa. – Não tenho o menor interesse em obter um pai agora. Sou muito grata pelo que o senhor me ofereceu e, para mim, é o que basta. Estou muito bem acostumada a ficar sozinha.

Para sua surpresa, Elijah deu risada. Um som baixo, pouco mais do que um sopro de ar.

– Eu também acreditava nisso.

Signa não teve chance de dizer mais nada porque Elijah esvaziou o tabuleiro com seu último movimento. A garota ficou boquiaberta ao ver que ele comeu todas as peças que restavam com um único e fluido movimento.

– Quem joga damas na defensiva sempre perde. – Elijah não esperou Signa se levantar. Não estendeu a mão para ajudá-la. – Boa noite, Signa. Rezarei para que o sono nos encontre e para que não nos encontremos novamente, amanhã à noite.

Ao que tudo indicava, se Signa quisesse se encontrar com Sylas tarde da noite novamente, precisaria encontrar outro túnel. Isso ou, quem sabe, aprender a atravessar paredes, afinal de contas. A garota ficou esperando, fitando o tabuleiro e revendo seus movimentos no jogo até não ouvir mais o som dos passos de Elijah. Quando os ruídos cessaram, ela se dirigiu à escada.

Para surpresa de seu pobre coração, descobriu que não estava sozinha. Percy estava sentado no último degrau. Se seu cabelo não fosse claro feito uma chama, poderia ter tropeçado no primo, naquela escuridão.

– Percy! – Signa levou a mão ao peito. – O que você está fazendo aqui?

– Não queria assustá-la – sussurrou Percy – Eu estava descendo para beber algo e aí ouvi vocês dois conversando e, simplesmente... Perdoe-me por ter ficado ouvindo. Faz tanto tempo que eu e o meu pai não temos uma conversa de verdade. Quase esqueci que ele é capaz de fazer isso. – Nessa hora, os ombros do rapaz se encolheram para dentro, feito uma flor que murcha. – Aquele era o cômodo preferido dela, sabia? É por isso que meu pai entra lá com tanta frequência. Essa casa sempre foi tão estranha e melancólica, e minha mãe queria um cômodo que tivesse sua personalidade. Meu pai brigou com ela por causa da cor durante uma eternidade, odiava o amarelo. Mas minha mãe sempre soube muito bem como prevalecer. Às vezes, vejo meu pai ali, parado, fitando as paredes, recordando.

Signa podia praticamente enxergar Lillian percorrendo os corredores, levando chá para a sala de estar e se ocupando da decoração. Tinha a impressão de que aquela mulher teve uma vida, e uma família, muito diferente daquela que estava conhecendo.

– Você, alguma vez, conversa de verdade com ele? – perguntou, com o coração pesado.

Signa tinha a sensação de que, mesmo que refutasse, Elijah estava precisando muito de companhia.

A expressão de Percy se azedou.

– Meu pai nunca ficou muito em casa. Marjorie cuidou de meus estudos, e tio Byron me ensinou a ser um cavalheiro. Eu e meu pai só conversávamos sobre dois assuntos: os negócios que, um dia, irei administrar, e minha obrigação de manter as aparências e preservar o *status* da família. Durante 22 anos, essa foi a nossa ligação. E, agora, ele a cortou, sem dar maiores explicações. Então, não, não conversamos mais, porque sequer nos conhecemos.

A garota levou alguns instantes para conseguir responder. Sendo alguém com uma experiência diferente e, em todo caso, frustrante, com a Morte, escolheu suas palavras com grande cuidado.

– O luto é uma coisa estranha, Percy, porque a experiência de cada pessoa é única.

Aquilo lhe era estranho, ter alguém para consolar. Não sabia se o que estava fazendo era certo, mas segurou a mão do primo. Sabia apenas que era isso que sempre quis. Que alguém se sentasse com ela, segurasse sua mão, garantisse que estava do seu lado.

Percy precisava de alguém – isso ficava claro pelo fato de o rapaz ter olhado feio para o chão, com os ombros encolhidos –, e Signa seria essa pessoa para ele, de bom grado. Sentou-se ao lado do primo, acariciou de leve a mão do rapaz, e falou:

– Sinto muito pelo que você está passando. Parece que ele amava muito sua mãe.

Percy olhou para a mão de Signa com o cenho franzido e respondeu:

– Mais do que qualquer um e qualquer coisa. Mas isso não é desculpa para sumir, sendo que todos nós ainda precisamos dele.

Signa entendia tudo isso muito bem. Passara anos vendo todos que conhecia se tornarem fantasmas – até aqueles que ainda viviam.

– Não é desculpa mesmo – concordou. – Mas seu pai é um homem inteligente, e acredito que irá reencontrá-lo. Talvez, só precise de um pouco mais de tempo.

Percy virou a mão que Signa estava segurando e declarou:

– Obrigado, prima. Para o bem desta família, torço para que tenha razão.

Em seguida, o rapaz ficou em pé e estendeu a mão para ajudar Signa a se levantar também. Mas, quando o fez, seus olhos repararam nas saias enlameadas da prima, que apareceram por baixo da capa. Apesar de não ter dito nada a respeito, rugas profundas se formaram em sua testa quando colocou a mão nas suas costas e a guiou pela casa, como se pensasse que a garota pudesse fugir se não fizesse isso.

– Venha, prima – insistiu –, seja lá quais forem os problemas que teremos que aguentar, ainda estarão aqui depois de uma boa noite de sono.

DEZESSEIS

Nas últimas semanas, Blythe fora mantida em isolamento, os únicos que a visitaram foram Elijah e o médico que cuidava da garota. Todos os dias, Signa tentava entrar sem ser notada no quarto da prima para ver como ela estava, mas sempre se deparava com a porta trancada. Era, então, chamada para os estudos ou sofria o escrutínio do olhar desconfiado de Elijah, que passava as noites à cabeceira da filha, garantindo que nada acontecesse com ela enquanto a garota dormia.

Naquela manhã específica, os planos de Signa foram frustrados, porque Marjorie entrou correndo em seus aposentos, com os braços carregados de vestidos – vestidos de chá e vestidos de viagem, feitos para usar durante o dia, e outros com mais babados e tecidos mais sofisticados, para usar em festas. Eram bem melhores do que aquele vestido diurno amarelo que fora obrigada a usar com tanta frequência, mas a garota não pôde deixar de sentir uma pontada de tristeza ao ver os tons apagados e sem graça dos trajes.

– É melhor se aprontar rápido – disse Marjorie, entregando para Signa um vestido de chá leve e cor de hortênsia. – Logo receberá visitas.

O comentário sobressaltou Signa imediatamente – *como poderia receber visitas, se não conhecia ninguém?*

– Organizei um chá da tarde, com outras jovens damas de sua idade – explicou Marjorie. – Pensei que gostaria de ter amigas aqui, já que foi obrigada a abandonar as que tinha tão de repente. Todas essas garotas são amigas de Blythe, e de família influente. São solteiras e companhias completamente adequadas.

Signa não tinham dúvidas, mas perguntou mesmo assim:

– E precisam vir me visitar justo agora?

A governanta fechou a cara e perguntou:

– O que quer dizer com *agora*? Eu tinha a impressão de que era isso que a senhorita queria.

– E é! – Signa foi logo dizendo. É claro que era isso que queria: ter companhia e um lugar na alta sociedade era tudo o que *sempre* quis, mas preferia que fosse em qualquer outro dia. – Só falei porque tinha a esperança de ver Blythe hoje.

O comentário, ao que parece, tranquilizou Marjorie, que deu um sorriso complacente.

– Entendo. Infelizmente, a Srta. Hawthorne está com o médico. A senhorita será bem-vinda no quarto dela à tarde, depois dos estudos.

Signa teve vontade de exigir que a permitissem fazer uma rápida visita para a prima. Mas, quando Elaine chegou para ajudá-la a se aprontar mais rápido, a garota se deu conta de que tal esforço seria em vão. Blythe teria que esperar um pouco mais.

O vestido deslizou por sua pele feito seda, os tecidos eram importados, não haviam economizado. A cor fora escolhida para combinar com a sala onde tomariam o chá, e o modelo era amarrado nas costas, para que continuasse servindo depois que Signa ganhasse peso, graças a uma dieta mais adequada. Por ora, ficava um pouco solto, o que o tornava um dos trajes mais confortáveis que ela já usara, tendo em vista que não se esperava de uma dama que usasse espartilho por baixo de um vestido de chá.

Quando Signa terminou de se arrumar, certamente estava com uma *aparência* respeitável, mas estava considerando onde poderia esconder o *Guia de beleza e etiqueta para damas* e ir para o chá da tarde com o livro. Deixado em cima da escrivaninha, ela passou o dedo delicadamente pela lombada imaculada. Será que sua mãe ficaria orgulhosa se a visse vestida daquele jeito? Será que teria escolhido trajes parecidos para Signa? Prendido suas tranças escuras do mesmo jeito que Marjorie, para deixar seu rosto delicado e seu pescoço fino em destaque?

– Elas já devem ter chegado – advertiu Marjorie. – Vamos.

Signa tirou a mão do livro. Sabia o conteúdo de cor, estudara aquelas páginas do começo ao fim tantas vezes que até perdera a conta. Agora, estava na hora de pôr tudo em prática.

Ela desceu as escadas com Marjorie, passando pelas criadas atarefadas que desviavam, apressadas, preparando a Quinta dos Espinhos para mais uma festa. Seu coração retumbava a cada degrau. Não iria se permitir cometer uma gafe como a que cometera com Blythe – não descuidaria da língua nem por um segundo.

Três jovens esperavam por ela na saleta, sentadas à mesa redonda, que parecia ser absurdamente pequena e íntima. Marjorie apresentou- as como sendo Lady Diana Blackwater, uma garota um tanto sem graça, de pele clara, cabelo cinza-camundongo e olhos redondos, de rato; Lady Eliza Wakefield, que tinha uma cara comprida de alabastro e cachos loiros, e...

Signa ficou com a sensação de que suas pernas bambas a derrubariam no chão quando viu aqueles olhos castanho-claros que também olhavam para ela. Charlotte Killinger usava um vestido diurno listrado de azul e branco, estava com uma postura perfeita, e seu pescoço era comprido e delicado. A ex-amiga era ainda mais linda do que na lembrança de Signa – sua pele dourada era quente e radiante, as bochechas estavam coradas com o mais discreto toque de *rouge*. Estava mais alta e com menos cara de bebê, mas ainda era, em todos os aspectos, a menina que Signa conhecia. A amiga em quem ainda pensava até hoje, mas alguém com quem nunca mais falara depois do escândalo envolvendo o tio de Signa e a mãe de Charlotte, há tantos anos.

Charlotte estava boquiaberta, com os olhos arregalados feito os de uma corça, e então baixou a cabeça, em um cumprimento gracioso.

– Foi muita gentileza sua nos convidar.

– Certamente! Estávamos todas curiosas para conhecer a nova protegida da família Hawthorne – interveio Diana, depois de baixar a cabeça, sem cumprimentá-la como mandava a etiqueta.

A voz de Diana era estridente, mas Signa não deu muita importância, porque seu coração estava distraído, batendo a um quilômetro por minuto. Fazia tanto tempo que queria rever Charlotte. Mas por que precisava ser justo agora? Agora que, finalmente, permitira-se acreditar que poderia recomeçar do zero, onde os boatos do passado não assombrariam cada passo que desse.

Signa tropeçou, com as pernas dormentes, quando Marjorie a cutucou delicadamente, para que sentasse na cadeira. Uma das criadas serviu o chá fumegante nas xícaras, e outra dispôs os bolinhos e demais doces. Charlotte agradeceu as duas, mas as outras ignoraram a criadagem. Sua fascinação era dirigida apenas a Signa, e seus olhos brilharam no instante em que Marjorie saiu pela porta.

Eliza sorriu para Signa do outro lado da mesa.

– Nossa, como você é magra! – Se foi um elogio ou um insulto, era impossível dizer. Eliza inclinou o corpo para a frente, e seus longos cachos roçaram na toalha de mesa. – Como tem passado em companhia da família Hawthorne? É, de fato, a mais interessante das famílias.

– Interessante? – ecoou Signa, com a garganta dolorosamente seca. – Em que sentido?

– As festas, para início de conversa. – Eliza deu risada, como se achasse ridícula aquela pergunta. – Isso para não falar da riqueza, dos boatos, do mistério. Presumo que não saiba, já que acabou de chegar, mas a família com a qual está hospedada é o assunto do momento na cidade.

Signa tomou coragem e olhou de esguelha para Charlotte, que estava sentada ereta em seu lugar, bebericando o chá, calada. Ainda não havia dito uma palavra sequer e se ocupava em fitar um quadro de um belo jardim de primavera.

O *Guia de beleza e etiqueta para damas* era muito claro a respeito das fofocas: "Não fale à toa". Signa concordava com o livro e não se dava ao trabalho de fofocar a respeito de quem havia lhe demonstrado tamanha gentileza. Mas os olhos de Eliza tinham um certo brilho malicioso, e a língua estava prestes a destilar veneno. Sendo assim, para conseguir a informação que queria, Signa mordeu a isca. Pegou um pão doce de mirtilo e também inclinou o corpo para a frente, respirando fundo, silenciosamente.

– Boatos? – perguntou, com um tom que transmitia que jamais chegara a imaginar a existência de tal coisa hedionda. – Tenho certeza de que está enganada. Que tipo de boatos?

– De todo o tipo – interveio Diana. – Que a Quinta dos Espinheiros é assombrada por fantasmas. Que, talvez, a Sra. Hawthorne, coitadinha, achou por bem dar cabo à própria vida depois de descobrir que o marido teve uma série de casos tórridos, com filhos ilegítimos demais para serem cuidados. Dizem até que a criadagem está de conluio para derrubar a família.

Todas essas alegações, ao que tudo indicava, eram coisa de más línguas, mas Signa guardou as informações, adicionando às demais peças do quebra-cabeça, para examiná-las em outro momento.

– A família Hawthorne tem integrantes curiosos – comentou Signa, escolhendo as palavras com todo o cuidado. Não havia nenhuma garantia de que o que dissesse não sairia daquela mesa, nem que não seria tachada de fofoqueira. – Mas também teve a generosidade de me receber de braços abertos em seu lar, sendo que sofreu uma perda tão irreparável.

Diana soltou um ruído gutural e declarou:

– Tenho certeza de que sua fortuna foi de grande ajuda. – Ela, então, se recostou na cadeira e examinou as próprias luvas brancas de babados. – Meu pai diz que o negócio do Sr. Hawthorne está falido, e que a senhorita irá herdar uma fortuna maior até do que a dele.

Signa não economizou na manteiga que passou no pão doce, seu coração batia tão ferozmente que até o pescoço estava começando a transpirar. Quando imaginou aquela conversa, achou que seria muito mais informativa e tranquila.

Foi aí que Charlotte tirou os olhos do quadro.

– Ela acabou de chegar, Diana – disse, com um tom suave, entre um gole de chá e outro. – Duvido que saiba muita coisa a respeito da família Hawthorne.

Eliza apertou os lábios, e Signa pegou mais um pão doce. Pensou que, se não soubesse o que dizer, poderia – enquanto estivesse de boca cheia – enrolar e deixar que as outras falassem.

Mas isso foi antes de o recinto ser invadido por um dilúvio de ar frio.

– Por acaso alguma janela está aberta? – perguntou Eliza, tremendo. – Não achei que seria necessário trazer casaco para um chá da tarde.

Signa sabia muito bem o que significava aquela corrente de ar e se engasgou enquanto mordia o doce. Tentou ser discreta, virou a cabeça para trás e deu de cara com a Morte, bem ao seu lado, sentada em uma cadeira de sombras, ao lado de Diana. O Ceifador cruzou as pernas de sombra e, em sua mão, outras sombras haviam formado uma xícara de chá imaginária, que ele ergueu, para cumprimentar Signa.

Mil perdões, esqueci de trazer o vestido e as luvas.

As palavras não foram ditas em voz alta. Mas, ao que tudo indicava, ficaram reverberando na cabeça da garota.

Ele estava dentro da cabeça de Signa.

A garota agarrou-se às saias e tentou controlar a própria respiração ofegante.

Não. Não, não, não, não, pensou Signa.

Nada daquilo estava saindo conforme o planejado.

Primeiro, Charlotte, e agora... não. Signa não havia ingerido beladona, não viajara para o lugar entre os vivos e os mortos para entrar em contato com o Ceifador. Durante toda a sua vida, era capaz de ver a Morte apenas quando havia motivo para isso – quando alguém perto dela estava morrendo. Preferia tentar matar a Morte novamente do que permitir que levasse uma daquelas garotas, e tentou transmitir isso com todas as letras olhando feio para ele. O Ceifador, pelo jeito, gostou, porque uma risada grave ficou chacoalhando na cabeça de Signa, e encheu seu peito.

Relaxe, Passarinha. Vim apenas para ouvir as fofocas palpitantes.

Diana deu uma mordida delicada em um pão doce, sem ter consciência de que havia um monstro fingindo beber um fumegante chá de sombras ao lado dela. Bastaria encostar, apenas roçar nas sombras do Ceifador, para aquelas garotas morrerem. O nó na garganta de Signa era tão grande que não dava para engolir o pedaço de pão doce que se alojara ali. Ela se engasgou, pegou o chá e engoliu metade da xícara em um só gole.

Charlotte fez questão de não olhar, mas Diana deu risada.

– Santo Deus, não me diga que não lhe dão comida aqui! Você come como se não visse comida há uma semana. E essas suas clavículas... são tão salientes.

Signa murchou os ombros. Sabia que não deveria se comportar assim, certamente. Sabia ir com calma, dar pequenas mordidas, fingir que não achava a comida deliciosa, nem que tinha uma tendência desesperadora de devorar tudo, sabia fingir que era delicada e mal sabia o que "comida" significava.

Ao lado dela, a Morte pôs a xícara em cima da mesa.

O que você acha dessa mulher? Eu poderia contaminá-la com uma peste leve, quem sabe. Que tal deixarmos a garota com varíola? Pele marcada faria maravilhas pela vaidade dela.

Reconhecendo a leviandade na voz do Ceifador, a garota lançou um olhar breve e fulminante para ele, que soltou um suspiro.

Tudo bem, pode acabar com minha diversão, ouviu a voz dizer, em sua cabeça.

Com Charlotte sentada de um lado e a Morte do outro, e Signa no meio, tentar se concentrar era um esforço em vão. Diana e Eliza dominavam a conversa e, quando perceberam que Signa passara um tempo sem nem mesmo murmurar uma resposta para qualquer uma das fofocas, Eliza dirigiu seus olhos castanhos sem graça para ela, e fuxicou:

– Já tem algum pretendente, Srta. Farrow?

A Morte levantou da cadeira de sombras e se posicionou atrás de Eliza, tão perto que Signa ficou com um nó na garganta.

Não se incomode comigo, disse o Ceifador. *Pode responder. Está de olho em alguma coisa, Passarinha?*

Signa cerrou os punhos. Queria, com todas as suas forças, exigir que ele fosse embora, mas não tinha como transmitir isso sem que as outras reparassem nela. Percebendo seu dilema, a Morte falou:

Você deveria conseguir me responder, sabia? Se está me ouvindo, aposto que consegue responder.

A garota tentou, estava louca para dizer ao Ceifador que a deixasse em paz por um tempo, para que conseguisse arrebanhar informações sobre a família Hawthorne. Ou, pelo menos, dar um jeito de falar com Charlotte a sós. Mas, por mais que se esforçasse para transmitir essas palavras, ele não reagiu como se fosse capaz de ouvi-la.

– Pretende fazer sua festa de debutante aqui, Srta. Farrow? – perguntou Charlotte, com um certo tom de desconfiança.

Signa segurou a xícara de porcelana com as duas mãos, olhando fixamente para a amiga. Apesar do nervosismo, apesar do que Charlotte sabia e poderia fazer para prejudicá-la... Apesar de tudo isso, ficou aliviada com a presença dela. Com o fato de, finalmente, ter encontrado a velha amiga e poder ver, com os próprios olhos, que ela estava em segurança, com saúde e continuava linda.

– Estou torcendo para que seja nessa temporada social, sim – respondeu, deleitando-se com a sensação de fazer aquele comunicado em voz alta.

Eliza bateu palmas.

– Ah, a senhorita precisa dar uma festa para comemorar! Se nos convidar, fazemos questão de contar tudo sobre cada um dos homens da cidade...

Nessa hora, Eliza levou a mão à garganta: ficou sem ar por um instante, porque a Morte passou por trás dela.

Você irá me convidar para essa festa? Adoro um bom baile.

O Ceifador não seria convidado para coisa nenhuma e, por mais que Signa quisesse dizer isso para ele, continuou sorrindo e perguntou para Eliza:

– Quais são os homens que devem participar dessa temporada?

A comoção na mesa foi imediata. Eliza chegou mais perto, brandindo o garfo ao falar.

– Creio que você deva ficar de olho no meu primo, o lorde Everett Wakefield.

Charlotte se empertigou ao ouvir esse nome, e seus olhos brilharam.

– Ele já chegou? – perguntou, e Eliza respondeu balançando a cabeça.

– Há apenas três dias. Ficará conosco durante o verão inteiro, para ver se consegue encontrar uma esposa apropriada. Fico me perguntando, também, quem seu primo Percy irá cortejar, Srta. Farrow. Ele é o herdeiro dos negócios e da fortuna da família, sabe?

Eliza tinha razão, presumindo-se que Elijah não estragasse as perspectivas de futuro do filho. Signa se lembrou de duas noites atrás, quando testemunhou Elijah enfiar um bolo na boca de Percy. Não conseguia imaginar a vergonha que o primo sentiu, não conseguia imaginar como seria ver um pai se perder tão completamente no próprio luto.

A família Hawthorne estava por um fio. Bastaria um puxão para que se desfiassem completamente.

Quando Signa foi pegar outro pão doce, Diana afastou a travessa, dando um sorriso amarelo que fez a outra garota corrigir a própria postura. Ela ficou mais ereta e tirou a mão da travessa, por via das dúvidas.

Coma logo. As palavras da Morte foram frias. *Se está com fome, coma esse pão doce,* insistiu.

Só que a Morte não tinha influência na sociedade, não conhecia nem determinava suas políticas.

Não coma nem beba demais nem de menos. Apenas a quantidade certa. Foram essas as lições aprendidas com o livro de etiqueta. Signa só não sabia o que poderia ser chamado "demais". Agora, sabia que eram três pães doces. Então, ignorando a insistência da Morte, não comeu mais um, nem quando Diana começou a bisbilhotar de novo nos negócios da família Hawthorne, caçando fofocas que, sem dúvida, espalharia. Não havia espaço para relaxar naquela conversa. Signa estava mais na defensiva do que nunca, julgando cada centímetro do próprio corpo – de onde colocava o dedinho à velocidade da respiração. *Será que bebera rápido demais? Será que a quantidade de açúcar que colocou no chá era apropriada?*, a garota se questionava.

O cansaço pesou em seus ombros – para ter uma vida social, teria que se acostumar com muito mais do que esperava.

A garota havia esperado tanto tempo por aquele dia, pelo momento em que se sentaria e conversaria com as amigas, integrada à alta sociedade. Pelo momento em que as outras pessoas demonstrariam interesse por ela, e Signa finalmente teria a companhia pela qual ansiara tanto. Mas, quando Marjorie voltou para a saleta, tinha a sensação de que se passara uma eternidade, e só queria se libertar dali e tirar um bom cochilo.

Charlotte foi a última das damas a partir e, para grande surpresa de Signa, não quis se demorar. Dirigiu o olhar para ela, e um rápido *Fico feliz de ver que está bem* saiu de seus lábios, então, segurou as saias e seguiu Marjorie pela saída da porta.

Os olhos de Signa arderam em lágrimas. Charlotte a reconhecera. Ela a reconhecera e apesar disso... não significou nada. Talvez todo o tempo que passaram juntas – toda aquela amizade – tivesse significado mais para Signa do que para Charlotte.

A garota havia esquecido que a Morte estava bem atrás dela, até que o Ceifador resmungou:

– Duas dessas garotas têm o comportamento de alguém que acabou de aprender a andar sem correias.

Signa secou as lágrimas e se virou de frente para ele.

– O que você ainda faz aqui?

Mais uma vez, as sombras que o cercavam se movimentaram, formando uma mesa de apoio para seus pés.

– Bom dia para você também. Vim ver como você está se adaptando.

– Prefiro que você não faça isso. – Signa se virou e foi para o outro lado da sala, porque não queria que o Ceifador a visse tão abalada. – Como você conseguiu entrar aqui?

O Ceifador ficou pensando na resposta, indo para trás em sua cadeira de sombras.

– Você poupou a vida de Blythe por ora, mas isso não quer dizer que ela está curada. – A cadeira voltou para o lugar, e a Morte olhou para Signa, completando:

– Estou aqui porque a garota ainda oscila em cima da ponte entre os vivos e os mortos. Por causa disso, quando nós dois estamos perto dela, você consegue me ver, ao que tudo indica. Só tive certeza hoje de que é esse mesmo o caso.

Maldita seja aquela infeliz ligação entre os dois. O que Signa não daria para tapar o véu do além-túmulo e nunca mais olhar para lá.

– E por que consigo ouvir sua voz dentro da minha cabeça?

– Pelo mesmo motivo que consegue ouvir minha voz quando falo em voz alta, suponho.

Se o Ceifador fosse um ser corpóreo, Signa o teria sacudido. Diante das circunstâncias, girou nos calcanhares e foi para cima dele com uma ira que instigava todo o seu corpo.

– Por acaso você não viu que eu estava ocupada? – vociferou. – Era uma ocasião *importante* para mim.

A Morte se virou, como se fosse capaz de ver as garotas através das paredes.

– *Por quê?* Estou inclinado a pensar que tais criaturas só teriam importância para suas respectivas mães. Você não achou estranho o fato de duas delas só fazerem perguntas sobre sua fortuna e sua família? Não perguntaram quase nada sobre *você*.

Apesar de isso ser verdade, concordar com o Ceifador era a última coisa que Signa queria. E, sendo assim, a garota teimou em dizer:

– Elas logo serão minhas amigas.

– Suas amigas? – Ele ficou de pé, e a mesa e a cadeira que havia formado se recolheram às sombras. – Por quê? Nunca vi você tão...

– Tão falante? – insistiu Signa. – Nunca me viu ter companhia?

A essa altura, Signa estava quase encostando o próprio peito no peito metafórico dele. Assim, tão perto do Ceifador, a pele da garota vibrava. Não de medo, mas de poder. De determinação. Ele era a Morte e, por causa disso, a garota não precisava medir as palavras. Não precisava impressioná-lo.

O Ceifador inclinou o corpo, deixando seu rosto de sombras pairar diante de Signa. Mal cabia um sussurro entre eles.

– Nunca vi você tão submissa nem tão absurdamente sufocada. – Nessa hora, um pão doce a acertou, batendo com força no peito. Ela conseguiu pegá-lo por pouco, antes que caísse no chão. – Você queria esse doce, não queria? Por que permitiu que a opinião de outra pessoa a impedisse de comê-lo?

Signa enfiou os dedos na casca crocante do pão doce.

– Eu estava sendo educada. Existem regras para essas coisas...

– Você estava era com fome. E, quando tem fome, deveria comer. Que se danem suas regras.

O tom dele tinha algo de obscuro. Uma decepção amarga que, para frustração de Signa, a perturbava.

– E desde quando isso é da sua conta?

A pergunta acendeu uma fúria ardente nos olhos do Ceifador. Um incêndio que o fez ficar diante dela de novo, sugando todo o ar do recinto.

– É da minha conta, porque você é melhor do que isso. Não nasceu para ser submissa nem carente. Se assumisse quem você realmente é, imagine só o poder que teria nas mãos. Imagine só o que seria capaz de fazer.

– Você quer dizer quantas vidas eu ceifaria? – Signa chegou mais perto e continuou. – Imagine só os espíritos com os quais eu poderia conversar? As vontades que eu poderia fazer para os mortos? Não preciso imaginar nada disso: eu vivo. Essa vida me consome e não é a vida que eu quero.

– Como você sabe? – indagou o Ceifador. – Você só foge, como sabe que é isso que quer? Prefere passar a vida inteira fingindo que é aquela pessoa que foi na companhia daquelas moças?

Signa atirou o pão doce nele e, para sua surpresa, o doce não o atravessou, como a faca com a qual ela o apunhalara. O Ceifador pegou o pão doce no ar.

– Vá embora – disse Signa, assim que conseguiu disfarçar sua surpresa. – Você não me conhece e jamais irá conhecer. É bem como você mesmo já disse, ambos somos pessoas muito ocupadas, e você não passa de uma distração.

O Ceifador deu uma risada debochada, e o som foi tão humano. Tão masculino.

– Vim lhe oferecer minha ajuda. Seria significativamente mais fácil solucionar o assassinato, imagino, se você soubesse usar suas habilidades.

– Isso não será necessário – falou Signa, sem se dar ao trabalho de considerar a oferta. – Eu já consigo falar com os espíritos...

– Então, você acha que a habilidade de atravessar paredes não vale nada? De alterar seu corpo para que os outros não consigam enxergá-lo? De se tornar parte da própria noite e submergir nas sombras? Imagine só o quanto poderia espionar.

Aqueles seriam poderes úteis, sim. Mas aceitá-los significava aceitar a ajuda do Ceifador, e Signa não tinha a menor vontade de receber a presença e o ego dele nem por um segundo além do estritamente necessário.

– Durante toda a minha vida, tudo o que mais quis foi me livrar de você. – Ela endireitou a postura diante das sombras que a espreitavam. – Eu implorei, noite após noite, morte após morte, para você me deixar em paz. E, agora, você vem me oferecer ajuda? – Não havia palavras suficientes. Não havia selvageria suficiente dentro de Signa para comunicar, ao Ceifador, a dimensão do que ela achava disso. –

Eu o odeio e odeio tudo o que você fez comigo. Vou solucionar esse mistério e farei isso sem a sua ajuda.

Em volta dos dois, o dia se apagou. A escuridão era avassaladora, porque a Morte ficou maior, sua raiva era tão palpável que sufocou o recinto. Acima deles, o lustre tremeu, suas luzes piscaram feito uma tempestade que se aproxima. A luz do sol que passava pela janela se apagou feito a chama de uma vela.

– Você não tem mais escolha. – A voz da Morte fez as paredes tremerem, derrubando duas xícaras de porcelana no chão. – Estou ficando cansado desses joguinhos. Sei que você é melhor do que acha, assim como sei que você nunca irá se livrar de mim, Passarinha. Assim como eu jamais me livrarei de você.

O tremor parou, a luz do dia voltou para a sala, e a Morte se recolheu às suas sombras.

– Nossas aulas começam à meia-noite. Até lá.

Signa já ia gritar, dizer que ele nem precisava se dar a esse trabalho. Mas, no instante em que abriu a boca, um pão doce veio voando da mesa e entrou nela, sufocando o protesto que a Morte se recusou a ouvir.

DEZESSETE

Na cabeça, Signa equilibrava um livro tão pesado que estava ficando com enxaqueca.

– Equilíbrio, Signa – orientou Marjorie. – Elegância. Caminhe com elegância.

No canto, confortavelmente refestelado em uma poltrona de veludo verde, Percy deu risada. Dado que ele não tinha nada a fazer ali, a governanta olhou feio para o rapaz, mas Percy não se constrangeu, longe disso. Fez questão de comunicar que viera apenas para assistir à tentativa da prima de aprender boas maneiras – e que estava se divertindo muito com elas. Havia, contudo, uma certa preocupação em suas sobrancelhas ruivas franzidas, e no fato de dirigir o olhar o tempo todo para as criadas que andavam apressadas pelos corredores, arrumando a casa para a festa que começaria naquela noite.

Como Percy e Marjorie fingiam não perceber a presença delas, Signa fez a mesma coisa, entendendo o motivo para aquela festa ser uma pedra no sapato do primo.

– *Elegância,* Signa – repetiu Percy, arrastando a palavra com um tom afetado.

Signa nunca teve um irmão, mas imaginou que, se tivesse, seria tão irritante quanto Percy. Quase parecia que o rapaz sabia que a boa educação da garota era uma farsa. Era como se pudesse ver essa farsa estampada na cara dela e estivesse tentando lhe arrancar a verdade. Signa fez tudo o que estava ao seu alcance para ignorá-lo, torcendo para manter a ilusão de que era uma jovem respeitável.

Só que, depois de seu encontro inesperado com Elijah, na noite anterior, parecia improvável que o dono da Quinta dos Espinhos se importasse com o que a protegida fazia, ou com seu comportamento. Desde que não ateasse fogo à mansão, ela duvidava que Elijah queimaria as pestanas se preocupando com suas atitudes estranhas.

A imagem do primo esperando no alto da escada, observando o pai com tanta nostalgia, veio à sua cabeça. Aquela era uma versão muito diferente da que via agora – um Percy relaxado, que tinha uma postura displicente, um jovem cavalheiro próspero, sem qualquer problema.

O que será que Elijah quis dizer quando falou que decepcionou o filho de inúmeras formas? Signa estava tão distraída pelo dilúvio de pensamentos que tropeçou no tapete persa e ficou observando a enciclopédia cair de sua cabeça e bater no chão. Disfarçadamente, soltou um palavrão e só se deu conta de que havia falado em voz alta quando Percy se dobrou de tanto rir, e Marjorie ergueu as mãos para o céu, em sinal de frustração.

– Atenção ao linguajar, Signa! Juro que vocês dois estão impossíveis hoje!

Apesar de a garota ter tido o bom senso de ficar corada e baixar a cabeça pedindo desculpas, o rapaz deu um sorriso frio para a governanta, um sorriso tão encantador que poderia prejudicá-lo. Signa resistiu ao ímpeto de revirar os olhos quando a determinação de Marjorie se esmigalhou sob o sorriso do primo. A governanta soltou um suspiro e pegou o livro do chão.

– Não sei o que deu na senhorita hoje, Signa, mas você está impossível. – Esse comentário foi uma simples constatação, não teve a intenção de ser grosseiro. – E o senhor, Percy, pensei haver lhe dito ontem para encontrar algo útil a fazer com seu tempo.

Ele levou as mãos para trás e ergueu o queixo.

– Mil perdões, Srta. Hargreaves. Eu só queria me certificar de que minha querida prima se sentisse bem-vinda aqui.

Marjorie ficou olhando feio para Percy, mas seu olhar foi se suavizando até que, uma hora, ela se deu por vencida.

– Ah, tudo bem. Já que é óbvio que não vamos avançar nos estudos, pode ir visitar sua prima, Signa.

Percy se empolgou.

– Você vai visitar Blythe? Posso ir com você?

– Claro que pode – Marjorie decidiu pelos dois. – Leve alguns bolinhos do café da manhã para ela. Tenho certeza de que Blythe ficará feliz.

Signa torceu para a governanta ter razão. Precisaria de uma oferta de paz depois do modo como a primeira visita transcorrera.

Percy andava no mesmo ritmo de Signa, tão afoito para ver a irmã quanto a prima.

– Se ela está com a mesma doença que levou minha mãe, a última coisa que precisa é ficar entocada no quarto – disse o rapaz, enquanto subiam as escadas, de dois em dois degraus. – Todo mundo vive falando para ela descansar. Tenho certeza de que Blythe está morrendo de tédio.

Signa não precisava imaginar esse tédio nem a solidão trazida por ele. Se tudo corresse bem naquela visita, talvez Blythe permitisse que a prima a visse com mais frequência.

– Ela e sua mãe têm os mesmos sintomas? – perguntou Signa, em voz baixa.

– Exatamente os mesmos, sim. Só que a língua de Blythe ainda não começou a ficar cheia de feridas, e as alucinações não são tão intensas quanto as que minha mãe tinha.

O tom de voz de Percy mudara para um tom mais frio, mais sofrido, e Signa sabia que não deveria insistir, por mais que quisesse. Era prova de seu crescimento, pensou, o fato de ser capaz de demonstrar empatia, compreendendo que nem todo mundo se sentia tão à vontade para falar dos mortos quanto ela.

Ouviu quando Percy mudou de assunto e ficou tagarelando sobre os retratos pelos quais passavam, elencando os ancestrais homens que estiveram à frente da Quinta dos Espinhos antes do pai. Estufou o peito de orgulho ao falar, com uma postura altiva e confiante.

– Que homens incríveis eles foram, para construir tamanho império.

Signa achou que não seria digno de nota o fato do clube de cavalheiros não oferecer nada diferente do chá da tarde que tivera com as damas naquela mesma manhã, com suas bebidas, comidas e fofocas entre pessoas de status social semelhante – só que ela não pagara pelo título, para ter tal experiência. Apesar disso, compreendia o orgulho estampado nos olhos de Percy. Grey cuidara bem da família Hawthorne, e era esperado que o rapaz continuasse o legado.

Depois de passar pelo que deveria ser uma dúzia de retratos de homens de fraque e cara feia, bateram baixinho na porta do quarto de Blythe e esperaram ter permissão para entrar. Nada na sala de estar da prima havia mudado, nem mesmo um cabelo. O recinto estava abafado, com um odor desagradável, que sufocou os dois quando entraram e pisaram no tapete felpudo. Blythe estava viva, mas seu quarto era o de um fantasma.

O leve aperto que Signa sentia no peito cessou quando viu a prima sentada na cama, encostada na cabeceira. Por mais doente que estivesse, Blythe não fez careta para Signa, como fizera da última vez. Pelo contrário: olhou para o irmão e ficou radiante.

– Percy! Por onde você andou? Quase comecei a contar os pontos da cortina de tão entediada. O que é isso que você trouxe?

O sorriso da garota ficou mais largo quando ele mostrou um pão doce para ela, e Blythe agitou a mão para pegá-lo.

– Meu Deus, eu estava torcendo para que fizessem os de limão novamente.

Então, deu uma mordida e gemeu, como se fosse a primeira coisa que comia naquela semana.

Percy colocou o prato com os demais doces ao lado da cama, bagunçou o cabelo loiro-palha da irmã e puxou uma pequena cadeira de ferro, para se sentar ao lado da cama.

– Vou pedir lá na cozinha para fazerem mais vezes, já que gosta tanto deles.

Signa ficou esperando na soleira da porta do quarto de Blythe, com as mãos unidas na frente do corpo. Ficou ali parada enquanto Percy se acomodava, observando o pomo de adão dele saltar ao olhar para a irmã – para seu corpo pálido e esquelético. O cabelo morto e seco. As bolsas sob os olhos e os lábios que eram tão sem cor quanto as migalhas que a prima limpava deles. Percy segurou a mão de Blythe, tão frágil, e Signa percebeu, pela primeira vez, o contraste gritante entre os dois. Percy era sardento, e Blythe tinha pele de porcelana. O cabelo do rapaz ardia como uma fogueira no verão, e o dela era desprovido de cor. O que os dois tinham em comum era a boca austera do pai e o pesar nos olhos espremidos, parecia que estavam sempre ponderando, no caso de Percy, ou perpetuamente irritados, no caso de Blythe. Por mais diferentes que fossem, quando ficavam lado a lado, não havia como negar que eram sangue do mesmo sangue.

– Ela vai entrar? – perguntou Blythe. – Ou vai ficar parada aí, permitindo a passagem da corrente de ar?

Percy se aproximou da irmã com um ar de confidência, apesar de ter falado alto o suficiente para Signa conseguir ouvir.

– Cuidado, Bee. Não se esqueça de falar baixo quando houver cervos ariscos por perto. Não queremos assustá-los.

Endireitando os ombros, Signa entrou no quarto de cabeça erguida e declarou:

– Não sou cervo coisa nenhuma.

A prima se virou para ela dando um sorriso que quase sugou o ar dos pulmões de Signa. Foi uma sensação parecida a que teve na primeira vez que viu Blythe – como se ela e a outra garota estivessem ligadas por um fio inquebrantável. Devia ser a ligação que a Morte havia comentado, que se estabelecera quando, sem saber, Signa poupou a vida de Blythe.

Mal conhecia aquela coisinha doente que tinha dificuldade para sair da cama, mas cujo olhar seria capaz de empalar uma pessoa. Mesmo assim, Signa se sentia compelida pela prima. Não sabia o que isso significava nem por que tinha tais habilidades. Mas sabia que faria qualquer coisa que estivesse ao seu alcance para salvar a vida dela, e isso começava com descobrir a fonte do veneno.

– Queria pedir desculpas pelo outro dia. Foi... grosseria de minha parte dizer o que eu disse. Nunca fui de falar muito. – Signa se equilibrou no outro canto da cama, onde Percy não estava. Já estava pronta para levantar correndo e fugir a qualquer momento.

O gelo nos olhos de Blythe derreteu enquanto ela lambia o açúcar que ficara nas pontas dos dedos.

– Você precisa melhorar isso.

A língua da garota tinha o mais claro tom de rosa. Quase branco.

Arrepios subiram pelos braços de Signa feito aranhas, e ela sentiu um frio na boca do estômago antes de se dar conta de que era causado por uma janela aberta e não pela proximidade da Morte. A ausência do Ceifador deveria ter dado esperança a Signa, caso não soubesse que Blythe estava no limiar da morte, e o assassino ainda estava à solta.

– Não vou agradecê-la por ter salvado minha vida naquele dia, dado que meu acesso de tosse foi culpa sua. – As palavras de Blythe eram tão cortantes quanto na lembrança de Signa, cada uma delas era uma faca. – Mas não irei recusar sua companhia tampouco, porque nunca tive uma prima. Ficará muito tempo aqui conosco?

Foi Percy quem respondeu:

– Papai encomendou com a modista um enxoval para toda a temporada social.

A expressão de Blythe perturbou-se.

– Suponho que eu deveria ficar feliz por alguém estar recebendo atenção dele. Mas, se precisava de vestidos, poderia ter pegado os meus. Não têm mais utilidade para mim, e tantos sequer serão usados.

– Blythe...

– Ah, Percy, cale-se. Não foi isso que eu quis dizer. Eles não me servem mais, e duvido que meu corpo voltará à antiga forma. – A cada palavra, a rispidez de sua voz diminuía. – Agora me fale do trabalho. Alguma novidade?

Percy apertou a mão da irmã, e Signa ficou com a impressão de que havia algo naquela maneira um tanto ríspida com que os dois irmãos falavam que escapava à sua compreensão.

– O tio está vindo para cá, nesse exato momento, para tentar incutir bom senso no homem, mas receio que papai acredite ser alguém irrepreensível.

Blythe estalou a língua, em reprovação.

– Com certeza ele irá ceder, mais dia, menos dia. Você precisa continuar tentando.

– Ele não cede desde o dia em que você ficou doente, Blythe...

– E em que dia foi isso, precisamente? – Signa foi logo perguntando, tentando não se encolher sob o peso dos olhos que se voltaram para ela, surpresos. – Só estou perguntando por curiosidade. Quando você ficou doente?

Blythe fingiu soltar um suspiro de assombro.

– Estou *doente*? Não me diga! Fico surpresa por você ter reparado. Ninguém ousa falar disso na minha frente. – Ela soltou um murmúrio baixinho, achando graça, e encostou a cabeça nos travesseiros. – Cerca de um mês depois que minha mãe morreu.

Quem quer que estivesse por trás daquilo, não perdera tempo. Signa olhou para uma pequena pilha de chocolates na mesinha de cabeceira de Blythe, ao lado de uma xícara de chá. A garota foi até a mesinha e pegou um deles, tentando ser discreta ao mordê-lo. Signa não saberia dizer se ficou aliviada ou decepcionada ao descobrir que não havia nada no bombom além de chocolate normal, mas deu outra mordida. Em seguida, seus olhos pousaram no chá, e ela tentou pegá-lo antes de inventar uma desculpa.

Blythe se levantou de repente, cem por cento letal.

– Não *ouse* tocar nisso! É meu remédio.

Como Blythe esticou a mão para pegar a delicada xícara de porcelana, Signa se afastou, saindo do alcance da prima, e deu um gole discreto. E, então, sentiu o gosto – pouco mais do que uma pitada do frutinho amargo não bastava para que alguém, que não tivesse familiaridade com aquele sabor, percebesse.

Era isso. Era assim que alguém estava deixando Blythe doente.

A xícara ainda estava quase cheia, o líquido estava frio.

– Quanto tempo faz que você está tomando este remédio?

– Desde o dia em que fiquei doente – respondeu Blythe, olhando feio. – Ele me dá dor de estômago se eu beber muito rápido. Ponha na mesa.

Signa não fez isso. Pelo contrário. Foi até a janela e esvaziou a xícara.

– Você enlouqueceu? – Percy arrancou a xícara de porcelana da mão de Signa. – Até onde sabemos, é exatamente isso que pode estar mantendo minha irmã viva!

– Pelo contrário, pode ser exatamente o que a está deixando doente. – Signa não queria revelar que sabia o que estava acontecendo, na eventualidade de o assassino descobrir e tentar outras táticas. – Quem lhe deu isso?

Blythe fez careta, e rugas profundas de preocupação se formaram em sua testa.

– Minha criada traz todos os dias, pela manhã.

– E qual é o nome dela?

– Elaine. Mas, não vejo por quê…

Signa reconheceu o nome, era a criada que vinha ajudando-a, como camareira.

– Quem prescreveu esse chá para você?

– Um dos *médicos*. – Percy cruzou os braços sobre o peito. – E ouso dizer que o médico é mais competente do que você.

Até Signa sabia que nenhum médico prescreveria beladona em remédio nenhum. Alguém estava entrando escondido – talvez, não colocasse em todas as xícaras, mas em muitas.

– Sei que isso vai parecer estranho – começou a dizer, receosa –, mas, Blythe, acredito que você não está sendo acometida por nenhuma doença.

Percy segurou o pulso de Signa com tanta força que ela se encolheu de dor, certamente deixaria um hematoma.

– Não encha a cabeça de minha irmã de bobagens. É a mesma doença que matou nossa mãe…

Signa se desvencilhou do primo e o olhou bem nos olhos.

– Isso não é remédio. Sei porque conheço o gosto. É beladona, os frutinhos que crescem no bosque, perto daqui. Alguém está envenenando sua irmã.

Blythe não se mexeu por um bom tempo e ficou com a boca entreaberta.

– Percy… – falou, e o irmão apenas sacudiu a cabeça.

– A essa altura, um dos médicos teria percebido se fosse mesmo veneno. – O rapaz estava irredutível em sua crença, enfatizava cada palavra. – É apenas um palpite de Signa.

– Não é palpite coisa nenhuma – retrucou a garota, com cada gota de convicção que foi capaz de reunir. – Reconheço esse gosto. E, se não acredita em mim, veja com seus próprios olhos. Blythe, da próxima vez que lhe trouxerem o remédio, não beba. Mas tampouco recuse o chá, para não alertar os outros de suas suspeitas. Espere até não haver ninguém por perto e, então, encontre algum lugar seguro para jogá-lo fora. Percy, você também precisa tomar cuidado. Quem há de dizer que você não é o próximo?

O ceticismo do rapaz permaneceu, tornado evidente pelas rugas que surgiram no meio de suas sobrancelhas.

– Devo perguntar para o médico? – Havia uma certa fragilidade na voz de Blythe. Mas, tirando isso, a garota estava encarando aquilo melhor do que Signa esperava. – E nosso pai? Tem o direito de saber, não tem? Se existir a possibilidade de o que aconteceu com nossa mãe não ter sido por acaso?

Signa recordou de Elijah enfiando o bolo na cara do filho, das olheiras do tutor, de que ele era assombrado e não conseguia dormir. O comportamento do homem era muito errático, muito imprevisível. Não seria seguro confiar nele, e Signa pensava que não seria prudente confiar em mais ninguém – incluindo o atual médico de Blythe – e revelar o que haviam percebido. Isso para não falar que era muito suspeito o fato de nem um único dos médicos de Blythe ter percebido o que estava acontecendo.

– O melhor que podemos fazer para ajudar seu pai é proteger vocês dois – declarou Signa. – Ou seja, por ora, esse segredo fica entre nós. Tome cuidado com o que come. Nada de geleia. Nada de redução de frutos silvestres em seus assados. Beba o chá, mas jogue fora se sentir um gosto estranho. Vocês precisam comer, os dois, e não podem levantar suspeitas, mas sejam extremamente cuidadosos.

Signa não teve coragem de dizer que Sylas também sabia daquele segredo. Não lhe pareceu prudente comentar, e ainda precisava da ajuda do rapaz e de seus contatos com a criadagem da Quinta dos Espinhos – principalmente, agora que tinham uma pista.

Elaine.

Blythe soltou um suspiro e afundou a cabeça nos travesseiros, encolhendo-se debaixo das cobertas, como se quisesse parecer menor.

– Vamos descobrir – prometeu Signa, com o maior brio possível, tentando convencer a si mesma também. – Vamos pôr um fim nisso, e você ficará bem. Não irei permitir que você morra, Blythe.

E estava falando sério. Não fora por acaso que a prima recebera uma segunda chance. Signa havia estabelecido uma conexão entre ela e o destino de Blythe, e faria tudo o que estivesse ao seu alcance para derrotar a Morte de uma vez por todas.

DEZOITO

Mais tarde, com a barriga cheia do jantar e a cabeça latejando pelos acontecimentos do dia, Signa ficou aliviada ao ver que Elaine esperava na sala de estar de seus aposentos, para ajudá-la a se preparar para dormir.

– Boa noite, Elaine – disse para a jovem, que talvez fosse poucos anos mais velha do que ela.

A criada ficou de cabeça baixa, olhando para o chão, e a cumprimentou balançando a cabeça muito sutilmente.

– Boa noite, senhorita.

Havia escolhido uma camisola de algodão para Signa, que estendeu os braços para a criada tirar as luvas de pelica branca e ajudá-la a colocar a camisola, como fizera em todas as noites anteriores. Mil perguntas ardiam na língua de Signa, mas a garota precisava ter muita cautela para conseguir as informações que estava buscando. *O Guia de beleza e etiqueta para damas* não lhe ensinara muito a respeito de que tipo de interação com a criadagem era considerado aceitável, provavelmente porque quem tivesse condições de ler esse livro já deveria saber. A criadagem do tio consistia em um punhado de pessoas, às quais dirigia a palavra muito raramente. Mas Signa não confiava na estratégia dele, de empertigar os ombros e empinar o nariz, pois de que serviria tal estratégia se quisesse que Elaine relaxasse e se abrisse com ela?

– Faz tempo que você trabalha para a família Hawthorne? – perguntou Signa, dirigindo-se à penteadeira, dando um sorriso simpático para Elaine, que pegou uma escova de cabo de marfim e foi penteando o cabelo da garota com as cerdas de javali.

– Não faz muito tempo, senhorita. – Os ombros tensos de Elaine assinalaram que a criada estava tão receosa de dizer algo errado quanto Signa. Ela precisou pigarrear e ficar esperando, em um silêncio constrangedor, Elaine completar:

– A Sra. Lillian me contratou há pouco mais de um ano, que Deus a tenha.

A criada parou de escovar o cabelo da garota para fazer o sinal da cruz.

– Para ser sua criada pessoal?

Signa torceu para que sua voz tivesse transmitido uma curiosidade sincera, capaz de acalmar os nervos da mulher. Se a dificuldade para extrair informações de Elaine servisse de parâmetro, os criados e os ocupantes da Quinta dos Espinhos não conversavam com frequência.

– Não dela – esclareceu Elaine –, mas da jovem, a Srta. Blythe. A antiga criada se aposentou e foi morar no litoral.

– A Quinta dos Espinhos é um lugar um tanto deprimente, não? – provocou Signa. – Consigo compreender o porquê dela se sentir atraída pelo litoral.

– É, senhorita. – A voz de Elaine ficou mais grave e séria. – Dizem que esse lugar é assombrado.

Ah, agora sim, estavam fazendo progresso.

– A casa de minha família ficava no litoral – contou Signa, sem precisar fingir um tom de nostalgia. – Era chamada de Quinta da Dedaleira. Lembro-me muito pouco, porque era criança quando fui lá. Mal posso esperar para herdá-la, mas devo admitir que só de pensar em administrar uma casa tão grande, fico apreensiva. Imagino que deva levar séculos para conseguir contratar toda a criadagem.

A mão de Elaine parou por um único instante, então voltou a escovar, e Signa teve certeza de que suas palavras haviam surtido o efeito desejado. Pois quem iria preferir a lúgubre Quinta dos Espinhos à Quinta da Dedaleira, no litoral? Se existisse a possibilidade de conseguir um trabalho lá, Elaine iria querer. Ou seja, Signa, agora, tinha mais uma pessoa do lado dela, ainda que a criada não tivesse se dado conta disso.

– Você é tão habilidosa – completou Signa. – É um milagre ter tempo de atender tanto a mim quanto à Srta. Hawthorne. Tenho certeza de que não é uma tarefa fácil.

Dessa vez, Elaine não titubeou.

– Obrigada, senhorita. Mas admito que a jovem Srta. Hawthorne não tem exigido muito de mim ultimamente.

Signa analisou o rosto da criada pelo espelho da penteadeira. Uma ruga minúscula de preocupação surgiu entre as duas sobrancelhas. Sua tristeza lhe pareceu sincera, e Signa se deu conta de que, durante todo aquele tempo em que Elaine a atendera, nunca chegou a acreditar que estava falando com uma assassina em potencial.

– Não – disse Signa, dando um suspiro, já sentindo a pista escorregar pelos seus dedos. – Suponho que não. Só precisa ajudá-la a se trocar e levar o remédio, presumo?

Elaine fez que sim.

– E é bem fácil arrumá-la. O chá e as refeições são feitos na cozinha. Eu apenas levo até lá. Então, não se preocupe, senhorita. Nunca irá precisar esperar por mim.

Apesar de isso não ter servido muito de consolo, Signa sorriu e perguntou:

– Tenho conhecimento dos boatos a respeito da falecida Sra. Hawthorne. Mas, diga-me, Elaine, existem boatos de outros fantasmas na Quinta dos Espinhos?

Foi apenas algo que lhe ocorreu no momento, mas, quanto mais se apegava à essa ideia, mais ela ganhava seriedade. Por que não haveria mais espíritos na Quinta dos Espinhos, já que pertencia à família Hawthorne há várias gerações?

Quando Elaine se encolheu e colocou a escova na penteadeira, Signa teve a sensação de que suas suspeitas haviam se confirmado.

– A criadagem fala que viu um homem na biblioteca – disse ela. – Dizem que os livros caem das estantes sozinhos, mas nunca entrei lá para ver com meus próprios olhos.

Signa nem sabia que *existia* uma biblioteca na mansão. Mas, se houvesse outro espírito na Quinta dos Espinhos – um que, talvez, fosse capaz de falar –, poderia valer a pena fazer uma visita.

Quando determinou que Signa estava pronta para ir dormir, Elaine foi até a sala de estar e pegou uma bandeja com um bule de chá escaldante, um potinho de mel minúsculo e um biscoito. Bem na hora em que Signa foi pegar o chá, um quadradinho de papel escuro passou por baixo da porta.

Elaine franziu o cenho e se abaixou para pegá-lo, então brandiu um envelope preto com um belo selo de cera dourada.

– Talvez seja de um de seus primos – presumiu Elaine.

Signa pegou o envelope e passou o dedo no delicado papel. Sabe-se lá como, sabia que aquilo era errado.

– Ou talvez seja da Srta. Hargreaves, detalhando nossas aulas de amanhã.

Isso também não lhe pareceu certo, mas bastou para Elaine fazer que sim com a cabeça, satisfeita.

Signa só queria abrir aquela carta, mas pôs o envelope no colo e, como quem não quer nada, pegou o potinho de mel.

– Obrigada, Elaine – disse com um tom bem-educado e leve, mas torcendo para transmitir que, obviamente, a estava dispensando.

– Tenha uma boa noite, Srta. Farrow.

Lançando um último olhar fortuito para o envelope, a criada baixou a cabeça e saiu do quarto.

No instante em que a porta se fechou, Signa abriu a carta. Havia três linhas escritas no papel grosso, com a letra mais linda que ela já vira na vida:

Encontre-me nos estábulos, às onze da noite, e se agasalhe.

Iremos a cavalo até o Clube Grey.

–S

DEZENOVE

Naquela noite, a festa estava em polvorosa. A música alta ultrapassava o salão de baile, e a vibração do piano de cauda reverberava nas paredes. A mansão estava alvoroçada como no dia em que Signa chegou à Quinta dos Espinhos, os vestidos eram tão volumosos e deslumbrantes quanto naquela noite, e os doces que passavam pelo salão, em travessas de prata, eram igualmente luxuosos.

A garota só teve alguns vislumbres dos festejos. O vestido pesado de lã que colocara – sem espartilho, porque não conseguia fechá-lo sem ajuda – estava bem longe dos veludos e das sedas importadas trajadas pelas pessoas que a rodeavam. Ela se desviou das criadas, ficando fora do campo de visão de quem pudesse questioná-la. A Morte tinha razão: seria bem mais fácil se Signa pudesse exercer aqueles seus malditos poderes.

Mas, considerando o estado em que teria que ficar para poder invocar o Ceifador – e, depois do que havia dito para a

Morte naquela mesma tarde –, ele era o último indivíduo que Signa queria ver.

Não lhe faltavam motivos para odiar a Morte. Não lhe faltavam motivos para ficar brava e dizer o que disse para o Ceifador.

Então, por que se sentia tão culpada?

Signa desceu as escadas de cabeça baixa e estava quase saindo de casa quando seu rosto colidiu com o peito de alguém. Ela cambaleou para trás, reparando primeiro na bengala de jacarandá que o homem segurava, bem apertado, e em seguida se encolheu, sob o peso do escrutínio de Byron Hawthorne.

Ele esboçou um leve sorriso e a mediu com o olhar demorado no dela. Soltou o ar em uma lufada só, e uma certa palidez se apossou de sua pele.

– Lillian? – Ao que parece, o nome escapou dos lábios de Byron antes que ele pudesse impedir, e o homem sacudiu a cabeça e se corrigiu:

– Não. Você é aquela garota que estava aqui com Marjorie, não? A nova protegida de meu irmão. Aonde pensa que vai vestida desse jeito?

Signa sabia que bastaria uma palavra errada para que Byron a mandasse subir a escada. Ponderou a mentira que contaria com toda a cautela e resolveu que seria melhor assumir o papel que aquele homem esperaria dela – o da garota jovem e tola.

– Eu... eu só queria ver a festa, senhor.

Signa engoliu em seco porque, apesar de estar fingindo, o constrangimento que sentia perante aquele homem era muito real. Byron soltou um grunhido desdenhoso e segurou o pulso da garota como se pretendesse arrastá-la escada acima. Só haviam subido um degrau quando algo no corredor chamou a atenção dele. Signa acompanhou o olhar do homem e viu que era o cabelo loiro-avermelhado de Marjorie que ele estava observando, porque a governanta fugira da festa e se dirigia à cozinha.

Byron soltou a mão de Signa.

– Volte para o seu quarto, mocinha – ordenou, sem olhar mais para ela. – Aqui não é lugar para crianças.

– É claro, senhor.

A garota fez que sim. Mas, no instante em que o homem se virou para ir atrás de Marjorie, Signa aproveitou a oportunidade para fugir no meio da noite, sem ter coragem de olhar para trás para verificar se alguém a avistara. Se percebessem que ela saíra de fininho da casa para se encontrar com um rapaz àquela hora da noite, só pensariam uma coisa. E, se o livro de etiqueta estivesse correto, essa coisa significaria uma desgraça social.

Sylas estava esperando nos estábulos com os cavalos prontos – Mitra para Signa, mais uma vez, e um corcel negro como o céu da noite para ele, que a fez lembrar dos belos animais que foram buscá-la na casa de tia Magda. Gundry estava sentado aos pés do cavalariço, e os olhos do cão tinham um tom intenso de âmbar. Estava de focinho erguido e olhar alerta, garantindo que ninguém se aventurasse a chegar muito perto.

– Você demorou muito. – O rapaz lançou um olhar para o vestido de lã da garota e, prontamente, abriu a capa preta colocando-a sobre os ombros dela, sem pedir permissão. – Resolveu parar para pegar pães doces no caminho?

– Bem que eu gostaria.

Signa segurou a capa com a mão fechada, estava constrangida demais para agradecer, e Sylas colocou as rédeas de Mitra na palma da mão dela. A garota encaixou o pé em um estribo e tentou erguer o corpo para montar na égua.

Sem disposição para perder tempo, o rapaz a segurou pela cintura e a colocou em cima do animal, certificando-se de que ela estava bem firme na sela. Dessa vez, Signa se segurou para não se encolher quando Sylas encostou em seu corpo.

– É uma cavalgada de meia hora. – Ele, então, montou no próprio corcel com uma elegância admirável. – Fique bem perto de Mitra para se aquecer, não iremos fazer nenhuma parada.

– E, posso perguntar por que vamos ao Clube Grey, para começo de conversa?

Faltava apenas uma hora para seu compromisso com a Morte. Apesar de não gostar muito de ver o Ceifador, Signa não pretendia descobrir o que ele faria caso se atrasasse para a "aula" ridícula que a Morte havia planejado.

– Eu estava com os cavalos hoje à tarde, quando ouvi sua governanta falando com Byron Hawthorne – contou Sylas, ríspido. – O Clube Grey ficará fechado para manutenção hoje à noite, e Marjorie irá encontrá-lo lá. O homem quer mostrar alguma coisa para ela. Alguma coisa que, segundo Byron, irá "persuadi-la". Se conseguirmos chegar antes dos dois, poderemos descobrir o que é.

Isso explicaria o olhar afoito de Byron ao avistar Marjorie.

– Eu vi os dois lá dentro, indo para a cozinha – contou Signa.

Sylas cerrou os dentes.

– Provavelmente, querem aproveitar o fato de todos estarem distraídos por causa da festa para pegar a carruagem. É melhor nos apressarmos.

Gundry ficou rondando as patas do corcel, com um brilho nos olhos cor de âmbar, e o corpo tenso de tanta expectativa. Signa se perguntou se o animal era mais cão ou mais lobo. Estava começando a suspeitar de que a segunda alternativa estava correta.

– O cachorro virá conosco?

– É claro. Se nos depararmos com alguém, Gundry irá nos alertar antes que sejamos vistos. Agora, vamos logo.

Apesar de ter mais perguntas – principalmente a respeito do tamanho da encrenca na qual se meteriam, caso fossem descobertos –, Signa não teve oportunidade de fazê-las, porque Sylas deu uma leve esporada em seu corcel e saiu em disparada. Mitra não esperou permissão para ir atrás. O vento fustigava as bochechas da garota, e ela pôs o capuz da capa emprestada. Quando o capuz a envolveu, ficou surpresa ao perceber que não tinha cheiro de feno nem de esterco, mas um aroma de bosque durante o inverno: algo seco e com intenso aroma de pinheiro.

Fechou mais a capa e foi atrás de Sylas, que parecia estar à vontade sob a noite estrelada. Não tremia como ela, mas levantou a cabeça para ver o céu. Seus cabelos negros foram bagunçados pelo vento, tão indomáveis e livres quanto seu modo de cavalgar. Ao lado do rapaz, Gundry corria a toda velocidade, bufando de cansaço, de língua para fora, adorando cada instante do trajeto. Sylas e o cão se entreolharam, e, ao fazerem isso, um sorriso malicioso se acendeu no rosto do dono do animal. Ele levou a cabeça para trás e uivou para a noite. Gundry o acompanhou, o som foi tão lindo quanto assombroso, e ecoou pelos morros.

Ao observar Sylas, o coração de Signa amoleceu. A cada dia, ao que tudo indicava, descobria um novo lado do rapaz. Até agora, esse era seu preferido.

Depois disso, cavalgaram em silêncio por um bom tempo, ouvindo apenas os ruídos dos animais ao seu redor. Relinchos dos cavalos e o bater pesado dos cascos, que apostavam corrida morro afora. A respiração ofegante de Gundry, que não diminuiu o ritmo nem quando o terreno sob suas patas mudou, a grama deu lugar a pedregulhos e, depois, a paralelepípedos.

Sylas fez seu cavalo parar, e Signa também parou, logo em seguida. Quando desceram dos animais, o rapaz amarrou as rédeas dos cavalos em volta de um tronco de árvore, sem apertar muito.

– A partir daqui, iremos a pé. Continue de capuz.

Entocada no aroma amadeirado do traje, a garota não discutiu.

Gundry foi na frente, farejando as ruas. Repletas de chapelarias e modistas. Havia até uma minúscula botica, e todos os prédios estavam bem fechados. As luzes do pub mais para o fim da rua, contudo, brilhavam muito, e era melhor não se arriscar.

– Byron e Marjorie. Você acha que um deles pode estar por trás do assassinato?

Signa perguntou sussurrando, e seu sussurro ecoou pela rua de paralelepípedos deserta. Era estranho estar fora de casa a uma hora daquelas – estranho estar fora de casa, na cidade, *a qualquer hora,* mas Signa não sentiu medo. Passara tanto tempo na companhia da noite que não ficava amedrontada.

E, ao que parecia, Sylas também não. Mas, dado seu tamanho impressionante, era mais provável que a noite ficasse com medo *dele.* Os passos do cavalariço eram confiantes; o corpo, esguio, e a postura, altiva.

– Não sei ao certo. Mas, se alguém está atacando a família Hawthorne, deve ter um motivo. Byron certamente tem: o Clube Grey é a fonte de renda da família. É o legado deles. E, Marjorie...

– Alguma coisa está acontecendo entre ela e Elijah – comentou Signa, e isso lhe rendeu uma piscadela surpresa de Sylas. Ela reparou e franziu o cenho, completando. – Você acha que é o único que consegue bancar o detetive amador?

O rapaz pôs a mão no ombro da garota, levando-a para a lateral da rua, para que pudessem ficar protegidos pelas construções.

– Fique nas sombras, detetive. Se alguém vir a senhorita na rua, a essa hora, vai pensar que está vendendo alguma coisa.

– Mas não estou com nada na... ah. – Ela, então, sentiu um calor no rosto. – E não vão achar a mesma coisa de você?

– Ficarão escandalizados, mas a senhorita sofreria mais com esse estigma social. Se eu tivesse mais *status,* esperariam que eu me casasse com a senhorita. Mas, nesse mundo, tirou a sorte grande, Srta. Farrow, porque tem os recursos financeiros para se manter independentemente do julgamento da sociedade. A maioria das pessoas não tem tal sorte.

Sylas, então, deu o braço para Signa e a puxou na direção de uma construção de rocha vulcânica – a mais alta da rua, que tinha uma enorme janela em arco perto da entrada principal.

Signa não conseguiu olhar a construção com mais atenção, porque seu rosto inteiro estava pegando fogo. Tal contato físico não era socialmente aceitável, de jeito nenhum. Desde a diferença de status dos dois, ao fato de não serem parentes, aquela intimidade era quase tão escandalosa quanto vender o próprio corpo na rua. O fato de a garota ter dinheiro não fazia diferença – não queria comprar a afeição dos outros. Queria que as pessoas gostassem dela e a respeitassem de verdade. E, apesar disso... não sabia que o braço de um homem poderia ser tão firme. Que ombros poderiam ser tão rígidos, e mãos, tão fortes.

Sylas devia ser, talvez, uma das criaturas mais irritantes da face da Terra e, no entanto, Signa não conseguia tirar os olhos do rapaz.

O Clube Grey deveria estar trancado a sete chaves, mas Sylas não perdeu tempo. Foi logo se agachando e abrindo todas as trancas com uma facilidade inquietante. Entrou no local lentamente, colocando as mãos enluvadas nos bolsos.

– Tenho prática – falou, quando percebeu que a garota se afastara dele e estava olhando fixamente, com ar de incredulidade. – Os cadeados das baias vivem travando, e não conseguimos manter os cavalos presos lá dentro.

Signa balançou a cabeça ao passar pela soleira, mas teve a sensação de que seus ossos é que estavam travados. Fora tão tola de ir até ali. De ter concordado em fazer um trajeto de meia hora na calada da noite com um homem que era praticamente um desconhecido. Um homem que desmontara um cadeado como se o objeto fosse uma mera sugestão.

Onde será que havia aprendido tal habilidade?, perguntou-se Signa. *E quanto perigo estaria correndo?* Talvez tivesse sido tolice confiar em Sylas – a garota, entretanto, supôs que não deveria se preocupar demais.

Se o cavalariço tentasse alguma coisa, ela só precisava invocar os próprios poderes. Invocar a Morte e pôr fim à vida do rapaz. Por instinto, pôs as mãos nos bolsos, mas eles estavam vazios.

Havia deixado os frutinhos de beladona nos bolsos do vestido que usara durante o dia.

Um suor se acumulou em sua testa, e ela começou a respirar com dificuldade, porque um uivo repentino de Gundry estraçalhou a noite, acompanhado pelo bater de cascos e pelo sacolejar das rodas de carruagem nos paralelepípedos. Em um piscar de olhos, Sylas fechou a porta e segurou a mão de Signa. Não havia tempo para perguntar o que ele estava fazendo – não havia tempo para olhar em volta –, porque foi empurrada para dentro de um armário de casacos. Sylas veio cambaleando logo depois, e suspirou ao bater a cabeça em algo que a garota não conseguiu enxergar naquela escuridão.

– Abra espaço!

A garota segurou as saias, mas não havia muito espaço para abrir. Ficaram meio que um em cima do outro quando o rapaz se aproximou. O cavalariço tentou se apoiar na parede, mas o couro de suas luvas roçou na cintura de Signa. Ela soltou um suspiro de assombro e chutou uma das botas do rapaz.

Sylas a censurou, sussurrando:

– Quem acha que eu sou, Srta. Farrow? Se eu estivesse tentando seduzi-la, meus métodos seriam bem mais diretos.

As palavras dele foram interrompidas pelo rangido de uma porta, do lado oposto de onde estavam. Sylas olhou feio para Signa, pedindo silenciosamente para que ela se comportasse, e fechou a porta do armário sem fazer barulho.

A garota estava convencida de que não havia nenhuma parte de seu corpo que não estivesse em contato com o corpo do rapaz, e que não havia parte do corpo de Sylas em que ela não estivesse se esforçando muito para não pensar. O fato de ter saído de casa sem espartilho piorava a situação, já que cada roçar lhe dava uma sensação muito mais estarrecedora, e a pressão do corpo do cavalariço contra o seu parecia ainda mais perigosa. Era um momento inoportuno para um sentimento tão ardente despertar dentro dela. E, apesar disso, despertou, acelerando sua pulsação e fazendo seus pensamentos divagarem. Signa imaginou como seria enroscar os dedos no cabelo cor de fuligem de Sylas, qual seria a sensação de ter os lábios do rapaz junto aos seus. Qual seria a sensação de tocar no corpo dele sob todas as camadas...

– Alguém está aqui – sussurrou Sylas, e Signa quase o chutou de novo.

– É óbvio.

Tirada de seu estupor, a garota tentou espiar pelas frestas das folhas de madeira da porta. Apesar de estar escuro demais para ver os olhos de Sylas, a garota poderia jurar que o rapaz a estava observando, antes de se aproximar da porta e tentar espiar também, olhando nas frestas logo acima dela.

Quando a maçaneta da porta principal rangeu, Signa respirou fundo e segurou o ar, temendo que, se fizesse o menor dos ruídos, seriam descobertos. Ah, como foi tola de permitir que Sylas a arrastasse até ali, para se esconder justo em um armário de casacos.

As duas sombras entraram sem fazer barulho, e a maior delas se abaixou para acender um dos lampiões a óleo, banhando o próprio rosto em uma luz fraca e avermelhada. Pelas minúsculas frestas, Signa pôde enxergar que o piso do Clube Grey era de obsidiana, assim como o balcão de bar que ocupava toda a parede. Havia mesas de vidro espalhadas por todo o recinto, com requintadas cadeiras de couro em volta delas. Do outro lado do salão, sofás de couro rodeavam a maior lareira que Signa já vira na vida.

– Precisamos agir rápido – resmungou Byron, com uma voz rouca feito uma carruagem que sacoleja por uma estrada de cascalho. –

Se alguém descobrir que uma mulher teve permissão para entrar aqui, teremos uma dor de cabeça muito maior do que a que temos agora.

– Você implorou para eu vir e me condena no instante em que ponho os pés aqui? – Signa nunca ouvira Marjorie ser tão soberba. – Posso perfeitamente ficar lá fora e contar para todo mundo o que discutimos, se meus artifícios femininos o ofendem. Ou, quem sabe, podemos levar esses meus artifícios até a carruagem, para que eu possa voltar para casa?

Signa não conseguiu ouvir direito o que Byron respondeu, mas achou que era algo relacionado ao fato de Marjorie precisar ver aquele local com os próprios olhos, para entender o que ele estava tentando salvar. O homem se sentou em uma das mesas e empurrou algo para Marjorie, que estava sentada do lado oposto, eram documentos.

– Se olhar, verá que, há semanas, não é feito nenhum pedido de bebida alcoólica. E veja só estes papéis mostrando que não teríamos comida para servir aos sócios se eu não tivesse percebido que o pedido estava atrasado. Elijah não contratou nenhuma atração, nossos charutos não estão mais sendo importados. E, apesar disso tudo, é ele quem comanda o livro-caixa. É ele que se recusa a investir uma moeda sequer nesse negócio. É ele que se recusa a passar suas tarefas para mim e, pior ainda, para Percy! O menino veio aqui todos os dias dessa semana, implorando para trabalhar, Marjorie, e estou ficando sem desculpas para dar ao rapaz.

Signa gostaria de poder enxergar o rosto de Marjorie. Gostaria de poder enxergar *qualquer coisa* quando a preceptora respondeu:

– Fiz tudo o que estava ao meu alcance, Byron. Mesmo depois de morta, Lillian ainda domina a alma de Elijah. Não consigo tirá-lo desse torpor.

– Então *mude isso.*

O tom de voz de Byron transmitia um ressentimento tão grande que Signa se encolheu toda, e ficou feliz, pela primeira vez naquela noite, por ter o corpo de Sylas para equilibrá-la. O rapaz apoiou uma das mãos em sua cintura e se debruçou sobre ela, para assistir àquela cena. Agora que havia percebido, a garota se segurou para não se concentrar em cada resvalar dos dedos do cavalariço e em cada mudança de posição do corpo dele para, em vez disso, prestar atenção no que estava acontecendo do lado de fora do armário.

– Será que você perdeu todo o seu charme, mulher? – Byron espalmou as mãos na mesa e se aproximou de Marjorie. – Se Elijah deixar que esse negócio vá à falência, Percy ficará sem nada. Será motivo de piada e não terá perspectiva de futuro. Não posso simplesmente ficar olhando isso acontecer com meu sobrinho e sei que você concorda comigo. Elijah tem filhos. Dois, ainda por cima, independentemente do que ele pense. Precisamos fazê-lo se dar conta disso antes que eu não seja mais capaz de dar um jeito nessa confusão.

– Você se esqueceu de Lillian assim, tão fácil? – Havia uma frieza no tom de voz de Marjorie que roubava o calor do recinto, obrigando Byron a se calar. – Sei que não se esqueceu. A cidade inteira sabia o que você sentia por ela.

– Lillian é inesquecível. – Byron falou tão baixo que Signa precisou grudar a orelha na porta para conseguir ouvir. – E, apesar disso, não podemos permitir que meu irmão jogue tudo para o alto e fique correndo atrás dela.

– Elijah precisa viver o luto…

– Ele *já* viveu esse luto! Está na hora de virar a página, antes que desgrace essa família. Não posso fazer muita coisa, já que meu irmão se recusa até a assinar um papel. Se Elijah não quer passar os negócios para Percy, convença-o a passá-los para mim. De todo modo, cuidarei melhor deles, assim como teria cuidado melhor de Lillian.

Todos os músculos do corpo de Signa começaram a estremecer com o silêncio pesado que tomou conta do ar. Sua nuca e suas costas estavam suando, mas ela pouco se importou.

– O que – indagou Marjorie, finalmente – está me pedindo?

Byron não titubeou para responder:

– Meu irmão é um homem solitário, Marjorie. E homens solitários são... suscetíveis. Principalmente aos artifícios femininos.

– O que está insinuando? – Marjorie passou os dedos na mesa, fechando-os bem devagar. – Seja direto, Byron.

O homem passou o dedão e o indicador pelo bigode castanho-escuro, com toda a calma, segurando-se para não perder a paciência.

– Você e meu irmão já tiveram relações no passado. Pensei que você iria se agarrar à oportunidade de ficar com ele. Elijah poderia lhe dar uma vida e tanto.

A cadeira fez um ruído estridente no chão de obsidiana quando Marjorie ficou em pé.

– Como ousa? Você pode até ter passado a vida inteira sofrendo por um amor perdido, Byron, mas eu não vou me rebaixar a tamanha vergonha.

– Desculpe se a ofendi...

– Ofender? – A risada que Marjorie deu mais parecia um tiro de revólver, certeiro e paralisante. – Você está questionando minha própria virtude. Insinuou que não passo de uma rameira, e Elijah não passa de um boneco a ser manipulado. O senhor não apenas me ofendeu. Pelo bem das crianças, continuarei tentando conversar com Elijah, mas não farei isso para ajudá-lo. E quero que fique longe de Percy.

Byron também ficou em pé.

– Não farei tal coisa. Se tem algum sentimento por aquele rapaz, fará o que estou pedindo. Não existe uma única maneira de arruinar a vida dele, Srta. Hargreaves.

Passou-se um instante até ela responder, dessa vez, com a voz mais trêmula.

– Percy não fez nada de errado.

Byron deu de ombros, enchendo-se de seu triunfo.

– Não permitirei que o legado de minha família seja destruído pela morte de uma mulher qualquer. Elijah precisa parar de negligenciar suas obrigações.

– Como você se tornou insensível, Byron. Meu Deus, como eu gostaria que Lillian pudesse vê-lo agora.

O tapa foi tão alto que Sylas tapou a boca de Signa com a mão e a puxou contra o seu peito, antes da garota conseguir soltar um suspiro de assombro. Signa mal podia imaginar o quanto deveria ter doído, e cada parte de seu corpo ansiou por escancarar a porta do armário e ir atrás de Byron. De feri-lo, por ter ferido Marjorie.

Com os pés trôpegos, a governanta segurou o próprio rosto com uma das mãos. Com a outra, pegou o casaco.

– Está na hora de crescer e parar de competir com seu irmão. Por mais perdido que Elijah possa estar nesse momento, sempre será um homem melhor do que você.

A governanta cuspiu no chão e saiu em seguida. Signa torcia, desesperada, para que Marjorie tomasse a carruagem e deixasse Byron a pé, mas o homem soltou um palavrão e foi atrás dela, batendo a porta.

Signa estava tão anestesiada pela surpresa que não conseguiu se mexer, e o silêncio foi se instalando em seus ossos. Será que Marjorie e Elijah já tiveram um relacionamento? Isso explicaria a intimidade dos dois. Mesmo que tivesse acontecido antes de Elijah ter se casado, seria um escândalo. E, na mesma hora, Signa começou a entender o encanto daquela atração ilícita. Instantes depois, seus pensamentos voltaram à firmeza do corpo de Sylas, que pressionava o dela, e imaginou coisas que não tinha nada que imaginar, principalmente, porque já estava um calor dos infernos dentro daquele armário minúsculo.

Felizmente, assim que ouviram o ranger das rodas da carruagem deslizando pela rua, Sylas abriu a porta do armário, e Signa saiu correndo, desesperada por ar fresco. Tudo o que mais queria era tirar a roupa toda, abafada e úmida de suor, mas se contentou em tirar a capa e atirá-la no rapaz. Signa nunca fora tão grata pela escuridão quando lhe ocorreu que o cavalariço poderia estar pensando no corpo dela, assim como ela estava pensando no corpo dele.

– Sinto que realmente criamos um elo lá dentro. – Sylas disse, em tom de deboche, confirmando as suspeitas de Signa. – Ouso dizer que, agora, conheço você melhor do que ninguém.

E, então, Sylas se calou, como se tivesse se dado conta de que revelara uma informação que não pretendia revelar, e deu as costas para ela, pigarreando.

– Byron bateu em Marjorie – sussurrou Signa, meio zonza e louca para mudar de assunto.

O rapaz fez que sim, ajeitando as luvas.

– Bateu.

– Você acha que ela ficará bem?

– Sendo franco, acho que é mais prudente temer pelo bem-estar de Byron do que pelo da Srta. Hargreaves. Acredito que não há nada mais apavorante do que uma mulher desprezada. E você viu a cara dela? Cem por cento assassina. Mas... – nessa hora, o rapaz estendeu a mão – já chega. Já que estamos aqui, vamos descobrir que outros segredos esse lugar esconde.

VINTE

Apesar da situação – ou, talvez, por causa dela –, Signa não pôde impedir o arrepio na espinha que sentiu quando Sylas a pegou pela mão e adentrou com ela no Clube Grey. Ainda naquela manhã, a garota havia bebericado chá, vivido o sonho de fazer parte da alta sociedade. Esperava que o pequeno encontro preenchesse o vazio da solidão que havia nela, mas só a fez se dar conta do quanto ainda teria que se esforçar, e do quanto ainda tinha para aprender e para se moldar se quisesse ser alguém aceitável. Com Sylas, entretanto, seus ombros finalmente relaxaram, e seu corpo vibrava de tanta vida.

Com o rapaz, não se preocupava se alguém iria julgá-la a cada movimento. Podia simplesmente *ser*.

Tinha a sensação de que aquela noite na companhia do cavalariço era um recomeço. Como encher os pulmões de ar depois de respirar fundo. Signa deixou Sylas ir na frente, tentando acalmar as batidas fortes de seu coração quando ele pegou um lampião a óleo e a levou até o escritório. Precisava se recompor – além da diferença de status social, mal conhecia Sylas. Em vez de se distrair, dirigindo seus pensamentos a rapazes bonitos, precisava se concentrar na tarefa que tinha a cumprir.

O escritório de Elijah no Clube Grey era parecido com o que ele havia montado na Quinta dos Espinhos. Havia uma grande mesa de mogno e uma cadeira refinada no meio do recinto, sobre um tapete vermelho queimado. Alguém projetara o lugar para ter um ar de masculinidade, colocara um sofá de couro na frente das estantes de livros, que ocupavam uma parede inteira. Apesar de, supostamente, Elijah não aparecer no escritório há um bom tempo, não havia um grão sequer de poeira nas prateleiras, e os livros-caixa com capa de couro preto estavam organizados com capricho, em cima da mesa.

À primeira vista, seria de se pensar que tudo naquele escritório era corriqueiro. Mas algo instigava Signa a olhar com mais atenção, assim como Sylas, ao que tudo indicava, estava inclinado a fazer, porque se atirou na cadeira atrás da mesa e tentou abrir a primeira gaveta, que nem se mexeu.

– Acha que consegue abrir? – perguntou Signa, recordando da facilidade com que o rapaz havia destrancado a porta do Clube Grey.

– Posso tentar. Só que essas fechaduras são mais complicadas. É mais difícil disfarçar que foram arrombadas. E é por isso... – Sylas, então, ficou em pé e foi até a estante, examinando as lombadas dos velhos livros de capa de couro e diversos badulaques. Chegou a mudar móveis de lugar, até que descobriu uma chave de prata ornamentada, embaixo de um abajur. – Prefiro encontrar algo assim.

Se o rapaz já não estivesse tão cheio de si, a garota poderia ter admitido que ficou impressionada. Sylas, certamente, ficou esperando pelo elogio e deu uma risada disfarçada de tosse quando Signa apenas fez sinal com a cabeça para ele abrir a gaveta.

O conteúdo da gaveta era bem menos empolgante do que Signa esperava. Havia velhas faturas de importação de bebidas alcoólicas e charutos espalhados, assim como cartas deixadas por sócios e aspirantes a sócios. "Ao inefável Sr. Elijah Hawthorne", assim começava uma das missivas, que cuspia bobagens ao longo de duas páginas, dizendo o quanto o remetente estava feliz por ter a oportunidade de se candidatar a sócio do clube Grey e o quanto valorizava as qualidades de um cavalheiro. Elijah deve ter guardado a carta só para poder ler e rir. Havia outras correspondências como essa, talvez uma dúzia delas, uma mais bajuladora do que a outra, escritas na esperança de cair nas graças de Elijah e ser aceito como sócio do clube.

Signa pôs as cartas de lado e voltou a remexer na gaveta, até tirar dela um punhado de fotografias.

Sylas soltou um ruído sibilante, em protesto.

– Cuidado. Somos apenas fantasmas de passagem. Não podemos deixar rastros.

Signa ignorou o comentário. Atualmente, Elijah era uma sombra do homem que fora naquelas fotografias com a família. Apesar de serem apenas um instante capturado no tempo, seu riso na primeira foto da pilha era contagiante. O homem estava radiante feito uma estrela, com o braço na cintura de uma bela mulher. A garota era a própria luz do sol encarnada, igualmente radiante, com cabelos ondulados cor de linho, que cascateavam até a cintura.

Lillian.

Estava muito diferente do espírito assombrado que Signa conhecia – ainda não era uma mulher atormentada pela própria morte e incapaz de mudar o destino da filha.

De pé, na frente dos dois, havia duas crianças: Percy, que talvez tivesse cerca de dez anos, na foto, e a jovem Blythe, na sua frente. A menina era igualzinha à mãe, mas sua expressão era mais ardilosa. No retrato em miniatura, Lillian estava de pé, com a mão no ombro de Percy, que olhava para a câmera. A expressão do menino era séria, com as mãozinhas na lapela da casaca do fraque, parecia querer se certificar de que estava bem arrumado. Ao que parecia, não mudara muito ao longo dos anos.

Signa gostaria de roubar a fotografia para debochar de Percy, mas não teve coragem de correr o risco de ser descoberta. Já ia guardar a foto na gaveta quando o dedão roçou em uma borda no verso da foto – havia algo grudado nela. Com a ponta da unha, soltou uma folha de papel da fotografia. Ela estava amarelada, tinha manchas de café e o nanquim escuro com que fora escrita borrara porque haviam derramado algo líquido no papel.

– É uma carta – disse para Sylas, que estava bem atrás dela.

Eu lhe imploro, Elijah, para que pense em nosso filho.

Não importa qual é sua opinião a respeito do Clube Grey, o local é a vida dele.

Entendo que sua relação com esse lugar é turbulenta, mas não podemos esquecer de que nosso filho não é você. Os receios que você tem não devem ser descontados no menino. Percy nasceu para herdar o legado da família Hawthorne. É tudo o que ele quer, Elijah. Por favor, não deixe que sua dor – não deixe que seu egoísmo – atrapalhe o garoto.

Havia mais palavras tão borradas e manchadas que estavam ilegíveis, mas não havia como negar que a carta fora escrita por Lillian, antes de morrer. Até então, Signa ficara com a impressão de que Elijah tirara o Clube Grey das mãos de Percy depois que a esposa morreu. Mas, de acordo com aquela carta, Elijah tinha receio de permitir que Percy herdasse o Clube Grey há muito mais tempo.

Mais uma peça do quebra-cabeça. Mais uma informação para guardar a sete chaves.

Sylas se escorou no ombro de Signa para ler a carta, chegando tão perto que ela se constrangeu.

– Pobre coitado. Ao que parece, Elijah quer mesmo que esse lugar desmorone.

Signa colocou a carta atrás da foto novamente e a guardou na gaveta, antes de verbalizar algo que lhe ocorreu no momento.

– O que poderia ter feito Elijah mudar de ideia de forma tão repentina? O que poderia tê-lo deixado com vontade de abrir mão do legado da família? Achei que essa era a sua maneira de viver o luto.

– É nisso que, ao que parece, todo mundo acredita. – Signa olhou para o céu escuro lá fora. Àquela altura, já deveria ser bem mais de meia-noite. – Acho que não vamos descobrir mais nada por hoje, Srta. Farrow. Precisamos voltar logo, antes que alguém perceba nossa ausência.

Dada a festa, Signa duvidava que alguém perceberia. Ainda assim, não era prudente correr o risco de ser pega no flagra entrando de fininho pela segunda noite consecutiva. Mas concordou com Sylas, dando uma última olhada para garantir que tudo estava no seu devido lugar antes de se afastar da mesa.

– Apenas fantasmas de passagem – disse, deixando de lado a timidez e dando o braço para Sylas. O contato com o corpo do rapaz despertara algo dentro da garota que ela não tinha o menor interesse em reprimir. Uma curiosidade persistente de sentir a pele de um homem roçando em seus dedos.

Estava descobrindo que essa era uma sensação da qual gostava – e muito.

VINTE E UM

Uma hora depois de Sylas tê-la deixado nos túneis com a orientação de virar na primeira à direita, segunda à esquerda e ir reto até chegar à despensa, Signa ainda vagava sozinha, com a mão direita na parede, para guiá-la. Foi virando e virando, encontrando apenas escuridão e um labirinto que parecia se movimentar e criar uma teia debaixo dela.

A música da festa de Elijah era uma vibração ao longe nas paredes do túnel. A garota tentou seguir essa vibração mesmo assim, agarrando-se ao ruído naquela escuridão. Mas, por mais que andasse, não havia fim à vista. Virada após virada, túnel após túnel, o aperto no peito foi aumentando. Parecia o dia em que chegou à Quinta dos Espinhos, quando percorreu corredores que lhe pareceram sem fim, sendo zombada pelos retratos de todos que viveram ali antes dela.

Algo ou alguém estava brincando com Signa, mas saber disso não acalmou sua respiração acelerada. Ficava mais desesperada a cada passo, respirava com uma dificuldade crescente, até que se deparou com mais um beco sem saída.

A garota socou a parede de tanta frustração.

– Quem está aí? Não tenho tempo para brincadeiras.

Uma voz surgiu na escuridão, grave e debochada.

– Muito pelo contrário, Passarinha. Acho que você precisa brincar mais nessa sua vida.

Signa nunca ficou tão aliviada por ouvir essa voz. Virou-se de frente para ele, capaz de ver a Morte mesmo naqueles túneis, porque as sombras do Ceifador eram mais escuras do que a própria noite. O vulto a espreitava, ainda maior do que de costume.

– Você – disse o Ceifador, sem a menor delicadeza – está atrasada. Fiquei torcendo para que tentasse *atravessar* as paredes em vez de seguir as regras desse túnel, mas você é mais teimosa do que eu imaginava.

– E, você, um tolo arrogante. – Signa não havia esquecido que a Morte lhe prometera dar aulas à meia-noite, mas nunca teria passado pela sua cabeça que o Ceifador recorreria às brincadeiras infames para puni-la. – Não tenho frutinhos no bolso, seu amontoado de sombras ridículo.

A escuridão a cercou.

– Sou um amontoado de sombras ridículo, então? Bem, Srta. Farrow, receio que este amontoado de sombras seja a única coisa que pode ajudá-la nesse exato momento, e é melhor não se esquecer disso. Principalmente, se pretende salvar a vida de sua prima.

Apesar do medo, do nervosismo e da raiva que ferviam dentro dela, Signa jogou a cabeça para trás e deu risada. Um riso amargo e nada natural.

– E por acaso devo confiar em você?

O suspiro que o Ceifador soltou se tornou um vento, e soprou os cabelos de Signa.

– O que preciso fazer para você aceitar o fato de que não sou seu inimigo?

– Não matar todo mundo à minha volta seria um bom começo. – Ela empertigou a postura e completou: – E, também poderia responder às minhas perguntas, sem ficar fazendo charadas.

Apesar de continuar sem rosto e não passar de pinceladas de sombra e do breu da noite, a escuridão foi se encolhendo, até que a Morte tomou a forma de um homem de sombras que se aproximou da garota, inclinando o corpo.

– Então, pergunte-me e irei responder.

Signa fez uma expressão neutra, tomando cuidado para não demonstrar sua surpresa. Apesar de ele não ter feito nenhum comentário sobre as vidas que ceifou, Signa sabia que não podia perder aquela oportunidade.

– Se possuo os poderes que você diz, por que não funcionaram quando fiquei presa na grade?

As sombras do Ceifador roçaram na pele da garota quando ele respondeu, sem titubear:

– Porque você tem medo desses poderes. Porque você tem medo de mim, de meu mundo e de se tornar, de certa forma, parte dele.

Signa mordeu a própria bochecha, sem deixar transparecer nada.

– Meu lugar não é no seu mundo.

– Não? Então, por que jamais conheci outra alma que também tenha meus poderes? – As sombras, então, a rodearam. – Desde a criação da vida, em si, existe a morte para equilibrá-la. E, durante todo esse tempo, jamais fui capaz, nem uma única vez, de me comunicar com tanta clareza com outra alma viva.

A garota não teve coragem de tirar os olhos do Ceifador, pelo contrário, tentou enxergar através das sombras que o protegiam. Qual seria a aparência dele sem aquelas sombras? Será que teria um rosto? Um corpo? Ah, o que Signa não daria para ver a Morte ficando corada. Para pegar o Ceifador de surpresa, sentindo-se tão pequeno e exposto quanto ela.

– O que você sentiu – perguntou a Morte, de repente – quando usou meus poderes, ontem à noite? Gostou da sensação de ardência na pele? Encontrou consolo na escuridão e nas sombras?

Signa encontrou, sim, mas essa era uma verdade que tentava não admitir nem para si mesma. Durante toda a sua vida, odiara a morte. E, apesar disso, passara todos esses anos indo atrás do Ceifador feito uma mariposa atraída por uma chama. Por mais difícil que sua vida fosse por causa dele, deveria tê-lo desprezado. Por que, então, sentia, sempre que estava na presença do Ceifador, algo ardente a queimar por dentro?

Diante da Morte, deveria tremer. Deveria temer. E, mesmo assim, quanto mais tempo passava com o Ceifador, mais esse medo se dispersava, e a curiosidade se acirrava na ausência dele.

Signa não odiava a Morte, não de fato. E, meu Deus, como isso a tornava tola.

As sombras da Morte se inclinaram, rodeando a jovem. Quando fizeram isso, o ar nos túneis ficou mais rarefeito e carregado, e a garota deixou que esse ar transformasse seus dedos em gelo e congelasse seus pulmões. Só que havia um limite para esse frio. Se o ultrapassasse, queimava.

Entretanto, por mais que fingisse o contrário, Signa ansiava por essa queimação.

– Ah, sim. – A voz da Morte era um ronronar em meio à noite. – Foi o que pensei. Tenho o poder de ajudá-la, mas não posso lhe obrigar a aceitar minha ajuda. Você deve vir de livre e espontânea vontade. Quando encosto em alguém, é fatal, Passarinha. É só roçar em minha pele que estará atrás do véu novamente, capaz de ter acesso aos seus poderes, até que seu corpo se cure sozinho. – Ele, então, estendeu a mão e completou: – Chega de fingir. Quero mostrar nosso mundo para você. É só dizer que, hoje à noite, vou lhe ensinar como ter acesso aos seus poderes sem precisar de beladona.

A lembrança de quando estiveram no jardim de Lillian veio à tona, e Signa se recordou da sensação do portão de metal gelado atravessando seu corpo. Da pressão de seus pulmões imóveis, congelados no tempo. E, também, lembrou-se de outra coisa – da liberdade. Do *poder*.

O que aconteceria, contudo, se agisse com a ira da Morte? Se aceitasse que tinha o poder do Ceifador – o que isso faria dela? Havia uma escuridão à espreita, para abraçá-la, à espreita, para sufocá-la. Esse era um de seus lados contra o qual Signa lutava com unhas e dentes, porque se cedesse a tais desejos, e aceitasse os poderes que havia dentro dela, no que se transformaria?

– Você sabe qual desses túneis leva de volta à Quinta dos Espinhos? – perguntou.

– Sei – respondeu a Morte, friamente.

– E pode me levar até lá?

– Não quero. – Signa ficou irritada com as palavras que ele escolheu. – Você tem habilidades jamais vistas, Signa Farrow. Você não é um ser humano comum, e já está na hora de parar de agir como se fosse. Se aceitasse o poder que vejo em você...

– O que *você* vê não tem importância. – As palavras saíram altas demais, furando os ouvidos da própria Signa. – E se eu quiser ser um ser humano normal? Estou cansada de você ficar me seguindo aonde quer que eu vá. Estou cansada de ver pessoas morrerem!

Signa não conseguia ver, mas teve a impressão de que a Morte estava massageando a ponta do seu nariz.

– Se me permitir que eu lhe mostre o que você poderia ser, o poder que poderia controlar, talvez mude de ideia. Talvez ache que uma vida normal cairia bem agora, mas o que irá acontecer quando isso não for o bastante? Quando sentir um vazio que não pode ser preenchido com chá e fofocas?

– Eu *tentei* deixá-la em paz – prosseguiu ele. – Eu tentei não dar importância. Não me envolver. Mas temos uma ligação, eu e você. Nosso destino...

– O destino que se dane. – As têmporas de Signa latejaram, com uma dor de cabeça que desabrochava. – Posso determinar meu próprio destino sem a sua ajuda.

A voz do Ceifador transmitia um sorriso:

– Se eu, um dia, encontrar o Destino novamente, aviso que é isso que você acha.

Signa se calou, mas não deveria ter ficado surpresa com essa declaração. Se a Morte era real, por que o Destino não seria?

A Morte percebeu a curiosidade da garota.

– Diga, realmente quer que eu suma? Porque tentei abandoná-la. Só que, ao que parece, toda vez que faço isso você encontra um motivo para me atrair novamente. É só falar, que tentarei de novo, se é isso que quer.

Ele deu um passo para trás e, por instinto, Signa esticou a mão para impedi-lo de se afastar.

– Espere! – O Ceifador parou sem pensar duas vezes, e a tensão que a garota sentia no peito diminuiu um pouco. – Sim, prefiro que todo mundo que conheço não morra. Mas... não quero ficar presa aqui sozinha.

A Morte estendeu a mão mais uma vez.

– Minha oferta ainda está de pé, mas você precisa tomar uma decisão. Sou um homem ocupado, lembra?

– Sim, tenho certeza de que estou o impedindo de provocar uma dúzia de mortes enquanto conversamos.

Ele deu uma risadinha debochada.

– Almas não são criaturas pacientes. Mesmo que eu não vá de encontro a elas, logo acabam me encontrando.

A garota revirou os olhos, mas sabia que não havia como fazê-lo mudar de ideia.

– Tudo bem. – Signa pronunciou essas palavras com os dentes cerrados. – Se me prometer, entro na sua brincadeira.

A mão estendida da Morte, vazia e esperando por Signa, cerrou-se.

– Não faço promessas que não sou capaz de cumprir.

– Ótimo. Então, prometa-me que irá deixar todos que vivem na Quinta dos Espinhos em paz. Estou cansada de me aproximar das pessoas e você roubá-las de mim.

O ar ficou mais rarefeito, e os pulmões de Signa, mais gelados. Quando a Morte tornou a falar, todo o bom humor – toda a curiosidade – haviam evaporado.

– Você tinha um tio que a ignorava. Ele roubou parte de sua fortuna e a deixava trancada em um quarto, para que pudesse levar a cidade inteira para a cama. Você tinha uma tia que a agredia, e outro tutor que nunca precisou conhecer, porque era um homem que não tinha condições de ficar a sós com meninas, Signa. E aquela que morreu na banheira? Tinha planos de obrigar você a se casar com o filho da amiga, para o rapaz se apossar de sua fortuna e ajudar as duas a ficarem ricas.

– Eu não perdia a esperança de que seu próximo tutor fosse melhor do que o anterior – prosseguiu o Ceifador. – Mas a ganância transforma as pessoas em monstros. Foi mesmo tão terrível assim ter sido libertada deles?

Signa jamais pensara na própria vida e em todo o caos sob essa perspectiva. Era tão nova e passara por tantas situações estranhas que não sabia o que era normal e o que não era. O Ceifador tinha razão ao dizer que todos os tutores foram cruéis com ela. Todos, menos um.

– Eu tinha uma avó que não fez nada disso – argumentou. – E ela?

As sombras em volta dele se debateram, iradas.

– Todo mundo que vive precisa morrer um dia, Passarinha. Você sabe, tão bem quanto eu, que estava na hora dela. Fui buscar sua avó quando a mulher ainda possuía alguma dignidade.

Signa rangeu os dentes, querendo, com todas as forças, que sua frustração apenas crescesse, nunca diminuísse.

– Por sua causa, vivi em isolamento. Era uma dificuldade seguida da outra, porque todos à minha volta acreditavam que eu era amaldiçoada.

A Morte soltou uma risada debochada.

– Não é culpa minha se você estava cercada de abutres impiedosos...

– Com ou sem abutres, eu teria, pelo menos, tido companhia de vez em quando! Você mesmo disse que deve existir um equilíbrio entre a vida e a morte. Mas, ao que parece, está se saindo muito mal quando se trata de obedecer a essa regra. Por acaso, estou enganada ou você não falou que é muito importante eu reconhecer meus poderes e não sair por aí matando gente sem querer, para que possamos manter o tênue equilíbrio entre a vida e a morte?

As sombras do Ceifador pararam de se movimentar e, quando percebeu, Signa estava olhando para aquele homem estranho – para a Morte encarnada, para o breu da noite – com o coração saindo pela boca. Quando ele tornou a falar, sua voz parecia o som de cascos batendo em paralelepípedos, grave e entrecortada.

– Talvez eu tenha sido mais egoísta do que imaginava, mas não podia ficar parado vendo como eles a tratavam.

O Ceifador conseguira roubar a revolta de Signa. Não era certo o que ele fez. Tantas pessoas, por mais terríveis que tenham sido, não mereciam morrer. Mas Signa não pôde impedir o frio na barriga que sentiu quando o ouviu admitir isso.

– Você... você ceifou a vida deles para tentar me ajudar?

A garota não queria acreditar que tal coisa poderia ser verdade. Nunca ninguém a havia defendido. Nunca ninguém tentara protegê-la. Por que o Ceifador teria feito isso?

– É claro que sim, sua menina ridícula. – Ele cerrou os punhos e respirou fundo, como se quisesse não perder a paciência. – Por acaso essa explicação a satisfaz?

Signa levou alguns instantes para se recompor, mal compreendendo o que a Morte queria dizer. Porque… não. Nunca se dera conta de que poderia ficar tão *in*satisfeita. Nunca se dera conta de que seus lábios poderiam formigar e o seu estômago doer, de tanto desejo por algo que sabia que não deveria existir. Deveria odiá-lo.

Mas saber que havia alguém cuidando dela – alguém que a protegia e se preocupava com ela – era tudo o que Signa sempre quis. E, apesar de não ser como esperava que fosse, só de ouvir essas palavras se sentiu muito melhor do que deveria.

– Aceito sua oferta – Signa se obrigou a pronunciar essas palavras antes que mudasse de ideia. – Mostre-me como ter acesso aos meus poderes sem recorrer à beladona, e me tire daqui.

Essas palavras o libertaram. Quando as sombras da Morte envolveram Signa, ela não se encolheu de medo. Apesar de um pequeno lado alertá-la de que aquilo era errado, de que deveria ter medo, entregou-se à carícia do Ceifador. Conseguia sentir as sombras dele agora. Conseguia senti-las em sua pele, roçando em seu pescoço e em seus lábios. Acendendo lados seus que nem sabia que poderiam ser despertados.

O Ceifador entrelaçou os dedos nos de Signa, e era uma mão de verdade, clara como a lua. Então, puxou a garota mais para perto de si. Signa respirou fundo – ele realmente era mais do que a escuridão e as sombras que espreitavam, então. Tinha forma.

– Todos que eu toco – sussurrou a Morte – morrem. – Colocando a outra mão no rosto da garota de repente, soltou um suspiro prodigioso, tão pesado que o corpo inteiro de Signa se aqueceu. – Menos você, Signa Farrow. Quando encosto em você, posso senti-la. Em você, minha influência é temporária.

Signa ansiava por se entregar àquela carícia. O Ceifador não parecia ele mesmo, sua voz sinistra agora estava ofegante e encantadora. Lentamente, foi tirando a mão do rosto da garota, mas continuou com os dedos da outra mão entrelaçados nos dela.

– Se interrompermos nossa ligação, você voltará a ser um ente corpóreo – avisou.

Signa fez que sim e apertou os dedos dele, porque nunca mais queria passar pela experiência de ficar presa no meio de algo. A Morte soltou um ruído grave e gutural quando a garota se aproximou.

Quanto mais tempo passava em contato com a Morte, mais a temperatura do corpo da garota caía, drasticamente. O corpo foi ficando mais leve, e a gravidade foi se dissipando. O gelo a atravessou, e seus pensamentos se obscureceram à medida que esse poder se infiltrava, garantindo que Signa seria capaz de fazer qualquer coisa. Que era invencível.

A garota inclinou a cabeça para trás, deleitando-se com aquela sensação. Era dona daquele mundo.

– Como está se sentindo? – perguntou a Morte, com uma cadência sugestiva.

– Sinto que, de repente, o mundo que eu conhecia se tornou insuficiente.

Ela só se deu conta disso quando disse a verdade com todas as letras. Algo na Morte – algo no fato de estar assim – dava-lhe coragem, confiança. Uma confiança que, em outras circunstâncias, Signa não tinha coragem de ter.

– Para você, este mundo é insuficiente.

A Morte a levou pelos túneis. Não havia mais paredes que impedissem a passagem dos dois, nem portas para mudar o trajeto. O mundo se abrira e se curvara à vontade deles.

– Para você – prosseguiu a Morte –, o mundo pode ser infinito. – Os dois passaram de um túnel para o outro, e o mundo se curvava aos seus caprichos. – Receber esse poder de braços abertos não é uma opção, mas esta sensação, este mundo, poderiam pertencê-la. Você só precisa aceitar.

Signa fechou os olhos. Sentia uma pressão na parte de trás do crânio que – logo se deu conta – era exercida pelas almas solitárias que a invocavam, querendo passar desta para a melhor. Então, sentiu outra pressão, no corpo todo, e reconheceu que era a Morte se aproximando – alguém pronto para ser ceifado da face da Terra a chamava.

Quando abriu os olhos de novo, estavam cheios de lágrimas.

– É triste? – perguntou. – Isso que você faz?

Os músculos das mãos do Ceifador se flexionaram, surpresos.

– Em certas ocasiões, eu gostaria que as coisas fossem diferentes. – Não foi uma resposta direta, mas Signa entendeu que seria a melhor resposta que obteria. – Em certas ocasiões, gostaria de poder alertar as pessoas das decisões que estão tomando. Vidas que preciso ceifar cedo demais ou alguém cercado de gente que não está preparada para vê-lo partir. Sou odiado e temido mais do que qualquer um e mais do que qualquer coisa neste mundo. Então, sim, às vezes, pode ser triste. Mas, é isso que sou.

– E, também, há algo de bom – prosseguiu ele – sou a primeira pessoa que veem quando dão seu último suspiro. Sou o mensageiro que pode levá-los até aqueles de quem sentiam saudade. Sou aquele que garante a essas pessoas que não precisam se preocupar, e aquele que traz uma morte rápida para quem não é bem-vindo ao além-túmulo. Sou muitas coisas, mas não tenho vergonha de nenhuma delas.

– Mas você deve sentir solidão – disse Signa, sentindo um leve aperto no peito ao pensar nisso. Ao perceber que conhecia isso.

– Sim – admitiu o Ceifador. – Por muitos anos, fiquei sozinho, obrigado a passar os dias assistindo às vidas dos seres humanos, sem jamais poder interagir.

– Mas você pode interagir comigo.

– Ah, então você entende por que gosto tanto de incomodá-la. Não sou mais tão sozinho, Passarinha. Não sinto mais a menor solidão.

Signa queria mais informações – queria saber qual era o significado daquela ligação entre os dois e por que era capaz de vê-lo. Mas, quando se virou para perguntar, o Ceifador estava cercado por globos de luz azul, que flutuavam em sua volta, iluminando o caminho.

– Você pode até achar que é, mas meu mundo não é tão escuro assim.

A Morte examinou as esferas – almas, Signa se deu conta. Almas impacientes, almas a quem o Ceifador prometera que conseguiriam encontrá-lo, que iluminavam o seu manto, e Signa viu, muito de relance, um rosto sob o capuz de sombras do Ceifador. Apenas um vislumbre de um cabelo prateado como as estrelas, e o esboço de um sorriso, quando ele estendeu a mão para as almas que vinham em peso na sua direção. Algumas também se dirigiram a Signa, rodopiando em volta do vestido da garota e passando por suas tranças, mas voltaram para a Morte, quando o Ceifador pigarreou.

– Precisam ser levadas – explicou a Morte. – Como disse, desde o início, sou um homem ocupado.

Ele atravessou os túneis apressado, levando Signa, até chegarem na Quinta dos Espinhos. A cada parede que atravessavam, a garota ficava um pouco menos preocupada, relaxava em contato com aquele poder, com o qual poderia muito bem se acostumar. Subiram as escadas e chegaram ao quarto de Signa em um piscar de olhos.

Rápido demais, na verdade.

Preciso ir, mas volto amanhã à noite, porque tenho mais a lhe ensinar, Signa ouviu a voz do Ceifador em sua cabeça.

A Morte, então, soltou a mão da garota com toda a calma.

A gravidade se assentou em Signa. Seus pulmões se fecharam, os dedos, agora vazios, ardiam, à medida que a vida se acomodava novamente em seus ossos. Ela levou a mão ao pescoço, porque aquela sensação era pior do que lembrava.

– Fique longe de minha cabeça – resmungou, mas deu essa ordem sem muita convicção.

Só depois que você aprender a falar comigo.

A Morte riu, mas o riso teve vida curta, porque as almas se reuniram, dobrando, triplicando, mais exigentes do que nunca. O Ceifador as afugentou com um ruído sibilante.

– Boa noite, Morte.

Signa ficou observando o Ceifador escapulir pela janela, as almas o empurraram para fora, muito mais depressa do que ela gostaria.

Boa noite, Passarinha.

A garota encostou na janela e ficou olhando para o vulto do Ceifador, afastando-se até sumir no meio da noite. Só então, já deitada na cama e ruminando os acontecimentos daquela noite, Signa se deu conta de que não conseguia lembrar de outra ocasião em que se sentira menos solitária.

VINTE E DOIS

Signa acordou antes do sol raiar – a uma hora em que o céu ainda estava escuro e os criados eram sua única companhia – e foi até a cozinha para fazer uma inspeção. Esquadrinhou, com fervor, as despensas e o estoque de chá, o mel e as geleias. E, durante todo esse tempo, a cozinheira-chefe ficou observando com uma careta contrariada.

– A senhorita não vai encontrar nenhum rato em minha cozinha – rugiu a cozinheira-chefe.

Era uma mulher idosa, de rosto bem enrugado e aparência delicada, apesar do olhar firme. Signa disse para ela que, certamente, não encontraria. E completou que, hoje em dia, precaução nunca é demais. Em seguida, inventou uma desculpa, dizendo que estava ensaiando para quando fosse administrar a própria mansão.

A cozinheira grunhiu, deixando óbvio que estava descontente por Signa estar ali, bisbilhotando por toda a cozinha com tamanho escrutínio, mas aprovando suas intenções. E, sendo assim, a garota continuou a busca, testando, provando e vasculhando tudo. Encontrou as latas de chá e um vidrinho do que – presumiu – deveria ser o verdadeiro remédio de Blythe, que não continha nem um pingo de beladona.

Signa estava de cara amarrada quando o café da manhã foi servido, quase duas horas depois, e Marjorie comentou sua expressão. Como não queria que ninguém fizesse perguntas, a garota guardou a frustração para sentir depois das aulas, quando teria mais tempo para pensar em seus próximos passos. Sylas, quem sabe, tivesse uma ideia ou, até, tivesse encontrado uma pista.

Ela comeu sob a inspeção de Marjorie, tomando o cuidado de dar pequenas mordidas quando a governanta estava olhando. E, quando terminou de se alimentar, foi com Marjorie até sala de estar, para dar início à segunda metade da manhã – a metade que ainda dizia respeito aos vivos e à vida que Signa teria quando sua estadia na Quinta dos Espinhos chegasse ao fim.

E, nessa nova vida, se quisesse assumir seu lugar na sociedade, a garota teria que aprender a dançar.

– Entendo por que essa aula é necessária para *você* – disse Percy, que ficou em pé para cumprimentá-la, alisando o colarinho da camisa para que nenhuma ruga aparecesse no tecido. – Mas por que *eu* estou aqui?

Marjorie se sentou na banqueta do piano, no canto da sala. Estava com o cabelo preso em uma bela espiral de cachos, e Signa nunca a vira tão elegante e altiva, com um vestido de casa marfim, de algodão.

– Se quiser aprender direito, Signa irá precisar tanto da música quanto de um par. E, já que eu serei a música, preciso que você seja o par.

A garota também apostaria que essa orientação tinha a ver com o fato de o primo ter adquirido o hábito de ficar perambulando pela

Quinta dos Espinhos, suspirando, em suas tentativas ridículas de encontrar com o que se ocupar. Ouvira o rapaz lá fora mais cedo, ordenando que uma carruagem fosse preparada para levá-lo ao Clube Grey, mas um pajem lhe informou que Elijah o proibira de ir ao clube e estavam obedecendo a ordem estritas. Signa não vira a reação de Percy, mas ouvira o rapaz bater a porta.

Signa tinha pena do primo. Já fazia quase um mês que o conhecia, tempo suficiente para perceber que ele era um integrante da família Hawthorne até o último fio de cabelo. Um integrante orgulhoso e cavalheiro da família Hawthorne, que teve a herança arrancada de suas mãos.

Percy ficou olhando para Signa com seus olhos de raposa. Assim, tão de perto, ela reparou que as sobrancelhas do primo eram meio peludas, mas eram de um tom tão claro de vermelho que, de longe, parecia que eram bem finas. Os cílios também eram claros, brancos como a neve.

– Você sabe dançar direito? – perguntou Percy, e Signa respondeu baixinho, para Marjorie não ouvir:

– E *você*, sabe?

A risada que o rapaz soltou não passou de um suspiro.

Não que Signa não soubesse dançar, mas não tinha prática – a menos que as noites que passou sozinha no quarto, fingindo dançar com um belo príncipe que a levaria embora do atual pardieiro, contassem. Naquela época, Signa não conhecia nenhum verdadeiro passo de dança. Aprendera alguns na última semana, em que Marjorie passou horas tentando enfiá-los no que a mulher designou, tão gentilmente, de "cabeça dura e teimosa" de Signa. Aquela seria a primeira vez que ensaiaria com alguém de verdade e não podia negar que o primo era o par perfeito. Nascera para a alta sociedade, um aristocrata de berço. Provavelmente, conseguiria dançar qualquer um dos bailes de trás para a frente, se alguém lhe pedisse.

Percy estendeu a mão sardenta, Signa a segurou, e o piano de cauda ganhou vida, tocando uma valsa.

O olhar da garota se dirigiu imediatamente aos próprios pés, contando os passos. Poderia contá-los em pensamento, mas se sentia melhor se sussurrasse enquanto dançava, para ter certeza de que não erraria. A concentração retardava seus passos, deixando-os quase mecânicos.

– Ai, querida prima. – Percy soltou uma risada debochada. – Você dança como se fosse feita de fios e engrenagens.

Ela fez um *shhh* tão ríspido para o primo que Percy encolheu o pescoço, feito uma tartaruga. Tropeçou no tapete e se encolheu, porque Signa cambaleou e pisou nos pés dele com o salto da bota. A garota não pediu desculpas quando o rapaz tirou o pé com um suspiro de dor – foi culpa dele, por tê-la interrompido, afinal de contas – e continuou a contar.

– Se você pretende atrair homens com esses passos, o mínimo que poderia fazer é aprender a olhar para cima, para não pisar nos pés dos cavalheiros – censurou Percy. – Seu par espera por uma dama, não uma matemática. Olhe *para cima*.

Signa perdeu a conta. Olhou de repente para o primo, já com um sorriso de desdém pronto, quando se deu conta de que o corpo ainda estava praticando os passos.

O rosto de Percy se iluminou, com um sorriso triunfante.

– Ah, agora, sim!

O rapaz apertou a mão da garota e colocou a outra na base das costas dela, acelerou o ritmo e a rodopiou pelo chão da sala.

– Percy... – censurou Marjorie, tocando mais rápido para acompanhar os movimentos dele, que rodopiava Signa, tornando-a cúmplice de sua pirraça.

O riso de Percy era tão leve e contagiante que, quando deu por si, Signa também estava rindo, entregando-se ao próprio ataque de riso, porque o primo chutou um pufe para tirá-lo do caminho e a rodopiou pelo tapete. Os dois tropeçaram nos pés um do outro, quase caíram no chão várias vezes, mas sempre davam um jeito de se recuperarem antes de cair, com algum meneio dramático.

– Continuo cheia de engrenagens e fios? – perguntou Signa, com ar de deboche.

– Ah, certamente. Se não fosse por mim, tenho certeza de que você ainda estaria se arrastando pela pista de dança, contando de um a três.

Signa pisou no pé dele de propósito.

Os dois estavam tão perdidos na diversão, delirantes de tantos gracejos e risos, que só perceberam que Elijah Hawthorne entrara na saleta quando Marjorie ficou de pé e a música cessou de repente.

Os olhos de Elijah eram diferentes dos de Percy. Tinham o azul dos amores-perfeitos, seu brilho fora esvaziado e escondido debaixo de sombras. Mas, quando olhou para o filho e ouviu a risada do rapaz, uma luz brilhou por trás do manto de sombras. Uma interrupção na tempestade.

Elijah abriu a boca para falar, mas foi interrompido por Warwick, o mordomo, que entrou correndo pelo recinto. Passos ecoavam atrás dele, assim como um pam-pam-pam seco, de algo pesado batendo no chão de mogno da sala. Byron Hawthorne entrou logo atrás de Warwick, com uma postura altiva e uma expressão de desdém nos lábios. Signa criou coragem e olhou para Marjorie, que cerrou os dentes e se segurou com força na beirada do piano.

– Minhas desculpas, amo Hawthorne – Warwick começou a dizer. – Ele insistiu...

– Onde estão nossas encomendas, Elijah? – indagou Byron, tirando as luvas e entregando-as para Warwick. Segurava a mesma bengala que Signa o vira usar na primeira vez que o viu, de jacarandá, com cabo de metal em forma de crânio de pássaro. O homem passou o dedo na bengala ao se dirigir a Elijah, marcando a madeira com as unhas. – O clube ficará sem comida antes da semana chegar ao fim. Se não quer assinar os cheques, assine a procuração e ponha um fim a esse joguinho.

Elijah ergueu a mão. Inclinou a cabeça para Percy e sussurrou:

– Não pare. Continue dançando.

Percy se afastou de Signa. Havia uma sede em seu olhar. Uma determinação na saliência de seu maxilar.

– Deixe-me preencher um pedido. – Sua voz não esmoreceu. – Tenho contato com pessoas que podem acelerar o processo. Tudo chegará, no máximo, até quarta-feira.

Elijah ignorou o filho.

– Quero que você continue dançando.

Então, pousou os olhos em Signa, com tamanha severidade que ela se sentiu compelida a obedecer. Tentou pegar o primo pelo braço, na esperança de pôr panos quentes naquela situação. A última coisa que queria era mais um incidente envolvendo bolo.

Mas o primo estava concentrado em seu objetivo. Percy cerrou os punhos e deu três passos na direção do pai.

– Juro que posso cuidar disso. Sei o que encomendar e sei onde encomendar. Eu mesmo irei supervisionar a entrega e garantir a qualidade dos produtos quando chegarem. Se permitir que eu tente, verá…

– Mandei continuar dançando, rapaz! – A voz de Elijah cortou o silêncio feito uma faca. – Ou será que está com a cabeça tão cheia de ar que não consegue me ouvir? Por acaso esqueceu que está dançando com sua prima nesse exato momento? Você tem uma obrigação com ela, não com faturas e encomendas. Não a ignore para falar de trabalho.

Os dois já haviam ensaiado um pouco, e Signa queria, mais do que qualquer coisa, que Percy fosse feliz. Ao perceber a importância que o Clube Grey tinha para o primo, quis que o clube fosse *dele* – a dança poderia esperar. Mas, antes que a garota tivesse tempo de falar, Marjorie interveio.

– Praticamente terminamos a aula, senhor. Permita que Percy cuide desse assunto. Em comparação a um baile, é muito mais urgente…

Se Signa já não soubesse, pensaria, pelo frio que tomou conta do recinto, que o próprio Elijah era a Morte. O olhar que ele dirigiu a Marjorie fez o recinto inteiro ficar em silêncio. Signa não ousou nem respirar até que Elijah se sentou em uma refinada poltrona cor de esmeralda e cruzou as pernas.

Não olhou para o irmão novamente, e Byron, por sua vez, lançou um olhar de censura para Marjorie, que a fez passar a mão no rosto, com todo o cuidado, como se estivesse lembrando do tapa que levou dele.

– Você irá se arrepender dessas suas decisões, meu irmão. – A hostilidade de Byron chegou até o outro lado da sala. – Pensei que, quando Lillian morreu, você fosse tomar jeito. Mas veja só como faz você se rebaixar ao nível dela mesmo agora, que está a sete palmos debaixo do chão. Essa mulher será sua ruína, ouça o que estou dizendo. Ela não é digna disso.

– Se ela tivesse concordado em se casar com você, você acharia o contrário. Agora… – Elijah, então, se virou para Percy e Signa – … continuem.

Derrotada, Marjorie se encolheu na banqueta, e Warwick pôs a mão nas costas de Byron. Ele se sacudiu, desvencilhando-se do mordomo e xingando o irmão, mas não ofereceu resistência quando Warwick o levou até a saída da Quinta dos Espinhos. Sem ter como insistir mais, um Percy emburrado pegou Signa pelo braço. Ela se encolheu de dor, porque o primo a fez voltar para a posição, apertando os dedos em sua pele.

A música voltou a envolvê-los, e os dois dançaram. Dessa vez, nem Signa nem Percy erraram os passos.

VINTE E TRÊS

Mais tarde, Signa saiu sem ser notada.

Marjorie ficara tão tensa que, depois de se atrapalhar com as teclas do piano várias vezes, encerrou a aula de dança antes do previsto. Elijah não ficou até o fim – sumiu sem dizer uma palavra na metade de um dos bailes, e Warwick foi atrás dele. Devia ser difícil, pensou Signa, ser empregado de alguém tão instável quanto Elijah.

Ela tentou conversar com Percy depois da aula, mas o rapaz pegou as luvas da escrivaninha e a cartola do mancebo, e sumiu porta afora, sem nem mesmo parar para ouvir o que a prima estava dizendo. Signa não podia recriminá-lo, não muito. Ainda era bebê quando perdeu os pais e não tinha uma lembrança sequer com os dois da qual sentir saudade. Percy era adulto e tinha muitas lembranças quando os perdeu. E, o pior, era que um deles ainda estava vivo.

Signa não insistiu nem foi atrás do primo, optou por dar um tempo a Percy e subiu a escada, arrastando as pernas cansadas até o primeiro andar, depois percorrendo o corredor lúgubre. Passou pelo retrato de moldura dourada do homem ruivo com seu cão whippet, e pelo quadro de uma Lillian radiante, pendurado na parede oposta ao quarto de Blythe. Quando espiou no quarto da prima, ela ergueu uma das sobrancelhas finas e loiras, mas não disse nada. Nas últimas semanas, acostumara-se às visitas frequentes da prima.

– Boa noite – disse Signa, tentando manter uma postura estoica, para não revelar suas preocupações à debilitada Blythe. A prima não deveria mais estar ingerindo veneno – deveria estar melhorando. E, contudo, a garota ainda parecia uma folha de bordo seca, prestes a se esmigalhar à primeira lufada de vento.

O jantar, que consistia em frango assado e batatas na manteiga, estava na mesinha de cabeceira. Apesar de não conseguir inspecionar todas as refeições servidas para Blythe, Signa examinava o máximo possível delas. Deu uma mordida no frango com muito cuidado, depois provou as batatas, e soltou um suspiro de alívio. Não havia beladona na comida, nem no chá de oolong.

– O que pode acontecer se a comida estiver envenenada? – perguntou Blythe, franzindo o cenho. – Você não irá ficar doente como eu?

– Não. – Signa pôs o chá na mesinha e entregou o prato para a prima. – Eu reconheço o gosto. Posso cuspir antes que o veneno me afete.

Blythe se recostou na cama, satisfeita com a resposta. Signa, contudo, não estava nem um pouco satisfeita ao ver a prima tão magra e fraca. Agora que Blythe sabia que precisava tomar cuidado, Signa tinha esperança de que a garota se recuperaria rápido. Estava tão acostumada com a própria recuperação que não fazia ideia do quanto esse processo poderia ser longo e doloroso para as outras pessoas. Talvez fosse normal que a melhora viesse no ritmo de uma lesma.

– Ouvi música. – Blythe afundou a cabeça nos travesseiros. Os lábios estavam brancos como a pele, pior do que nunca. – Está acontecendo outra festa?

Signa se sentou na beirada da cama e segurou a mão da prima. A garota não protestou quando Signa entrelaçou os dedos nos dela, sentindo seu pulso.

Fraco. Estava tão, tão fraco.

– Eu estava aprendendo a dançar – contou Signa, não deixando a preocupação transparecer em seu rosto. Para Blythe melhorar, ela teria que acreditar nisso. – Pretendo debutar assim que conseguir convencer a Srta. Hargreaves de que estou preparada. Você também será apresentada à sociedade nessa temporada, não?

Era um objeto brilhante pendurado na ponta de uma vareta, que ela sacudiu na frente de Blythe, na esperança de dar-lhe algo com que se empolgar.

Nem sombra de brilho nos olhos de Blythe.

– Eu deveria debutar nesta temporada – admitiu a enferma. – Passei anos adiando, mas, no instante em que fiz 19 anos, Marjorie ficou um tanto insistente. Não ter mais que fazer isso é, talvez, o único lado bom de minha doença.

Signa ficou perplexa ao ouvir as palavras da prima.

– Você não quer ser apresentada à sociedade?

Nunca ouvira tal declaração. Nunca passara por sua cabeça que alguém poderia querer outra coisa. Era esperado que as damas debutassem – era o que exigiam os livros de etiqueta, e era para isso que a sociedade treinava as moças.

Blythe se aproximou ao ver o espanto de Signa.

– Por favor, diga que você já pensou no que significa ter um marido. – Ela sacudiu os pulsos da prima, franzindo as sobrancelhas. – Você tem a fortuna de sua família, Signa. Mas, se casar, não será mais apenas sua. Abrirá mão de tudo, de sua riqueza, de suas vontades, de seu poder, e entregará para um homem que terá mais influência e respeito do que você será capaz de conquistar sendo mulher nesse mundo.

Os lábios finos de Blythe ficaram bem espremidos. Instantes depois, não segurava mais a mão de Signa com tanta força e, apesar de ter despendido tanta energia que precisou se recostar de novo nos travesseiros, havia uma certa dureza em seu olhar.

Signa não era ingênua a ponto de não contemplar tais pensamentos, mas nunca lhe pareceu tão importante quanto Blythe dera a entender. De que lhe adiantava ter dinheiro se fosse para passar a vida sozinha? Naquele ponto da vida, que vantagem havia tirado da fortuna da família? Que motivo tinha para guardá-la só para si?

– Eu não irei me casar – declarou Blythe, pouco depois, com a voz um pouco mais fraca. – Tenho dinheiro e *status* suficientes para fazer o que bem entender, sem precisar me entregar a um homem.

Ela ergueu o queixo, fino como uma lâmina, e apesar de Signa nunca ter ouvido falar de tal coisa, acreditou na prima.

Signa se sentou em cima das próprias pernas, acomodou-se na cama e perguntou:

– E o que você fará, então, com tanto tempo livre?

– O que eu quiser. – Uma luz brilhou nos olhos baços de Blythe. – Pretendo pintar, viajar e ficar perambulando pelos corredores à noite, só para poder dormir até a tarde, se eu assim quiser. Não terei cachorro nem árvore e passarei as manhãs cavalgando sem me preocupar com ninguém, só comigo mesma. Não há limites para o que posso fazer, porque serei dona do meu próprio nariz.

Signa pensou que deveria ser incrível fazer o que bem entendesse, sem ter nenhuma responsabilidade. Era uma liberdade maravilhosa, mas ficou em dúvida…

– E você fará tudo isso sozinha?

Ela murchou um pouco ao pensar nisso.

Blythe fez cara de afronta.

– Claro que não. Eu tenho amigas, sabia? Irei visitá-las quando ficar entediada. E tenho Percy e... você, suponho.

As últimas palavras foram ditas em voz baixa, como se fossem uma surpresa para a própria Blythe, que desviou o olhar antes que pudesse ver que Signa foi para trás, pressionada pelo peso dessas palavras.

Desde o dia em que Signa, sem saber, salvou a vida da prima, ela era capaz de sentir a conexão que havia entre as duas. Essa sensação crescia a cada dia e se tornava algo mais tangível. Uma chama frágil que Signa queria apenas alimentar. Proteger e atiçar, para se aquecer enquanto observava arder.

– Fico feliz em saber – sussurrou Signa, ainda segurando a mão da prima no colo. – Contudo, devo admitir que conheci algumas de suas amigas. E, sendo franca, pensar que você possa procurar a companhia de alguma delas é chocante.

Foi nesse momento que Signa ouviu a risada de Blythe pela primeira vez. Era calorosa e espontânea, tão diferente da *persona* fria e severa que ela tentava transmitir. Era o badalar dos sinos de um casamento ou o primeiro acorde do piano. Era difícil tirar os olhos de Blythe, tão linda e fascinante, alguém que deveria atrair todas as atenções de qualquer recinto. Signa imaginou como a prima seria antes da doença, como seria quando a família era completa, e ela, saudável. Se aquela risada servisse de parâmetro, gostaria muito de conhecer essa garota, qualquer dia desses.

– Poucas são amigas de verdade – comentou Blythe, com um tom zombeteiro. – A maioria delas são apenas conhecidas, por azar do acaso.

– E Eliza e Diana? Você é íntima delas?

– Quando desejo saber das fofocas, são as primeiras que procuro. Mas não somos íntimas. É isso que acontece na sociedade, prima: existem abutres que ficam esperando o momento de você cair.

E, quando você cai, é mais provável que arranquem a pele de seus ossos para se banquetear do que a ajudarem a se levantar. É muito fácil virar presa dessas pessoas.

Signa desviou o olhar, concentrando-se no colo e nas rugas profundas da palma da mão de Blythe. Ouvira dizer que certas pessoas são capazes de ler o futuro nessas linhas, e ficou imaginando o que veriam nas de Blythe. Será que a vida da qual a prima falara, livre, mas solitária, seria tão gratificante assim?

– E a Srta. Killinger? – perguntou Signa, pouco depois. – Eu já a conhecia, sabia? Há muito tempo, fomos amigas íntimas. Ela também é um abutre?

Blythe deu um sorriso fraco, mas alegre.

– Charlotte é maravilhosa. Foi a única que se deu ao trabalho de vir me visitar desde que fiquei doente e que minha mãe faleceu. Somos íntimas há anos, desde que ela e o pai fixaram residência em algum lugar do outro lado do bosque, para aumentar as chances de Charlotte conseguir um marido. Ela é bondosa e inteligente, e uma cozinheira fantástica. Faz todo tipo de geleias, conservas e caldas com ingredientes que cultiva na horta, e traz de presente para nós, algumas vezes por ano.

Tal bondade realmente parecia algo que a Charlotte, que Signa conhecia, faria, e ela ficou contente por isso. Feliz com o fato de que, se a alta sociedade realmente fosse mais parecida com o que Blythe alertara do que com o que imaginara durante todo esse tempo, ainda havia algo de bom nela. Signa só percebeu que estava em silêncio há algum tempo quando Blythe deu um tapinha em sua perna.

– E você, prima? Não quis estragar sua empolgação. Conte, já está de olho em alguém?

Signa tentou recuperar a lembrança do nome do bom partido que Eliza comentara durante o chá da tarde.

– Ao que parece, lorde Wakefield está em alta.

Essa resposta lhe rendeu um aperto de lábios por parte de Blythe.

– Ele até que é bonito, suponho. É honrado e tem título de nobreza, o que o torna um bom partido. Mas eu jamais pensaria que faria seu tipo. O lorde é muito... formal.

– Por acaso você acha que não sou capaz de ser formal?

Signa deu risada, permitindo-se imaginar, por um instante, como deveria ser o lorde Wakefield. Teria ombros largos – pensou – e teria um ar muito digno. Mas quanto mais criava uma imagem do rapaz em sua cabeça, mais a imagem mudava, até que ela enxergou olhos de fumaça e um homem alto, feito um salgueiro. Até que enxergou Sylas. Seus pensamentos se desviaram para a sensação de estar com o corpo encostado no do cavalariço, quando os dois ficaram escondidos no armário do Clube Grey. Só que, quanto mais pensava nisso, mais pensava na noite anterior, que havia passado de mãos dadas com a Morte – e no fato de isso ter lhe parecido muito natural. Lembrou-se da emoção que ardeu em suas veias quando se encostaram, e da curiosidade que não parava de fazê-la pensar no Ceifador.

Esses dois homens preenchiam tanto seus pensamentos que Signa foi até a janela aberta, para amainar o calor que sentia na pele. Qual era o *problema* dela? Deveria estar pensando no lorde Wakefield. Se um cavalheiro feito esse a cortejasse, Signa poderia garantir seu lugar na sociedade e conquistar uma vida passada em boas companhias, em bailes grandiosos e alegres. Sim, era nisso que deveria estar pensando mesmo – em estabilidade. Não em aventuras tarde da noite, em companhia de Sylas, nem em travessuras com a Morte durante a madrugada. Precisava se recompor.

Signa, então, optou por se concentrar no que precisava fazer – bisbilhotar o âmago da família Hawthorne e ver que tipo de informação conseguiria obter dali. Descobrir algo que pudesse ajudar a salvar a vida de Blythe.

– Na verdade, as damas estão é atrás de Percy. Ele estava me ajudando a aprender a dançar hoje, quando seu pai entrou. Desculpe se estou sendo inconveniente, mas já faz duas semanas que estou aqui, e fica cada vez mais claro que os dois não se dão.

Blythe fechou os dedos, amassando os lençóis, e Signa segurou a respiração, achando que poderia ter ido longe demais. Recordou-se da sensação que teve quando Eliza e Diana a inquiriram em busca de fofocas para levar dali e espalhar para quem quisesse ouvir. Blythe não seria tola a ponto de acreditar que Signa – uma garota que mal conhecia – não faria a mesma coisa. Mas, Signa não estava atrás de fofocas, queria apenas salvar a vida da prima, e que as peças daquele quebra-cabeça começassem a se encaixar.

Blythe, ao que parece, reconheceu isso.

– Durante vinte anos, meu pai e meu tio criaram Percy para tomar conta dos negócios da família. Quando minha mãe morreu, meu pai se transformou em outra pessoa. Até proibiu Percy de voltar a trabalhar no clube, para sempre. Meu pai não passa mais o dia lá, mas se entoca no escritório, como se *quisesse* deixar os negócios apodrecerem. Se o clube fosse destruído em um incêndio, acho que ele nem bateria as pestanas. O Clube Grey não é apenas nosso meio de subsistência, é o que garante o *status* de nossa família. E, para meu irmão, sempre foi sua perspectiva de futuro.

As bolsas sob os olhos fechados de Blythe mais pareciam dois hematomas, porque a conversa a extenuara. Teve de fazer esforço para pronunciar as próximas palavras, falando baixinho.

– Meu pai não quer nos contar por que afastou Percy dos negócios, mas acho que é óbvio que a morte de minha mãe apodreceu a cabeça dele. Não está mais raciocinando direito.

Se Blythe estivesse dizendo que o pai não afastou Percy dos negócios antes da morte de Lillian, isso não se encaixava nem um pouco com o que Signa descobrira, na carta que vira no clube. Estava faltando uma peça do quebra-cabeça. Tinha vontade de sondar mais, mas o peito de Blythe subia e descia em um ritmo constante.

A garota pegara no sono, e ela não teve escolha a não ser guardar suas perguntas para depois. Ajeitou os cobertores, protegendo a prima do frio que tomava conta do ar e se infiltrava em seus ossos. Um frio que – ela percebeu tarde demais – era absolutamente sobrenatural.

Signa se virou para trás e deu de cara com a Morte, as sombras do Ceifador se espicharam e taparam sua boca antes que pudesse soltar algum ruído. O contato físico roubou o ar de seus pulmões e paralisou seu coração, transportando-a para aquela estranha área entre a terra dos vivos e a dos mortos. Durou apenas poucos segundos e, então, ele tirou a mão, e o corpo de Signa ficou dolorido quando o seu coração voltou a bater.

Shhh..., sussurrou o Ceifador, dentro da cabeça da garota. *Você vai acordá-la.*

Signa teve vontade morder, de afundar os dentes caninos na Morte e deixar o veneno se espalhar. Mas, pelo bem do descanso de Blythe, sacudiu a mão, fazendo sinal para o Ceifador acompanhá-la até a sala de estar da prima. Seus passos foram lentos, tomando cuidado para não pisar nas tábuas que rangiam.

– Vá já embora – disse ela, no instante em que passaram pela porta. – Que Deus lhe proteja. Não irei permitir que você a leve.

Relaxe, Passarinha, falou a Morte, suavemente. *Não vim aqui atrás dela. Mas temo que não irá demorar muito para eu voltar e tomar posse da alma dessa pobrezinha. Vim avisá-la. Se essa garota não eliminar o veneno do corpo, voltarei para buscá-la antes de a semana terminar. E a morte dela não será serena.*

Signa chegou a pensar em socar o peito dele e ordenar que a Morte deixasse Blythe em paz para sempre. Mas a Morte não a dominou nem a ameaçou com suas sombras geladas. A proximidade do Ceifador não expulsou o ar dos pulmões da garota. Quase parecia que... que a Morte estava tentando ajudá-la.

Signa olhou bem fundo naquelas sombras insondáveis, inclinado o tronco para a frente, em uma tentativa de encontrar um rosto. De encontrar os olhos que ele deveria ter possuído um dia. Mas não viu nada.

– Por que você está me ajudando? – perguntou, abraçando o próprio corpo, bem apertado. – Não é essa a sua responsabilidade, ceifar os mortos da face da Terra?

Entendo que não tenho sido bom com você. A Morte ficou receosa, e as sombras nos seus pés ficaram se movimentando. *Por minha causa, sua vida foi mais difícil, e nunca tive a intenção de que fosse assim. Não pensei em seu futuro, Signa,* continuou falando. *Não pensei em nada além de como você estava sendo tratada na ocasião por aqueles que deveriam cuidar de você. E, por isso, peço. . . desculpas.*

A última palavra soou estranha em seus lábios, como se o Ceifador não gostasse do sabor dela.

Não posso poupá-la para sempre. Mas se nós conseguirmos ajudar sua prima, ela talvez não precise morrer antes da hora. Não há nada que eu possa fazer para provar que estou dizendo a verdade. Mas, se a minha palavra serve de alguma coisa, você precisa confiar em mim, completou.

– *Nós?*

A garota nunca pensou que aquele homem – que a Morte encarnada – pudesse um dia se mostrar tão inseguro.

– Eu também irei procurar e aviso se encontrar algo que possa ajudá-la. – Dessa vez, a Morte falou em voz alta, embargada, que causou um arrepio que percorreu a espinha de Signa. Ela havia esquecido que gostava tanto daquele som.

– Existe uma biblioteca na Quinta dos Espinhos – disse Signa, de repente, tirando os pensamentos daquele lugar onde eles gostavam, por demais, de se aventurar quando o Ceifador estava por perto. – Talvez eu possa encontrar algum tipo de antídoto lá.

Ele balançou a cabeça, aprovando.

– Veja o que consegue descobrir, hoje à noite. E, enquanto isso, também bancarei o detetive.

– Obrigada – sussurrou Signa, tremendo, porque as sombras do Ceifador ficaram paradas, e a temperatura do ar baixou, no mínimo, seis graus. – Pela sua ajuda e por ter me falado.

– De nada. – Mais uma vez, as palavras pareceram estranhas, como se o Ceifador tivesse dificuldade até de pronunciá-las. – Nossas aulas serão retomadas assim que você conseguir descobrir algo capaz de expelir o veneno.

Signa fez que sim, e a Morte sumiu em meio às sombras, que se espicharam para se apossar dele. Só quando teve certeza de que o Ceifador havia ido embora é que virou para dar uma espiada em Blythe, observando o lento subir e descer do peito dela. E, então, levou a mão ao próprio peito, seu coração batia feito um animal enjaulado. Também pôs a mão nas próprias bochechas, uma de cada lado, e descobriu que ambos os lados estavam quentes.

Tudo isso por causa da Morte. Por causa de alguém que Signa passara a vida odiando. Em nome de Deus, o que havia de errado com ela?

VINTE E QUATRO

A Quinta dos Espinhos dormia um sono profundo quando Signa se deu conta de que não fazia a menor ideia de onde ficava a biblioteca.

Ela ficou andando de um lado para o outro na saleta de seus aposentos, arrastando a camisola, que se enroscava em seus tornozelos, pelo chão. Consultar a biblioteca era a maneira mais simples que conseguia pensar de encontrar um antídoto para Blythe. E, apesar de Signa ter optado por fazer sua busca fora do alcance de olhares curiosos, não seria nada bom ser pega em flagrante perambulando pelos corredores de madrugada, ainda mais que Elijah já a havia surpreendido naquela situação. A garota já havia investigado todo o primeiro andar e boa parte do térreo àquela altura, ou seja, só faltava o segundo andar.

Signa estava formulando seu plano – e uma desculpa, na eventualidade de ser mesmo pega em flagrante – quando ouviu as portas de vidro de sua sacada baterem. Apesar de sentir um frio no peito, logo se deu conta de que um espírito não precisaria bater, e faltava à Morte a boa educação até para pensar em fazer isso. Sendo assim, quando tornou a ouvir o ruído, vários instantes depois, achou que parecia alguém batendo no vidro e se deu conta de que só poderia ser uma pessoa.

Fechou o robe e abriu uma das portas para Sylas entrar. Ao que tudo indicava, o rapaz havia escalado os galhos de um salgueiro para chegar até ali – ainda havia folhas em seu cabelo castanho-escuro.

– Boa noite. – O sorriso do cavalariço brilhava ao luar. – Então, também não conseguiu dormir, hein?

Signa meio que estava disposta a fechar a porta na cara de Sylas e deixar que ele voltasse lá para baixo, pelos galhos.

– Céus! O que passou pela sua cabeça? O senhor não pode entrar aqui!

Apesar do tamanho, Sylas era elegante como um felino e entrou no quarto, passando por Signa, sem fazer nenhum ruído.

– Vi, lá de baixo, que a senhorita estava de vela acesa, e sua sombra não parava de andar de um lado para o outro do vidro. Quis verificar se estava bem.

Se não tomassem cuidado, aquele garoto seria a ruína de Signa, mas ela tinha de admitir que o sangue correu um pouco mais rápido nas veias com a emoção daquela visita em plena madrugada. A garota não necessariamente se importou com o fato de estar só de robe e camisola, estava mais curiosa para saber o que Sylas poderia pensar disso, e qual seria a reação do cavalariço, do que envergonhada. Certamente, os olhos de Sylas se demoraram no corpo dela por um instante a mais quando achou que Signa não estava olhando, e o rapaz foi logo pigarreando e olhando para o teto quando a garota se virou para ele. Signa se segurou para não sorrir, sentindo um calor de satisfação.

– Estou bem, na medida do possível, sabendo que minha prima continua tão doente quanto no dia em que a conheci. – Signa, então, cruzou os braços e voltou a andar de um lado para o outro. – Se quer permanecer aqui, fale baixo e conte se descobriu algo útil.

– Quase nada. – Sylas se sentou no chão, encostado na parede. – Procurei na cozinha e nas dependências da criadagem, mas não consegui encontrar nada de incriminador.

Era isso que Signa temia, mas ouvir com todas as letras tornava tudo mais irritante. Ela passou a mão no cabelo e ficou puxando as pontas das mechas.

– Precisamos descobrir algo capaz de ajudá-la. Ouvi dizer que existe uma biblioteca na Quinta dos Espinhos e gostaria de verificar a possibilidade de um antídoto. Alguma erva, para eliminar o veneno.

– Veneno? – Ecoou Sylas, erguendo as sobrancelhas. – Isso é novidade. Imagino que, se houver a possibilidade de descobrir algo a respeito, a melhor opção é mesmo a biblioteca. Que é enorme.

– O senhor sabe onde ela fica, então? – Signa segurou Sylas pelo braço e o fez ficar em pé. – Você pode me levar até lá?

– Agora? Em plena madrugada? Com a senhorita nesses trajes? Como Signa não soltou o braço dele, Sylas deu um sorrisinho e falou:

– Como é escandalosa, Srta. Farrow. Já que insiste, siga-me imediatamente.

Ele foi na frente e se dirigiu ao corredor. Os dois subiram até o segundo andar em um ritmo dolorosamente lento. Signa dava cada passo com a mais absoluta cautela, segurando a camisola para não tropeçar na bainha. Foi atrás de Sylas, achando estranho o fato de o cavalariço conhecer a casa tão bem. Mas, até aí, Sylas nem sempre foi cavalariço. Talvez, a função que exercia enquanto Lillian ainda estava viva lhe permitisse entrar, ocasionalmente, na enorme mansão. A garota não podia esquecer de perguntar isso para o rapaz – depois, contudo. Assim que encontrassem algo capaz de ajudar Blythe.

Por ora, questionou:

– O senhor vem aqui com frequência?

A curiosidade levara a melhor.

– Tive apenas algumas oportunidades de andar pela casa inteira. – O rapaz andava com a confiança de quem se sente à vontade, dava a impressão de estar bem menos preocupado em ser pego em flagrante do que Signa. – A criadagem, no entanto, fala bastante da biblioteca. Não sobem muito aqui, se puderem evitar, e mesmo eles só vêm durante o dia.

Elaine havia dito que a biblioteca tinha fama de assombrada e, se a criadagem se esforçava tanto para não entrar nela, Signa odiou imaginar o espírito que poderia estar aguardando pelos dois lá dentro. Por anos, evitara cruzar com espíritos. Mas, se existisse a possibilidade daquele espírito específico saber alguma coisa a respeito da Quinta dos Espinhos ou do assassinato de Lillian, era uma pista tão importante que não podia abrir mão dela. Mas, já que Sylas lhe fazia companhia, Signa não fazia ideia de como isso poderia ser feito.

– É melhor você ir embora assim que eu entrar – falou. – Se formos vistos juntos, não será nada bom.

Ele lançou um olhar irritado para a garota, mal virando para trás.

– Dois pares de olhos são melhores do que um. E, além disso, se eu for demitido, foi a senhorita mesma que disse que cuidaria de mim.

A garota se segurou para não revirar os olhos. Porque Sylas até podia estar livre de perigo, mas Signa certamente não. E a última coisa que queria era ser obrigada a contratá-lo, caso o rapaz acabasse sendo o estopim de boatos infundados ou alegações a respeito dela. Apesar disso, o cavalariço tinha razão. O aviso da Morte não deveria ser levado na brincadeira e, se quisesse salvar a vida de Blythe, valia a pena correr o risco de contar com a ajuda de Sylas.

Foi mais fácil chegar à biblioteca do que ela esperava. Duas portas de carvalho com pesadas maçanetas de metal se abriram, revelando um espaço tremendo, com estantes de mogno altíssimas, repletas de livros. Fileiras e mais fileiras de livros, e, no centro do cômodo, havia escrivaninhas e aconchegantes poltronas de leitura, de couro, que pareciam tão confortáveis que daria para passar o dia sentado nelas. A iluminação da biblioteca vinha das janelas, que banhavam o recinto com o lume fraco das estrelas. Claro o suficiente para enxergar os contornos e a vastidão da biblioteca, mas escura demais para conseguir ler os títulos dos livros.

Signa inspirou o aroma embolorado de papel antigo e nanquim.

– Precisamos encontrar uma luz.

Assim que as palavras saíram de sua boca, uma vela que estava em cima de uma das escrivaninhas se acendeu sozinha.

Ela não foi buscá-la imediatamente, pelo contrário: olhou para Sylas, com medo de que o rapaz fosse sair correndo. O cavalariço abriu a boca, mas a fechou logo em seguida. Não havia uma única desculpa que explicasse aquela chama se acendendo de livre e espontânea vontade, e nenhum dos dois tentou inventar uma.

– Bem. – Signa pigarreou. – Pelo menos, sabemos que toda aquela conversa de espíritos não é mero boato.

As sobrancelhas de Sylas estavam na linha do couro cabeludo de tão franzido que estava seu cenho. Mas, levando tudo isso em conta, o rapaz estava lidando com a situação tão bem que chegava a ser impressionante.

Signa pensou que, provavelmente, era por causa dela.

– Pelo menos, ao que tudo indica, essa presença não é maligna.

Pelo menos, por enquanto, pensou Signa, espremendo os olhos para conseguir enxergar melhor na penumbra, tentando descobrir onde o espírito poderia estar escondido. O fato de ainda não o ter enxergado era inquietante. Passara anos ignorando os espíritos, escondendo-se e fingindo não vê-los. Certamente, não queria que a situação se invertesse.

Sylas pegou a vela e perguntou:

– Então, estamos procurando livros sobre... botânica?

– Sim. De preferência, que abordem o uso medicinal das plantas.

Do outro lado da biblioteca, uma sombra cruzou a escuridão, e Signa só se deu conta de que era um livro depois de ter topado com Sylas, já segurando o grito. O livro saíra voando, de uma estante a várias fileiras de distância dos dois. E, já que ficaram simplesmente parados ali, outro livro saiu voando da mesma prateleira.

Sylas segurou a cintura de Signa, para que ela não perdesse o equilíbrio, e pôs a vela na frente dos dois.

A garota espremeu os olhos por causa do brilho da chama.

– Você acha...

– Acho – respondeu o rapaz, sem nenhuma emoção.

O cavalariço, então, foi se dirigindo à estante de onde os livros haviam voado. Parou e aproximou a vela de um dos volumes que havia caído. Era um livro grosso, encadernado em couro, sobre botânica.

A dupla se virou para outro grupo de estantes, e Signa segurou o braço de Sylas. A garota ficou sem ar, de medo, quando viu quem estava ajudando. Era o espírito de um homem idoso, de pele azul translúcida, barba branca e volumosa e óculos apoiados na ponta do nariz largo. Ao perceber que Signa havia notado sua presença, endireitou um pouco a postura.

– A senhorita está bem? – perguntou Sylas, firmando a vela.

O espírito observava com grande preocupação e, quando deu a impressão de que que a vela ia cair do suporte, foi logo colocando um dedo cintilante na lateral, para que não caísse.

Cuidado, censurou o espírito. *Livros são objetos frágeis.*

– Muito bem. – Signa se apoiou na beirada de uma estante, torcendo para que suas palavras bastassem para satisfazer tanto Sylas quanto o espírito. Só quando ficou claro que aquele espírito não era temperamental, como Lillian, seus ombros relaxaram. Não era maligno, e sua morte não fora pavorosa a ponto de alterar sua aparência. Dirigindo-se a Sylas, perguntou:

– O senhor sabe alguma coisa a respeito do espírito que, segundo os boatos, assombra a biblioteca?

– Não muito. Ouvi dizer que é o fantasma de um erudito que se casou com uma mulher da família, e morreu em uma dessas poltronas. Caiu no sono enquanto lia e teve uma morte tranquila. Há quem diga que estava tentando ler todos os livros contidos nesta biblioteca.

As poltronas mudaram desde então, na verdade, comentou o espírito. *E eu me chamo Thaddeus. Thaddeus Kipling. E, a essa altura, já teria lido todos os livros, se não parassem de trazer mais.*

Um espírito preso à vida por seu desejo de ler! Era tão insólito que Signa quase caiu no riso.

– Ele me parece ser bem atencioso. Não maligno como eu temia, longe disso – comentou a garota.

Thaddeus soltou um suspiro e agradeceu, resmungando que ninguém mais aparecia lá de tanto medo, apesar de ele apenas tentar ajudar. *Mas, suponho que, com menos interrupções, sobra mais tempo para ler,* completou o espírito.

Signa teve que se segurar para não cair no riso novamente. Durante 19 anos, fugira dos espíritos, culpando-os por ser uma pessoa diferente e culpando tal diferença pelo fato das pessoas não se aproximarem dela. Mas até que gostou de Thaddeus e, pela primeira vez, não sentia nem um pingo de medo na presença de um espírito. Será que, se tivesse dado essa chance aos demais, também teria gostado deles?

– Acha mesmo que podemos obter informações sobre o veneno em algum desses livros? – perguntou Sylas.

O rapaz ergueu a vela para inspecionar a lombada de um dos volumes, fazendo a conversa enveredar por outro assunto que não o espírito, e Signa não podia recriminá-lo por não querer discutir esse tema. Toda vez que o cavalariço aproximava a vela de um livro, Thaddeus respirava fundo, nervoso, e só soltava o ar quando o rapaz afastava a chama novamente.

– Não precisamos de mais informações a respeito do veneno. – Signa voltou os olhos para o espírito, certificando-se de que ele estava escutando. – Precisamos de informações a respeito do antídoto. Tenho certeza de que algum desses livros deve, ao menos, mencioná-lo.

Arsênico?, chutou Thaddeus, com os olhos brilhando de interesse.

Signa primeiro se certificou de que Sylas estava distraído lendo e, então, sacudiu a cabeça bem rápido.

Thaddeus cantarolou, baixinho.

Cianeto? Tálio? Estricnina? Atropina?

O espírito parou de falar quando Signa fez que sim, rapidamente.

Ah, atropina! Alguém está sendo envenenado com beladona, não é mesmo? Bem, essa é fácil. O antídoto... ah. Não adiantará de nada se eu simplesmente lhe contar, adiantará? Presumo que você queira ver a informação com seus próprios olhos. Está ali.

Thaddeus flutuou até a próxima estante, depois se inclinou e apontou para um livro na prateleira de baixo. Era uma coisinha singela, uma espécie de publicação acadêmica que Signa, provavelmente, jamais teria tirado da estante.

Já faz tempo que li, declarou Thaddeus, quando Signa se abaixou para pegar o volume. *Mas acredito que encontrará o que está procurando, lá pela página cem. Leitura interessante, esse artigo. Seco, mas informativo. Cuide bem dele, sim?*

A garota foi direto à página cem e passou mais algumas páginas até avistar a palavra que estava procurando: *Atropa. Atropa belladonna.* E apertou o livro contra o peito com tanta força que chegou a pensar que iria cair no choro.

– Obrigada, obrigada, obrigada – falou, tão alto que Sylas quase deixou cair o livro que estava folheando.

– A senhorita já encontrou algo? – O rapaz coçou a nuca, perplexo. – Que sorte. Pensei que ficaríamos aqui a noite inteira.

Radiante, Signa olhou para Thaddeus, que estufou de leve o peito.

– Acredito que sim, mas alguém nos ajudou. Venha.

Ela arrastou Sylas até uma das mesas e abriu o livro. Mesmo com a luz da vela, tiveram que espremer os olhos para enxergar as letras pequenas. Leram várias páginas em um jargão que Signa não compreendeu, até que encontrou um comentário sobre os tratamentos usados nos pacientes.

– Está aqui! – exclamou. Pôs o dedo na página e inclinou o tronco para a frente. Sylas fez a mesma coisa, tentando ler por cima do ombro dela.

– "Apesar de a planta em si ser venenosa" – Signa leu em voz alta, e as palavras eram como seda em sua boca – "o conteúdo alcaloide da fava-de-calabar revelou-se uma cura eficaz da intoxicação por *Atropa belladonna*".

A garota ficava mais animada a cada palavra que lia. Puxou o braço de Sylas e o sacudiu, porque sua empolgação desabrochou. Haviam encontrado uma solução. Apesar de Signa não fazer a menor ideia de onde poderia encontrar aquela planta, que não era nativa da região, agora, pelo menos, havia uma *possibilidade,* o que era muito mais do que tinham até então.

– Se ingerir demais, Blythe pode morrer – alertou Sylas, continuando a leitura. – Deve-se moer uma pequena dose e administrá-la diluída em algum líquido.

O único problema era como conseguir. Certamente, não encontrariam tal planta no jardim de Lillian, mas Signa se recordou de outra possibilidade.

– Há uma botica na cidade! Vi na noite em que o senhor me levou ao Clube Grey... Acha que lá poderemos encontrar?

Lentamente, um sorriso largo foi se esboçando no rosto de Sylas.

– Como a senhorita é brilhante. A botica, provavelmente, é o local mais provável para obter o antídoto.

Isso era tudo que Signa precisava ouvir para fechar o livro e abraçá-lo junto ao peito, mais uma vez. Sentia-se tão leve que poderia dançar em cima de uma nuvem. Iria salvar a vida de Blythe. Realmente, de verdade, dessa vez, Signa iria salvar a vida dela.

– Obrigada – sussurrou, segurando o ombro de Sylas bem apertado. – Obrigada, obrigada, obrigada. E agradeço a *você,* Thaddeus!

Ela não se virou para olhar para o espírito, nem para Sylas, que apagou a vela e sussurrou:

– Thaddeus?

Simplesmente se agarrou ao livro e saiu correndo pela porta.

– Irei lá assim que acordar – falou, para ninguém em particular, e Sylas fez que sim, com um *shhh* delicado. A garota atendeu ao pedido em consideração ao rapaz, mas agora não se importava mais com quem pudesse ouvir, porque tudo ficaria bem. Não – ficaria mais do que bem. Tudo ficaria maravilhoso porque, assim que acordasse, buscaria o antídoto, e Blythe, finalmente, teria sua vida de volta.

Logo, logo, tudo ficaria bem de novo.

VINTE E CINCO

No café da manhã do dia seguinte, enquanto colocava leite no chá, Signa ouviu Warwick dizer para Elijah que a língua de Blythe estava começando a ficar inflamada, com as mesmas feridas que Lillian tinha nos últimos estágios de sua "doença". Blythe passara mal a noite toda, sem conseguir segurar comida nem bebida no estômago.

Signa apertou bem a faca, tentando não chamar atenção para a própria frustração, com medo de que Elijah pudesse, de repente, recuperar o bom senso e não permitir tal conversa à mesa do café da manhã.

O aviso da Morte chegara na hora certa. E, agora que sabiam qual era a cura, Signa só precisava pôr as mãos nela. Mas, não podia deixar de se perguntar por que Blythe ainda estava tão doente. Havia instruído a prima a beber apenas água. Dissera para jogar o remédio fora quando não tivesse ninguém olhando. Verificara o quarto de Blythe naquela mesma manhã, enquanto a prima dormia. Examinara o chá frio e o bolinho deixado em sua mesa de cabeceira, e nenhum dos dois continha veneno. Mas, como a língua de Blythe começava a mostrar sinais de envenenamento, Signa sabia que, de alguma maneira, a prima ainda estava ingerindo beladona.

– O médico acha que não é prudente a menina receber visitas hoje – Warwick contou para Elijah, que estava passando manteiga em um pãozinho de um jeito muito furioso. Signa não sabia que alguém, com um pãozinho na mão, poderia ser capaz de demonstrar tanta raiva. – Ele e Percy conseguiram baixar a febre de Blythe agora pela manhã, mas a menina teve um surto de delírio.

Signa ficou feliz por, ao menos, Percy estar no quarto para supervisionar o médico, já que ela não pôde. Tentou chamar atenção do primo, que estava sentado do outro lado da mesa, para lhe dizer isso. Mas, Percy continuou com os olhos cansados voltados para baixo, remexendo o mingau intocado.

– O que ela viu dessa vez? – perguntou Elijah.

A prepotência no tom da pergunta se equiparava ao desalinho de seu cabelo grisalho, que brotava de sua cabeça em todas as direções. Elijah estava com os óculos na ponta do nariz e ainda vestia o robe e chinelos cor de esmeralda, sendo que Signa já estava de espartilho e vestido risca de giz, com o cabelo arrumado, preso na altura do pescoço, formando um coque elegante. Teria que trocar de roupa e colocar um vestido de visita de lã para sair de casa, pois, do contrário, seria ridicularizada e se tornaria alvo de fofocas imediatamente.

Apesar de ter passado tantos anos ansiando por um lugar na sociedade, Signa percebeu que estava ficando um pouco... cansada. E tinha uma tremenda inveja da falta de preocupação e decoro de Elijah.

– Ela viu mamãe. – Foi Percy quem respondeu, ainda sem erguer os olhos. – Blythe disse que estava no jardim, com nossa mãe.

Não fazia sentido o fato de ninguém ter suspeitado de envenenamento, depois de Blythe e Lillian passarem meses doentes. Será que o médico realmente era tão incompetente?

– Talvez ela esteja precisando justamente de companhia – disse Signa, furiosa.

Os sinais eram bem claros: os delírios, as feridas, a sensibilidade no estômago, a tosse com catarro e sangue. Todos os sintomas estavam presentes. A garota conhecia muito bem os sinais de envenenamento, melhor do que a maioria das pessoas. Isso lá era verdade, mas ainda assim...

– Srta. Farrow...

Marjorie, que usava mais *rouge* do que de costume nas bochechas, para esconder que estava com um dos lados do rosto inchado, parecia prestes a censurar Signa, mas Elijah fez sinal para ela se calar, sacudindo a mão que segurava a faca.

– Deixe-a dizer o que pensa. As regras que eram obedecidas neste lar caíram por terra há muito tempo. – Ele comeu quase metade do pãozinho, em uma mordida só. – Pode falar, mocinha.

Apesar do comportamento errático de Elijah, Signa percebeu que até que gostava dele e de sua franqueza. Em um mundo que consistia em gentilezas forçadas e em se curvar aos caprichos dos outros, era algo revigorante. Ainda assim, não podia simplesmente contar para aquele homem que conhecia um antídoto para a doença de Blythe – precisava pisar em ovos para tratar desse assunto.

– No estado em que Blythe está, seria um fardo para a mente dela ficar sozinha com tais pensamentos – explicou Signa. – Se o senhor não se importar, eu gostaria de ir à cidade e ver se consigo encontrar alguma coisa capaz de animá-la. Apenas um presentinho, caso o senhor puder me dar um pouco de dinheiro, e sua permissão.

Percy, que estava olhando feio para o mingau, como se ele fosse a fonte de todos os seus problemas, finalmente ergueu o rosto e olhou para Signa com interesse. Marjorie, contudo, não concordava com nada daquilo.

– Se o médico não recomenda que a menina tenha companhia – disse a governanta, segurando um garfo firmemente –, devemos obedecer à orientação dele.

Sendo governanta, Marjorie era bem-vinda à mesa da família durante as refeições. Mas falava de um modo franco demais para os padrões de qualquer lar que não tivesse abandonado completamente as diretrizes impostas pela sociedade. Tomava liberdades em demasia, e ninguém chamava sua atenção.

– Como fizemos com Lillian? – perguntou Elijah, com um tom tão frio que várias pessoas na mesa tremeram. – Isso fez muito bem à minha esposa.

Signa guardou as palavras de Elijah na lembrança, completando sua coleção. Logo chegaria o dia em que reuniria todas as peças e montaria aquele quebra-cabeça.

– Percy! – A voz de Elijah ribombou de tanta autoridade. – Vá com sua prima. Garanta a segurança dela e providencie tudo o que Signa precisar.

O rapaz se endireitou na cadeira, e respondeu:

– Já que vamos à cidade, com sua permissão, eu gostaria de dar uma passada no clube e verificar as encomendas.

Ele disse isso com um tom objetivo e factual, sem um pingo de emoção que deixasse transparecer o desespero para visitar o clube que havia demonstrado no dia anterior.

Elijah retorceu os lábios.

– Você irá acompanhar sua prima no que ela precisa fazer e voltará para casa logo depois – disse o homem, de modo taxativo.

Ao que tudo indicava, Percy também sentiu isso. Porque, apesar de ser óbvio que tinha vontade de discutir, o rapaz se acomodou na cadeira e segurou a xícara de chá com tanta força que as juntas dos dedos ficaram brancas.

– Sim, papai. – Quando o primo se afundou na cadeira, Signa não teve coragem de olhar para ele, sentindo o peso da culpa apertar seu peito. – Claro.

Percy estava longe de ser uma companhia agradável.

Como não gostava de andar a cavalo, uma carruagem foi preparada para levá-los à cidade. O trajeto não era muito longo, mas Signa nunca se sentiu tão constrangida. Até a companhia de Sylas, um desconhecido que não era da família, foi mais fácil de suportar.

Signa sentia falta do Percy do dia anterior, antes de Byron ter aparecido com aquelas notícias do clube, para estragar o clima. Sentia falta da risada e da jovialidade do primo, da sensação de seu espírito vibrante de vida. O Percy que estava ao seu lado agora não era o rapaz dissimulado e debochado com o qual vinha se acostumando, mas um homem rígido, formal e ríspido. Ele ficou mexendo no porta-moedas de couro e olhando feio pela janela da carruagem, o queixo erguido com grande severidade, enquanto observava a paisagem passar. Signa mordeu a língua. Pensou que era uma crueldade da parte de Elijah não dar uma chance a Percy. Optar por ignorar o sofrimento do filho, por mais profundo que fosse.

– Descobri algo, primo – falou, na esperança de melhorar seu humor. – Não vamos procurar lindas luvas novas nem papéis de carta para Blythe. Vamos à cidade porque descobri uma cura para ela.

Só então Percy se manifestou, espremendo os olhos:

– Como assim, descobriu uma cura? Nem um único médico foi capaz de ajudar minha irmã.

– Nenhum deles sabia que Blythe estava sendo envenenada. Mas nós sabemos, e eu descobri um antídoto. Na cidade, há uma botica e...

– Botica? – Nessa hora, ele ergueu as sobrancelhas até o teto. – Signa, não podemos confiar a vida de minha irmã a um amador qualquer. Deve haver algum remédio capaz de ajudá-la. Podemos falar com outros médicos...

– Se os médicos não descobriram até agora, das duas, uma: ou são todos uns tolos ou alguém os está subornando.

Quaisquer objeções que Percy pudesse ter morreram antes de serem pronunciadas.

– Acha que isso é possível? – O pomo de adão de Percy ficou saltado. – Mesmo que seja esse o caso, não deveríamos brincar com uma cura vinda de uma botica qualquer. Há maneiras mais seguras de tratar desses assuntos.

– Compreendo sua frustração, só que nada mais tem adiantado, Percy. – Signa, então, pegou na mão do primo e a apertou bem forte. – Mas isso irá adiantar, prometo. Preciso que você confie em mim.

O rapaz olhou para o teto da carruagem, como se nele estivessem contidas as respostas para suas dúvidas, e soltou um suspiro, já que o teto não disse nada.

– Muito bem. Se existe uma possibilidade, é claro que devemos tentar. Mas não podemos permitir que nos vejam na botica. A cidade inteira irá comentar.

– É claro.

Signa deu um sorriso, que Percy não retribuiu, já que dirigiu o olhar para as ruas de paralelepípedo que a carruagem percorria, sacolejando – que eram muito mais alegres e abertas à luz do dia do que quando a garota estivera ali com Sylas, há várias noites. Agora, os estabelecimentos em ambos os lados das ruas estavam completamente despertos. Através das vitrines imaculadas, Signa avistou mulheres de luvas e chapéus presos ao pescoço, usando vestidos de caxemira, tomando chá ou reunidas em alguma loja, encomendando roupas quentes e acessórios para o inverno que se aproximava.

Quando passaram pelo Clube Grey, Percy se debruçou sobre Signa e fechou as cortinas da carruagem. A garota se retraiu. Não havia nem um pingo de alegria no rosto do primo. Nenhum sinal além da severidade.

Signa não ousou dizer mais nem uma palavra.

Percy foi o primeiro a sair, quando a carruagem parou diante de um estabelecimento minúsculo e verde. Heras tomavam conta da fachada, e a vitrine exibia uma variedade de plantas vibrantes, penduradas em toldos de vime. Signa ficou tão distraída observando a vitrine que Percy precisou pigarrear para que percebesse que o primo estava lhe dando o braço. Os transeuntes examinavam os dois com curiosidade, virando-se para fofocar e, provavelmente, criando teorias para a presença de Signa. Percy ajustou o pequeno botão dourado de uma das luvas de couro marrom e não deu a mínima para essas pessoas. Elas poderiam dizer ou fazer qualquer coisa, sem prejudicar a imagem de cavalheiro que o rapaz tinha aos olhos do público.

Dentro do estabelecimento, foram recebidos por uma mulher idosa e frágil, de cabelo branco. Foi só olhar para ela que Percy já foi empinando o nariz.

– Não se demore – cochichou ele. – Vamos pegar o que você precisa e sair logo daqui.

Por um instante fortuito, Signa se arrependeu de não ter pisado nos pés do rapaz com mais força no dia anterior, mas se recusou a permitir que a negatividade do primo se apoderasse dela, já que estavam naquele local maravilhoso. As prateleiras, enfeitadas com minúsculas bolinhas de madeira, continham frascos de tônicos e vidros de ervas. Também estavam à venda pequenas embalagens de limo vivo e delicados cestos de ervas secas, tão aromáticas que a garota teve vontade de se banhar nelas.

A parte central do estabelecimento estava repleta de plantas vivas, em vasos. Signa jamais havia visto boa parte dessas espécies, que tinham ramos rasteiros ou grandes flores bulbosas. Ela resistiu ao ímpeto de passar o dedo nas pétalas, maravilhada com o fato de existir um lugar tão extraordinário. Se tivesse dinheiro, ficaria tentada a comprar a loja inteira.

– Precisa de ajuda para encontrar algo, senhorita? – perguntou a dona da loja.

Signa ficou feliz ao perceber que a mulher não deu importância ao esnobismo de Percy.

O rapaz lançou um olhar para a prima, com um certo ar de lúgubre, de censura, dando a entender que ela deveria tomar cuidado com o que fosse dizer. No instante em que saíssem da botica, as fofocas entrariam em erupção. Apesar de existir a possibilidade da pessoa que estivesse causando mal a Blythe já saber que fora descoberta, Signa e Percy não precisavam correr o risco de pôr mais lenha na fogueira, nem que chegasse aos ouvidos de Elijah a informação de que a morte da esposa poderia ter sido evitada, caso alguém tivesse prestado mais atenção aos seus estranhos sintomas.

– Uma amiga comeu algo estragado – foi o que Signa disse para a dona da loja. – Estou procurando fava-de-calabar para ajudar o seu corpo a eliminar parte das toxinas. E, quem sabe, também algo para acalmar o estômago depois.

A mulher espremeu os olhos pequenos enquanto ponderava, depois soltou um ruído gutural e levou Signa, mancando, até uma estante nos fundos da loja, cheia de plantas pequenas e frasquinhos de vidro. Percy foi atrás das duas, fazendo questão de demonstrar desinteresse, enquanto a velha inspecionava as prateleiras.

A dona da loja ficou resmungando baixinho enquanto procurava, e sua frustração aumentava a cada prateleira, até que encontrou o que estava procurando e soltou um "Aha!" baixinho. Em seguida, mostrou um frasquinho contendo uma estranha espécie de noz marrom: a fava-de-calabar.

Signa esticou a mão, mas a mulher tirou o frasco de seu alcance. Aproximou-se dela e sussurrou:

– Tem certeza de que é isso que está procurando? A fava é muito venenosa e não cura dor de estômago.

Signa sabia que a fava-de-calabar era um risco, mas se não fizesse nada – se não corresse *nenhum* risco –, Blythe morreria, e ela passaria o resto da vida pensando que poderia ter salvado a vida da prima.

A garota fez que sim e depositou toda sua fé na Morte.

– Sim, senhora. É justamente isso que preciso.

A mulher teve coragem de lançar um rápido olhar para Percy e falou, bem baixinho:

– Tem certeza disso, moça? Se precisa de algo para ele, tenho algumas coisas um pouco mais... inócuas.

Signa empalideceu e segurou as mãos da mulher na mesma hora, torcendo para que sua seriedade bastasse para confirmar sua sinceridade.

– Não é nada disso, senhora, posso lhe garantir. A fava será perfeita.

Sem reservas, a dona da loja murmurou algo e entregou o frasquinho para a garota.

– Macere até virar pó. Depois, coloque mais ou menos metade em um copo d'água, para induzir o vômito.

Signa torceu para que o vômito ajudasse Blythe a eliminar o veneno.

A mulher foi até os fundos da loja, arrastando as saias no chão de carvalho empoeirado. Ficou procurando por um bom tempo, até que, enfim, trouxe um vidrinho de sementes marrons e minúsculas.

– Sementes de cariz – falou, colocando o vidrinho na mão de Signa. – Para ajudar a acalmar o estômago de sua amiga.

Percy ficava mais agitado a cada pessoa que passava pelas vitrines embaçadas e imundas do estabelecimento, e reparava na sua presença. Os dedos compridos do rapaz se recusavam a parar de tamborilar na sua perna. Ficou observando, com olhos de lince, a mulher entregar as sementes de cariz para Signa, e perguntou:

– A senhora teria mais favas-de-calabar?

– Não é uma planta fácil de conseguir – disse a dona da loja. – Não receberei mais tão cedo.

Ele grunhiu, insatisfeito, e pegou o porta-moedas.

– Muito bem. Quanto lhe devemos?

A mulher se encolheu toda, surpresa com a severidade do rapaz, mas disse, bem firme:

– Três *pence* paga tudo.

Percy colocou um xelim na mão estendida da senhora, pagando quatro vezes mais do que o devido.

– Pela sua discrição.

A mulher fechou a mão, soltou uma risada debochada e foi logo guardando a moeda no bolso da saia.

– Saia daqui, rapaz, senão você vai ver o que é discrição.

E não precisou dizer duas vezes. Signa guardou o frasco no bolso, e Percy a arrastou para a saída da loja, onde a garota poderia, facilmente, ter passado o dia inteiro, conversando com a dona a respeito de cada beleza que havia ali. Signa fechou os dedos, segurando com cuidado o frasco de sementes de cariz. E, ficou com a vaga impressão de que o primo achava que a botica poderia, de repente, contaminá-lo com a peste.

O rapaz olhou em volta para se certificar de que ninguém estava observando, e abriu a porta.

– Há um quê de loucura nessa mulher. Não confio nela.

Signa não deixou por menos:

– Ela é uma *curandeira*.

– Ela é uma bruxa – retrucou Percy. – Ainda não vejo como uma semente qualquer pode ajudar minha irmã, sendo que nada ajudou até agora.

Bruxa. Essa palavra fez os pensamentos de Signa voltarem para a noite em que Magda morreu.

– Não a chame assim. Se um frutinho tem o poder de adoecer sua irmã e matar sua mãe, quem é você para dizer que uma planta não pode curar, com esse mesmo poder?

O rapaz ficou sem resposta. Signa era capaz de sentir o medo de Percy, que o rapaz exalava em ondas. Sabia que, se estivesse no lugar do primo, também não iria querer criar esperanças de que aquela semente minúscula, de alguma forma, daria um jeito em tudo. Porque, se não funcionasse...

– Vamos nos apressar – resmungou Percy. – Precisamos voltar para a carruagem antes...

– Srta. Farrow? – gritou uma voz, no fim da rua. – Srta. Farrow, é você?

O pavor afundou suas garras em Signa quando ela viu que Eliza Wakefield e Charlotte Killinger se aproximavam, acompanhadas por um belo cavalheiro de pele dourada e cabelo cacheado cor de trigo. Usava um sobretudo verde-oliva elegante, e um chapéu, que tirou para cumprimentá-los, dando um sorriso tão encantador que Signa sentiu seu coração palpitar.

O suor se acumulou nas sobrancelhas de Signa, porque Charlotte reparou no estabelecimento de onde os dois haviam saído. Por sorte, ela teve a boa educação de não comentar, apesar do mesmo não poder ser dito de Eliza.

– Ah, é você *mesmo* – disse Eliza, abaixando-se para fazer uma reverência para Percy. – Bem que eu pensei. Estão saindo da botica?

Percy assumiu uma postura completamente diferente antes que desse tempo de Signa bater as pestanas.

– E, sermos amaldiçoados pela bruxa? Jamais.

O rapaz falou com um tom jovial e leve, que fez Signa cerrar os dentes.

Eliza imitou o sorriso irritante dele e deu uma risadinha, como se Percy fosse muito engraçado. Esperou que Charlotte e o homem que as acompanhava ecoassem a risada, mas nenhum dos dois mudou de expressão. Eliza – que, finalmente, conseguira tirar os olhos de Percy e lembrar que existia – inclinou a cabeça e pegou na mão de Signa.

– Mil perdões – falou. – Este é meu primo, lorde Everett Wakefield, filho do Duque de Berness.

Eliza segurou o braço do primo com um sorriso irônico nos lábios.

Pelo que recordava, Signa jamais conhecera um lorde. O rapaz tinha uma postura tão altiva que a garota ficou imaginando se ele seria o primogênito da família, que herdaria tudo, o último dos irmãos. Recordou da conversa durante o chá da tarde de boas-vindas que Marjorie organizara para ela, quando ficou sabendo que o lorde era o melhor partido da cidade, empatado com Percy, e que também era o pretendente em potencial sobre o qual Signa havia comentado com Blythe, no dia anterior.

Mesmo que não tivesse dinheiro nem título nobiliárquico, Everett era um homem que atraía a atenção, tanto pela aparência quanto por sua postura régia. Estava com os ombros para trás, o peito estufado, e o rosto vivaz, com uma expressão jovial. As roupas importadas denotavam riqueza, e os olhos brilhavam ao observar Signa. Everett Wakefield era um dos homens mais bonitos que a garota já vira, e seu cérebro parou de raciocinar quando o rapaz sorriu para ela.

– Primo – trinou Eliza – esta é Signa Farrow, sobre a qual eu havia comentado.

Charlotte ficou observando, com um olhar vago, Everett baixar bem a cabeça. As ofuscantes partículas douradas dos olhos castanho-claros do rapaz se acenderam, e ele examinou Signa, por baixo dos cílios impressionantemente longos.

– Sei muito bem quem foi a família Farrow. Conheci sua mãe, há muito tempo.

Signa sentiu um formigamento na coluna, porque minúsculas descargas elétricas a atingiram quando o lorde beijou as costas de sua mão enluvada.

– Minha mãe?

Everett deu um sorriso radiante e explicou:

– Nossos pais se conheciam, mas receio que não lembro muito de seu pai. Minha lembrança não é muito nítida, porque eu era muito criança, mas lembro que a casa inteira caía na risada quando sua mãe chegava. Ela era hilária, e minha família a adorava. Meus sinceros pêsames, Srta. Farrow.

Signa teve que se lembrar de inclinar a cabeça, de tão perdida que estava em seus pensamentos e nas milhares de perguntas que queria fazer àquele homem. Jamais esperaria que alguém chamasse sua mãe de "hilária". Se o livro de etiqueta, que deixara para trás, e as histórias que a avó da garota contava estivessem corretos, certamente lorde Wakefield estava pensando na mulher errada.

– Foi um prazer revê-la, Srta. Farrow – interveio Charlotte. Mas, para surpresa de Signa, a garota dava mais impressão de estar doente do que entusiasmada, com as mãos dadas na frente do corpo. – E foi um prazer vê-lo também, Sr. Hawthorne. Receio que não tenhamos muito tempo para conversar, já que temos hora marcada em um salão de chá...

– Minha nossa, Charlotte, obrigada por lembrar! – Eliza bateu palmas. – Perdoem minha ousadia, mas adoraríamos se pudessem nos acompanhar.

Signa não pôde deixar de reparar que Charlotte ficou com um olhar pesaroso, quando falou:

– Não sei se conseguiremos lugar para mais pessoas, assim, de última hora...

– Que bobagem, ninguém irá contrariar dois dos cavalheiros mais proeminentes da cidade. – Eliza dirigiu suas esperanças a Percy. – Tenho certeza de que abrirão uma exceção se fizerem a gentileza de nos acompanhar.

O rapaz ficou tamborilando os dedos na lateral do corpo, e lançou um olhar de esguelha para Signa.

A garota estava aprendendo que o chá da tarde nunca era apenas um *chá*, e aceitar um convite significava a mesma coisa que fazer um. O convite de Eliza contrariava a etiqueta, mas estar de braço dado com o primo a deixou mais ousada. Ninguém poderia recusar educadamente o convite para tomar chá com um lorde. E, apesar de Signa saber que seria falta de educação declinar, só conseguia pensar no aviso da Morte, que ecoava em seus ouvidos. Estava desesperada para levar o antídoto até Blythe.

– Quanta gentileza. Mas não seria melhor irmos outro dia? Não queremos impor nossa presença.

Eliza nem tomou conhecimento de que Signa falara com ela.

– Todo mundo está comentando deste lugar. Pode acreditar, Sr. Hawthorne, será impossível conseguir uma reserva quando o resto da cidade ficar sabendo. Eu e Everett fazemos absoluta questão de que nos acompanhem hoje. Não fazemos, Everett?

O lorde sorriu para Signa e falou:

– Ficaremos ofendidos se não aceitarem o convite.

E, apesar de ele ter dito isso em tom de brincadeira, a garota sabia que a batalha fora perdida.

Blythe teria de esperar mais um pouco.

VINTE E SEIS

Se Signa não estivesse sentindo o peso da fava-de-calabar e tudo o que ela simbolizava para a situação, aquele seria um lindo dia para dar um passeio. Eliza deu um braço para Signa e o outro para Charlotte, e as três foram andando bem na frente dos homens.

– Que coincidência encontrar vocês aqui! Torci tanto para que a senhorita tivesse a oportunidade de conhecer Everett antes da primavera. Ainda tem planos de debutar nessa temporada, não?

Signa ainda precisava falar com Marjorie, claro, mas fazia tanto sentido debutar na primavera que a garota fez que sim, e respondeu:

– É isso que espero.

Charlotte deu um sorriso educado, mas fraco.

– Pelo jeito, Deus e o mundo vão debutar nessa temporada – comentou.

– Você está coberta de razão. – Eliza deu risada. – Encontrar um marido será um desafio e tanto. Principalmente agora, que teremos de competir com a Srta. Farrow. – Ela disse o final da frase cochichando, em tom de confidência. – A senhorita será o cavalo premiado no qual todos os homens irão apostar. Sorte a nossa que apenas uma das duas donzelas da Quinta dos Espinhos irá debutar, porque a mesma coisa irá acontecer quando Blythe o fizer. E que sorte a minha, já que o marido no qual estou de olho é seu parente.

Apesar do tagarelar incessante de Eliza ser cansativo, a garota era até que bem bonita, de uma família influente a ponto de Signa saber, sem precisar perguntar, que Percy também estaria interessado nela. Mas será que Eliza continuaria interessada caso Percy não herdasse o Clube Grey?

– Se me dão licença – Eliza, então, se desvencilhou das outras duas garotas –, acho que irei sair na frente e já dar início à caça.

Ela, então, voltou correndo, ficou ao lado de Percy e olhando para trás, rindo de tudo o que o rapaz dizia.

Sozinha com Charlotte, Signa perguntou:

– O que a Srta. Wakefield disse é verdade? Nunca pensei que o fato de eu debutar poderia ser um problema para alguém.

Certamente, não poderia ser esse o motivo para Charlotte ter ficado de mau-humor na última vez que se falaram. Sim, Signa tinha dinheiro, mas outras garotas estavam bem mais preparadas para administrar uma casa. Ela não queria ter filhos tão cedo, e seus dotes no piano e no bordado eram mínimos. Isso sem falar que outras mulheres bonitas debutariam naquela mesma temporada. Charlotte, por exemplo. Seria a sorte grande para qualquer rapaz tê-la como esposa.

– Não que seja um problema – falou Charlotte tão baixo que Signa teve de se esforçar para ouvir. – Mas torna tudo mais difícil para aquelas de nós que precisam garantir um pretendente forte. Se Blythe não estivesse doente, a situação seria a mesma. Os homens correm para conquistar primeiro as que têm mais prestígio, e o resto de nós fica com as migalhas. E ainda esperam que nos contentemos com isso.

– E escolher alguém por amor? – perguntou Signa. Tal postura inflexível não lhe agradava nem um pouco. – Certamente, se a escolha depender do amor, não faz diferença quantas damas irão debutar.

Charlotte baixou o queixo e olhou para Signa, como se a estivesse vendo pela primeira vez.

– Desde que minha mãe morreu e fomos obrigados a nos mudar, por causa do escândalo, meu pai passa por dificuldades para saldar nossas dívidas. Como nunca teve um filho homem, é meu dever encontrar alguém capaz de sustentar a família. Não posso me dar ao luxo de escolher um marido por amor, Srta. Farrow. Na verdade, a senhorita irá descobrir que a maioria de nós não pode se dar a esse luxo. Se é isso que está buscando, desejo-lhe sorte, mas minha única preocupação é assegurar meu futuro. Então, perdoe-me se não estou muito entusiasmada com o fato de você ter entrado no páreo no mesmo ano em que sou apresentada à sociedade.

As palavras de Charlotte doeram feito uma ferida. Signa sabia que podia construir o próprio futuro, mas nunca passou por sua cabeça que algumas mulheres seriam *obrigadas* a se casar com um homem que não escolheram, simplesmente para continuar existindo. Era a última coisa que desejava, ainda mais para a amiga.

Signa queria se casar por amor. Queria alguém com quem dançar, com quem dar risada tarde da noite. Alguém cuja companhia não fosse lhe cansar dali a alguns anos. E queria a mesma coisa para a amiga.

A garota teve vontade de perguntar para Charlotte se ela *gostava* de alguém, mas ficou em silêncio, porque haviam chegado a um pequeno salão de chá. Outra hora, então. Teriam essa conversa outra hora.

Everett segurou a porta e, um por um, todos entraram.

A casa de chá era clara e pitoresca. Uma grande mesa circular, de mogno, já estava preparada para eles. Fora arrumada com uma bela composição de *petit fours* dourados, pães doces de pêssego e chocolate, bolinhos bem assados, tortinhas de frutas em miniatura e delicados sanduíches de pepino. Signa foi traída pelo próprio estômago, que roncou, querendo provar de tudo. Era uma infelicidade o modo como as regras da sociedade podiam inibir uma pessoa. A vida seria tão mais simples se ela não tivesse que se preocupar com o que deveria comer, e em qual ordem. Preferia muito mais a filosofia da Morte, de simplesmente pegar quando se tem vontade.

Everett puxou as cadeiras para Signa e Charlotte se sentarem, e Charlotte se sentou com uma elegância que Signa pensou que jamais seria capaz de ter. Percy fez a mesma coisa para Eliza, que abriu um leque preto e começou a se abanar, para esconder um rubor que – disso, Signa tinha certeza – não estava lá. Ao que parecia, os tais leques tinham sua própria língua. Uma língua que Signa não compreendia, mas que hipnotizou Percy, enquanto Eliza se abanava com movimentos lentos e deliberados do pulso. Quanto mais a garota se abanava, mais Signa tinha vontade de esticar o braço por cima da mesa para pegar aquela coisa maldita e atirar pela janela, porque não estava sequer fazendo calor, e o vento do leque não parava de bagunçar seus cabelos.

Everett deveria ter sentimentos parecidos, porque fechou a cara e se segurou para não dar risada da prima. Quando percebeu que Signa estava olhando, deu um sorrisinho irônico. Charlotte desviou o olhar em silêncio e adoçou o chá.

– Faz tempo que está na Quinta dos Espinhos, Srta. Farrow? – perguntou Everett, ao se sentar, esperando que as mulheres se servissem antes de colocar sua seleção de quitutes em um pequeno prato de porcelana.

Percy estendeu o guardanapo no colo e colocou um pão doce no prato de Signa e outro no de Eliza. E quem era Signa para recusar um pão doce absolutamente perfeito? Passou geleia de limão e pôs uma colherada de creme nele, do jeito mais gracioso que sabia, escondendo seus olhos famintos com uma máscara de recato e tranquilidade.

– Agora, faz cerca de um mês – respondeu, torcendo para que o rapaz parasse de fazer perguntas e lhe desse tempo para dar uma mordida. – A Quinta dos Espinhos é uma linda mansão. A família Hawthorne fez a enorme gentileza de permitir que eu more lá.

– Que bobagem – censurou Percy. – Você é da família. Recebê-la tem sido um imenso prazer.

Signa mordeu o pão doce para poupar o primo de sua alfinetada. Onde estava essa gentileza quando o rapaz a apressou para sair da botica, ou quando ele criticou o modo como a garota dançava?

– O aniversário de Signa cai na primavera, sabiam? – Comentou Eliza. – Ela irá debutar nessa temporada.

– Suponho que isso queira dizer que nos veremos com muita frequência, porque também pretendo permanecer na cidade até o fim da próxima temporada social.

O sorriso de Everett era muito mais encantador do que teria o direito de ser. O pão doce que Signa estava mastigando ficou alojado em sua garganta. Ela engoliu um bom gole de chá escaldante para ajudá-lo a descer. A bebida queimou sua língua, e a garota recordou de uma das regras constantes no *Guia de beleza e etiqueta para damas*: deve-se beber o chá em goles mínimos e jamais se deve soprar, por mais quente que esteja.

– Que grande coincidência – respondeu ela.

Signa não saberia dizer se o coração estava palpitando ou se os nervos estavam levando a melhor em relação ao estômago. Everett era, no papel, tudo o que a garota sempre quis – bonito, charmoso, gentil e tinha uma posição de destaque na alta sociedade. Não se importava muito com o *status* social do rapaz, mas supôs que só poderia ser uma vantagem, se a atenção recebida por aqueles que lançavam olhares interessados para os dois, de esguelha, servia de parâmetro. Mas, Deus do céu, se toda vez que precisasse apenas tomar um chá da tarde fosse tão cansativo, Signa não fazia ideia de como conseguiria se tornar a dama da sociedade que sempre sonhou. Gostaria, vagamente, de poder perguntar para a mãe como ela conseguia fazer isso.

Signa tomou outro gole de chá quente demais, provou um sanduíche de pepino e passou manteiga em um bolinho, deixando que Percy falasse enquanto ela se encarregava da comida – quanto antes terminasse, antes poderiam voltar para a Quinta dos Espinhos, e para Blythe, e Signa poderia parar de se recriminar.

Percy fez questão de se comportar como um cavalheiro, elogiando, agradando e cortejando Eliza de um jeito que encantou a jovem. Parecia ser exatamente o tipo de sedutor que o pai supostamente fora, perguntando para Charlotte e Eliza a respeito de seus passatempos preferidos e se haviam ido à ópera recentemente. Quando a xícara de Eliza ficou vazia, ele a encheu de chá, com a mais absoluta cortesia, de forma encantadora, coisa que a prima não achava que ele seria capaz. Charlotte, nesse meio-tempo, conversou com Everett sobre as muitas viagens do lorde.

Signa ficou escutando, com grande fascinação, os dois conversarem sobre festas e eventos esportivos dos quais ela não tinha conhecimento, e respondeu quando Everett pediu informações sobre seus interesses e sobre o que ela e Percy estavam fazendo na cidade. O primo, claro, inventou uma mentira antes que a garota tivesse tempo de responder. Durante toda a conversa, Signa tinha plena consciência da rigidez de sua coluna e da dor que sentia no pescoço por tentar mantê-lo tão reto. Tinha certeza de que desobedecera a diversas regras de etiqueta à mesa – em que ordem comer as coisas, quando colocar açúcar no chá e quantos dedos usar quando levava a xícara aos lábios. Mas, felizmente, ninguém comentou suas gafes, apesar de ter flagrado Eliza ficando boquiaberta algumas vezes. Essas regras estavam gravadas em algum local do cérebro de Signa. Colocá-las em prática, contudo, não lhe parecia nada natural. Uma hora, parou de beber e de comer completamente, para não ofender ninguém no salão que pudesse estar observando, já que estava sentada ao lado do lorde Wakefield.

O resto da tarde passou em um borrão. Signa fez algumas perguntas, sem conseguir relaxar completamente, de medo de fazer ou dizer algo errado. Talvez fosse tolice de sua parte se preocupar tanto, dado que Eliza estava enamorada demais por Percy e pelo leque, com o qual não parava de se abanar, para se preocupar com quantos pães doces Signa havia ingerido, e que Everett e Charlotte não foram nada além de cordiais. Mesmo assim, o estresse estava deixando sua pele arrepiada e seu estômago embrulhado.

Finalmente, quando o chá esfriou e a comida sumiu, Percy colocou o guardanapo dobrado sobre a mesa, e ficou em pé. Everett fez a mesma coisa e ajudou primeiro Signa, depois, Charlotte, a saírem da cadeira. Quando todos ficaram em pé, o lorde estendeu a mão para Signa.

Um instante de pânico tomou conta da garota antes de apertar a mão do rapaz, e permitir que ele a acompanhasse até o lado de fora da casa de chá.

– Foi um prazer conhecê-la – disse Everett, dando um sorriso radiante, que revelou os dentes mais retos e brancos que Signa já vira na vida. – Mal posso esperar por conhecê-la melhor ao longo da próxima temporada social, Srta. Farrow.

Durante anos, Signa imaginara um momento como esse. Em sua imaginação, contudo, nunca pensou que suas costas ficariam suadas nem que a prima moribunda estaria esperando que ela voltasse para administrar a cura de seus males. Era coisa demais até para a garota pensar, e foi por isso que ela se desvencilhou de Everett e pegou no braço de Percy, torcendo para que seu sorriso parecesse convincente.

– Também estou ansiosa por isso – disse para Everett, apertando discretamente o braço de Percy até o primo segurar a mão dela e sorrir.

O sorriso de Everett foi tão sincero que o estômago de Signa se embrulhou de culpa. Mas ela sabia que não tinha tempo para isso, porque havia assuntos bem mais urgentes. Deu um último adeus, virou e arrastou o primo até a carruagem que esperava para levá-los de volta para casa, e para Blythe.

VINTE E SETE

Percy fechou as cortinas no instante em que entraram na carruagem, e soltou um suspiro ao se sentar, encolhido.

– Não acredito que quase fomos vistos dentro daquela botica. – Com os lábios bem espremidos, o rapaz estava com uma aparência tão mais dura do que há poucos minutos. A gritante transformação em sua postura foi tão rápida que Signa mal conseguiu acompanhar. – Ainda mais na frente do filho do duque.

A garota gostaria que a carruagem fosse mais depressa.

– Realmente teria importância se tivessem nos vistos? – perguntou. – Imagino que qualquer um que tenha coração é capaz de compreender nosso desespero e consideraria a possibilidade de dar remédios alternativos para Blythe.

– Eu também torceria por isso – respondeu o rapaz. – Mas também pode levantar suspeitas.

A garota estava começando a ficar na defensiva.

– O que você quer dizer com *suspeitas*?

– Quero dizer que, quanto mais penso a esse respeito, mais estranho acho o fato tão conveniente de você saber, tão por acaso, qual é o mal que acomete minha irmã e, ainda por cima, ter encontrado um suposto antídoto. – Percy, então, espremeu os olhos verdes. – Quero confiar em você, prima. Mas devo admitir que acho seu súbito interesse em Blythe deveras estranho. Ela piorou desde a sua chegada, e tenho dificuldade para negar que você pode ser o motivo.

Foi pavor o que Signa sentiu naquele momento. Um pavor frio, gelado, que se derramava em seu estômago. Nunca vira Percy com aquele olhar distante e venenoso. Mas compreendeu, pois Blythe era irmã do primo, e Signa não tinha dúvidas de que também estaria disposta a fazer qualquer coisa para proteger a irmã, se tivesse uma.

Porém não sabia como convencer Percy disso. A própria fava-de-calabar era, tecnicamente, venenosa. Não ajudaria em nada, caso ele descobrisse.

– Posso testar o antídoto em mim, se precisa de provas – disse, enfim. – Isso apaziguaria suas preocupações?

Percy paralisou ao ouvir a declaração de Signa, recostou-se no assento de couro e ficou observando a prima. Quando se refez a ponto de conseguir considerar a proposta, fez que sim – porque, até onde o rapaz sabia, talvez não houvesse melhor prova do que essa, naquele mundo.

– Muito bem.

– Pode contar com isso, então.

Signa pousou as mãos no colo e contou os minutos que transcorreram. Não queria dar importância à hesitação do primo. A Quinta dos Espinhos, por mais estranha que fosse, era o melhor lugar onde já havia morado, e gostava, cada vez mais, das pessoas que viviam na mansão. Também não queria que Percy percebesse o quanto sua negatividade em relação à botica a afetara, porque o primo era, da cabeça aos pés, o símbolo da alta sociedade. A reação dele, assim como o próprio constrangimento durante o chá da tarde, era um sinal claro de como Signa não se encaixava naquele círculo social.

Ela bem que poderia se tornar argila para conseguir se moldar sozinha. Poderia usar belos vestidos, prender o cabelo e polvilhar *rouge* nas bochechas – poderia até fingir interesses, se assim precisasse. Desde que era menina, esse sempre fora o rumo que Signa deveria ter tomado na vida. A avó é que lhe contara. Dissera para se casar e comentara das festas que a garota frequentaria. Dissera que Signa seria igual à mãe, e a menina acreditou, porque isso era tudo o que sabia querer. Mas, agora, havia outras coisas. A curiosidade. A escuridão que vinha se assomando dentro dela todos esses anos, que talvez não fosse tão grande quanto um dia acreditou. A garota sentia o poder. Sentia calor na pele quando algum homem a tocava. Sentia como era sair escondido e andar a cavalo sob a luz do luar.

E gostava dessa escuridão, mais do que gostaria de admitir.

Ela ficou se atormentando, no silêncio de seus pensamentos, durante todo o trajeto. E, continuou na cozinha, enquanto moía a fava-de-calabar e depois, subindo a escada, percorrendo o corredor e entrando no quarto de Blythe, com Percy ao seu lado.

No mesmo instante em que a porta se abriu, teve a sensação de que alguém a dera um soco no peito. A Morte pairava no ar feito poluição, sufocante.

Seu único alívio foi o fato de o Ceifador ainda não estar presente. Não se esgueirava nas sombras, esperando por ela, e Signa compreendeu que a sensação da presença persistente da Morte, naquele recinto, era um aviso. Se quisesse salvar a vida de Blythe, precisaria se apressar. Percy também deve ter sentido essa urgência, porque mal olhou para a irmã e já tropeçou.

Blythe estava estirada na cama. E Signa nunca a vira tão sem vida. Respirava pela boca, em minúsculos suspiros. Quando ouviu os dois entrarem, entreabriu os olhos, mas não conseguiu mantê-los abertos por muito tempo.

Signa se sentou ao lado da prima, sem ser convidada. Pegou o copo d'água na mesinha de cabeceira e misturou com a fava-de-calabar moída, até que o líquido ficou de um branco leitoso.

Antes que pudesse fazer qualquer outro movimento, Percy segurou seu braço. Seus olhos ardiam em chamas.

– Você primeiro – falou.

A garota olhou bem nos olhos do primo, levou o copo aos lábios e deu um gole.

Como não demoraria muito para o estômago protestar contra a beberagem, preparou-se para passar mal e não perdeu mais um segundo sequer dando atenção a Percy.

Passou o braço por baixo do pescoço de Blythe e a ajudou a se sentar na cama. Só quando o líquido já estava nos lábios da prima, Signa ficou em dúvida. Blythe estava leve como uma pluma, a cabeça caída, apoiada no braço dela. Se conseguiria ou não suportar aquela substância era um mistério. A vida se esvaía da garota rapidamente, e a fava-de-calabar era mais um veneno, que poderia fazê-la vomitar, mas justamente por isso poderia neutralizar os efeitos da beladona.

– Será difícil – avisou Signa –, mas você precisa resistir. Se tiver vontade, pode vomitar. Irá ajudar.

Blythe não disse nada, mas o leve estremecer de suas pálpebras fez Signa acreditar que ela havia entendido.

Percy ficou de pé perto das duas, com um olhar ansioso.

– Ela ficará bem?

Signa seria capaz de matar o primo por ter feito essa pergunta e lhe lançou um olhar que comunicou isso ao rapaz. Blythe estava doente, mas ainda podia ouvi-los.

– Esse remédio deve operar maravilhas – respondeu Signa, sem acrescentar *caso o corpo dela tolere a substância.*

Ela insistiu que Blythe bebesse metade do copo, depois pegou uma bacia que estava no chão, porque, quando chegasse a hora, iriam precisar dela.

– Sinto muito – sussurrou, sentada bem perto da prima, tirando as mechas úmidas e emaranhadas do cabelo claro de Blythe de sua testa. – Devo ter deixado alguma coisa escapar. Pensei que só o remédio que estavam lhe dando continha veneno, só que não tenho mais tanta certeza.

– Ou, quem sabe, um de nós cometeu um deslize e revelou demais para a pessoa errada – sussurrou Percy, com um leve tom de acusação.

Signa *havia* contado para alguém, com uma facilidade muito maior do que deveria, isso ela admitia. Mas Sylas a ajudara, havia lhe mostrado a biblioteca e a levado ao Clube Grey. Se o rapaz quisesse que Blythe morresse, com certeza, não teria sido tão solícito.

– Ninguém cometeu deslize nenhum. – Ela falou, com firmeza. – Eu devo ter errado o cálculo. Teremos que monitorar com mais atenção o que Blythe ingere.

– E esse seu tal antídoto? – O rapaz inclinou a cabeça, fazendo sinal para o que restava da beberagem branca leitosa. – Ainda haverá o suficiente, caso aconteça novamente?

Signa fez que sim.

– Para mais uma dose, sim. Mas vamos torcer para não precisar.

– Vamos rezar para você ter razão.

As sobrancelhas de Percy estavam severas enquanto ele observava Signa preparar as sementes de cariz, para depois que Blythe pusesse os bofes para fora – o que não demorou muito.

– Pode deixar que fico com ela – falou Signa, agradecendo por ter reflexos rápidos, porque conseguiu entregar a bacia para Blythe bem na hora, e ficou tirando o cabelo da prima do rosto, mais uma vez. O próprio estômago doía, a náusea tomava conta dela, e um suor frio formigava em sua pele. Signa se recusou a deixar isso transparecer para Percy, a náusea logo passaria. – Iremos precisar de água – falou para o primo, com uma autoridade severa. – Vá pedir um pouco de pão na cozinha. Blythe precisa comer algo fácil de digerir assim que o pior passar. E, por favor, seja discreto.

Percy fez que sim e lançou um último olhar para a irmã. Signa nunca vira o rapaz com as faces tão encovadas ou com o olhar tão vazio. Ele girou nos calcanhares sem dizer nem mais uma palavra, suas botas foram batendo no chão, e Percy sumiu corredor afora.

Já era tarde da noite quando Blythe começou a melhorar. Signa não sabia se a prima sobreviveria, quando a garota, que já respirava com dificuldade, ficou mais ofegante, e sua pele se tornou febril. Mas, em algum momento, ao longo dessas várias horas intermináveis, houve um ponto de virada. As bochechas vermelhas de Blythe baixaram de temperatura, e o estômago não estava mais tão sujeito a se esvaziar. Ela se recostou na cama, com uma trança meio solta, que Signa fizera entre esvaziar a bacia e buscar mais água para a prima.

Agora, Blythe respirava profundamente, e os olhos, finalmente, conseguiam permanecer abertos.

– Está acordada? – perguntou Signa. E relaxou os ombros, porque a prima fez que sim. Então, pegou o filão de pão da bandeja que Percy trouxera, partiu um pedaço pequeno e entregou para Blythe. –

Tente comer um pouquinho. Você irá se sentir fraca por um bom tempo, mas acho que ficará bem. Só teremos que tomar cuidado com tudo o que você ingerir.

O pão escorregou entre os dedos de Blythe – ela estava tão fraca que não conseguia segurá-lo. Quando se deu conta, esmoreceu e ficou com os olhos rasos d'água, mas Signa não aceitaria nada disso. Pegou o filão, partiu pedaços ainda menores e colocou um deles na boca da prima. Signa alimentou Blythe pedacinho por pedacinho, deixando a prima encostar a cabeça em seu ombro, deixando as lágrimas da garota rolarem livremente, até ela ficar tão cansada que não conseguia comer mais nenhum pedaço nem chorar mais uma lágrima e pegar no sono.

Enquanto Blythe dormia, Signa ficou fazendo cafuné no cabelo da prima, tentando transmitir força para ela.

– Não se preocupe – sussurrou. – Irei descobrir quem fez isso com você. Prometo.

Vinda da soleira da porta, uma voz disse, baixinho:

– Como você conseguiu ajudá-la?

Marjorie estava observando as duas garotas, com um brilho nos olhos.

Então, olhou para o copo na mesinha de cabeceira, a evidência ainda estava presente.

– Foi só uma velha receita caseira que descobri na biblioteca – sussurrou Signa, sem saber mais o que poderia dizer.

A garota entendeu que a governanta poderia, muito bem, expulsá-la, se quisesse. Poderia rotular Signa de bruxa e escorraçá-la da Quinta dos Espinhos. Mas, em vez de fazer isso, seu olhar se suavizou.

– Você também deveria descansar – disse.

A pele de Signa ficou toda arrepiada com a mera sugestão de deixar Blythe sozinha ou nas mãos de outra pessoa. Mas, por ora, a presença da Morte havia se dissipado do recinto, seu aviso não mais soava. Mais uma vez, a vida de Blythe fora poupada.

Se Signa conseguira poupar a vida da prima uma última vez ou não, só poderiam torcer que sim.

Ela acomodou a cabeça de Blythe nos travesseiros e saiu da cama. Na mesinha de cabeceira, deixou pedacinhos de pão e dois copos d'água. Em um deles, misturou as sementes de cariz moídas para ajudar a acalmar o estômago da prima. Por ora, isso era tudo que podia fazer.

– O melhor que podemos fazer por ela é deixá-la dormir – falou Marjorie.

E Signa sabia que não estava em posição de discutir. Mesmo que tivesse ajudado Blythe, ainda era pouco mais que uma desconhecida para a família Hawthorne. Também era mulher e jovem. Por mais que quisesse se entocar no quarto de Blythe e ficar de olho nela, o tempo todo, jamais permitiriam tal coisa, já que a família havia contratado médicos de verdade.

Então, por enquanto, segurou as saias e saiu do quarto com Marjorie, deixando que a mulher a acompanhasse até seus aposentos pelo corredor à luz de velas.

Marjorie diminuiu o passo, obrigando as duas a se demorarem no corredor.

– Você está se adaptando à Quinta dos Espinhos melhor do que eu jamais esperei – declarou a governanta.

A escuridão da noite disfarçava bem os vestígios do ferimento de Marjorie. Na luz fraca das arandelas de ferro, Signa só conseguia enxergar um machucado já sarando no seu lábio inferior.

– Obrigada – respondeu a garota, antes de se permitir reviver a lembrança de ter testemunhado o momento em que aquele machucado fora infligido. E cerrou os punhos nas laterais do corpo.

– Tem sido um prazer vê-la se relacionar bem com as outras damas de sua idade. – Os saltos das botas de Marjorie batiam no chão de madeira, fazendo um ruído alto. – A senhorita deseja debutar nessa estação, não?

Talvez fosse um momento estranho para conversar sobre tais coisas, mas a presença da Morte na Quinta dos Espinhos fora demorada e tediosa, e Signa descobrira que, quando a Morte se apossa de todos os momentos em que alguém passa acordado, assuntos comezinhos parecem um merecido descanso. Talvez, Marjorie também pensasse assim.

– Não quero que ninguém se incomode com isso – respondeu Signa. – Partirei da Quinta dos Espinhos para me dirigir ao meu próprio lar, mais ou menos na mesma época. Posso debutar quando for embora...

– Não tem do que se desculpar, Signa. Você está se saindo muito bem nas aulas, e acho que debutar na primavera é uma boa ideia. Além disso, ninguém irá permitir que você debute sozinha, sem o devido par. Isso não tem cabimento.

Signa chupou as próprias bochechas e perguntou:

– A senhora acha que é uma boa ideia?

– Acho. E falarei sobre isso com Elijah, amanhã. – Não passou despercebido o fato de a governanta ter chamado o patrão pelo primeiro nome, com intimidade. – Nesse meio-tempo, daremos um baile no Natal, e a senhorita estará presente. Será um bom treino.

O sangue subiu às bochechas de Signa. Passara o dia inteiro cuidando de Blythe. As costas doíam, os olhos tentavam se fechar sozinhos, e ela certamente estava cheirando mal. Mas, apesar disso tudo, as palavras de Marjorie a deixaram vibrando de empolgação. Esta era sua oportunidade de provar para si mesma e para todos que era digna de ter uma vida fora das sombras. A vida que sempre deveria ter tido. Ser como a mãe, ou como Lillian, alguém que todo mundo adora e sobre quem todos contam histórias. Alguém cujo nome, por si só, é capaz de suavizar um tom de voz.

– Eu… adoraria.

Marjorie deu um sorriso.

– Então, cuidarei de todos os detalhes. Já está mais do que na hora da Quinta dos Espinhos voltar a dar festas de verdade. Talvez seja justamente disso que todos precisamos.

VINTE E OITO

Sylas estava esperando por Signa nos aposentos da garota. Ela quase voltou correndo para o corredor quando viu a cabeça do rapaz aparecendo na lateral da cama, e abafou o grito de surpresa que ardia em sua garganta.

– Como está a Srta. Hawthorne? – Foi a primeira coisa que ele disse.

Essa pergunta foi o que bastou para Signa suavizar a língua afiada.

– O antídoto funcionou – respondeu, olhando para o corredor para se certificar de que estavam sozinhos, antes de fechar e trancar a porta.

O frio tomou conta do ambiente quando Signa entrou, e ela fez careta quando descobriu o porquê. O cavalariço havia subido pelo salgueiro de novo, e deixara as portas da sacada abertas para poder fugir rapidamente.

– Qualquer dia desses, seremos pegos em flagrante.

Não havia sinal de frieza em sua voz. Por mais que estivesse exausta, a vida de Blythe fora poupada, e foi graças à ajuda de Sylas.

– Ainda não fomos descobertos.

Sylas sorriu e se sentou na beirada da cama. Signa sentiu um calor na barriga ao vê-lo ali. Pôs o cabelo atrás da orelha e, de repente, tomou consciência de que cheirava à doença e de que precisava muito de um banho.

– Gostaria de lhe agradecer pela ajuda – falou, com a pele queimando de tanto calor, apesar do frio. – Sei que vou pagá-lo por isso. Mas, mesmo assim, significa muito para mim. A situação é precária, e minha prima precisa de toda a ajuda que puder conseguir.

Quando Signa se sentou no divã, com medo de que ficar perto demais do rapaz pudesse inspirar certas... ideias, Sylas se levantou e foi se sentar na poltrona em frente ao divã.

– Peguei os registros de todos os empregados da Quinta dos Espinhos, assim como de todas as pessoas que foram dispensadas ao longo do último ano. – Sylas apontou para uma pilha alta de papéis que já havia colocado em cima da escrivaninha de Signa. – Não consegui encontrar nada nos que já consultei, mas talvez a senhorita tenha mais sorte. Tenha cuidado para que ninguém os veja. Imagino que será difícil tentar explicar como foi que vieram parar em sua mão.

Signa fez que sim e, por mais que estivesse morrendo de vontade de começar a examinar os registros, era uma tarefa que teria de esperar, até depois daquela noite de sono. Se tentasse lê-los agora, duvidava de que seria capaz de enxergar direito. Queria apenas tomar banho e tirar aquele traje pesado antes que a Morte chegasse, à meia-noite. Mas, antes disso, enquanto o rapaz estava presente, havia algo que a deixara com a pulga atrás da orelha desde que ouvira a acusação de Percy.

– Aliás, por que mesmo o senhor concordou em me ajudar? – As palavras saíram aos borbotões, e Signa não sabia ao certo por que seu coração batia tão forte sob o olhar daquele rapaz. – Mesmo com o pagamento, o senhor não se preocupa com a própria reputação? Se for descoberto, não será nada bom.

Ele não pensou sequer por um instante antes de responder.

– Se me permite a franqueza, Srta. Farrow, não resta muito de minha reputação.

O cavalariço ficou observando os olhos da garota, que pousaram em suas botas, imaginando coisas por causa do couro de tão alta qualidade. Sylas pôs os pés para o lado, como se, fazendo isso, fosse tirar as botas do alcance da inspeção de Signa.

– Não sou um homem altruísta – admitiu. – Não me colocaria nessa situação a menos que pudesse ganhar algo de mais concreto. Apenas fique sabendo que, ao ajudá-la, conseguirei os recursos que preciso para ajudar alguém por quem tenho um profundo afeto.

Signa gostaria de ter água à disposição para aliviar a súbita secura de sua boca. Sylas falava com tamanho ardor, com a mais pura paixão, e isso a deixou imediatamente fervendo de ciúme da pessoa que poderia ser alvo de tamanha afeição. Deu uma batidinha rápida nas bochechas, tentando amainar o calor que sentia na pele. De nada adiantava ficar assim, tão atraída por Sylas, já que a afeição dele já era de outra pessoa. Não podia deixar de achá-lo bonito nem de gostar de sua companhia. Simplesmente teriam que ser amigos, então. Amigos e nada mais.

Além do mais, Sylas não era o único a quem os pensamentos de Signa se dirigiam com uma frequência demasiada. Ela também estava ansiosa para rever outro homem, só que não eram pensamentos de amizade que passavam pela sua cabeça.

– Seja qual for o seu motivo, agradeço mesmo assim, Sr. Thorly.

O cavalariço, ao que tudo indicava, ficou radiante com o elogio.

– Pode me chamar de Sylas. E, é claro, não tem de quê. Ficarei de ouvidos em pé e entro em contato caso ouça algo de informativo.

Signa queria fazer mais perguntas e queria compeli-lo a dar mais detalhes. Mas, como faltava apenas uma hora para a meia-noite, não tinha tempo para isso. Ficou em pé, e o rapaz fez a mesma coisa, entendendo a indireta de que aquela conversa havia chegado ao fim.

– Tenha uma noite maravilhosa, Sylas.

A garota, então, cruzou as mãos no colo, imaginando se deveria tentar parecer mais ultrajada com o fato de ele ter entrado escondido pela janela e menos empolgada com o fato dele ter feito isso.

Sylas foi até a janela e pulou no salgueiro com o máximo de respeito que alguém poderia ter ao fazê-lo. Quando se equilibrou, virou para a garota, com o brilho do luar em seus olhos.

– Tenha uma boa noite, Srta. Farrow. Logo entrarei em contato.

VINTE E NOVE

Quando deu meia-noite, Signa estava pronta.

Ficou andando de um lado para o outro da sala de estar, esperando a escuridão adentrar quando a Morte tomou conta de seus aposentos, trazendo consigo o ar gelado do final do outono. Ainda bem que a garota estava de chinelos e vestira um robe em cima da camisola fina. O aviso de que o inverno se aproximava ficou pairando no ar, com um frio inclemente que arrepiou a pele de Signa.

– Você se saiu bem. Fico feliz por ter encontrado uma maneira de ajudar Blythe.

A Morte ficou observando as tranças castanho-escuras que Signa havia penteado e suas bochechas, que beliscara para que ganhassem vida. Passara a última hora, desde que Sylas fora embora, permitindo que seus pensamentos rodopiassem enquanto se aprontava, repassando tudo o que queria perguntar para o Ceifador. Tudo o que queria discutir.

– Apenas porque você me alertou. – Signa, então, ficou torcendo as mãos. – A solução, contudo, é temporária. Diga-me... tem certeza de que não faz a menor ideia de quem poderia estar por trás do assassinato de Lillian?

A Morte se sentou no braço do divã.

– Não deve ser um grande mistério. É como eu já disse: o que sou capaz de ver tem suas limitações. Quando encosto em alguém, tomo posse da vida dessa pessoa. Com esse contato, sou capaz de ter alguns vislumbres dos anos que viveu, mas não sou vidente e, tampouco, onisciente.

Signa soltou um suspiro. Apesar de esperar essa resposta, seria tão mais fácil se ele soubesse de algo.

– E os seus poderes, Signa? – O Ceifador levantou do divã e foi se aproximando da garota. A cada passo que dava, um torvelinho tomava conta do seu peito, uma ardência gelada que se infiltrava em seus pulmões. – Já faz um tempo que algo despertou minha curiosidade. Quando você encostou em Magda, viu alguma coisa?

Signa havia enterrado bem fundo a lembrança daquela noite, preferia jamais pensar no que havia feito. Mas refletiu sobre a pergunta e fez que não. A Morte até era capaz de ver a vida daqueles de quem se apossava, mas Signa não vira nada quando encostou em Magda.

O Ceifador resmungou, entre dentes.

– Apesar de você possuir meus poderes, ao que tudo indica, não é capaz de usá-los na mesma medida. Pelo menos, ainda não.

– O que você quer dizer com "ainda não"?

Signa permaneceu imóvel quando o Ceifador deu mais um passo em sua direção.

As sombras balançavam nas paredes que o cercavam, uma dança contínua que a embalou e a fez sentir um certo alívio.

– É apenas uma ideia, mas imagino que você poderia empregar melhor suas habilidades, Passarinha, se estivesse morta.

Finalmente, ela teve o bom senso de dar um passo para trás.

– Mas não posso morrer. Não *quero* morrer.

– Justamente – disse o Ceifador. – Você tem uma vida muito longa e frutífera pela frente, pode ficar tranquila. É apenas uma teoria, mas acredito, sim, que quando sua vida terminar, e uma hora, irá terminar, Signa, esses poderes estarão esperando por você.

A garota abraçou o próprio corpo.

– Você acha que sou igual a você. – Suas palavras foram pouco mais do que um sopro de ar, rápidas e incrédulas. – Você acha que sou... o quê? A Morte?

As sombras do Ceifador se movimentaram, fazendo-o parecer um pouco menor e menos intimidador.

– Uma ceifadora – esclareceu ele, talvez com a voz mais baixa que Signa já ouvira. Um lago sob a luz das estrelas, tranquilo e silencioso. – Sim.

Ele havia dito que era uma teoria, como se a ideia por si só não bastasse para fazer a cabeça de Signa girar. Uma teoria, mas uma teoria com mais cabimento do que a garota gostaria de admitir.

De repente, ficou tão frio que Signa começou a tremer. Só que, desta vez, não foi por causa da presença da Morte. Ela se agarrou à beirada de uma mesa para recuperar o equilíbrio e, como isso não funcionou, foi cambaleando para trás, até cair em uma cadeira, com aquela ideia latejando em suas têmporas.

– Como isso seria possível? Você também já foi humano?

O Ceifador se ajoelhou na frente dela.

– Não, acredito que não. É impossível lembrar de tudo tendo a idade que tenho. Entretanto, tenho certeza de que eu me lembraria disso.

Não fazia o menor sentido. Por que, depois de tanto tempo, o Destino resolveria que era necessário existir mais um ceifador neste mundo? Signa não sabia dizer ao certo o que ela era, mas era... uma possibilidade. Uma probabilidade maldita que a garota não conseguia compreender completamente, mas havia uma chance, mesmo assim.

– Acho que seria prudente testar os limites de suas habilidades – disse a Morte, como se Signa fosse criança. Como se ela fosse uma coisinha pequena e frágil, que precisava ser protegida.

Isso não passou despercebido, e não era difícil pensar onde o Ceifador havia aprendido a falar com uma delicadeza que era tão improvável na Morte, que a garota sempre acreditara que existia. Por tantos anos, ela o vira apenas como o Ceifador – uma sombra cujo toque letal arrancara toda e qualquer pessoa de sua vida. Mas, quando ele colocou a mão em seu joelho, fazendo o coração de Signa sair pela boca, a garota se deu conta de que aquele ser era algo completamente diferente.

A Morte era o condutor das almas – não era um demônio nem um mostro, mas aquele que guiava os espíritos desgarrados. Signa vira como esses espíritos se agarravam ao Ceifador. Como o procuravam, cheios de expectativa. E, aqueles que tinham medo... bem, ele deveria ter aprendido aquela delicadeza em algum lugar.

O Ceifador estava tão longe da vida que Signa imaginara que teria. E, apesar disso, quando ele estendeu a mão e perguntou *Você confia em mim?*, o corpo de Signa foi para a frente sem titubear. Como não estava de luvas, encostou a pele nas sombras e entrelaçou os dedos nos dele.

Um gelo estraçalhou suas veias, paralisou seu coração, e Signa não resistiu ao Ceifador. Ele a ajudou a ficar de pé, e a garota sentiu a ardência de seus poderes como nunca havia sentido em nenhuma das vezes em que ingerira frutinhos de beladona – poderes constantes e tão acentuados que, quando fechou os olhos, sentiu a terra reverberando sob seus pés.

O Ceifador ficou atrás de Signa, passando a mão no pescoço dela, para não desfazer a conexão entre os dois. Ela segurou um suspiro de assombro ao sentir o peito dele pressionando suas costas, porque vivia esquecendo que a Morte estava apenas se escondendo atrás daquelas sombras. Vivia esquecendo que havia um homem de verdade, com peito e tudo, debaixo dessas sombras.

– Considere isso o início da aula de hoje. – Ele sussurrou essas palavras, tranquilizando-a. – O que está sentindo?

Signa sabia que poderia responder a essa pergunta de várias maneiras. Poderia dizer que sentia a firmeza do peito dele e um calor na barriga ao imaginar como seria ter esse peito contra o seu. Ou poderia dizer que seus pensamentos estavam dispersos, pensando apenas no que a Morte era capaz de fazer com suas sombras. Mas, isso, certamente, era bem mais do que gostaria de admitir.

A garota relaxou, encostada no Ceifador. Quando soltou os ombros, o mundo ao seu redor ficou nítido. Conseguia senti-lo como se o mundo estivesse respirando – o calor das estrelas, as folhas que murchavam nas árvores, o frio da terra quando a chuva ameaçava cair do céu escuro. Corações batendo também – era capaz de sentir as batidas finais, tantas a cada segundo.

– Sinto... a vida – disse, por fim.

A Morte soltou um ruído gutural, grave, de aprovação.

– O que ouve? – perguntou ele, tirando os dedos do pescoço de Signa e tapando os ouvidos da garota.

Ela jamais ouvira o mundo tão silencioso – como se não houvesse mais nada, em toda a existência, além dos dois. Mas, em seguida, o mundo veio se infiltrando, pouco a pouco. Signa ouviu últimos suspiros e palavras ditas em voz baixa. Murmúrios de amor pronunciados para os moribundos. E, apesar de haver uma certa tristeza, também havia uma ternura pelas vidas que levaram essas pessoas até aquele momento.

– Ouço pessoas se despedindo.

Signa engoliu em seco porque a Morte deslizou as mãos para tapar seus olhos. Quando o Ceifador se aproximou, seus lábios roçaram nos ouvidos da garota. Ela estremeceu, de tanta vontade de ver aquela mecha de cabelo e o rosto que o Ceifador escondia e, finalmente, olhá-lo nos olhos.

– O que você vê? – sussurrou ele, com uma voz que deixou Signa de pernas bambas.

As imagens surgiram – a própria grama, começando a mirrar por causa do frio. Uma família rodeando um idoso quando o coração dele parou de bater. Viu o rosto dessas pessoas, ouviu suas vozes e, logo ali, pendurado longe de seu alcance, havia um fio que lhe dava a sensação de quase poder arrancar do ar. Um fio que a levaria direto até aquelas pessoas.

A Morte tirou as mãos dela, e Signa virou para o Ceifador imediatamente. Havia mais a fazer, mais testes a conduzir. Mas, naquele momento, a garota só queria olhar para aquele homem que passara a vida vendo aquelas coisas e se dedicando a elas. O Ceifador era a primeira pessoa que os falecidos viam depois que seus olhos se fechavam pela última vez, e o peso dessa revelação se acomodou dentro de Signa.

– Como você faz para lidar com isso, dia após dia? – perguntou, apertando o próprio peito.

Como o Ceifador não estava mais em contato com ela, a vida voltava a se infiltrar em sua pele, fazendo seu coração paralisado pulsar, e obrigando o sangue a se movimentar.

– A gente se acostuma – explicou a Morte. – Certas pessoas têm mais paciência quando morrem, e essas almas ficam esperando que eu chegue para me apossar delas. Outras, são mais persistentes, como você viu há poucas noites. Se eu não for buscá-las imediatamente, vêm me procurar. Mas nunca estou distante de uma alma perdida, Passarinha, e tampouco fico limitado a estar em um só lugar ao mesmo tempo.

O Ceifador estava perto de Signa a ponto de a garota imaginar que tirava aquele capuz e, finalmente, olhava para seu rosto. Sentia um calor na parte de baixo da barriga, porque a imagem que se formou em sua mente, do que aconteceria depois disso, estava longe de ser casta. A Morte se aproximou e segurou seus ombros, parecia que a desafiava a agir de acordo com seus impulsos.

Signa também tinha curiosidade suficiente para fazer isso. Não apenas para beijá-lo, mas para explorar outras sensações que ele, porventura, pudesse causar. O robe e a camisola, de repente, pareceram-lhe coisas inúteis e precárias. A garota era capaz de sentir cada roçar das mãos do Ceifador, e soltou um suspiro de assombro porque as sombras seguraram seu robe, baixando-o até os ombros nus, depois até a cintura, porque a Morte a puxou de repente bem para perto.

Como ela não fez menção de detê-lo, o Ceifador parou e ficou passando o dedão no quadril da garota.

– Posso?

A pergunta tirou Signa do transe. Estava tão enfeitiçada, tão cheia de desejo que não conseguia nem pensar no que tudo aquilo significava. Ainda não havia debutado e já estava a ponto de infringir a regra social mais importante que existia para as mulheres – destruir a própria virtude. As regras de seu livro de etiqueta sobre o assunto eram ilimitadas e, apesar disso, ali estava ela, acompanhada da Morte. Agora, a garota compreendia melhor o Ceifador, mas isso não o tornava menos perigoso – apesar do perigo não fazer muita diferença quando a questão era o anseio de seu corpo. Vira tantas pessoas buscarem relações que sabia que o contato físico com um homem era algo que gostaria de experimentar. E seu corpo dava todos os sinais de que era isso que ela queria.

Além do mais, Signa era a única capaz de ver a Morte – como alguém ficaria sabendo?

– C-como isso funcionaria? Com as suas sombras, quer dizer? – perguntou.

Ele não respondeu com palavras, mas a pele de Signa ardeu, porque uma das sombras da Morte se enfiou por baixo de sua camisola e acariciou a parte interna de suas coxas.

– Gostaria de descobrir?

O corpo dela gritava *sim*, ignorando o alerta que soou nas profundezas de seus pensamentos. Uma vozinha que dizia para Signa recobrar a razão e se lembrar com quem estava lidando. Entretanto, a garota abafou essa voz e a enterrou a sete palmos do chão. Dando ouvidos à parte mais primitiva de seu ser, Signa fez que sim.

A Morte se descortinou. Suas sombras envolveram Signa, fazendo-a se deitar no divã e erguendo o seu cabelo com as mãos, aproximando tanto os lábios que a garota arqueou as costas para alcançá-lo. O Ceifador deu risada, um som espontâneo e gutural, e se abaixou, aproximando-se do pescoço dela. Os olhos da garota se fecharam quando sentiu a presença dele ali, dando beijos das orelhas até as clavículas – beijos delicados, provocantes e, de vez em quando, chupando de leve a sua pele, o que fez Signa se contorcer e puxá-lo para perto. As sombras estavam envolvendo a garota, roçando em sua coxa com carícias geladas e suaves, que a fizeram inclinar a cabeça para trás e se oferecer para o Ceifador.

Ela se entregou à sensação, e as sombras da Morte a acariciaram mais perto de onde Signa gostaria que o Ceifador estivesse. Onde seu corpo doía de desejo. Os lábios dele estavam no seu maxilar, subindo lentamente, e as sombras subiram juntas. O coração da garota estava martelando, a respiração saía aos sussurros enquanto esperava pelos lábios do Ceifador. Pelas carícias.

Mas o alerta soou de novo dentro de sua cabeça, dessa vez, mais alto – se permitisse que aquilo acontecesse com o Ceifador, o que isso significaria? Significaria que Signa estava pronta para aceitar aquilo que era? Para assumir isso?

O Ceifador ficou parado, porque a jovem apertou as mãos contra o peito dele, tentando se desvencilhar.

Ainda não estava preparada. Não sabia ao certo que tipo de vida queria ter.

E, sendo assim, foi para trás, e disse:

– Conte alguma coisa da qual você gosta – antes que pudesse mudar de ideia.

– Alguma coisa... que eu gosto? – Ele, então, saiu de cima de Signa. – Acho que gosto de você.

A garota quase se engasgou com a própria respiração.

– E seus passatempos? Ou comida... você gosta de comida?

– Não como muito, mas gostei do que já experimentei.

O Ceifador se sentou na beirada do divã, dando risada. E, assim como fizera na noite que os dois se encontraram no bosque, a Morte se encolheu. Signa se deu conta de que o Ceifador havia feito isso por causa dela. Estava tentando ficar mais apresentável para a garota.

– Não precisa fazer isso. – Signa mordeu o próprio lábio assim que pronunciou essas palavras, querendo ser capaz de calar a boca por um minuto e pensar no que estava fazendo. – Você não precisa se encolher. Prefiro vê-lo de verdade e não ter nenhuma surpresa.

A garota, nessa hora, sentiu os olhos do Ceifador em cima dela.

– Por acaso, isso quer dizer que você não tem mais medo de mim?

– Quer dizer que não tenho certeza. – Pareceu-lhe errado dizer que não ficava mais ressabiada perto da Morte, nem que não receava seu poder. Mas dizer que tinha o mesmo medo que já tivera? Depois do que ele havia feito por Signa, depois de tê-la avisado que Blythe morreria? Isso também seria mentira. A garota fechou o robe, evitando o olhar do Ceifador. Agora, o feitiço havia sido quebrado, e aquela vozinha na cabeça de Signa havia se libertado, e estava gritando, falando de virtude. – É melhor eu dormir. Podemos continuar nossas aulas amanhã?

A Morte fez que sim.

– Quero que você treine como falar comigo. Com seus pensamentos, não com palavras. Você não deveria precisar de frutinhos de beladona para entrar em contato comigo.

Já a caminho da cama, Signa parou, porque ouviu a Morte dizer:

– Gosto de animais, mais do que qualquer coisa. – A garota se virou, observando os últimos lampejos das sombras do Ceifador saírem pela janela. – E gosto do fato de eles poderem me ver.

E, então, o Ceifador já havia sumido, e Signa se sentia tão leve que seria capaz de flutuar.

TRINTA

Apenas uma noite havia passado desde que Blythe ingerira a fava-de--calabar, e a garota já estava demonstrando uma melhora miraculosa.

– Nunca vi nada parecido – disse o médico, enquanto Blythe comia colheradas de mingau. – Que milagre foi esse?

Percy estava de pé, parado, de braços cruzados e olhar perplexo.

– Um milagre, certamente.

Blythe não participaria do baile de Natal, nem passearia pela mansão tão cedo, mas o antídoto estava funcionando. E Signa sabia que, mais dia, menos dia, descobriria a pessoa responsável por fazer mal à prima. Ficou repassando as palavras de Percy na cabeça, sem parar, relaxando com elas. *Um milagre, certamente.*

Signa saiu de fininho dos aposentos com ares de doença, e foi se arrumar para o café da manhã, na esperança de comer rapidamente e ficar com alguns minutos de sobra para procurar a fonte do envenenamento de Blythe, e verificar os registros que Sylas trouxera.

Os papéis, até então, não haviam sido úteis, apesar da garota, sem dúvida, ter ficado sabendo até mais do que gostaria a respeito da criadagem e de seu comportamento. Com exceção de Sylas, é claro. Não passou despercebido o fato do cavalariço ter deixado os próprios registros de fora da pilha, de propósito.

Signa estava sentada à penteadeira, ainda não terminara de arrumar o cabelo, quando Marjorie apareceu com uma carta na mão.

– Foi o lorde Everett Wakefield quem enviou.

A governanta, então, entregou para a garota um pequeno envelope branco. O nome de Signa estava escrito na parte do destinatário com uma letra caprichada e elegante. Contrariando as expectativas de Signa, que achara que Marjorie ficaria empolgada, a governanta segurou a mão dela e a apertou.

– Tome cuidado – foi tudo o que a mulher disse, antes de pegar a escova e pentear o cabelo da garota.

– Com o lorde Wakefield? – perguntou Signa, incrédula.

– Com todos os homens.

Compreendendo a firmeza na voz da mulher, Signa não esboçou reação ao trazer a carta para perto do peito e abri-la sem mais delongas.

Cara Srta. Farrow,

Não consegui me convencer a esperar mais um momento sequer para falar com a senhorita novamente. Gostaria muito de vê-la – hoje, se puder me receber. Faz um lindo dia para dar um passeio pelos morros.

Atenciosamente,
Everett Wakefield

Signa olhou para o reflexo de Marjorie no espelho e declarou:

– Ele quer se encontrar comigo.

A governanta não esboçou reação e começou a prender o cabelo da garota na altura da nuca, enrolando seus cachos e deixando-os cascatearem em um dos ombros.

– E a senhorita gostaria de encontrá-lo?

Signa passou o dedo no próprio nome escrito no envelope, e se surpreendeu ao perceber que não pensara no lorde Wakefield desde o dia em que tomaram chá da tarde. De início, supôs que era porque estava tão ocupada cuidando de Blythe, e tinha muitas outras coisas que ocupavam seus pensamentos. Mas se deu conta de que isso não a impediu de pensar na Morte. Nem em quanto ansiava por cavalgar novamente com Sylas.

– Logo completarei 20 anos, e o lorde Wakefield é um homem gentil e bem-sucedido – falou, pronunciando cada palavra com um tom tenso. – Eu não deveria querer que ele me cortejasse?

– É perfeitamente aceitável declinar o convite – respondeu Marjorie. – Podemos pôr a culpa em Elijah, se você quiser dizer para o lorde Wakefield que não irá receber pretendentes até ser apresentada à sociedade. Dessa maneira, a senhorita ganharia tempo para se preparar.

Signa se recostou na cadeira, tentando organizar seus pensamentos.

– A senhora acha que eu não deveria vê-lo?

Marjorie foi logo aconselhando:

– Quero que tenha bom senso. Todos os homens que conheço nasceram com mentiras inteligentes na ponta da língua. Inventarão qualquer coisa ou dirão palavras mais doces que o próprio néctar para conseguir o que querem. A senhorita é herdeira de uma fortuna. Seria mais seguro, acho eu, debutar e, só então, receber pretendentes aqui, na Quinta dos Espinhos, depois de ter sido apresentada à sociedade. Não há nenhum motivo para aceitar qualquer convite, e seria de bom tom conhecer melhor suas opções.

Não havia como negar as intenções de Everett. Se ele tivesse aparecido um mês antes, Signa teria permitido, sem pestanejar, que o lorde a cortejasse. Era o rosto dele que Signa enxergava quando fechava os olhos e imaginava sua vida na alta sociedade. Everett era bonito, rico e carismático. Juntos, poderiam ter uma propriedade grandiosa, onde dariam festas magníficas. E, quando não tivessem convidados, era esperado que fossem a bailes, óperas e chás da tarde – e Signa nunca mais ficaria sem companhia.

Então, por que não conseguia se convencer a aceitar o convite?, questionou-se.

– Por que a senhora nunca se casou? – perguntou, de repente, para Marjorie.

Essa, talvez, não fosse a mais gentil das perguntas e, talvez, estivesse abusando da sorte, mas precisava de mais um empurrãozinho. De mais um cutucão, para se convencer de que não estaria desgraçada para sempre se recusasse o convite do lorde.

Apesar de Marjorie não ter onde cair morta, certamente havia chamado a atenção de muitos homens respeitáveis. A governanta era *linda*.

– A senhora foi cortejada, não foi?

– Minha família não ocupava uma posição muito alta na hierarquia social, mas tampouco ficava em uma posição absurdamente baixa. E eu tinha a minha aparência e meu cabelo, coisa que muitos homens ficavam de olho. – Marjorie desfez um de seus cachos sedosos e deu uma risadinha silenciosa, com seus botões. – Então, sim, Signa, fui cortejada, loucamente. E a senhorita também será. Não vou lhe dizer que não deve se casar, mas não há motivo para pressa. Aceite cartões de visita se quiser, mas seja qual for sua decisão, vá devagar com os homens que conhecer.

Signa não precisava ser muito vivida para adivinhar o que Marjorie estava insinuando e se recordou de tudo o que quase havia feito com a Morte na noite anterior. Seu livro de etiqueta falava dos relacionamentos com homens como se fossem meras transações.

Como se ela, sendo mulher, precisasse proteger todo e qualquer aspecto de si mesma – incluindo a virgindade –, senão seria taxada de impura. De *imunda*.

O *Guia de beleza e etiqueta para damas*, cada vez mais, parecia-lhe menos uma tábua de salvação e mais um incômodo. Uma maneira nefasta de lembrá-la de que, porque não era capaz de dominar as regras – porque elas a extenuavam tanto –, jamais seria boa o suficiente, nem perfeita o suficiente, nem merecedora o suficiente.

A garota pensou que era uma tolice um livro fazê-la odiar tanto a si mesma. Signa era melhor do que isso, *mais* do que isso.

– A senhora não gostou de nenhum dos homens que conheceu?

Não havia muito como contornar o fato de que Marjorie era uma mulher que não havia se casado e trabalhava como serviçal. Era uma boa vida, mas, ainda assim... Signa pensou que alguém com a aparência dela poderia ter sido a grande dama de uma propriedade como a Quinta dos Espinhos.

Marjorie se sentou em uma das poltronas de leitura e respondeu:

– Muito pelo contrário: eu me apaixonei por um homem que jamais teve intenção de retribuir meu amor. E paguei bem caro por isso.

Signa se recordou do comportamento de Marjorie quando Elijah estava presente. Do jeito que havia encostado no ombro do homem, e como era bem franca quando se dirigia a ele.

– Que fim levou esse homem?

– Eu acreditava que ficaríamos juntos pelo resto da vida. Mas ele se apaixonou por outra mulher, e os dois logo ficaram noivos. Eu me entreguei completamente para esse homem, mas ele me abandonou sem dar maiores explicações.

A governanta ficou com um olhar distante, vasculhando as profundezas de suas lembranças.

– E a senhora não conseguiu encontrar outra pessoa?

Marjorie cruzou as mãos no colo e respondeu:

– Aos olhos da sociedade, eu já estava desvirtuada. Meus pais me rejeitaram. Tive a sorte de conseguir encontrar trabalho aqui, na Quinta dos Espinhos, já que poderia ter ido parar em lugares muito piores.

Marjorie não fizera nada de errado ao se apaixonar e, mesmo assim, foi condenada por isso. Desprezada pela sociedade, como se fosse algo podre, e essa podridão pudesse, sabe-se lá como, alastrar-se. Como se sentir amor e desejo por alguém fosse uma infecção. Será que a sociedade faria o mesmo com Signa? Se desse um único passo em falso, seria execrada para sempre pelas pessoas que estava tentando, com tanto afinco, agradar? E se a resposta para essas perguntas fosse *sim*... será que, um dia, teria realmente importância para essas pessoas? A garota poderia cumprir com todas as regras do livro de etiqueta, até que seus pensamentos ficassem amortecidos, e sua determinação se extinguisse. Poderia fingir todos os dias, como fizera até agora, mas por qual motivo? Para que as pessoas gostassem dela, as mesmas pessoas que a condenariam, no instante em que saísse da linha?

Signa colocou o envelope em cima da penteadeira e perguntou:

– E o Sr. Hawthorne... ele a trata bem?

Marjorie ficou em pé, dando um sorriso.

– Muito bem mesmo, Srta. Farrow, mas já chega de falar de mim. Já tomou sua decisão?

A garota tornou a olhar para o espelho, examinando o brilho do próprio cabelo e as bochechas bem nutridas. Sua estadia na Quinta dos Espinhos estava lhe fazendo bem, e havia assuntos mais importantes a tratar, do que pôr essa estadia em risco por causa de um rostinho bonito. E, sendo assim, ela deu um sorriso para o reflexo de Marjorie, e declarou:

– Direi ao lorde Wakefield que poderei vê-lo na noite de Natal, no baile de máscaras.

TRINTA E UM

A visita à biblioteca durante o dia foi bem menos sinistra do que há duas noites, ocasião em que Signa esteve lá, acompanhada de Sylas.

A garota subiu as escadas de dois em dois degraus e abriu as portas duplas de carvalho delicadamente, para não assustar Thaddeus, caso ele estivesse lendo.

– Thaddeus? – chamou, assim que abriu as portas. – Desculpe interrompê-lo, queria agradecer a sua ajuda...

Seu estômago se revirou porque, na mesma hora, viu fumaça. Segurando as saias, correu até a origem da fumaça. Thaddeus estava parado diante das prateleiras de estantes que Signa e Sylas haviam inspecionado. Pilhas de livros estavam esparramados pelo chão, pegando fogo. O incêndio recém começara e, se não apagassem logo as chamas, poderia se alastrar e reduzir a Quinta dos Espinhos a cinzas.

– Quem fez isso?

Thaddeus não respondeu. Ficou observando seus amados livros virarem cinzas, as chamas refletidas nos óculos que protegiam seu olhar vazio.

Signa passou os braços na própria cintura, abraçando o corpo. Aquilo era culpa dela. Há apenas duas noites, estivera ali, sorrindo, dando risada e empolgada com o fato de, finalmente, ter encontrado uma maneira de ajudar a prima. Alguém não havia gostado disso. Alguém, ao que tudo indicava, não queria lhe dar a oportunidade de descobrir mais nada.

Precisava buscar água, pedir ajuda ou fazer alguma coisa. Se apagassem o fogo agora, conseguiriam salvar a maioria dos livros. Conseguiriam salvar a biblioteca.

Mas, no instante em que Signa se virou para sair correndo, as portas da biblioteca se fecharam, com uma batida. O pânico subiu, feito bile, em sua garganta, e Thaddeus se virou para ela. Não havia afeto em seus olhos. Nada dos sorrisos ou da gentileza que havia antes. Seus movimentos eram sobressaltados, e os olhos pareciam armas – Ele parecia tão temperamental quanto Lillian fora, naquela noite, no jardim.

– Thaddeus, ajude-me! – suplicou, com a voz rouca por causa da fumaça crescente. – Podemos impedir que esse fogo se alastre, mas você precisa me deixar sair daqui.

A expressão do espírito permaneceu vazia, inabalada pelas palavras de Signa, e o espírito veio se aproximando dela.

A garota apertou as laterais do corpo com as mãos trêmulas, tentando se recompor.

– Thaddeus…

Ele veio para cima, movimentando-se não na *direção* do corpo dela, mas *atravessando-o*. Um frio mais intenso do que qualquer coisa que Signa já sentira na vida anestesiou seus braços e suas pernas, congelando-a, assim como acontecia quando a Morte a tocava.

Mas a sensação não era nada parecida, porque não havia nenhum poder esperando pela garota. Nenhuma conexão com o mundo ou com suas habilidades de ceifadora. Não havia nada além de gelo.

Ela tentou piscar, mas suas pálpebras não se fechavam. Tentou movimentar os dedos, que tampouco se fechavam, e os pés, que não queriam andar. Não conseguia sequer tremer e se deu conta – vagamente, porque até seus pensamentos estavam começando a ficar enfumaçados – do que era aquilo.

A Morte havia alertado Signa de que espíritos têm o poder de possuir pessoas, só que a garota jamais imaginou que isso poderia acontecer com ela.

O espírito estava assumindo o controle de cada centímetro de Signa, apossando-se do corpo e até de sua mente, porque agora seus pensamentos estavam tão desconexos e caóticos quanto os dele. Os desejos do espírito se tornaram os desejos da garota.

Thaddeus queria colocar mais livros na fogueira e deixar que a Quinta dos Espinhos fosse devorada pelo fogo. Mas Signa reconhecia que poderia contar com a ajuda de um outro lado do espírito. Se apagassem o fogo agora, não seria necessário perder tudo. Foi a essa hesitação – aquele minúsculo indício que se manifestava dentro do homem – que Signa se agarrou. Era sua única esperança e, sendo assim, tentou insistir nesse pensamento. Tentou trazê-lo ao primeiro plano da mente compartilhada dos dois e ir desenrolando seu fio muito lentamente, arrastando Thaddeus com ele.

Signa insistiu e insistiu, com a sensação de que, a cada instante que passava, era sugada pela raiva do espírito, cada vez mais fundo.

Não conseguia mais distinguir os próprios pensamentos dos dele, quando as portas da biblioteca se escancararam, e o mundo em volta dos dois foi tomado por um frio mais conhecido e repentino.

Signa nunca ficou tão feliz em sentir a chegada da Morte. De ver as sombras do Ceifador se desgrudando da parede, formando os contornos da silhueta que ficou parada diante dela. Percebeu, muito vagamente, que a Morte estava lhe estendendo a mão.

Não. Não para ela, mas para Thaddeus.

– Solte a moça. – Não havia sequer uma nota de gentileza em seu tom de voz. Como Thaddeus não reagiu imediatamente, a Morte falou de novo, com um tom grave, cruel e veemente. – Solte... a... moça.

E, finalmente, ele obedeceu.

A garota caiu de joelhos, tremendo e sentindo um frio tão sobrenatural que estava quase decidida a se jogar na fogueira.

Thaddeus ficou andando de um lado para o outro diante da Morte, e uma faísca de luz retornou ao seu olhar.

Eles vieram tão rápido. Tão rápido que não pude fazer nada para impedi-los, ouviu-o dizer.

Foi a Morte quem perguntou, porque os lábios de Signa não foram capazes de formar palavras:

– Quem você não conseguiu impedir?

O espírito se encolheu todo. Pegou um livro em cima da mesa e o deixou cair no chão, repetidas vezes.

Eu estava lendo. Eu estava lendo e não vi. Eles vieram tão rápido. Eu estava lendo. Eu estava lendo e não vi.

O fogo estava se alastrando. Signa não tinha tempo para ficar tremendo. Não tinha tempo para sucumbir à inércia de seu corpo. Deu um passo trôpego e as sombras a ajudaram a se equilibrar. Então, deu mais um passo, depois mais outro, até que as sombras voltaram para o lado da Morte, e ela começou a se dirigir à porta o mais rápido que seu corpo conseguia.

– O que você irá fazer com ele? – sussurrou, com os lábios trêmulos, ao chegar ao corredor, olhando de relance para trás, para ver a

Morte. As sombras do Ceifador cobriram o chão como um cobertor, como se ele pudesse, de alguma maneira, apagar as chamas.

– Eu já disse que não levo espíritos à revelia.

O recinto ficou mergulhado na escuridão, a voz da Morte zumbia na cabeça da garota.

Agora, corra, Signa. Vá buscar ajuda!

E foi isso que ela fez – desceu cambaleando as escadas, gritando para quem pudesse ouvir.

Elijah a encontrou. Surgiu do quarto de Blythe e ficou com um olhar de pânico quando a garota lhe contou do incêndio. Ele e Warwick correram para a biblioteca, convocando a criadagem para apagar as chamas.

Signa não sabia ao certo se o rapaz fora chamado ou correra ao seu encontro por vontade própria. Mas, sendo integrante da equipe convocada para ajudar, Sylas apareceu diante dela segundos depois.

– O que foi que aconteceu? – perguntou, segurando os ombros da garota e a afastando da confusão. Então, levou Signa de volta até seus aposentos.

De início, ela não conseguia responder. Apesar de boa parte da biblioteca continuar intacta, Signa não conseguia imaginar como Thaddeus ficara parado, observando o que mais amava no mundo arder em chamas. Tantos livros se perderam, em um piscar de olhos. Ainda assim, era melhor perder livros do que perder vidas. O que poderia ter acontecido se ela não tivesse ido até lá e percebido o incêndio? Será que quem estivesse por trás do incêndio teria ficado satisfeito caso a Quinta dos Espinhos inteira tivesse pegado fogo? Signa não conseguia suportar sequer pensar nisso.

– Acho – falou, batendo os dentes – que alguém está tentando nos mandar um aviso.

Sylas segurou seus ombros com mais força.

– Parece que a senhorita está prestes a desmaiar – falou, quando chegaram à porta de seus aposentos. – Vou chamar alguém para cuidar de você, mas preciso ajudar a apagar o incêndio. Nesse meio-tempo, prometa que tentará descansar.

– Prometo – respondeu ela, resignada.

Até parece que tinha condições de fazer qualquer coisa *além* de descansar. Sylas a abraçou por mais um instante e, então, afastou-se. Signa ficou olhando os pés do rapaz desaparecerem, indo na direção do incêndio, antes de abrir a porta de seus aposentos e entrar se arrastando. Cada passo que dava era um suplício.

Ainda bem que Elaine logo surgiu, trazendo um bule de chá e uma travessa cheia de pães doces. Puxou uma poltrona para perto da lareira e ajudou Signa a se acomodar, mas demorou um pouco para conseguir acender o fogo. A caixa de fósforos da cozinha sumira, e ela precisou vasculhar as dependências da criadagem até encontrar outra. A última coisa que Signa queria ver era fogo, mas foi a única coisa capaz de aliviar o frio invasivo que penetrava fundo em seus ossos.

Ficou sentada na poltrona, perto da lareira, até o sol se pôr, tentando não pensar no fato de que havia permitido que um espírito se apossasse de seu corpo. Foi um alívio a Morte ter chegado, mas ela odiava o fato de ter que depender do Ceifador para salvar a própria vida.

Elaine voltou mais tarde, para ajudá-la a entrar no banho e, depois de se lavar, Signa estava começando a sentir que voltava ao normal. A névoa de seus pensamentos havia se dissipado, e tinha um novo plano – aprenderia a se defender sozinha, não importava quantas noites de treino com a Morte, ou do quanto teria que praticar seus poderes. Valeria a pena aprender tudo, nem que fosse apenas para evitar ser possuída de novo.

E, sendo assim, mais tarde, ficou sentada na cama, com o cabelo molhado, de camisola, e os olhos fechados. Deixou a janela aberta, permitindo que o ar gelado entrasse em seus aposentos. O vento sacudiu o cortinado de sua cama de dossel, o frio penetrou nos lençóis, e ela se aninhou debaixo das cobertas. Um frio bom, dessa vez. Gelado, tempestuoso e *verdadeiro*.

A avó sempre a ensinara a não deixar a janela aberta quando estivesse de cabelo molhado, mas esse era um ensinamento que Signa preferia não pôr em prática. Gostava da sensação dos últimos tentáculos do outono em sua pele. E procurou consolo nessa carícia gelada, e no cheiro de terra molhada. Essas impressões a faziam se sentir mais próxima do mundo que a cercava. Mais humana.

Percebeu que também a fazia pensar na Morte. Não sentia sua presença desde que saíra da biblioteca e, a cada hora que passava, sua curiosidade aumentava. O Ceifador desafiara a garota a se comunicar com ele por pensamento. Agora, Signa finalmente tentaria.

Que bom que você estava aqui. Não sei o que poderia ter acontecido, caso não tivesse vindo.

Como só obteve silêncio em resposta, Signa foi mais para o meio da cama e dobrou as pernas debaixo do corpo.

O que aconteceu com Thaddeus? Não fazia ideia de se estava ou não funcionando, já que não existia um manual para ser ceifadora. Fechou os olhos e aproveitou o frio da noite para ajudá-la a visualizar a Morte diante dela. Imaginou que aquele frio era a carícia do Ceifador em sua pele. *Você conseguiu descobrir mais alguma coisa falando com ele?*

Uma faísca dentro de Signa avisou que o Ceifador estava ali, ouvindo.

Ele amava aqueles livros. É minha culpa terem sido destruídos, continuou.

Finalmente, veio a resposta do Ceifador, e Signa não conseguiu conter a emoção que a acometeu. Havia mesmo conseguido.

Respire fundo, Passarinha. Você não tem culpa do incêndio, assim como eu não sou culpado do fato de as pessoas morrerem. Você fez tudo certo: sua prima ainda está viva por causa de seus esforços. Não se esqueça disso, ouviu.

A garota ficou mordendo o próprio lábio. Apesar de reconhecer que poderia muito bem haver um pequeno fundo de verdade nessas palavras, parecia-lhe impossível acreditar nelas.

Thaddeus voltou ao normal, mas acho que não permanecerá por muito tempo neste mundo. A voz do Ceifador era um frio que ardia na pele de Signa. *Essa experiência que você teve, Signa, é rara. Custa muito para um espírito possuir alguém, e a maioria resolve ir desta para uma melhor pouco depois. Os espíritos não têm a capacidade de discernir suas emoções, como nós temos, e agem por impulso. Desculpe não ter chegado antes para ajudá-la.*

Signa não queria que o Ceifador lhe pedisse desculpas – ele era a última pessoa que a garota culpava. Desde o início, pedira que treinasse suas habilidades e testasse os limites de seus poderes de ceifadora. Deveria ter lhe dado ouvidos.

Obrigada, pensou a garota. *Por ter me ajudado e por ter me avisado que Blythe iria morrer. Eu jamais saberia o quanto a situação dela era precária se você não tivesse me informado.*

A resposta do Ceifador veio depois de um bom tempo.

Eu a teria levado hoje à noite, se você não a tivesse ajudado. Temo que nosso tempo para descobrir o assassino esteja se esgotando. Sua prima pode estar a salvo por ora, mas quem há de dizer quanto tempo essa segurança irá durar?

Foi vergonha que Signa sentiu, então. Vergonha por ainda não ter descoberto o assassino. Vergonha por continuar tendo aulas e pensando em homens, enquanto Blythe continuava com uma doença mortal.

Como se tivesse sentido o que havia dentro dela, a Morte falou:

Você não é responsável pela vida de Blythe. E tampouco será responsável quando chegar a hora de eu levá-la. E, um dia, essa hora irá chegar. Você não pode se permitir ser tão consumida pela morte. Viver não é egoísmo.

Signa encolheu os dedos dos pés debaixo dos lençóis e penteou o cabelo molhado com os dedos. Ele a atingira em um ponto muito profundo, mas ouvir isso e acreditar nisso eram duas coisas muito diferentes.

Você tinha razão quando disse que seria mais fácil se eu contasse mais com minhas habilidades. Acho... Preciso de você. Preciso de sua ajuda. Mas tenho medo.

Era mais fácil admitir isso na segurança da própria cama, quando o Ceifador não estava ali, diante dela. Mesmo assim, Signa ficou com as bochechas quentes.

Um silêncio se estabeleceu entre os dois, tão grande que era ensurdecedor.

Ficará mais fácil à medida que treinar, disse ele, por fim. *E farei tudo o que estiver ao meu alcance para ajudar. Já lhe ensinei um pouco, não ensinei? Você tem o poder do mundo dentro de você, Signa Farrow. Só precisa aceitá-lo.*

A verdade tácita ficou pairando entre os dois – Signa não receberia de braços abertos os próprios poderes. Receberia o *Ceifador* de braços abertos – e o envolveria em seguida.

Signa sentiu a garganta se fechar. Pensou na noite que passaram juntos. Em como chegara perto de tomar uma decisão da qual não poderia voltar atrás. Pararam bem na hora, o que foi bom... não foi? Porque é claro que ela não deveria desejar aquilo – não deveria desejá-*lo*. E, mesmo assim...

Pare de se preocupar com a sociedade e de entrar no seu joguinho, torcendo para que as pessoas achem que você é boa, aconselhou a Morte. *A verdadeira bondade não existe, só existe a percepção. Então, por que não tenta o meu modo de vida? Acho que cairia muito bem em você.*

Não fazia muito tempo que Signa segurara uma faca nas mãos e tentara apunhalar o Ceifador. Fazia tanto tempo que queria se livrar da Morte, mas não tinha mais tanta certeza disso, como já tivera antes. Até o som da voz do Ceifador dentro de sua cabeça a aquecia. Tinha uma curiosidade infinita a respeito dele. Queria esmiuçá-lo.

Conhecer suas profundezas, seus gostos, seus desejos. Por mais que descobrisse, duvidava que um dia ficaria satisfeita.

Quanto mais pensava no Ceifador, mais seus dedos dos pés se encolhiam debaixo das cobertas. Mas o frio que o vento trazia era feroz, e a fez lembrar da sensação de estar nos braços dele. Eles continham um poder infinito, um poder que surgia por estar naqueles braços. Signa nunca havia sentido tamanhas agitações, tamanhas atrocidades dentro de si, pelas quais tia Magda teria mandado queimá-la viva.

Porque andava pensando na Morte. Pensando *nela* e na Morte. E não era o tipo de pensamento que tinha lugar na sociedade bem-educada.

Eu irei ao seu encontro. O tom do Ceifador ficou mais baixo e grave, quase terno. *Se você me chamar, virei ao seu encontro.*

Havia algo de urgente no modo como ele disse essas palavras – algo de fervoroso e inquisidor.

Signa apertou bem um travesseiro contra o peito.

Conseguiria. Bastaria uma única palavra, e o Ceifador surgiria diante dela.

Mas, e depois? Será que permitiria que a Morte aplacasse o anseio de seus lábios? Amainasse o calor que sentia na barriga? Será que continuariam do ponto onde haviam parado, na noite anterior?

Moças "direitas" não desejavam as coisas que passavam pela cabeça de Signa. Por tanto tempo, ela tivera planos, esperanças e, agora, aquele homem fazia tudo cair por terra. A garota soltou o travesseiro. Precisou de todas as suas forças para não invocar o Ceifador, chamando-o para comparecer a seus aposentos. Para não pronunciar as palavras que estavam na ponta da língua. Optou por se encolher debaixo dos lençóis e fechar os olhos, tentando expulsar aquele desejo com a força do pensamento.

Não tinha dúvidas de que sonharia com ele. E, pela primeira vez na vida, estava ansiosa para que isso acontecesse.

Não esquecerei disso, falou a garota. E, deixou por isso mesmo.

O Ceifador encarou suas palavras como uma promessa, e sua voz era um sussurro rouco que fez Signa acreditar que a Morte estava tendo os mesmos pensamentos que ela. Era um som no qual não pararia de pensar tão cedo.

Boa noite, Passarinha. Você se saiu muito bem.

A garota ainda não sabia se ele havia ido embora quando passou a mão na camisola e acariciou a parte interna da coxa com o dedão, imaginando que o Ceifador a acariciava. Recebeu de braços abertos o frio da noite que penetrou em seus ossos, levou a cabeça para trás, absorvendo esse frio dentro de si, como se fosse o abraço dele.

Aquela seria mais uma noite – disso, Signa tinha certeza –, em que não conseguiria pregar o olho.

TRINTA E DOIS

Fazia anos que Signa não tinha motivo para comemorar o Natal.

A última vez que comemorara, a avó ainda era viva – comeram tortinhas de carne com frutas e especiarias e pudim de Natal todas as noites do mês de dezembro, enfeitaram a árvore com velas, frutas e laços. As lembranças estavam um tanto apagadas, mas a garota se recordava dos flocos de neve caindo lá fora, e do fogo queimando na lareira. Recordava-se do aroma de folheados, biscoito de gengibre e laranja, e da avó lendo histórias para ela.

Signa se apegou a essas lembranças quando a avó faleceu, sentindo saudade da companhia, da ternura das histórias e dos doces. O tio decorava a casa, mas a garota era proibida de chegar perto da árvore, de medo que pudesse, sabe-se lá como, estragá-la. O homem passava as noites de dezembro com conhaque e uma amante, deixando Signa sozinha no quarto. Nenhum de seus outros tutores se esforçava muito para comemorar o Natal, podiam até assar um peru ou montar uma árvore, mas nunca com a ternura que a avó dedicava à tarefa.

Passados vários anos, Signa parou de ansiar pelo passado. Mas, assim que dezembro chegou à Quinta dos Espinhos, essa nostalgia voltou com tudo. Ficava sentada no alto da escada, observando as criadas pendurarem guirlandas e enfeites, já decorando a mansão para o baile que só aconteceria dali a algumas semanas.

Demorava-se na cozinha, onde Percy aplacava o tédio escarafunchando as despensas e infernizando os cozinheiros, pedindo doces que dividia com ela e com Blythe, insistindo que iriam pôr carne nos ossos da irmã. E, depois, esperava para ver, através das janelas geadas, a neve cair pela primeira vez. Quando aconteceu, foi direto ao quarto de Blythe, ajudou a agasalhá-la e, feito isso, foi com a prima e Percy para o térreo, pegar chocolate quente antes de se aventurarem lá fora.

– Não entendo por que você está tão empolgada – comentou Percy. Ele tentou se segurar para não bater os dentes de frio. Estava ficando acostumado demais ao calor da cozinha, e sua pele era tão clara, com tanta tendência a corar, que a ponta do nariz e das orelhas ficaram vermelhas poucos minutos depois de ter saído de casa. – Por que não podemos tomar esse chocolate perto da lareira?

Agasalhada com um vestido de lã e uma capa bem grossa, com o capuz de veludo verde na cabeça, Blythe deu risada. O som fez Signa pensar nas badaladas dos sinos da igreja: caloroso, puro e belo. Até Percy se calou ao ouvi-la, porque ultimamente era tão raro a irmã rir. Ficou observando, com uma expressão séria, Blythe beber o chocolate quente, parecia que tinha medo de que a irmã desaparecesse a qualquer instante.

– Está com frio, Percy? – debochou Signa, também dando risada, quando o rapaz enfiou as mãos enluvadas debaixo dos braços para conservar o calor.

– Não podemos contar com Percy para fazer bonecos nem anjos de neve – zombou Blythe, apoiando-se nas mãos para observar a neve que caía no gramado, diante deles. – Meu irmão nunca foi muito fã de neve.

– O tempo está uma desgraça, e lã pinica até dizer "chega" – resmungou. – Prefiro o litoral durante o verão.

Talvez porque gostasse do frio, Signa mal podia esperar para que a neve cobrisse os campos e a temperatura caísse. O outono e o inverno sempre foram suas estações preferidas. Eram tranquilas e silenciosas, parecia que a terra estava descansando, preparando-se para os meses mais quentes que estavam por vir. Ela achava que deveria começar a aprender a gostar da primavera também, agora que sua apresentação à sociedade se aproximava – mas havia algo de belo na imobilidade daquela época do ano. Algo maravilhoso e frágil.

Fitando os morros, devaneando com a aparência encantadora que teriam quando ficassem cobertos de branco, Signa viu Sylas de relance, ao longe. Estava levando uma égua da baia para os estábulos e, como se tivesse sentido que Signa olhava para ele, virou para trás disfarçadamente e deu uma espiada. Acenou muito de leve quando viu que Signa também olhava, e a garota se virou imediatamente, sentindo um calor na pele, de tão mortificada que ficou.

O que estava acontecendo com seus pensamentos, que a traíam daquela maneira, pulando de Sylas para a Morte? Signa e Sylas eram amigos e nada além disso. Até porque a Morte não era a segunda opção, de modo algum – Signa pensava no Ceifador ainda mais do que pensava em Sylas. Mas ainda não sabia ao certo o que isso queria dizer a seu respeito.

– Vou voltar lá para dentro, onde tem café, livros e lareira – anunciou Percy, lançando um olhar para a irmã. – Não se demore aqui fora. Esse frio não faz bem para sua saúde.

Blythe fez que sim, distraída, e acenou para o irmão ir embora. Então, inclinou a cabeça para trás e fitou o céu. Signa fez a mesma coisa e se deitou ao lado da prima, no chão duro.

Aquele era mesmo o dia perfeito para a primeira nevada da estação. O céu estava cinzento, repleto de nuvens, e os últimos tentáculos do outono já se recolhiam. Logo, as árvores ficariam desfolhadas, e o chão inteiro estaria coberto de branco.

– Eu não sabia se viveria para ver outro Natal. – A voz de Blythe era suave feito os flocos de neve, mas atingiu Signa profundamente. Parecia que alguém enfiara uma faca bem fundo em sua barriga e girara. Ela virou para o lado e olhou para Blythe, que olhou para Signa de volta, esboçando o menor dos sorrisos. – Preciso agradecê-la, prima. Não apenas pela ajuda, mas porque tenho a sensação de que você foi a única pessoa que não desistiu de mim.

Os olhos de Signa arderam em lágrimas, mas ela se recusou a permitir que caíssem, e pegou na mão de Blythe.

– Nunca tive família. Não irei presumir que sei como é ter uma irmã, mas posso imaginar. E, imagino que, se tivesse uma, sentiria por ela o mesmo que sinto por você.

Blythe sorriu de novo, com a mais sutil pontada de emoção no rosto, então se sentou, empertigando-se – ao que parecia, não queria se entregar a tais sentimentos.

– Venha – disse ela, ficando em pé. – Percy tem razão, é melhor não pegarmos friagem. Além do mais, quero lhe mostrar uma coisa.

Signa entrou com a prima e subiu as escadas com ela. Era óbvio que passar aquela hora fora de casa a tinha exaurido. Blythe se agarrava ao corrimão ao subir, resoluta em sua determinação de não demonstrar cansaço. Signa gostaria que ela *demonstrasse*, mas a prima era a garota mais teimosa que já conhecera. Tão teimosa que enganara a Morte quase tantas vezes quanto Signa.

Quando chegaram ao quarto de Blythe, ela tirou a capa e se sentou na poltrona, com a pele corada e suada.

– Pode tocar a campainha para mim, por gentileza? – pediu, apontando para a engenhoca que alertava os criados. – Preciso que Elaine me ajude a tirar esse vestido. Esqueci que roupas de lã são tão pesadas.

Signa fez o que a prima pediu e, então, reparou que havia uma caixa branca e baixa, arrematada com um laço dourado, em cima da penteadeira.

– Traga essa caixa para mim – disse Blythe, o cansaço abafando a empolgação de sua voz.

Signa pegou a caixa e se sentou com a prima na poltrona, com a caixa no colo. Era extremamente leve, mas grande demais para conter alguma joia ou luvas – e pequena demais para conter um vestido. Sacudiu de leve a caixa, e Blythe segurou sua mão na mesma hora.

– Cuidado, é frágil! – urrou Blythe. – Por mais que eu queira comparecer ao baile de máscaras, receio que esteja além de meus limites. Ano que vem, eu lhe garanto, minha saia de armação será a maior de todas, de longe, e meu vestido será o mais ousado. Mas, por ora, essa é a única maneira que tenho de mandar um pedacinho de mim com você. – Ela, então, apontou para a caixa, sorrindo ainda mais. – Abra.

Sem conseguir recordar de qual fora a última vez que havia recebido um presente, Signa tirou a fita com todo o cuidado, como se desfiá-la, de certa forma, pudesse destruir o presente que estava dentro do pacote. Dentro da caixa, havia uma máscara, e Signa a tirou, delicadamente, do ninho de papel de seda.

– Ande logo – insistiu Blythe. – Experimente.

Signa experimentou. Ramos dourados envolveram, feito trepadeiras, o lado direito do rosto dela e seu olho cor de mel. Pétalas delicadas e esculpidas em um tom de roxo e heras verde-escuro se entrelaçavam nesses ramos, subindo pela cabeça e passando pelo seu olho azul. Era uma coisa deslumbrante, mítica, que Signa tirou imediatamente do rosto, com medo de quebrar.

– É para o baile de máscaras. – Blythe falou um tanto rápido demais, sem parar de olhar para o rosto da prima, esperando uma reação. – Mandei fazer para você, de presente de Natal. Gostou?

Signa ficou segurando a máscara no colo, fitando uma das mais belas obras de arte que já vira na vida. E, sabe-se lá como, era *dela*. Alguém havia pensado nela quando mandou fazer aquele presente, e essa era, de longe, a lembrança mais gentil que já recebera.

– Adorei – sussurrou, guardando a máscara na caixa com toda a delicadeza. – Mas não sei como poderei usá-la. Merece ser emoldurada.

– Que tolice. – Blythe fez *tsc-tsc*, em reprovação. – Se acha que é uma obra de arte, use-a e seja você mesma a arte. Sei que está ansiosa para ir ao baile e, já que não posso estar presente para roubar todas as atenções, terá que fazer isso por mim.

Signa deu risada.

– Receio que eu não tenha escolha. – Ela sentia um calor no coração que não sentia há muito tempo. – É a coisa mais extraordinária que alguém já me deu. Obrigada.

Blythe sacudiu a mão, dando a entender que não era nada, torcendo de leve o nariz.

– É você quem merece todos os agradecimentos, porque a Quinta dos Espinhos se transformou desde que você chegou. Eu saí da cama. Papai voltou a sorrir. Não é nenhuma perfeição, mas jamais pensei que teríamos tanto progresso, e devemos isso a você. Você é querida, Signa. Quero que ouça isso de mim antes que algum homem-abutre qualquer comece a encher sua cabeça de palavras doces. Gosto de você não porque é educada nem pelo seu traquejo social, mas por todas as esquisitices que fazem de você, você. E mais alguém irá gostar também, posso lhe garantir. – Nessa hora, a garota pegou a máscara, e segurou perto do rosto de Signa, observando com um sorriso nos lábios por alguns instantes, antes de guardá-la na caixa. – Sei que a sociedade nos ensina a ser delicadas, sem graça e submissas, mas você não será nada disso, entendeu? Não mude as coisas que gosta em si mesma para agradar aos outros. Não tente se moldar para se encaixar nos padrões que os outros determinaram para nós. Essas são as regras para poder usar essa máscara.

Signa segurou a caixa, tentando decorar aquelas palavras, porque era exatamente assim que ela se sentia. Era exatamente isso que temia.

– É tão cansativo – falou, olhando para o próprio colo – fingir que somos algo, alguém, que não somos.

Blythe segurou a mão da prima e falou:

– Então, não passe a vida toda cansada.

Signa tinha a sensação de que estava à beira de um precipício, com um pé em um mundo que a atraía, mas que tinha medo de conhecer, e o outro pé, em um outro mundo, que passara a vida querendo, mas descobrira que, talvez, não fosse para ela. Não tinha as respostas – não sabia o que queria. Mas, esperava descobrir logo e, sendo assim, balançou a cabeça, mesmo sem ter certeza de que concordava.

Blythe espremeu os olhos, mas, antes que desse tempo de se certificar que Signa balançara a cabeça porque estava lhe fazendo essa promessa, alguém bateu à porta.

– Srta. Hawthorne?

Era Elaine, trazendo uma bandeja. Signa a encontrou na porta dos aposentos de Blythe e, sem pedir licença, levou a xícara de porcelana aos lábios. Tomou um gole, ignorando o protesto surpreso da criada.

– Srta. Farrow...

A garota não esperou para ouvir o restante dessa frase. Colocou a xícara, absolutamente desprovida de veneno, na bandeja, e disse para Blythe:

– Bom chá.

– Não se esqueça do que eu disse, prima!

A voz de Blythe foi um acorde distante, porque Signa saiu pela porta e foi percorrendo o corredor, tirando a máscara da caixa para ficar admirando.

Logo. Ela descobriria o que queria logo. Mas, antes, precisava se preparar para um baile.

TRINTA E TRÊS

Signa passou o dia inteiro com Blythe, decorando o nome de todos os cavalheiros e de todas as damas respeitáveis que estariam presentes no baile de Natal. Lá pelo fim, já estava zonza, mas a prima, ao que tudo indicava, estava de bom humor quando se despediu dela, no início da noite. Ela esperava, contudo, que Blythe fosse passar a noite inteira na janela, vendo os homens e as mulheres entrarem na Quinta dos Espinhos com seus vestidos refinados e máscaras extravagantes.

Agora, Signa estava diante do espelho, com o rosto polvilhado de pó de arroz e *rouge*, o cabelo em um penteado que prendia suas tranças castanho-escuras na base do pescoço. A garota que olhava para ela no espelho era tudo o que Signa deveria ser: bela, recatada e elegante.

Os lábios volumosos estavam pintados de carmim-escuro, com o cabelo brilhando feito pena de corvo, e a pele clara que começara a ter brilho nas últimas semanas, Signa achou que estava bem bonita. As refeições que lhe serviam na Quinta dos Espinhos lhe fizeram bem – ela não sabia que seu corpo poderia ter curvas, nem nunca se vira tendo quadris ou um volume charmoso na barriga. Sabia que poderia desempenhar bem seu papel social naquela noite. Entretanto, tinha dúvidas se conseguiria manter essa encenação por muito tempo. Mesmo agora, seu corpo lhe parecia pesado demais, incompatível consigo mesmo. E já havia percebido o quanto era fraca – quando não estava usando os próprios poderes, tinha a sensação de que não passava de uma folha levada pelo vento. Como a passarinha do apelido que a Morte lhe dera, indo de um lado para o outro a esmo, suscetível aos caprichos do vento.

A garota tentava controlar a pele suada e o nervosismo pulsante enquanto esperava Elaine trazer o vestido. Marjorie passara a semana fazendo suspense, recusando-se a mostrar qualquer coisa do traje para Signa, mas prometendo que teria um tom agradável de lilás. Signa xingou esse nervosismo – era um ser humano. Um ser humano absolutamente normal que não deveria ter problema nenhum no baile. Uma moça que deveria querer treinar para quando chegasse sua temporada social, e dar início à próxima fase de sua vida.

Só que, quanto mais pensava nisso, mais os conselhos de Marjorie e de Blythe vinham à sua cabeça. Qual era o sentido daquilo tudo? Ela se casaria e depois... o quê? Tomaria chá da tarde às quintas e aos sábados, e nos demais malditos dias da semana, enquanto atendia aos caprichos do marido e recebia visitas? Queria mais do que fofocas e chás. Mais do que administrar uma casa e garantir que sua letra fosse bonita, e tocar piano de forma tolerável.

O que a Morte havia feito com ela, para fazê-la duvidar de que tal vida lhe bastaria?

– Srta. Farrow?

Alguém bateu à porta, e Elaine entrou trazendo um vestido cintilante, de um vermelho intenso como sangue. Signa ficou sem ar.

Deu um passo cambaleante para trás quando a criada colocou o vestido em cima da cama, sem conseguir parar de olhar.

A garota jamais usara tal tom de roupa – jamais tivera coragem de ser tão ousada. Passou os dedos no tecido sedoso. Aquele vestido era a coisa mais encantadora que já vira e, definitivamente, não era do tom de lilás prometido.

– É para mim este vestido?

– Sim, senhorita – respondeu Elaine, dando um leve sorriso. – Precisamos nos apressar para vesti-lo, para que não perca mais nada da festa.

Foi um suplício ter que se segurar para não arrancar logo a roupa e deixar que a mulher fechasse seu espartilho e a ajudasse a colocar o vestido, que era de cetim, com uma saia de anquinha e corpete justo, amarrado nas costas. Caiu como uma luva nos novos contornos de seu corpo. A cor era desconhecida de sua pele, e Signa ficou com a sensação de que acabara de emergir de um mar de sangue. Era um tom tão intenso e tão único que não precisava de bordados pesados para atrair olhares.

O vestido, sabe-se lá como, ficou ainda mais divino depois que Elaine ajudou Signa a colocar a máscara dourada que Blythe lhe dera de presente.

– Se já está pronta, senhorita – disse a criada, examinando Signa com um sorriso nos lábios –, o Sr. Hawthorne será seu par.

Signa não estava esperando que, por "Sr. Hawthorne", Elaine estivesse se referindo a Percy, mas o rapaz estava esperando do lado de fora de seus aposentos, com um belo fraque preto e uma máscara de raposa prateada, de nariz empinado. O primo fez uma mesura ao vê-la, dando um sorriso sincero.

– É uma pena você ter ficado trancafiada por tanto tempo. – Ele, então, deu-lhe o braço. – Venha, prima, vamos mostrar à sociedade o que estavam perdendo.

Signa sentiu um peso de chumbo no estômago, mas pegou o braço de Percy e endireitou os ombros. Juntos, os dois desceram a escadaria.

Músicos tocavam no salão de baile do térreo, o lamento dos violinos e o piano lhes deram as boas-vindas a um salão tão bonito que Signa acreditou que estava sonhando. O aroma, certamente, era de sonho – o cheiro de castanhas assadas e pessoas perfumadas adocicava o ar. As paredes com painéis de madeira estavam douradas, e o grandioso salão de baile tinha piso de mármore e colunas do mesmo material, que refletiam o lustre de cristal pendurado no teto, lançando uma névoa amanteigada no recinto. Havia festões de pinheiro pendurados nas paredes, e guirlandas de azevinho enfeitavam as colunas.

Desconhecidos bem-vestidos rodopiavam pelo salão, usando máscaras de renda e joias, pegando pudim de ameixa e champanhe borbulhante das bandejas de prata que os criados – de fraque preto alinhado e luvas brancas impecáveis – ofereciam.

Signa percebeu que Percy ficou tenso quando o pai se aproximou. Elijah Hawthorne estava quase irreconhecível, com a postura empertigada e de cabeça erguida. O rosto fora barbeado e era de uma beleza exótica, o cabelo loiro estava bem penteado. Usava uma máscara enfeitada de azevinho, cujas pontas parecia estar nevadas. Em uma das mãos, segurava um copo que não continha borbulhas nem nenhuma das bebidas alcóolicas cor de âmbar que Signa esperaria. Parecia que o dono da mansão estava bebendo... água. Naquele estado, Signa era capaz de ver o solteiro que, um dia, fora famoso por roubar tantos corações. Era capaz de ver o homem por trás do sofrimento, e ele era encantador.

– Está maravilhoso, não? – perguntou Elijah.

– Maravilhoso. – Percy respondeu com um certo tom de amargura.

– É muito bom ver que você se aprumou, filho. E a senhorita – nessa hora, Elijah pegou na mão de Signa e a fez rodopiar – está absolutamente radiante. Ficou tão parecida com sua mãe vestida assim.

Signa congelou no meio do rodopio.

– Estou?

– Ah, sim. Ela era uma verdadeira pimentinha. Não havia nada que odiasse mais do que gente e nada que adorasse mais do que receber atenção. Um verdadeiro dilema.

A garota levou a mão ao pescoço, procurando as palavras para fazer uma pergunta que estava na ponta de sua língua há tempo demais.

– Como minha mãe encarava a sociedade e todas as suas regras?

Sentiu a culpa pesar em seus ombros no instante em que as palavras saíram de sua boca, porque fazer aquela pergunta em voz alta lhe dava a impressão de contradizer toda e qualquer uma das histórias que a avó havia lhe contado.

Durante toda a sua vida, Signa imaginara a mãe de uma certa maneira, que se esforçava muito para imitar. Mas, pelo modo que os outros falavam de Rima, não podia deixar de ficar em dúvida. De questionar.

– Rima era como o sol – declarou Elijah, com muita convicção. – Todos queriam ficar perto dela. Mas e quem se aventurasse a chegar perto demais? Queimaria. Rima fazia o que bem entendia descaradamente, e era linda por causa disso. Lamento que você não tenha tido oportunidade de conhecê-la, Signa. Se ajuda em algo, Blythe, às vezes, me faz lembrar de sua mãe.

Ela engoliu em seco a emoção que lhe deixou com um nó na garganta. Passara 19 anos obcecada por aquele livro de etiqueta, desejando em segredo se tornar uma jovem agradável e decente, que deixaria a mãe orgulhosa.

Dezenove anos e, agora, Signa nem mesmo sabia se a mãe teria se importado com tais esforços.

Ela baixou a cabeça e falou:

– Obrigada, Elijah…

O homem a interrompeu assim que começou a falar. Colocou o copo em cima de uma mesa e segurou as mãos enluvadas de Signa.

– É você quem merece receber agradecimentos. – Dito isso, apertou as mãos da garota e completando. – Eu estava tão mergulhado em minha tristeza que tenho vergonha de dizer que comecei a perder toda a esperança. Eu lhe devo muita gratidão pelo que fez por minha filha, Srta. Farrow. Este baile é o primeiro de muitos presentes que pretendo lhe dar.

Percy ficou rígido ao lado dela.

– Se me permite, prima, depois nos encontramos na pista de dança.

O rapaz endireitou a gravata, e os botões das luvas em seguida – e, sumiu no salão, sem nem mesmo olhar para o pai.

Caso Elijah tenha se incomodado com isso, não demonstrou. Signa tentou imitar a despreocupação do tio, sem permitir que os sentimentos que Percy nutria por ele a abalassem. Era um alívio se sentir bem-vinda, um alívio perceber que o dono da casa não estava prestes a expulsá-la da mansão. Signa não conseguia se recordar da última vez em que se sentira tão à vontade em um lar. Não conseguia se recordar da última vez que não ansiava por ir embora.

– Espero que logo chegue o dia em que estaremos em uma festa aqui em homenagem a Blythe – disse a garota.

Elijah soltou as mãos dela e, apesar de Signa não poder dizer com certeza, dada a luz fraca, achou que os olhos do homem ficaram marejados.

– Certamente – garantiu o homem, baixinho. – Eu gostaria muito. – Então, empertigou-se, largando as mãos da protegida. – Bem, não desperdice essa noite com um velho como eu. Vá procurar alguém com quem dançar. Procure cinquenta pessoas com quem dançar, se assim desejar.

E foi isso que Signa fez. Misturou-se às pessoas que rodopiavam vertiginosamente e ficou perto da pista. O suficiente para dar a entender que estava interessada em ser tirada para dançar – mas não perto o suficiente para que pisassem, de salto, em seus pés, nem a atingissem com saias esvoaçantes. Enlevada, ficou observando duas mulheres que dançavam juntas, como se estivessem flutuando em uma nuvem, rodopiando os vestidos de seda. Com o coração palpitando, observou um belo jovem estender a mão para uma garota, e ficou torcendo para que o próximo viesse tirá-la.

Só que o próximo belo rapaz que Signa viu não lhe estendeu a mão. Pelo contrário, a deixou sem ar.

Mais afastado dos acontecimentos, nos arredores do salão, Sylas Thorly bebericava uma taça de champanhe. O coração de Signa ficou sobressaltado ao vê-lo, porque, naquele momento, o rapaz não parecia muito fazer parte da criadagem, tampouco parecia um jovem que trabalhava nos estábulos, mas um verdadeiro cavalheiro, em todos os sentidos, de fraque ônix bem cortado e máscara que parecia ter sido moldada de metal precioso, com desenhos intrincados em baixo relevo. Signa precisou olhar mais uma vez para se certificar de que não havia se enganado, mas sabia que reconheceria aqueles olhos cinza-fumaça em qualquer lugar.

Apesar de saber muito bem que não deveria se sentir tão atraída pelo cavalariço e que, em vez disso, deveria estar tentando adivinhar de quem Sylas pegara um traje tão refinado emprestado, não pôde deixar de ficar olhando para ele por mais alguns instantes. *Meu Deus, como Sylas era lindo,* pensou. Mas, no mesmo instante, Signa se obrigou a desviar o olhar. Já estava andando em uma linha muito tênue em seu relacionamento com a Morte e não precisava de mais nenhuma confusão. Isso para não falar que o rapaz havia deixado bem claro que já tinha alguém importante em sua vida. Signa precisava pôr a cabeça em ordem.

Mesmo assim, sentiu-se compelida a descobrir por que ele correria o risco de aparecer ali, mesmo sendo um baile de máscaras. Não podia interpelá-lo diretamente. Então, foi até uma torre de doces perto de onde Sylas estava e fez questão de inspecionar cada um deles. Quando seu olhar cruzou com o do cavalariço, por cima de uma bela tortinha de frutas, o rapaz terminou de beber o champanhe, colocou a taça em uma mesa e se aproximou da torre de doces.

– Essa cor lhe cai bem – falou, dando um sorriso sarcástico. – A senhorita está linda.

Signa se apoiou, não queria que a surpresa levasse a melhor e que Sylas percebesse que havia cambaleado. Pigarreou e se recompôs rapidamente, apesar de não fazer ideia de por quanto tempo conseguiria manter aquela farsa de examinar todo e qualquer docinho disponível. Essa aula, obviamente, ficara faltando em seu livro de etiqueta.

– O que o senhor está fazendo aqui? – indagou. – Podem descobri-lo!

– Relaxe – disse o rapaz. E já foi pegando uma tortinha de carne com frutas da travessa, dando uma mordida. – Tenho certeza de que ninguém irá me reconhecer com esses trajes. Além disso, é exatamente aqui que preciso estar. Se houver alguém tentando fazer mal à família Hawthorne, é a hora perfeita para atacar, já que todos estão distraídos com o baile. Quero resolver esse mistério tanto quanto a senhorita, por isso estou de olho.

Signa não se deu mais ao trabalho de fingir que estava tentando escolher um dos doces, olhou bem nos olhos de Sylas, e perguntou:

– E, por que, Sr. Thorly?

Certamente, não seria apenas pelo dinheiro, seria? Ou será que precisava desse dinheiro para algo, por isso estava tão desesperado?

Sylas cerrou os dentes.

– Exatamente pelo que já lhe falei, Srta. Farrow. Nutro um profundo afeto por uma mulher e, ao ajudar a senhorita e aceitar sua proposta, poderei cuidar dela da única maneira que está ao meu alcance, nesse momento.

Signa tinha vontade de pedir mais detalhes – de saber quem era essa outra garota e de que maneira o trato entre os dois a ajudaria –, mas Sylas foi poupado de ser obrigado a responder, por uma voz conhecida, que gritou de repente, atrás de Signa.

– Que festa *maravilhosa!*

Foi Diana Blackwater quem falou, já pegando Signa pelo braço. Eliza Wakefield estava bem do lado, abanando-se com um leque de renda branca de babados. Signa supôs que o acessório deveria parecer caro, mas a fez lembrar, e muito, de um paninho de chá.

– Sempre ouvi dizer que as festas da família Hawthorne são lendárias, mas ouso dizer que esta supera até minha imaginação.

A voz de Diana era tão estridente que Signa ficou com a sensação de que seus tímpanos iriam estourar a qualquer momento. Virou-se para trás, olhou para Sylas, e soltou um suspiro ao ver que o rapaz já estava escapulindo, para não se envolver com as recém-chegadas. Concluiu que simplesmente teria de obter respostas do cavalariço mais tarde.

Diana a manteve como refém, olhando não para Signa, mas para os demais convidados na festa, certificando-se de que estavam olhando e veriam que ela e Signa eram – supostamente – amigas. Signa supôs que eram, dado que não conhecia quase mais ninguém no baile. Mas Diana distribuía alfinetadas como se fossem elogios, e Signa ainda não se esquecera do quanto a moça quis fofocar sobre a família Hawthorne no dia em que a conheceu.

Eliza também estava completamente diferente. Segurava perto do rosto uma máscara decorada com um exagero de pedras preciosas, de haste branca e comprida, e seu vestido era de um tom claro de lilás, exatamente da cor que Signa planejara usar até ser surpreendida pelo deslumbrante vestido vermelho que trajava.

– Achei que você fosse vir de verde – comentou Signa, feliz com o fato da garota, pelo menos, ter demonstrado a decência de esconder que ficara corada com a máscara. – Mas o lilás lhe cai bem. Digam, alguma de vocês duas viu a Srta. Killinger?

Ela procurou a antiga amiga no meio das pessoas que rodopiavam com suas máscaras.

– Deve estar em algum canto, amuada por causa do lorde Wakefield – debochou Diana, com um tom cheio de maldade.

Signa endireitou a própria máscara com todo o cuidado, tratando- a como se fosse o mais frágil dos objetos.

– E por que ela estaria amuada?

Diana ergueu uma das sobrancelhas e respondeu:

– Todas nós pensávamos que ele e a Srta. Hawthorne formariam um par nessa temporada social. Mas, como Blythe está fora da jogada, a pobre da Srta. Killinger deve achar que tem chances com ele.

Signa não acompanhou quando Diana começou a dar risada, um som amargo e feio. Em vez disso, ficou procurando Charlotte em meio aos presentes, e sentiu alívio ao ver que ela não estava emburrada nas sombras, longe disso. Usava um vestido de um tom intenso de safira, que ficou deslumbrante em contraste com sua pele dourada, e seus cachos estavam presos, destacando o pescoço delicado. A máscara que usava brilhava feito um floco de neve reluzente.

Charlotte estava conversando com Percy, que sorria como se a garota tivesse acabado de contar a mais inteligente das piadas. Charlotte também estava radiante, e os dois não demoraram para colocar as taças na mesa e ir para a pista de dança. Diana e Eliza eram mesmo grandes fofoqueiras – apesar do que haviam dito, Charlotte, ao que tudo indicava, estava se divertindo muito.

– As esperanças dela logo irão morrer – comentou Eliza, com um tom frívolo demais. Então dirigiu o olhar logo atrás de Signa. – Meu primo já está de olho em outra.

Signa se virou para o homem que vinha em sua direção. Mesmo de máscara, sabia, pela altura e pelo cabelo, que era Everett Wakefield. O lorde estava bonito, trajando um belo fraque preto e máscara branca e dourada, cujo feitio dava a impressão de estar rachando. A máscara cobria apenas os olhos do rapaz, e Signa imaginou que ele poderia ter feito isso de propósito, para que as pessoas ainda pudessem ver seu maxilar pronunciado e sua pele lisa e dourada. Caso tenha feito, o plano estava funcionando. As moças iam em peso falar com ele, apresentadas por matronas afoitas, ou simplesmente ficando perto e se abanando com os leques de um jeito exagerado, na esperança de serem notadas.

Signa ficou feliz de ver que Everett foi educado com tais matronas e nem tomava conhecimento das mulheres que o cercavam. Entretanto, não soube ao certo o que sentir quando ficou claro que o rapaz olhava apenas para ela.

– Eis que nos reencontramos, Srta. Farrow.

A garota imaginou que a voz do rapaz deveria ter feito seu peito palpitar e franziu o cenho de leve, ao perceber que não.

– É verdade. – Um criado ofereceu aos dois uma bela tortinha glaceada, e Everett imitou Signa, que optou por declinar. O estômago da garota estava queimando de nervosismo, a ponto de ela não saber ao certo se seria capaz de comer sem sentir náusea. – Fico feliz que tenha podido comparecer, lorde Wakefield.

Signa imaginou como deveria ser ter um grupo de pessoas do sexo oposto tentando chamar sua atenção. Se tivesse entrado naquela festa de braço dado com Everett, será que as pessoas correriam para falar com ela, como fizeram com o lorde? A garota odiou o fato de ter imaginado isso. Odiou o fato de se *importar* com isso. Que diferença fazia o que os outros achavam dela? Tudo estava começando a parecer tão ridículo e, mesmo assim, Signa não conseguia conter a curiosidade amarga que se alastrava dentro dela.

– Peço desculpas por ter sido inconveniente durante minha última visita – Everett começou a dizer, em um tom leve feito pluma. – Não havia percebido que a senhorita ainda não estava recebendo cartões de visita.

Signa ficou corada – com tudo o que havia acontecido desde então, esquecera completamente do cartão e de que Everett pedira para cortejá-la.

– Não há do que se desculpar. Fiquei lisonjeada.

Ele sorriu.

– É mesmo? Bem, sendo assim, Srta. Farrow, o que acha de me deixar lisonjeado também, concedendo-me sua primeira dança?

Signa arriscou dar uma olhada no salão antes de aceitar. Não viu nem sinal de Sylas, não poderia dizer que havia alguém esperando nas sombras por ela e, sendo assim, pigarreou e ergueu a cabeça para responder:

– Seria um prazer.

Ela secou discretamente as mãos suadas no vestido antes de pegar na mão de Everett, que a levou para o meio da pista de dança, onde tocava o ritmo alegre da gavota.

Everett fez um meneio de cabeça, e Signa correspondeu fazendo uma reverência. Em seguida, deu um passo à frente, posicionou uma mão no braço do rapaz e a outra na mão dele. Engoliu em seco quando o lorde enlaçou suas costas e começaram a dançar. A gavota era uma dança rápida, com passos ligeiros que fazia todos trocarem de par e dançar com o próximo grupo, antes de dar mais uma volta. Risos alegres tomaram conta do salão. Signa e Everett rodopiaram e foram trocando de par. Ficaram vermelhos e suados, mas tão eufóricos que não deram importância.

Everett era um ótimo dançarino, tinha os passos gravados tão profundamente dentro dele que não tropeçou quando Signa se atrapalhou. Apertou ainda mais a mão da garota, ajudando a corrigi-la sem recriminá-la ou constrangê-la, apenas sorrindo.

– Sendo bem egoísta, Srta. Farrow, fico contente de a senhorita ter vindo morar na Quinta dos Espinhos.

O sorriso do rapaz era contagiante, do tipo que deixou Signa com as bochechas doendo, sem nem saber por quê. E, ainda assim, por mais prazerosa que fosse a dança, ela tinha a sensação de estar segurando o braço errado. Não era com Everett que queria dançar. Não era com Everett que queria ser vista vestida daquele jeito ousado, impressionante e lindo.

Signa ficou ofegante quando deram mais uma volta no salão, ergueu a mão sem esperar o sinal do par na hora de rodopiarem um em volta do outro. Como Signa não respondeu, Everett chegou mais perto e falou:

– Mal posso esperar pela primavera.

O rapaz falara bem baixinho, mas Signa conseguiu ouvir o final dos cochichos que bem pareciam fofocas, porque havia olhos demais observando a dupla. Perguntou-se se o lorde também havia percebido e se isso o incomodara. Ficou tão distraída que se desequilibrou, e Everett a segurou antes que ela pudesse tropeçar, bem na hora em que a música terminou.

Everett franziu o cenho, ficando com rugas profundas na testa, e perguntou:

– A senhorita está bem?

Signa bem que gostaria de ter o pavoroso leque de paninho de chá de Eliza, para poder esconder o rosto enrubescido.

– Muito bem – respondeu, imitando as mulheres ao seu redor, que fizeram uma reverência para seus pares. – Obrigada, lorde Wakefield. O senhor é um par encantador.

Ele fez o meneio de cabeça e, apesar de as rugas em sua testa não terem desaparecido por completo, não insistiu.

– A senhorita também. Espero que esta não seja nossa última dança da noite.

– Não, imagino que não.

Parecia que Everett estilhaçara uma barreira invisível com aquela primeira dança. Signa dera apenas alguns passos quando alguém lhe pediu desculpas e se apresentou. Não demorou para seu carnê de baile ficar todo preenchido, com exceção da última dança. Ninguém teve a ousadia de roubar a última valsa do lorde Wakefield. Ele e Signa se entreolharam diversas vezes ao longo da noite, enquanto ela dançava, girava e rodopiava com tantos que perdeu a conta. Homens mais velhos e mais novos, ricos e loucos para subir de posição social.

Signa esperava ter se divertido no baile e com as conversas, mas a cada pessoa que conhecia, mais cansada ficava. Apesar da maioria dos presentes terem senso de decência, houve alguns muitos que a deixaram arrepiada e, até um – um velho esbelto, de língua afiada – que ficou com as mãos nas costas da garota, bem mais abaixo de onde deveria.

Ela viu de relance Charlotte rodopiando nos braços de homens que não conhecia e depois a viu novamente com Percy. A amiga e o primo riam e cochichavam, com um brilho nos olhos. O coração de Signa se aqueceu ao vê-los, mas Eliza ficou observando de longe, com os lábios espremidos e com aquele leque, que não parava de abanar, quase como uma arma.

Certamente, todo mundo, tirando Signa, dava a impressão de estar se divertindo. Agora que algumas horas haviam se passado – acompanhadas de muita bebida –, os risos surgiam com mais facilidade, e o clima no ambiente ficou ainda mais leve. Era engraçado ficar observando as pessoas, mas Signa logo percebeu que queria sair de fininho e ir para o quarto, com grandes intenções de acender algumas velas e tomar um banho tarde da noite. Já fazia semanas que estava tentando se segurar. Tentando fingir e se convencer de que conquistar seu lugar nos círculos sociais ficaria mais fácil. Mas as regras eram estressantes e implacáveis, e ela tinha a sensação de que seu peito iria explodir se não conseguisse escapulir e se dirigir às sombras para recuperar o fôlego.

Só que, assim que uma dança terminou e ela ia escapulir, todos os olhos se voltaram para um convidado que acabara de chegar.

Signa tinha certeza de que jamais vira aquele homem na vida. O cabelo era prateado como a luz das estrelas, preso na nuca, trajava um fraque preto, de um sofisticado tecido importado, e botas do mais fino couro escuro, assim como as luvas. Seu rosto estava coberto por uma máscara de ouro maciço – que fez todos no recinto ficarem em polvorosa, cochichando. Era uma máscara bem mais grotesca do que todos ali tiveram coragem de usar, quase demoníaca em sua dureza, e tinha dois chifres compridos e retorcidos que saíam da base do crânio. O homem era tão alto e bem fornido que chegava a ser impressionante e, quando adentrou, as pessoas abriram caminho para ele passar. O indivíduo não cumprimentou ninguém, atravessou a pista e ficou diante de Signa. Não disse uma palavra sequer e estendeu a mão para ela.

A garota segurou a mão do homem, antes mesmo de se dar conta do que estava fazendo. A música sumiu quando encostou nele, e Signa teve certeza, imediatamente, de quem a havia tirado para dançar.

– Oi, Passarinha. Gostaria de me conceder essa dança?

TRINTA E QUATRO

As luzes e os risos do salão de baile se dissiparam quando Signa se desvencilhou da Morte.

– O que você está fazendo aqui? – O coração da garota batia sobressaltado, enquanto ela olhava para o rosto dos demais convidados, imóveis feito estátuas. – Eles conseguem vê-lo?

– Estou de máscara, Signa. O que quer que pensem que estão vendo é uma mera ilusão.

Signa não precisava ouvir o tom de malícia na voz do Ceifador para saber que ele estava sorrindo, porque agora conseguia vê-lo. Lábios rosados e volumosos que esboçavam um sorriso, e o contorno das bochechas – as únicas partes do rosto dele que não estavam cobertas pela máscara.

Um por um, os olhos que os observavam, sem piscar, evaporaram feito fumaça, e o salão de baile desvaneceu. Sabe-se lá como, agora estavam no jardim, banhados pelo brilho pálido do luar. O chão sob os pés de Signa ficou úmido, e o ar era inebriante. A neve fazia ruído ao ser esmagada pelos seus pés, e o céu se transformou em uma copa de estrelas.

– Você está ainda mais linda do que eu imaginava. – O Ceifador chegou mais perto, passou a mão enluvada no quadril de Signa, inspecionando o tecido do vestido. – Gostou do meu presente?

Ah, a garota poderia morar naquela voz do Ceifador, porque era mais doce do que qualquer néctar. Teve a sensação de que estava deitada nua diante dele, vulnerável e exposta, de uma maneira que não sabia que era possível.

– É a coisa mais linda que eu já vi.

Signa respirava com dificuldade. Deveria ter adivinhado que tal vestido jamais seria ideia de Marjorie. Mesmo a garota só teria conseguido escolher um vestido assim se tivesse conseguido enxergar as profundezas da própria alma.

O Ceifador fez um ruído, concordando, um som rouco que fez Signa se encostar nele.

– Como não pude ser o primeiro, permita que eu seja seu último par da noite. Dance comigo, Passarinha.

A Morte, talvez, fosse o ser mais poderoso que existe – mais poderoso do que qualquer rei. O Ceifador era temível como a noite, impossível de deter, como o vento e a chuva. E, apesar disso, apesar de sutil, havia um certo tremor em seu pedido.

Cada fibra do ser de Signa estava gritando para ela sair correndo. Mas, quando o Ceifador lhe estendeu a mão – não sombras, uma mão de verdade –, o corpo da garota ardeu. Como pôde passar tantos anos da vida lutando contra ele – lutando contra essa parte de si mesma – e agora ansiava pelas carícias daquele homem?

A mão da Morte apertou seu quadril, e Signa se curvou a esse toque e permitiu que ele conduzisse a dança. Os movimentos do

Ceifador eram fluidos e graciosos, e quanto mais dançavam, mais Signa sentia o peso do próprio corpo desaparecendo. Ela era uma pluma, e ele era a brisa, fazendo-a deslizar ao vento.

– Você não é apenas um punhado de sombras.

Signa teve dificuldade para dizer isso em voz alta.

O Ceifador errou o passo, mas logo se corrigiu.

– Posso ser, quando isso me convém.

– Você tem forma. – Signa se aproximou para tentar espiar debaixo das sombras e da máscara dourada que o escondia. O Ceifador não errou o passo, mas a impediu de se aproximar mais. – O que tem debaixo dessa máscara e dessas sombras?

Ele respondeu erguendo a voz.

– Que pergunta mais direta, sendo que estamos em um baile de máscaras. Quem sabe, qualquer dia desses, eu lhe mostre.

Seu tom de voz, então, suavizou-se, e a barreira que existia entre os dois foi se dissipando. Era o momento em que Signa precisava enfiar as unhas nessa barreira e derrubá-la.

– Você não gosta de sua aparência?

A risada que o Ceifador deu foi como um farfalhar de folhas, o grasnado suave de um corvo no crepúsculo.

– Estou certo de que você irá me achar incrivelmente bonito. Simplesmente prefiro não exibir meu verdadeiro rosto com muita frequência. Posso alterar minha aparência para ser o que as pessoas precisam ver em seus últimos momentos. Mas dou a mim mesmo o direito de resguardar minha imagem, minha *verdadeira* imagem. Não quero que o meu rosto seja o último que todo esse mundo veja antes de morrer.

Signa ansiava por ver aquele rosto. Há apenas poucas horas, estava nos braços de Everett, considerando a possibilidade de dividir a vida com ele, na alta sociedade. E agora estava imaginando como seria a sensação de ter os lábios da Morte contra os seus.

Com o Ceifador, Signa não queria mais imaginar. Queria saber.

A Morte baixou a cabeça, e suas palavras roçaram nos ouvidos da garota.

– Esperei por você durante muito tempo, Signa Farrow.

Sem ar, ela não conseguiu encontrar palavras para responder. E, sendo assim, ficou na ponta dos pés e beijou os lábios do Ceifador.

O mundo desapareceu, e os segundos viraram instantes que duraram o suficiente para a garota se abraçar ao pescoço dele. Para o frio penetrar nos seus ossos, e a surpresa da Morte dar lugar ao desejo. O Ceifador, então, encostou Signa em uma árvore e a beijou de volta, não com educação, nem com comedimento, mas com uma sede profunda que se libertara. Suas mãos foram para os cabelos de Signa, soltando o penteado, para que as madeixas caíssem nos ombros. As mãos passaram, então, pelo maxilar, pelas costas e pelo pescoço da garota.

A escuridão envolveu os dois, e o Ceifador se debruçou em Signa, que não fez menção de impedi-lo. No instante em que ele a beijou, a garota se entregou à Morte, e nenhuma parte de seu corpo queria se desvencilhar. Não queria se deter. As sombras envolveram os dois, como se a Morte pretendesse devorá-la completamente, e Signa fechou os olhos, arrebatada. *Querendo* ser devorada.

As sombras se dissiparam, porque a Morte se afastou, e o corpo inteiro de Signa estremeceu. O Ceifador era, em sua opinião, a própria personificação da máscara demoníaca que usava. Os olhos da garota estavam transtornados, tentando buscá-lo, não querendo que aquele fosse o fim. Se o Ceifador a tivesse deitado no chão naquele momento, ela daria continuidade ao que haviam começado a fazer na outra noite, em seus aposentos.

Mas ele disse:

– Já é quase meia-noite. Estão aguardando você no baile – e esse foi o ponto-final.

A Morte acariciou os braços e a mão de Signa, os dois deram mais um rodopio, e o mundo ao redor deles tornou a aparecer. As estrelas sumiram, substituídas pelas paredes douradas. E, onde antes havia limo sob os pés de Signa, agora havia mármore. O som do laguinho se transformou na risada ruidosa dos desconhecidos, e, quando deu por si, a garota ansiava pela volta do silêncio.

– Posso vir ao seu encontro mais tarde. – O Ceifador não olhou para Signa quando disse essas palavras. – Você só precisa abrir a janela, que eu virei.

Então, passou os dedos nos cabelos soltos dela e sumiu.

Em questão de segundos, o salão de baile voltou a ser exatamente o que era antes. Mas a hora estava errada. Era quase meia-noite.

– Até que enfim encontrei a senhorita!

Signa se virou para trás e deu de cara com Marjorie, que corria, aliviada, na direção dela.

– O lorde Wakefield estava perguntando pela senhorita, e ninguém fazia ideia de onde estava. – Ela mediu Signa da cabeça aos pés. – Que vestido é esse que está usando? E o que fez com o cabelo? Ah, não importa. Não temos tempo de arrumar. Venha.

Signa estava tão distraída pelos próprios lábios inchados que não se importou com o fato de Marjorie tê-la pegado pelo braço e a levado para fora do salão. Não prestou a menor atenção no que a governanta tagarelava a respeito de Everett, estava completamente ocupada tentando guardar na memória a sensação de ter os lábios da Morte contra os seus.

Os convidados se reuniram quando a contagem regressiva para a meia-noite começou. No centro do saguão, havia uma enorme árvore de Natal, decorada com bolas de Natal gigantes, em vermelho e dourado, frutas e velas acesas. Signa avistou Percy ao lado da árvore, dando risada com Charlotte, que lhe entregou uma taça de champanhe e pegou uma para si. Eliza também estava ali, tentando se aproximar da dupla. Um homem de máscara de corvo segurou o ombro de Percy. Signa não o teria reconhecido se não estivesse de bengala – Byron. Foi com alívio que ela percebeu que o primo estava sorrindo. Falava baixinho com o homem, disfarçando o bocejo, desvencilhando-se do braço do tio e jogando o champanhe para trás.

Everett Wakefield estava mais para a frente. Deu um sorriso discreto e confuso quando Signa cruzou o olhar com ele, porque perdera a oportunidade de dançar a última valsa com o lorde. A garota desviou o olhar e se odiou por isso. O lorde era um homem gentil, mas, como ainda sentia o roçar da Morte em seus lábios, não fazia diferença o quão gentil ele era. A Morte era seu vício, seu veneno, e a garota só queria ingerir mais.

Signa pensou também ter avistado Sylas, e meio que tinha vontade de correr até o rapaz e perguntar se ele havia visto alguma coisa, mas Elijah já estava com uma taça cheia d'água erguida quando ela entrou no recinto, terminando o discurso para os convidados. A garota só ouviu o final, pronunciado em meio aos vivas dos convidados:

– E que este realmente seja um Feliz Natal!

Os convidados que o rodeavam ecoaram essas palavras quando bateu a meia-noite. Alguém colocou uma taça na mão de Signa, que aceitou dando risada, bebericando champanhe enquanto os demais brindavam, desejando boas festas. Eram desconhecidos. Mas, naquele momento, isso não tinha a menor importância, porque o corpo da garota vibrava de tanta alegria.

Se a balbúrdia estivesse um pouco mais ruidosa, Signa poderia ter permanecido com essa alegria, porque talvez não tivesse ouvido o som de vidro estraçalhado e os suspiros de assombro que se sucederam. Os convidados talvez jamais tivessem feito silêncio quando todos os olhares se voltaram para a árvore. E, talvez, a garota jamais tivesse reparado que, ao lado dela, Marjorie estava gritando, e Sylas surgiu de repente, ao lado da governanta, segurando o pulso da mulher.

– Feche os olhos – sussurrou o rapaz, tão baixo que Signa pensou que poderia estar imaginando. – Você não precisa ver isso, Signa.

Só que ela não fechou os olhos e precisava, sim, ver aquilo, porque um corpo havia caído em cima da árvore de Natal, derrubando-a no chão, estraçalhando os enfeites. E, o corpo era de Percy, cujos olhos estavam revirados enquanto ele jazia ali, inconsciente, em uma poça do próprio sangue e do próprio vômito.

TRINTA E CINCO

Sorte de Percy que Signa ainda possuía uma última dose de fava-de-calabar.

Deixaram Warwick a cargo de acompanhar todos até a saída da Quinta dos Espinhos. Signa nunca desgostou tanto das pessoas do que quando as ouviu cochichando, falando que, talvez, Percy tivesse se entregado ao álcool, como o pai. Ficou irritada só de pensar, porque era muita falta de educação essa gente julgar o homem que os recebera na própria casa com tamanha elegância. Certamente, aquela fofoca não cabia na sociedade *bem-educada* – Elijah não bebera uma gota de álcool sequer naquela noite. Entocados com Signa nos aposentos do patriarca, distante dos olhares curiosos dos convidados, Marjorie e Elijah deixaram a garota se ocupar do doente sem protestar, quando ela disse que poderia reverter o mal do primo, assim como revertera o de Blythe. A raiva que sentia facilitou moer o que restava da fava-de-calabar até virar um pó bem fino, que ela misturou em um copo d'água e administrou ao trêmulo e ofegante Percy, que estava com o pescoço empapado de suor. Marjorie e Elijah ficaram observando com um olhar lúgubre, e nenhum dos dois teve coragem de dizer nada.

Percy, felizmente, logo vomitou o veneno e, dentro de uma hora, respirava com mais facilidade. A Morte, que ficara agachada ao lado da cama do rapaz o tempo todo, imóvel, esperando, finalmente balançou a cabeça, uma única vez, e sumiu. No mesmo instante, a tensão nos ombros de Signa amainou.

– Como foi que isso aconteceu? – perguntou Elijah, olhando para a protegida e para os resquícios do antídoto branco e leitoso, na mesinha de cabeceira.

Signa não tinha resposta para essa pergunta. Vira Sylas por poucos segundos antes de ir para o quarto do primo com Elijah e Marjorie. Mas, na ocasião, o cavalariço jurou que não vira nada de fora do comum. Por mais que a garota vasculhasse o cérebro, tentando organizar as peças do quebra-cabeça, não fazia o menor sentido. Um por um, os integrantes da família Hawthorne caíam doentes, envenenados por beladona – mas, por quê? Por causa do dinheiro da família? Signa suspeitava de Byron e Marjorie desde a noite em que ela e Sylas foram ao Clube Grey. Sim, Byron queria que o irmão soltasse as rédeas do clube, mas será que faria mal a Percy por isso? E, qual poderia ser o envolvimento de Marjorie?

Signa passou os dedos no cabelo, sentindo a frustração aumentar. Percy estava bem quando a acompanhou até a festa, e ela vira o primo sorrir e dançar. Mesmo naqueles últimos instantes antes da queda, o rapaz parecia estar feliz, conversando com Charlotte e Eliza. Só que Byron também estava presente. E, as palavras ditas por Byron, na noite em que a garota foi ao Clube Grey com Sylas, vieram à sua cabeça.

Se Elijah não quer passar os negócios para Percy, convença-o a passá-los para mim. Havia tanta amargura nessas palavras. Tanta raiva. *De todo modo, cuidarei melhor deles, assim como teria cuidado melhor de Lillian.*

– Onde está Byron? – perguntou Signa. – Ele e Percy estavam juntos, instantes antes de Percy desmaiar.

Elijah ficou de joelhos ao lado da cama do filho, observando o lento subir e descer do peito do rapaz.

– Acha que meu irmão é responsável por isso?

Signa não tinha certeza e sabia que era melhor não tirar conclusões precipitadas. Byron deixara bem claro que tudo o que mais queria era que o Clube Grey continuasse pertencendo à família. E, apesar de ter defendido Percy naquela noite, será que teria interesses escusos?

– É possível que ele tenha visto alguma coisa.

A verdade ficou na ponta da língua de Signa, desafiando-a a falar em voz alta. A garota *queria*, e muito, contar para Elijah e Marjorie a verdade a respeito do que vinha acontecendo. Apesar disso, quanto mais pessoas soubessem, maiores as chances da informação vazar. E, também, não podia descartar de todo a possibilidade dos dois não estarem contando tudo o que sabiam. Não foram poucas as vezes em que Marjorie veio à sua cabeça, assim como as situações estranhas nas quais a preceptora não deveria estar envolvida. Situações que não faziam sentido, por mais que Signa reorganizasse as peças do quebra-cabeça que havia se formado em sua mente.

Precisava obter respostas – e, rápido. Antes que fosse tarde demais.

– Apenas estou feliz que esse remédio caseiro esteja funcionando – disse Signa. – Trata males do estômago, mas era a última dose.

Ela se sentiu frágil ao admitir isso em voz alta, e abraçou o próprio corpo. Quase perderam Percy naquela noite. Bastaria mais um incidente para que a vida do primo chegasse ao fim. Ou a de Blythe, ou de qualquer outro integrante da família Hawthorne que poderia ser o próximo alvo.

– Isso não é nenhuma doença, é? – comentou Elijah. – Não é coincidência. Alguém está atacando minha família.

Elijah era delicado feito cristal. Como não queria dar motivo para ele se estilhaçar, Signa sussurrou:

– Tudo é possível.

Marjorie não disse nada, ajeitou os cobertores de Percy e colocou um pano úmido na testa do rapaz. A preocupação estava marcada em cada ruga de seu rosto.

Signa só conseguia pensar na risada de Percy, quando os dois dançavam juntos, durante as aulas. O primo criara o hábito de levar pães doces e bolinhos para ela tarde da noite, quando não conseguia dormir ou ficava morrendo de preocupação por causa do Clube Grey. E, também, precisava pensar em Blythe, cujo riso Signa queria ouvir com mais frequência. Estava cansada de ver a prima lutar para respirar, para se sentir bem, para viver.

Estava na hora de pôr um fim àquilo.

– Não posso fazer mais nada por ele esta noite. – Signa ficou em pé, com as saias na mão. – Percy precisa descansar.

Elijah fez que sim.

– Encontrarei uma maneira de obter mais desse remédio – prometeu. – Marjorie, veja se consegue encontrar Byron e trazê-lo até mim. É melhor verificarmos se ele sabe de alguma coisa.

– Claro, senhor.

Os olhos da governanta estavam rasos d'água quando ela ficou olhando Elijah se aproximar e acariciar o rosto do filho delicadamente, com a mão trêmula.

Seja lá quem estivesse por trás dos envenenamentos, era inteligente, estava sempre um passo à frente. E agora era a hora de Signa ser ainda mais inteligente.

TRINTA E SEIS

Os frutos secos de beladona mais pareciam ameixas secas quando Signa os reuniu delicadamente na palma das mãos. Ainda usando o vestido de baile, sentou-se de pernas cruzadas na cama, com a janela aberta e o frio extremo fustigando sua pele, lembrando de suas aulas. Não bastava simplesmente atravessar objetos. Precisava evitar ser vista, fazer amizade com as sombras e se tornar invisível, igualzinho à Morte. Ela respirou fundo para se acalmar, concentrou-se em seu objetivo – abandonar a forma corpórea e se juntar aos fantasmas da Quinta dos Espinhos, apenas por uma noite – e colocou dez frutinhos secos na língua.

Em questão de instantes, o quarto estava girando. As têmporas latejavam, os ouvidos zumbiam, como se alguém tivesse disparado um revólver ao lado da garota.

Signa?

A voz preocupada da Morte abriu um espaço na mente dela, tranquilizando-a.

Esteja onde estiver, não precisa vir, respondeu Signa. *Ficarei bem. Cuide dos demais.*

Quando abriu os olhos, ainda estava no próprio corpo, mas ele parecia mais leve. Signa estendeu a mão na direção das sombras que havia no canto do quarto. Sombras essas que obedeceram imediatamente, rodopiando em volta de seus pés e envolvendo seus braços, ocultando-a em sua escuridão.

Uma descarga de poder percorreu suas veias, porque o mundo se abriu para atender aos seus desejos. Signa foi examinar a própria imagem no espelho. Não havia nenhum rosto nem fantasma olhando para ela, porque a garota não era como os espíritos. Estava envolta em sombras, na própria escuridão da noite – assim como a Morte.

Conseguira.

Você não está respirando, a voz da Morte foi severa e gelada. *Por que você não está respirando, Signa?*

Falei para não se preocupar. Com sua convicção renovada, ela passou pela porta dos aposentos, sem abri-la. *Eu irei, até que enfim, pôr fim nisso.*

De início, Signa não estava convencida de que ninguém seria capaz de vê-la, mas desejou a própria invisibilidade com mais força do que já desejara qualquer outra coisa na vida, e mal conseguiu sair da frente de uma criada que quase a atravessou. Estava sem luvas e de pés descalços e, apesar de estar protegida pelas sombras, não era hora de testar se seu toque seria fatal.

Havia procurado pistas por toda a Quinta dos Espinhos, menos nos quartos. Foi vasculhando um quarto por vez, procurando segredos e mentiras – qualquer coisa que pudesse ser as peças que faltavam ao seu quebra-cabeça incompleto.

Encontrou livros-caixa no quarto de Warwick, livros tediosos com capa de couro, repletos de anotações do que precisava ser reabastecido na casa, e de detalhes sobre cada um dos criados e de seu comportamento no trabalho. Quando esticou as mãos para pegar esses livros, as sombras obedeceram à sua ordem silenciosa, folheando as páginas para ela. Signa quase caiu na risada, e sua segurança foi desabrochando à medida que invocava seus poderes e examinava cada quarto. As anotações não eram muito diferentes das dos registros que já vinha lendo, e ficou decepcionada, mais uma vez, por não encontrar nenhuma nota a respeito de Sylas. Havia mais livros-caixa para examinar, mas, por ora, não tinha escolha a não ser seguir em frente.

Em um dos quartos, deparou-se com uma criada que resmungava baixinho, falando de maldições e fantasmas enquanto colocava suas coisas em um baú de viagem. E, em outro, encontrou duas criadas que estavam fazendo de tudo, *menos* se preocupar com a misteriosa doença que acometia a família Hawthorne. Com as bochechas fervendo, Signa foi logo atravessando uma parede, sem olhar.

O quarto onde entrou em seguida era, decididamente, de mulher, tinha paredes pintadas de um tom claro de verde, uma penteadeira repleta de frascos de perfume cor de âmbar, escovas de cabelo e *rouge*. Teve certeza de que era o quarto de Marjorie quando viu planos de aula com seu nome escrito na escrivaninha e breves anotações a respeito de seu progresso.

À primeira vista, as anotações eram simples. Mas, Signa sabia, por instinto, que nada que dizia respeito à governanta era simples. Devia haver *alguma coisa* e, sendo assim, remexeu na escrivaninha até encontrar um pequeno diário com capa de couro, escondido no fundo de uma gaveta.

Sentou-se na beirada da cama de Marjorie e colocou o diário no colo. Com as mãos trêmulas, o abriu na primeira página.

22 de outubro de 1852

Não sei se um dia chegarei a me sentir bem na Quinta dos Espinhos.

Por quantos dias ainda terei que varrer a cozinha ou lavar lençóis até que ela me permita vê-lo?

Talvez ela tenha razão e eu não deva contar. Talvez ele não aceite meu amor depois de tudo o que aconteceu. Ainda assim, é uma crueldade obrigar-nos a nos separar. Se não fosse por Lillian, tudo seria como deveria. Tudo estaria bem.

Signa virou a próxima página, datada de pouco mais de uma semana depois.

1º de novembro de 1852

Lillian tem olhos por tudo. Eu os sinto em mim mais do que nunca, observando cada movimento, certificando-se de que eu não chegue perto demais dele.

Mas, hoje, ela levou Blythe para a cidade, para encomendar vestidos novos para a próxima estação, e eu me deparei com ele nos estábulos, admirando os cavalos. Ele monta com perfeição – é perfeito em tudo que faz, realmente.

Talvez, eu não devesse ter contado, mas passei vinte anos acreditando que a verdade nos libertaria. E, apesar de tudo, temo que Lillian tivesse razão ao exigir meu silêncio – nunca ninguém olhou para mim com tanto desprezo.

Talvez, se eu tivesse dado ouvidos a ela, não estaria de coração partido.

10 de janeiro de 1853

Nunca imaginei o que aconteceria com Lillian quando a verdade viesse à tona, mas não tenho pena dela.

É isso que ela merece e, quando não estiver mais aqui, Elijah será livre. Esta família será livre.

11 de abril de 1853

Lillian faleceu, mas temo que tenha levado meu Elijah com ela.

Rezo pelas crianças, rezo por Lillian, que Deus a tenha, e que ela logo se torne nada além de uma lembrança para nós todos.

Rezo para que, finalmente, possamos ser uma família.

Signa não conseguia folhear o diário com pressa. Havia páginas e mais páginas detalhando o afeto que Marjorie sentia por Elijah e pelas crianças – e, como a vida seria diferente se ela é que criasse Percy e Blythe. Marjorie queria Lillian fora da jogada e, ao que tudo indicava, a matriarca queria que Marjorie caísse fora o quanto antes. Mas, se fosse esse o caso, por que Elijah simplesmente não mandara a governanta embora?

Signa procurou naquelas páginas algum comentário sobre beladona ou algum indício de veneno que fosse. Mas Marjorie não sabia de nada ou sabia que não deveria escrever sobre isso em seu diário.

Aquelas anotações não provavam que Marjorie fizera mal a Lillian, mas eram uma pista. Talvez Byron não fosse o envenenador, afinal de contas. De qualquer modo, Signa precisava saber mais.

Fechou o diário e permitiu que as sombras a envolvessem. Se alguém quisesse tirar o diário de suas mãos, teriam de arrancá-lo de seus dedos gelados e mortos.

Ela revirou o quarto de cima a baixo, procurando qualquer coisa que pudesse confirmar suas suspeitas. Gemeu, as sombras arrancando uma gaveta do guarda-roupa de Marjorie e atirando no chão, de tanta frustração, porque não conseguiu encontrar nada além do diário.

Pôs mais dois frutinhos na boca, e suas provisões, que fizera na noite em que visitara o jardim, já estavam chegando ao fim. Devia haver algo mais concreto em algum lugar da Quinta dos Espinhos, e precisava de mais tempo para encontrar. Quarto por quarto, buscou por respostas. Quanto mais tempo passava sob o efeito da beladona, mais natural lhe parecia atravessar paredes e passar por pessoas que nem mesmo dirigiam o olhar para ela.

Uma hora, Signa chegou ao quarto que ficava na frente dos aposentos de Blythe, onde o retrato de Lillian a fitava, na expectativa, insistindo para que desse o próximo passo. Ela atendeu a esse chamado.

A sala de estar era ainda maior do que a de seus aposentos, tinha mobília de mogno e paredes pintadas de azul-claro e cor de creme – tudo isso coberto por uma grossa camada de poeira. Era óbvio que ninguém entrava ali há algum tempo. Provavelmente, pensou Signa, desde a morte de Lillian.

Só que o quarto não estava vazio como acreditara de início.

Signa se assustou ao ouvir passos no quarto adjacente antes de se lembrar que ninguém poderia vê-la. Reuniu suas sombras, atravessou a parede flutuando e deu de cara com Marjorie, que estava sentada na cama empoeirada, respirando com dificuldade e segurando uma pequena fotografia em preto e branco. A garota se aproximou da governanta para espiar por cima do ombro da mulher.

A foto era de Percy, com a mãe e o pai. Como o primo parecia bem menino, Signa presumiu que fora tirada antes do nascimento de Blythe.

A garota não esperava ver as lágrimas que se acumularam nos olhos da mulher, nem sabia o que fazer quando Marjorie rasgou a fotografia ao meio. Então, abriu a janela mais próxima, atirando os pedaços da foto na neve, segurando o choro.

Signa meio que teve vontade de parar de bisbilhotar e ir buscar os pedaços da foto para Percy, sabendo que o primo jamais teria a chance de tirar outra fotografia como aquela. Mas ficou imóvel ao ver as mãos da governanta. Que não estava de luvas, e a ponta de seus dedos estava manchada com um tom escuro de ameixa.

Signa olhou para as próprias mãos. As pontas dos dedos estavam do mesmo tom – tinham manchas cor de beladona.

Ela cambaleou para trás e bateu em um dos pilares da cama. Para seu espanto, não o atravessou, mas bateu com força, fazendo a cama ranger. Marjorie se virou para trás de repente, e Signa precisou empregar cada gota de sua concentração para controlar a habilidade de se esconder nas sombras novamente.

– Quem está aí?

Os olhos da governanta dispararam pelo quarto, procurando por uma pessoa que não conseguiu encontrar. Signa se encolheu e rezou para que os efeitos da beladona durassem o suficiente para conseguir sair dali sem ser vista. Já se preparara para fugir em silêncio quando Marjorie tornou a falar.

– É você, Lillian?

Havia uma frieza nessas palavras, mais gélida do que a própria presença da Morte. A mulher girou nos calcanhares e procurou pelo quarto, seu rosto ficou com um brilho cor de âmbar, à luz da vela que segurava diante de si.

– Será que sou tão insignificante para você que uma vida inteira de tormento não basta? Precisa do além-túmulo também? Meu Deus, o que eu não daria para você simplesmente ir embora! – Marjorie ficou prestando atenção ao silêncio por alguns instantes e, então, caiu de joelhos, colocou a vela no chão e aninhou a cabeça no próprio colo. – Desculpe – sussurrou, como se estivesse rezando. – Desculpe, mil desculpas.

Lentamente, as peças do quebra-cabeça foram se encaixando. A paixonite da governanta pelo patrão não era nenhuma novidade. Elijah era o homem que Marjorie havia comentado, o homem que a abandonara. Ela o amava e acreditava que seu amor era retribuído.

Talvez Marjorie quisesse uma segunda chance. Talvez, quisesse sentir o gostinho da vida que poderia ter vivido, se Lillian não existisse.

O peito de Signa ardeu de dor, porque o ar voltou a fluir em seus pulmões. Levou a mão à garganta, com a cabeça cheia de perguntas para as quais queria respostas – mas não havia tempo de obtê-las.

Não podia correr o risco de ser pega com o diário na mão. Signa atravessou a parede sem nem mesmo dirigir mais um olhar para Marjorie, sentindo o peso do próprio corpo se apoderar dela novamente. Mal conseguiu chegar, aos tropeços, no corredor, antes dos efeitos da beladona passarem – o coração voltou a bater e afugentou as sombras que a envolviam. Segurando as saias, correu o mais rápido que pôde pelo corredor, passando pelos retratos emoldurados, cujos olhos a seguiram até seus aposentos.

Bateu a porta e se atirou nela, sem ar. Não teve a chance de descansar, porque a Morte esperava na frente da janela que Signa esquecera de fechar, mais uma vez, em forma de sombras. Só que o Ceifador não estava ali para cumprir a promessa que fizera à garota depois de ter dançado com ela. O mundo ao redor dele se resumia a uma raiva que Signa conseguia sentir, exalada em ondas, como se o Ceifador estivesse drenando o oxigênio do ar.

– Que foi? Qual é o problema? – perguntou Signa.

A pergunta se estilhaçou feito gelo no meio dos dois, e ele se virou de costas.

– Blythe.

TRINTA E SETE

Blythe estava de quatro na cama, e uma bile amarela escorria de sua boca. Ela se engasgou, com dificuldade de respirar entre uma golfada e outra.

Elijah a segurou pelos ombros e falou:

– Ajude-a! Por favor!

Signa abraçou o próprio corpo – não havia nada que pudesse fazer. Haviam usado a última dose de fava-de-calabar para poupar a vida de Percy. O tão conhecido arrepio no pescoço, que assinalava a presença da Morte, encheu a garota de pavor. O Ceifador estava ali no canto, observando, esperando. Um Ceifador prestes a atacar.

Chegou a hora, Signa.

A garota se virou de costas, recusando-se a reconhecer sua presença.

Blythe arfou de novo e vomitou no canto da cama. Elijah segurou o cabelo da filha delicadamente.

A porta se escancarou, e Marjorie entrou correndo, com as mãos enluvadas e respirando com dificuldade. Não passara nem meio metro da soleira quando Signa a impediu de entrar.

– Não dê mais nem um passo. – Signa tentou imitar a agressividade tão aperfeiçoada de Blythe, mas não pôde impedir que sua voz saísse trêmula. – Fique longe dela.

Como Blythe estava morrendo, e Percy seguia os passos da irmã, não havia mais tempo para evitar de tocar no assunto. Segurando o diário da preceptora em uma mão, Signa ordenou:

– Tire as luvas.

O rosto de Marjorie ficou pálido como a lua.

– De onde você tirou isso?

A mulher esticou a mão trêmula para pegar o diário, mas Signa o afastou de seu alcance.

A garota não sabia ao certo como a governanta havia administrado o veneno, mas a mulher circulava livremente pela casa, e as possibilidades eram infinitas. Marjorie queria uma família. Queria ficar com Elijah. Talvez isso significasse que qualquer coisa que a lembrasse de Lillian tinha de sumir.

– Os dedos dela estão sujos de veneno – disse Signa, por fim, com vontade de arrancar as luvas de couro das mãos de Marjorie.

Marjorie, com quem Signa havia passado tanto tempo, de quem tanto gostava, que tentara aconselhá-la e orientá-la. A garota recordou do carinho com que a preceptora cuidava das crianças. A delicadeza de sua mão ao fazer cafuné em Percy e colocar um pano úmido na testa do rapaz. Havia tanto amor naquela carícia, mas Signa lera o diário e vira manchas de beladona com seus próprios olhos.

– Você acha que fui eu quem fez isso? – Marjorie estava com os punhos cerrados ao lado do corpo, apertando tanto que suas mãos tremiam.

– Veja a mão direita dela – disse Signa, dirigindo-se a Elijah. Meu Deus, como foi tola de não ter percebido o que estava acontecendo séculos atrás. Se, ao menos tivesse verificado os quartos antes... – Irá descobrir que está manchada de beladona. Foi isso que envenenou Blythe e matou Lillian. Não queria dizer nada até descobrir quem estava por trás disso.

Elijah era apenas uma casca de homem, parecia mal conseguir entender as palavras, enquanto observava a filha com um olhar vazio. Os únicos indícios de que ouvira o que Signa disse eram o tremor de seu lábio inferior e das mãos, só que não havia tempo para o homem perder a cabeça.

Blythe não tinha mais nada no estômago para vomitar. Entrou em convulsão, engolindo o ar, desesperada.

No canto do quarto, o Ceifador se aproximou.

Signa se virou para ele.

– Não ouse.

Nunca a garota desejou nada na vida quanto desejou a segurança de Blythe naquele momento. Tinha vontade de dizer que a Morte lhe devia aquele favor, depois de toda a dor que a obrigara aguentar. Mas isso não estava certo. A Morte não devia nada a ninguém pela própria existência. E Blythe já vivera mais do que deveria. Mesmo assim, não vivera o suficiente.

– Dê mais uma chance a ela – sussurrou Signa, sem se preocupar que poderiam estar olhando ou achar que estava louca. – Irei impedir isso. Dê mais uma chance para *mim.*

Nesse momento, só existiam ela, o Ceifador e um quarto frio como a geada. A temperatura roubou os movimentos das pernas da garota, que caiu de joelhos.

A morte não pode ser controlada. Você precisa aprender isso, Signa. Precisa entender, o Ceifador disse.

– Sei que você consegue. – Ela estava suplicando e nem ligou para esse fato. – Já salvamos a vida dela uma vez e podemos fazer isso de novo. Só mais uma vez, por favor.

Existe alguém que merece morrer mais do que essa moça?

As palavras eram um teste. Se Signa quisesse poupar uma vida, teria que ceifar outra em seu lugar. Talvez fosse uma vida aleatória. Talvez fosse uma vida que ela escolhesse. Seja como for, não permitiria que Blythe morresse naquela noite. Ficou em pé novamente, e enfrentou o frio gélido e as sombras que a chamavam de volta – e se colocou entre a Morte e a prima.

Não seja tola. Está sendo cruel por fazê-la esperar desse jeito.

Havia um fundo de verdade no que o Ceifador disse. Blythe era um cadáver ambulante, a pele fantasmagórica se agarrava, desesperada, aos ossos saltados. Não conseguia sequer inclinar a cabeça e olhar para Signa, de tão cansado que seu corpo estava de continuar lutando.

– Tudo bem – foi tudo o que Blythe suspirou, sem parar, o refrão mais suave e cansado de todos. – Tudo bem. Tudo bem se eu me for.

O suor escorria pelo pescoço e pelas costas, as roupas estavam úmidas, grudadas na pele. Não precisava ser assim. Agora que sabiam que Marjorie era a envenenadora, Blythe poderia, finalmente, sarar.

Bastariam apenas três palavras. Uma única ordem, e Blythe teria mais uma chance.

– Vá em frente. – Signa pronunciou essas palavras com firmeza, dirigindo-se não à prima, mas ao Ceifador, que presenciava tudo sem esboçar reação.

Você entende o que isso significa?, seu tom não foi de recriminação, apenas de dedicação, para se certificar de que a garota compreendia a gravidade de sua decisão. *Você está manipulando o Destino, Signa. Está bancando o Deus*

– Não ligo – disse a garota, de modo sério. – Faça o que tiver de fazer, mas se gosta um pingo de mim, ajude-a.

O Ceifador lançou um olhar demorado para Blythe, as sombras que o cercavam ficaram menos espessas quando ele baixou a cabeça.

Muito bem.

Na mesma hora, a respiração de Blythe foi voltando ao normal.

O Ceifador sumiu e, ao ir embora, deixou uma garota dormindo, um homem perplexo, uma mulher de faces coradas e uma garota que condenara outra alma sem pensar duas vezes. Uma garota que ficou diante de todos eles, com o sangue vibrando de tanto poder.

Signa poderia se embebedar com tal poder. Poderia se afogar nele, de tão bom que era senti-lo.

– Você é bruxa, mocinha? – perguntou Marjorie, com a voz estraçalhada, feito uma xícara de chá que cai no chão. – O que foi que você fez?

Signa não disse uma palavra. Elijah estava ao lado dela, com um olhar enfurecido, o rosto roxo, tremendo de raiva.

– Mostre suas mãos para mim.

Ele é que devia ter ensinado Blythe a brandir as palavras feito armas, porque, se a mansão fosse menor, sua voz, por si só, teria feito a Quinta dos Espinhos cair aos pedaços.

A governanta deu um passo para trás.

– Elijah, eu jamais...

– Tire as luvas e mostre as mãos para mim!

Ele foi para o outro lado do quarto, dando um passo mais assassino do que o outro, mal contendo sua raiva. Marjorie deu vários passos ressabiados para trás, e Signa foi logo se encostando na parede, porque Elijah pegou a mão da governanta e arrancou a luva. Deu uma olhada nos dedos da mulher e soltou a mão dela, com o nojo e a dor estampados no rosto.

– Você jamais gostou de Blythe. – As palavras pingavam veneno, e ele inclinou o tronco, chegando tão perto da tutora que seu peito encostava no da mulher. – Você jamais gostou dela, assim como jamais gostou de Lillian. Ela era uma mulher boa, Marjorie. E essas crianças são inocentes. Como ousa encostar a mão neles? Em *Percy*?

O ruído gutural que Marjorie fez foi estranho, algo entre um suspiro de assombro e uma risada de deboche.

– O fato de achar que eu fiz *algo* contra eles é ridículo, e você sabe disso. Eu jamais encostaria um dedo nesses jovens!

Elijah cerrou os dentes e apontou para a porta.

– Quero que você vá embora.

Marjorie se agarrou ao batente da porta, como se quisesse dar a entender que tinha direito de estar ali.

– Você não pode fazer isso.

– Eu posso fazer o que eu quiser. – A luz bruxuleante do lampião a óleo lançou sombras no rosto do homem, deixando-o com a face encovada. – Não quero ver sua cara nem perto da Quinta dos Espinhos. Vá embora já, senão chamarei a polícia.

O peito de Marjorie se afundou, como se o ar tivesse sido expulso de seus pulmões, e ela fez uma careta para Elijah, como se o homem fosse o próprio demônio.

– Você está cometendo um erro. – Marjorie, então, se virou para Signa, e o sangue gelou nas veias da garota. – E, *você*. Você não faz ideia do que está fazendo, mocinha. Você não sabe de nada.

Uma jovem que é seguida pela Morte não se amedronta com facilidade. Mas, naquele momento, esse sentimento penetrou no âmago de Signa, causando arrepios que mais pareciam uma coceira na pele.

Felizmente, Marjorie já havia ido embora quando ela piscou de novo.

No instante em que a porta se fechou, as pernas de Elijah cederam. O som que o estraçalhou era distorcido e dissonante. Foi o que bastou para esmigalhar o coração de Signa e fazer as mãos da garota doerem de vontade de encostar no homem, de dizer que tudo ficaria bem. Blythe sobrevivera ao último ataque daquele veneno e logo o eliminaria. Mas Signa jamais sentira tal nível de mágoa, e era algo que jamais poderia ser traduzido em palavras. O homem que estava diante dela se despedaçara e não havia como juntar seus cacos.

TRINTA E OITO

Elijah não pediu explicações. Pediu, apenas, para ficar sozinho com a filha adormecida, e Signa o fez, com o maior prazer.

O véu que cobria o que a garota havia feito começara a se dissipar, e a claridade estava penetrando. Percy ficaria bem, e Blythe continuaria vivendo, apesar de tudo o que havia sofrido. A assassina fora revelada e, logo, logo, tudo ficaria bem novamente na Quinta dos Espinhos. Mas, para que isso acontecesse, Signa condenou outra alma à morte. Sacrificara outra vida no lugar da de Blythe.

Ela roeu as unhas até chegar à carne, indo de um lado para o outro no corredor, com os pensamentos em torvelinho. Sabia que deveria se importar mais, deveria ter arrependimentos. Mas, tomaria a mesma decisão inumeráveis vezes, se preciso fosse.

Meu Deus, no que Signa estava se transformando?

Quando chegou aos seus aposentos, o frio avisou que a Morte a esperava lá dentro. O Ceifador estava andando de um lado para o outro na sala de estar quando a garota abriu a porta, arrastando as sombras como se fossem uma capa. No instante em que a viu, as sombras foram correndo para a frente, pairando a poucos centímetros de Signa.

– Venha comigo.

Não foi uma pergunta, mas uma ordem, tingida de receio.

– Onde? – foi tudo o que a garota conseguiu pensar em dizer.

– Está na hora de ver o que eu faço. – Ele estendeu a mão, chamando Signa. – Está na hora de ver que a morte não é apenas isso que você acredita que é.

A mão que o Ceifador estendeu para Signa significava muito mais do que uma simples mão. Ela sabia que pegar naquela mão significaria abrir-se para a Morte e seu mundo. Significaria aceitar o que havia feito, e receber, de braços abertos, esse lado de si mesma, de uma vez por todas.

Quem estava diante de Signa não era a Morte assassina. Não era o demônio que a garota havia construído em sua cabeça e passara tantos anos odiando. Era o homem que conduzia almas inocentes para o além-túmulo. Era a Morte, cujos poderes Signa também possuía. Que a entendia melhor do que qualquer pessoa já conseguira entender. Estava cansada de fugir do Ceifador.

Entrelaçou os dedos nos dele e levou a cabeça para trás, para conseguir observar as almas que flutuavam ao redor dos dois. Quanto mais observava, mais conseguia ter vislumbres dos rostos dessas almas.

– Por que não têm a aparência típica dos espíritos? – perguntou Signa.

A garota se agarrou à Morte com unhas e dentes. O Ceifador manipulava o espaço que os rodeava à medida que se movimentavam, transformando-o em algo novo. Signa tinha a sensação de ter atravessado um lago e saído de lá seca.

– Teriam essa forma se eu tivesse chegado antes – respondeu ele. – Estão afoitas para fazer a travessia, e a viagem fica mais fácil se forem almas. Espíritos têm o peso das emoções e das lembranças às quais se apegam. Espíritos se demoram, almas fazem a travessia.

– Fazem a travessia para... cá?

Signa não sabia onde estavam, mas não era na Quinta dos Espinhos. Os dois foram parar em um lugar onde o tempo era imóvel. Ficou feliz ao perceber que não precisava mais respirar, porque o ar ali era denso demais. Ficava parado na base de sua garganta, era impossível engolir. Signa tropeçou na terra porque a Morte a arrastava em frente. Quanto mais avançavam, mais irrequietas ficavam as sombras que os rodeavam. Não estavam mais pairando bem perto da Morte, corriam na frente e, logo em seguida, voltavam alguns centímetros, temendo se perder na névoa que se formava.

Chegaram a uma magnífica ponte azul e branca, construída sobre um lago infinito. Apesar de estar coberta pela neblina, o número de almas que estavam cruzando essa ponte, por si só, lançava uma luz enevoada na construção.

Algumas almas flutuavam dentro de pequenas esferas, e outras voltavam a ter a forma de espírito, desviando, apressadas, da aglomeração, atendendo ao chamado de algo maravilhoso que as esperava do outro lado. Algo que Signa sentiu no âmago de seu ser, quente, intenso e avassalador.

A garota fez que ia segui-las, pois precisava descobrir o que era, mas a Morte a segurou com força e alertou:

– Se cruzar a ponte, não estará mais nesse mundo. Ainda não chegou sua hora.

Os dois se sentaram na margem do lago e ficaram observando as almas a distância.

Fazia séculos que Signa não ia à igreja e não lembrava de ter aprendido nada a respeito do além-túmulo. Até então, acreditava que era um lugar escuro e solitário. Mas o que quer que existisse do outro lado da ponte não lhe pareceu um fim definitivo – parecia um começo. Uma jornada que implorava para ser feita.

– O que acontece depois que as almas cruzam a ponte?

– São muitas as possibilidades. – O Ceifador soltou a mão de Signa e inclinou o corpo para trás, para observá-la. Talvez fosse para não assustar os espíritos, mas, ali, a Morte era mais delicada. – Algumas almas optam por abrir mão das lembranças de sua vida na face da Terra e renascerem como uma pessoa diferente. Outras se apegam às suas lembranças e permanecem no além-túmulo, esperando pelas pessoas que deixaram para trás.

– E quem não teve uma vida justa? Recebe algum tipo de castigo?

Quando tornou a falar, a Morte empregou um tom lúgubre.

– O além-túmulo é o meu reino, Passarinha. E eu cuido de meu povo. Não é uma decisão fácil, mas não recebo aqueles que poderão macular meu lar. Fico com essas almas para mim e me livro delas. Para essas, não haverá além-túmulo. Não haverá nada.

Era um destino frio, mas Signa já sentia um senso de proteção feroz daquele lugar e sabia, mesmo sem vê-lo, que também faria de tudo para preservar o que estava à espera do outro lado da ponte.

– Você conhece todo mundo que mora lá? – perguntou, observando uma das almas acenar ao atravessar a ponte, receosa.

– Conheço todos os residentes do além-túmulo. – Havia um certo orgulho nessas palavras. – Mas admito que alguns se destacam mais do que outros. Sua mãe é um dos muitos motivos pelos quais não me dou ao trabalho de ir seguidamente a esse lugar, sabia? Ela fica só me importunando, querendo saber de você.

Signa fechou os dedos na grama, com um sorriso se esboçando em seus lábios.

– Todo mundo comenta que ela era tão impetuosa. Sempre a imaginei um tanto parecida com Marjorie, acho eu.

– Parecida com uma assassina?

Signa deu um tapa no peito do Ceifador.

– Claro que não! Quis dizer alguém que sempre é muito recatada.

A Morte balançou a cabeça, refletindo.

– Ela é mais educada do que você, certamente, mas isso não quer dizer grande coisa. – Dessa vez, quando Signa foi bater nele, as sombras seguraram sua mão e a afastaram, dando risada. – Seu pai é um homem bom e carinhoso, de fala mansa. Rima é mais parecida com você, expressa suas opiniões de forma ruidosa e está sempre metendo o bedelho onde não é chamada. Tinha plena consciência da posição que ocupava na sociedade e abusou dela para conseguir o que queria. Com o dinheiro e a influência que sua família tinha, ninguém ousava criticá-los, por medo de perder a possibilidade de receber alguma benesse da família Farrow.

Signa se encostou nas sombras do Ceifador, que ficaram imóveis para aninhá-la, tão macias quanto as nuvens, na imaginação da garota.

– Ao que tudo indica, você sabe muita coisa a respeito deles.

– Claro que sei. – O Ceifador disse, com um tom tão sério que Signa ficou imóvel. – São seus pais. Eu queria saber tudo o que pudesse a respeito deles. E você é tão descarada quanto sua mãe, sabia? Em todos os meus anos de vida, nunca ninguém falou comigo com tamanha hostilidade como você, mas ela fica em segundo lugar, e por pouco.

Talvez a mãe da garota não fosse ficar tão decepcionada com a filha, afinal de contas. Signa passou todos aqueles anos obcecada por tentar se encaixar em um molde específico – naquele molde que acreditava que todos esperavam dela – e, talvez, tenha sido tudo em vão.

O Ceifador não tinha como saber o quão grata Signa estava naquele momento. Não tinha como saber que, apesar de ter ficado feliz por ouvi-lo falar de seus pais, isso a fez lembrar, profundamente, da própria solidão. Mas, ao lado da Morte, de mãos dadas com o Ceifador, a garota percebeu que não precisava mais aguentar tudo isso sozinha. Chega de fingimento. Chega de mentir a respeito do que queria ou tentar se moldar para ser outra pessoa. Com a Morte, Signa poderia ser ela mesma por completo.

Com o Ceifador, já não era mais tão sozinha.

Signa pendeu a cabeça para o lado, sorrindo para a Morte, que ficou tensa de surpresa.

– Conte-me como é atravessar essa ponte.

Ele encostou o queixo na cabeça da garota.

– Se quer mesmo saber, posso convidá-la a entrar, com o maior prazer. Assim, terei você para mim durante toda a eternidade. – Signa lhe deu um cutucão no ombro, e a Morte deu risada. – É um lugar onde há muito mais gentileza do que o mundo dos vivos. Não existem necessidades, nem desejos, nem medo.

– Então, por que você não passa mais tempo lá?

A Morte acariciou as costas da mão de Signa, e a pele da garota ardeu de desejo.

– Faço tudo o que for necessário para proteger aquele lugar e seu povo. Mas ficar lá por muito tempo é exaustivo. Não posso ter os mesmos prazeres que essas pessoas, Passarinha. Não tenho família esperando por mim, e é possível que certos dos meus desejos jamais sejam saciados, independentemente de onde eu esteja. Ver essas pessoas, estar naquele lugar, me faz lembrar disso. Além do mais, acho o mundo dos vivos muito mais divertido.

Sendo alguém que ainda lutava para encontrar seu lugar no mundo, Signa era capaz de se identificar com isso. A Morte era o homem mais odiado do mundo e, mesmo ali, no além-túmulo, o Ceifador não se encaixava. Não era para menos que dava a impressão de ser tão arredio. Signa, provavelmente, passava a mesma sensação.

– Escolhi um homem na casa dos 80 anos. – Na mesma hora, Signa soube do que ele estava falando, e as palavras eram uma ferida em sua mente. – O idoso teria mais dez anos de vida, mas seriam dez anos de dor dilacerante nos ossos. Ele está lá, na ponte.

Dito isso, a Morte balançou a cabeça, sinalizando um ponto logo adiante.

Signa não queria olhar para o homem que condenara à morte para salvar a vida de Blythe, mas isso era o mínimo que o Ceifador merecia. Abraçou o próprio corpo e se obrigou a olhar para ele, um homem baixinho e corpulento, cuja vida a garota havia ceifado. Dez anos era muito tempo. Mesmo com dor, o que aquele homem poderia ter feito na vida? Que lembranças não teria guardado? Que alegria não teria sentido?

– Não gosto de fazer isso, Signa. – As sombras envolveram os dois feito uma cortina, tapando a vista da ponte. – Estamos brincando com o Destino, e com o Destino não se brinca. Não me peça mais para ceifar a vida de ninguém para quem ainda não chegou a hora.

Essas palavras penetraram na garota e se entocaram no fundo de sua alma. Ela se encolheu.

– Desculpe por ter lhe pedido isso. – Signa tremia ao falar. – Mas, se odeia tanto fazer isso, então... por que fez? Por que me deu ouvidos?

Quando o Ceifador se virou para Signa, o luar o iluminou de um modo que fez a garota pensar em um quadro, com uma profusão de sombras que mais pareciam pinceladas em uma tela.

– Esperei uma eternidade para encontrar você, Signa Farrow. – Essas palavras foram um bálsamo, e Signa se apegou a elas, exultante. – Para mim, você é uma canção para uma alma que nunca soube o que é música. Luz para alguém que só viu escuridão. Você desperta o que eu tenho de pior absoluto, e tenho vontade de me vingar daqueles que a tratam de uma maneira que não gosto. Mas também desperta o que tenho de melhor, quero ser melhor por sua causa. Melhor para você – disse. – Durante toda a minha existência, só pedi uma coisa: ter uma única pessoa capaz de me entender, em quem eu pudesse tocar. Quando toco em alguém, vejo a vida que essa pessoa teve, em lampejos de memórias, quando ela morre. Mas, na primeira vez que toquei em você, foi seu futuro que vi. Um vislumbre: você nos meus braços, dançando, usando um belo vestido vermelho, sob a luz do luar.

Ele, então, ergueu o queixo de Signa, e a garota tremeu, deleitando-se com aquela carícia.

– É você que eu quero. – Nessa hora, o Ceifador tirou a mão da garota. – Sei que não posso obrigá-la a me querer também. Mas, se disser que quer, prometo que serei completa e incondicionalmente seu. Se disser que me quer, tornarei este mundo tudo para você, Signa.

Essas palavras a abalaram. Por tanto tempo, Signa quis apenas ser uma garota normal, sem que a Morte pairasse nas sombras de sua vida. Sonhou com a doçura dessa possibilidade, mas acabou com um gosto amargo na boca. Poderia passar a vida ao lado de Everett, de orelhas em pé, tentando ouvir fofocas, sentindo-se presa, fraca e sufocada. E, o tempo todo, não se esqueceria de que havia algo – alguém – que, um dia, fez com que se sentisse tão viva.

Uma garota normal não seria capaz de salvar a alma da prima. Uma garota normal não seria capaz de se sentar nas margens daquele lago, olhando para a ponte que leva ao belo além-túmulo. Por tanto tempo Signa resistiu a quem ela era, para ser o que os outros queriam que fosse. Estava farta disso.

A resposta estava ali – sempre estivera. Levantou a cabeça, ficando com os lábios a um milímetro dos dele.

– Acredito que sempre fui sua, Morte. Assim como você foi feito para mim, talvez eu tenha sido feita para você. Porque, para sempre, quero sentir o que sinto quando estou ao seu lado. Quero sentir o que sinto quando você toca em mim.

O Ceifador soltou o mais delicado dos suspiros, e a escuridão que havia dentro dele se acendeu, e a Morte se tornou a própria noite.

Ele era o fogo das estrelas. O clarão da lua. A escuridão das sombras e a carícia do vento na pele de Signa, porque aquela escuridão a bebeu, como se a garota fosse o mais refinado dos vinhos.

Signa sabia, antes mesmo de passar a mão no pescoço do Ceifador – antes de apertar o peito contra o dele – que não haveria volta. Quando se beijaram, a carícia do Ceifador libertou algo dentro da garota. Algo pequeno e tímido. Algo que a reprimia há tempo demais.

Não fazia diferença quem os outros acreditavam que ela era. Não fazia diferença o que pensavam dela. Era isso que Signa era, e estava pronta para aceitar esse fato.

– Você não é uma coisinha fácil de ser contida. – A voz do Ceifador era suave como a primeira chuva da estação, e ela tremeu, porque essa voz deslizava pela sua pele. – Você é mais intensa do que o sol, Signa Farrow, e está na hora de arder em chamas.

A Morte a levou para o bosque e a deitou no chão frio. Os lábios do Ceifador foram beijando o pescoço da garota até chegar ao decote do corpete. Signa tentou olhar escondido para ele, mas a névoa e as sombras o ocultaram. Poderia ter se empenhado mais. Mas, no fim das contas, a aparência da Morte não fazia a menor diferença para a garota. O que sentia pelo Ceifador – o desejo que tinha por ele – era profundo e ardente.

Em seus quase vinte anos de vida, a garota nunca se sentira tão viva. Estava desprovida de restrições e deslizava as mãos através das sombras, acariciando o cabelo e os ombros dele, beijando seus lábios, o pescoço, cada centímetro de seu corpo, tão sedenta pelo Ceifador quanto ele estava por ela.

Laço por laço, ele abriu seu vestido, e a seda deslizou pela pele de Signa. O Ceifador se afastou para admirar a sua nudez deitada sob as estrelas, com o cabelo castanho-escuro solto, cascateando por seus ombros claros.

A garota nunca se sentiu tão vulnerável e à mostra, mas não se escondeu nem se esquivou, por vergonha, das sombras que envolveram suas coxas nuas. Signa guiou as mãos do Ceifador pelos próprios seios, pelos quadris e até mais embaixo, tremendo de prazer com as carícias dele.

– Tem certeza de que é isso que quer? – Perguntou o Ceifador, quase como se não estivesse acreditando. Como se esperasse que Signa recobrasse a razão a qualquer momento e o obrigasse a se afastar.

Mas Signa não via mais a Morte como alguém perigoso. O Ceifador era emocionante e libertador, e ela o desejou mais do que já desejara qualquer coisa.

– Nunca tive tanta certeza na vida.

Signa, então, segurou o rosto do Ceifador com as duas mãos, puxando-o para baixo, para que se deitasse em cima dela. A garota o beijou com ternura, mas também com firmeza e desejo, torcendo para conseguir aplacar as preocupações da Morte. Para conseguir demonstrar que queria aquilo tanto quanto o Ceifador queria.

Pode ter sido o beijo ou as palavras que o convenceram, e ele gemeu e a beijou na boca intensamente. Depois disso, não titubeou. Na mesma hora, seus lábios estavam nas coxas de Signa, beijando a pele nua até a garota soltar um suspiro e levar a cabeça para trás, porque seu corpo se derreteu com as carícias.

As sombras do Ceifador acariciaram os ossos dos quadris de Signa, deslizando até aquele local sensível onde os lábios dele estiveram há pouco. A garota soltou um leve suspiro, sentindo toda a tensão se dissipar. Cada carícia era um fogo em sua pele, que a fazia arder de desejo e exigia a sua atenção. Pela primeira vez na vida nada mais importava. Nem a herança, nem os espíritos, nem nada, apenas o corpo dele deitado em cima dela, e aquela profunda ânsia do desejo que a consumia.

O Ceifador gemeu ao entrar em Signa, e a garota logo sentiu que o ápice se aproximava. Agora, *ela* era a escuridão das sombras. Era ela quem o fazia se dobrar e se espichar e se contorcer, aceitando tudo o que ele oferecia, tudo o que ela queria.

Signa enroscou as pernas no Ceifador, porque o desejo ardente se assomava, mantendo-o bem perto de seu corpo, algo dentro dela crescia. Não era só a *Morte* que sentia. Era a própria noite, as sombras, a escuridão, as estrelas que explodiram dentro dela, quando chegou ao ápice. O Ceifador deixou escapar um urro quando Signa arqueou o corpo debaixo dele, e segurou o cabelo da garota com uma das mãos. Seus músculos ficaram tensos quando Signa o puxou mais para perto de si, beijou seu pescoço e seus lábios e tudo o que pôde beijar, até que a Morte urrou o nome dela e se perdeu dentro de seu corpo. As sombras se retorceram em volta de Signa, e o Ceifador caiu ao lado dela.

Signa se desvencilhou do Ceifador, com um gosto de satisfação nos lábios. Era *ela* quem fez a Morte se dobrar aos seus caprichos. Era ela quem o fez sussurrar seu nome quando olhou para o céu – e, bem que gostou disso.

Entrelaçou os dedos nos dele, que afagou as costas da sua mão com carícias demoradas e satisfeitas.

– Esperei por você durante milênios, Signa Farrow. – Agora, sua voz estava um tanto rouca e sedosa, tão satisfeita que até poderia lhe fazer mal. – Desde os primórdios desse mundo, tenho esperado. Você é minha, e eu sou seu. E, juntos, somos donos do mundo.

TRINTA E NOVE

Tanto Signa quanto Elijah se sentaram à mesa do café da manhã bem antes do sol raiar, examinando teorias e motivações, nenhum dos dois dispostos a dizer a verdade com todas as letras – que Marjorie não poderia estar agindo sozinha. A reação da preceptora fora de grande surpresa, pois o amor que a mulher tinha pelas crianças da família Hawthorne era demasiado sincero.

Mas a mancha de beladona nas pontas de seus dedos e as anotações no diário não eram mentira. Marjorie queria que Lillian sumisse, mas isso não bastava. Mãos podem ser limpas, e xícaras envenenadas podem ser lavadas. E, sendo assim, precisavam de provas. Precisavam de explicações. E, por conseguinte, reuniram-se para tentar encontrá-las.

Signa ficou aliviada por Elijah ter conversado francamente com ela e ter ouvido suas suspeitas com a mais absoluta atenção. Quando a garota sugeriu que Byron poderia ser o cúmplice de Marjorie, o homem não contestou nem disse que ela estava louca. Apoiou o queixo nas mãos e falou:

– Tenho certeza de que teremos a oportunidade de conversar com meu irmão a qualquer instante.

Elijah tinha razão, mas Signa não perguntou como ele sabia que Byron iria aparecer. O sol mal raiara quando o homem bateu a aldrava da porta com tanta força que poderia ter acordado os mortos.

– Faça-o entrar, Warwick – ordenou Elijah, dirigindo-se ao mordomo. Estava rouco, com a voz por um fio. Parecia que se passara uma eternidade desde que o homem fora uma explosão de luz das estrelas no salão de baile, sorrindo, sóbrio e *feliz*. Agora, diante de Signa, Elijah estava de chinelos, com os pés em cima de uma cadeira, bebendo um chá preto onde colocara leite demais. A garota nunca o vira com olheiras tão profundas, e o homem não havia feito nada para domar o cabelo rebelde, que estava todo bagunçado, na testa, entrando nos olhos. A barba também crescera, e agora sombreava seu rosto.

O café da manhã fora servido há alguns instantes, e Signa comia colheradas de mingau enquanto ouvia o *pam-pam-pam* da bengala de Byron, batendo no chão de madeira. O homem entrou sem esperar permissão, sem esperar que Warwick o acompanhasse até a sala de jantar. Escancarou a porta, com o rosto corado, em um tom tão intenso de carmim que parecia que estava prestes a explodir. Lançou um único olhar para Signa e vociferou:

– Saia daqui, menina.

Elijah ergueu a mão em defesa dela.

– Signa não vai a lugar nenhum. – Então, apontou para uma cadeira na frente da garota. – Sente-se, Byron.

– Se você acha que vou…

– Falei para você *se sentar.*

Signa dirigiu o olhar para o canto do recinto, para as sombras mais intensas, meio que esperando que Elijah tivesse, de alguma maneira, invocado a Morte com aquele tom de voz. Byron jogou a cauda da casaca para o lado e se sentou. Estava com os punhos cerrados e colocou as mãos sobre a toalha de mesa de renda branca.

– O que foi que você fez, Elijah? Um corretor apareceu no clube hoje pela manhã, dizendo bobagens, falando que os negócios serão vendidos.

Elijah comeu uma colherada de mingau, franziu o nariz, então, colocou leite e um cubo de açúcar na tigela.

– É claro que chamei um corretor. Por acaso você esperava que eu fosse deixar minha família passando fome?

Ai de Byron e de seu pobre coração. De vermelho, seu rosto ficou roxo, o homem estava tão furioso que havia esquecido de respirar. Signa achou que ele iria desmaiar ou, pelo menos, gritar, mas Byron respirou fundo e controlou sua raiva crescente.

– Se você quer vender os negócios – começou a dizer, com um nível de calma admirável –, permita que eu compre o clube. Podemos estabelecer um plano de pagamento ou uma porcentagem dos lucros, que você pode receber. Nunca mais terá que encostar em um livro-caixa.

Elijah pediu que Warwick avisasse a cozinha de que precisavam de mais chá. O silêncio que se instaurou no recinto era pesado. Signa tinha a sensação de que sua pele arrepiada poderia pular de susto e se desgrudar dos ossos a qualquer momento. Ficar ali sentada, calada, no meio da briga dos dois irmãos, era uma forma refinada de tortura.

Pelo jeito, Byron também pensava assim.

– Elijah. – O som do nome foi uma pancada, feito um martelo no prego. – Essa proposta lhe parece interessante? Você sabe que eu jamais permitiria que sua família sofresse.

O patriarca cerrou bem os dentes e falou:

– Eu também não tive a intenção de que minha família sofresse. E é por isso que vou lhe perguntar apenas uma vez, Byron: você estava mancomunado com Marjorie para prejudicar minha família?

Signa não teve coragem nem de piscar, de medo de perder a reação de Byron. Mas não sabia como interpretar o pescoço encolhido e o cenho franzido do homem de outra forma que não fosse surpresa.

– Você andou bebendo de novo ou simplesmente enlouqueceu? Que delírio é esse? – indagou Byron.

Elijah levou a xícara de porcelana aos lábios e ficou observando o irmão através do vapor, com um nível surpreendente de calma.

– Você sabe o que foi que aconteceu com meu filho?

Byron bateu a xícara no pires, derramando algumas gotas de chá na toalha de mesa cor de marfim.

– Chega de joguinhos, Elijah. O que foi que aconteceu com Percy?

Signa queria que Byron fosse culpado. Queria explicações ou até usar suas novas habilidades para segui-lo até sua casa e confirmar com os próprios olhos qual era o seu envolvimento. Mas a preocupação do homem lhe pareceu sincera e, embora tenha ficado, em parte, aliviada, não pôde deixar de cerrar os dentes de tanta frustração pela falta de informações.

A expressão de Elijah se endureceu.

– Ele passou mal minutos depois de você ter ido embora da festa, ontem à noite. Descobrimos veneno em posse de Marjorie, e tenho motivos para suspeitar de que vocês dois poderiam estar mancomunados.

– Veneno? – Como se tivesse intenção de ficar em pé, Byron se afastou da mesa, de bengala em punho. No último instante, deve ter mudado de ideia e tornou a se sentar. – Tivemos nossas diferenças, Elijah, mas por que, em nome do Senhor, eu faria mal a alguém da sua família? – declarou, com um tom frio e objetivo.

– Você, provavelmente, deve ter tantos motivos para me prejudicar que perdi a conta – falou Elijah, e, então, foi enumerando-os com os dedos. – Não é nenhum segredo que você quer ficar com o Clube Grey, mas talvez seja mais do que isso. Talvez seja por causa dos sentimentos que você nutria por Lillian. Talvez, você a tenha matado porque estava farto de vê-la comigo. Ou, talvez, quisesse que eu sentisse a mesma dor que você sentiu quando Lillian optou por ficar comigo. Ou, talvez...

– Já chega!

Byron se segurou na beirada da mesa, apertando tanto que suas juntas ficaram brancas. Signa se encolheu na cadeira, querendo sumir. Brigas de família eram uma experiência nova e, certamente, não eram seu ponto forte.

– O fato de você nem mesmo *sugerir*... – Byron deixou a frase no ar, sacudindo a cabeça. – Eu amava Lillian, isso é verdade. Assim como é verdade que quero ficar com o clube. Mas é porque você está *acabando* com ele, Elijah. Por acaso sabe que Percy foi me procurar lá em casa, no verão passado, me implorando para eu conversar com você? Acreditar que eu faria mal à sua família é ridículo. Eu amo essas crianças, seu tolo.

Byron não disse isso com o mesmo fervor ou a mesma paixão das declarações de Elijah, mas Signa, quando deu por si, acreditava em cada palavra.

– É pouco provável que eu me case ou tenha filhos – prosseguiu Byron. – Para mim, Percy e Blythe são o mais próximo disso que chegarei na vida. Eu e Percy, principalmente, aproximamo-nos, e você perceberia, se ao menos abrisse os olhos. Quando você dispensou o rapaz, foi comigo que ele desabafou. Quero que ele se dê bem na vida, quero ver Percy assumir os negócios, casar-se e ser *feliz*. Eu jamais encostaria um dedo no menino.

– Mas encostaria o dedo em uma mulher.

Signa teve vontade de se beliscar por ter dito isso.

Byron olhou para ela, como se tivesse acabado de reparar em sua presença.

Elijah movimentou o maxilar e perguntou:

– Foi você que bateu em Marjorie? – Signa não se dera conta de que ele havia notado. – Por quê?

Byron encostou a bengala na mesa e respondeu:

– Faz muito tempo que você está sozinho, Elijah. Sei que já teve sentimentos por essa mulher. Pensei que ainda pudesse ter, talvez.

Elijah deu uma risada amarga.

– O que você pensou? Que se eu a levasse para a cama, poderia esquecer da morte de minha esposa? Que eu poderia até voltar a ter meus antigos comportamentos e começar a ir para o clube trabalhar novamente? Você é que é um tolo, meu irmão.

– Há uma dama à mesa, Elijah...

– Ela pode tapar seus delicados ouvidos se eu a ofender. Você é muito antiquado, Byron. Não é para menos que Lillian nunca amou...

– Termine a frase – disse Byron, entre dentes, inclinado o corpo para a frente e colocando o dedo na cara de Elijah – e irá se arrepender.

– Será? Céus, eu tremo só de pensar...

– Ah, pelo amor de Deus, já cansei de ouvir vocês dois. – Signa empurrou a cadeira para trás ruidosamente e ficou em pé, não conseguia aguentar mais um instante sequer dos dois homens se esgoelando feito porcos. – Vocês estão se comportando como criança. Se não são capazes de ter uma conversa civilizada, bebam seu chá, que eu faço as perguntas.

Os dois homens eram tão parecidos, com seu rosto descorado e olhos de coruja. Signa, agora, era capaz de ver a semelhança, como nunca conseguira ver antes. As mesmas sobrancelhas severas e o maxilar quadrado. A pele morena, um pouco mais escura, no caso de Elijah. Byron era mais sério, como Percy, tinha o nariz mais comprido e traços mais angulosos, mas os dois eram tão parecidos que chegava a ser impressionante.

– Não sabemos se Marjorie estava agindo sozinha e precisamos de provas do envolvimento dela – Signa começou a explicar, com um tom objetivo e ríspido. – O fato de estar com os dedos machados de veneno não basta. Byron, se você sabe por que Marjorie envenenaria pessoas da família Hawthorne, precisa nos contar.

A gargalhada retumbante que Byron soltou era a última coisa que Signa esperava.

– Você realmente acha que Marjorie os envenenaria? Você é muito tola, mocinha. Essa mulher jamais faria mal a Percy.

Elijah passou dois dedos nos cantos dos lábios, alisando a barba por fazer.

– Conte do diário que encontrou, Signa. Aquele, que você mostrou e com o qual confrontou essa mulher.

– Ela escreveu sobre uma ocasião que o encontrou lá nos estábulos – respondeu a garota. – Escreveu que se declarou para o senhor e que foi rejeitada...

– Isso que você está dizendo não aconteceu. – Quanto a isso, Elijah foi bem firme. – Tem certeza de que foi meu nome que ela escreveu?

– Claro que tenho! Marjorie disse que queria ter a família que sempre deveria ter tido. Ela disse... ela disse... – Signa, então, se deu conta de que não, Marjorie nunca mencionou o nome de Elijah como sendo o do homem que amava. Mas a garota vira o modo como a mulher encostava nele e como falava sem rodeios na presença do dono da casa. Então, se não era Elijah... – Poderia ser outra pessoa? Outra pessoa que ela amava e se sentia na obrigação de dizer a verdade?

A palidez de Elijah era tão evidente que Signa temeu que a alma do homem já tivesse partido do corpo antes que desse tempo de obter uma resposta. O rosto de Byron estava igual, e os dois se entreolharam de um jeito que Signa não conseguiu interpretar, por mais que tenha tentado.

Na noite anterior, a garota tinha tanta certeza do que havia lido. Estava tão certa de que havia começado a montar o quebra-cabeça. Mas, pela expressão dos dois homens, ficou mais em dúvida do que nunca.

– Ela poderia estar falando de outra pessoa – Elijah finalmente respondeu.

– Elijah...

Essa foi a primeira vez, até onde Signa conseguia lembrar, que ouviu Byron empregar um tom mais protetor ao falar com o irmão, que ficou observando.

– Tudo bem, Byron. Apesar de eu não saber se essa moça é um anjo ou o próprio demônio, ela salvou a vida dos meus filhos tantas vezes que até perdi a conta. Além disso, se o que Signa está dizendo for verdade, não podemos dizer que ele já não saiba.

– Sabe *do quê*? – perguntou Signa.

A garota massageou as têmporas. Pensou que a cabeça ia explodir se não obtivesse logo algumas respostas. Felizmente, os homens da família Hawthorne ficaram com pena dela.

– Marjorie não permaneceu na Quinta dos Espinhos porque me amava. – Apesar de estarem só os três no recinto, Elijah falou tão baixo que Signa teve dificuldade de ouvir. – Ficou aqui porque teve um filho.

O quebra-cabeça se formou.

Aos olhos da sociedade, eu já estava desvirtuada.

Marjorie aconselhara Signa a tomar cuidado com os homens. Tivera um filho sem ser casada e, por causa disso, a sociedade a rechaçou.

Blythe era tão parecida com Lillian. Tinha o mesmo cabelo cor de raio de sol, os mesmos traços delicados. Mas, apesar de tanto o pai quanto a mãe terem cabelo loiro, o cabelo cor de abóbora de Percy e sua pele sardenta sempre lhe pareceu deslocado. Como não percebera isso antes?

– Percy é filho de Marjorie, e você é o pai – disse Signa, com a duas mãos na cabeça –, não é?

Elijah não titubeou.

– Guardamos segredo, tanto para o bem de Marjorie quanto para o bem de Percy. Eu recém ficara noivo quando ela descobriu que estava grávida, e eu não fazia ideia, até que um dia essa mulher bateu na nossa porta, com o bebê no colo. Marjorie havia sido deserdada pela família e ficara sem nada. Sem dinheiro, sem perspectiva e ninguém dirigiria o olhar para ela se soubesse que dera luz a um filho sem ser casada. Então, pediu para mim e para Lillian criarmos Percy como se fosse nosso filho, e eu concordei. Claro que concordei. Percy é meu filho, e eu queria que ele tivesse o mundo, não uma vida na rua.

– E Lillian concordou?

– Lillian sempre tratou Percy como se fosse seu próprio filho – respondeu Byron, com uma convicção surpreendente.

Elijah fez que sim e prosseguiu:

– Tentamos ter filhos por muito tempo, sem conseguir. E, apesar de explicar para minha nova esposa que ter uma criança sobre quem eu não sabia nada não era uma experiência que eu gostaria de viver novamente, acho que ela encarava Percy como uma bênção. Desde o primeiro instante em que o viu, Lillian o amou.

Parecia que alguém tinha jogado um quebra-cabeça completamente diferente em cima da mesa. Signa massageou as têmporas de novo, tentando organizar as peças.

– E a Marjorie? Concordou com esse arranjo?

– Concordou na medida do possível, presumo. – Elijah mexeu o chá, despertando suas lembranças. – Eu lhe dei um emprego digno, um teto para morar e a chance de ver o filho crescer. Mas Percy não podia saber a verdade sobre a mãe. Eu queria dar muito para esse menino, e ele não teria como receber se descobrissem que era um bastardo. E Marjorie e Lillian ficariam faladas onde quer que estivessem.

– Percy não seria mais ridicularizado do que é agora – interrompeu Byron, fazendo careta. – Você está transformando o rapaz e toda a família Hawthorne em motivo de piada, acabando com as perspectivas de futuro do jovem.

Signa nunca testemunhara tamanho rosnado como o que Elijah fez para o irmão.

– Não estou tentando transformar meu filho em motivo de piada. Estou tentando *protegê-lo*. Assim como estou tentando proteger você, seu tolo. Durante anos nos entregamos ao trabalho, perdendo sono, perdendo aniversários, perdendo lembranças. E para quê? Para perder os últimos instantes de vida de minha esposa, garantindo que homens ricos e mimados pudessem passar os dias bebendo e jogando? Para ter dinheiro e manter essa casa deserta, que fica mais silenciosa a cada dia que passa? Meu filho merece ser melhor do que eu. – disse Elijah, com firmeza. – Você não é casado, Byron, porque se entrega demais a um trabalho que não significa nada, assim como eu fiz. Tive que aprender essa lição da pior maneira possível, meu irmão. Acreditei que os médicos curariam minha esposa e, sendo assim, continuei a passar dia após dia no clube. Eu poderia estar presente para ajudá-la. Eu poderia ter facilitado as coisas para Lillian e, apesar disso, optei pelo trabalho. Não permitirei que meu filho tome essa mesma decisão. Percy não irá herdar o Clube Grey nem irei vendê-lo para você e desgraçá-lo pelo resto de sua existência. Deixe que qualquer pobre coitado fique com ele. Vamos pedir uma porcentagem e não passaremos necessidade.

Signa gostaria que Percy estivesse acordado para ouvir as palavras do pai. Torcia para que o rapaz ficasse aliviado ao saber que não era o ódio nem a falta de confiança de Elijah que o impedia de trabalhar nos negócios da família. Era o amor. E, quem sabe, se o primo soubesse disso, ele e o pai pudessem começar a consertar o relacionamento estremecido.

Entretanto, se Byron servia de parâmetro, seria necessário consertar muito mais do que apenas o relacionamento dos dois.

– Você não consegue entender o que isso fará com nossa reputação? – perguntou. – No instante em que você assinar esses papéis, ela desaparecerá.

– Então me chame de mágico. – Elijah ignorou a preocupação. – Tenho tudo o que preciso. O restante é um jogo que não quero mais jogar.

Byron passou os dedos letárgicos no cabelo e ficou puxando as mechas.

– *Você*, talvez, não queira mais jogar, mas não tem o direito de tomar essa decisão por todos nós. Já vivi o suficiente para saber o que quero, e o que quero é o Clube Grey.

Sem sombra de dúvida, os dois continuariam discutindo até ficarem sem ar, mas Signa estava distraída pelas lembranças que tinha da ternura de Marjorie em relação a Percy. Da adoração e do carinho nos olhos da preceptora, e como cedia às vontades do primo com facilidade.

Era capaz de entender que Marjorie queria tirar Lillian da jogada. Blythe ter sido envenenada também, podia entender, porque a garota, provavelmente, não se encaixava na ideia que a preceptora tinha da família que deveria ter. Mas por que Percy ficou doente?

Ainda faltava uma peça do quebra-cabeça. Uma última peça para, finalmente, resolver aquele mistério.

Signa. A lufada de ar gelado que a garota sentiu na pele foi tão repentina que soltou um suspiro de surpresa, mas, como os homens da família Hawthorne estavam brigando, ninguém percebeu. Venha rápido. *Algo está acontecendo com Percy.*

Signa se levantou da cadeira sem pensar duas vezes e foi correndo até a porta. Elijah e Byron pararam de discutir abruptamente, e Elijah gritou:

– Aonde a senhorita vai?

– Até o quarto de Percy! – respondeu ela, também gritando.

Não se virou, mas ouviu as pernas das cadeiras dos dois arranharem o chão, e teve certeza de que os dois homens estavam logo atrás.

QUARENTA

Percy estava parado perto da janela quando Signa entrou correndo no quarto. Os olhos do rapaz estavam injetados, e ele se segurava no parapeito. Era um milagre ter forças para ficar de pé, mas a garota ficou com a impressão de que não era a determinação, e sim a adrenalina que instigava o primo.

Signa abraçou o próprio corpo, porque um vento uivante soprava no quarto, entrando pela janela aberta. A Morte estava logo atrás de Percy, observando a cena com curiosidade e em silêncio.

– Percy? – chamou Byron, bufando depois de ter subido as escadas correndo.

Apoiou o peso do corpo na bengala e xingou o joelho artrítico.

O olhar vazio de Percy passou reto por cada um deles, como se fossem fantasmas. O rosto brilhava de suor, a pele estava descorada e macilenta.

– Que foi, filho? – perguntou Elijah. – O que foi que aconteceu?

– Céus, para o quê este menino está olhando? – quis saber Byron.

Signa não olhou para Percy em busca de resposta, mas para a Morte.

Não vi o que aconteceu, disse o Ceifador. *Senti um espírito aqui e vi o rapaz abrir a janela, quando vim ver como ele estava. Percy está parado, com o olhar fixo, desde então.*

Signa se aproximou do primo e o segurou pelos ombros, afastou-o da janela e o levou até a cama.

– Precisamos chamar um médico imediatamente – declarou Byron, já se dirigindo à porta, mas Elijah o fez voltar.

– Nenhum médico é capaz de curar isso. Percy está tendo alucinações. Warwick! – Ele gritou para o mordomo, que fora atrás dos três às pressas, mas Signa nem se dera conta disso. – Traga um chá para ele e alguma coisa de comer...

– Nada de chá! – exclamou Percy, e seu corpo se sacudiu com um tremor violento. O rapaz caiu na cama, tremendo e com os lábios rachados.

Signa o tapou com os lençóis, tentando desviar a atenção do primo da janela.

– Isso que viu deve ir embora pela manhã. Ajudaria se eu ficasse aqui com você por um tempo?

Os olhos vidrados de Percy iam de um lado para o outro, sem conseguir se ater a nada por muito tempo.

– Eu a vi. – Percy não gaguejou e, apesar de ainda estar tremendo, disse isso com uma clareza que surpreendeu Signa. – Mamãe. Ela estava aqui.

Os olhos de Percy, então, fecharam-se, e Signa teve certeza de que o primo estava sentindo o mesmo cansaço que se infiltrava nos ossos dela sempre que deparava com um espírito. Foi o que bastou para confirmar suas suspeitas, que Elijah ecoou, em um suspiro assombroso.

– Foi Lillian. É o que eu sempre achei: ela está aqui, cuidando das crianças.

O homem tremia feito vara verde.

– Lillian está morta, Elijah. – A jugular de Byron estava saltada, latejando. – Isso é bobagem. Não passa de um acesso de delírio.

– Não foi delírio. – Não havia severidade no tom de Elijah. O homem acreditava que a esposa estava ali, e isso era tudo que lhe importava. – Minha esposa ainda está na face da Terra.

Seria um alívio para Signa confirmar que Elijah tinha toda a razão. Mas existe um véu entre os mundos dos vivos e dos mortos que é melhor não atravessar. E, sendo assim, a garota disse "talvez", só que Elijah estava tão perdido no vale de seus próprios pensamentos que nem fez caso dela. Lançou um olhar de relance para o filho, para se certificar de que Percy ainda respirava, e saiu correndo do quarto, murmurando algo sobre a esposa.

Talvez tivesse a intenção de procurá-la. Ou, talvez, tivesse a intenção de voltar a beber, na esperança de encontrar lenitivo no fundo do copo.

Signa ficou feliz porque Byron, depois de lançar mais um olhar sério para Percy, decidiu ir atrás do irmão, talvez para impedi-lo de fazer algo intempestivo.

Ela se aninhou no frio que sentia na pele quando a Morte se aproximou.

– Você pode até ter levado Lillian, mas quem morreu de verdade foi deixado para trás, aqui, na face da Terra.

A garota sentia pena de Elijah. Sentia tanta pena dele que tinha a sensação de ter um buraco ardente em seu coração.

– Signa. – A Morte falava com ela da maneira que as pessoas falam quando estão tentando não assustar um animal selvagem. – Todo mundo que vive precisa morrer. É assim que o mundo funciona.

Mas, ah, como Signa gostaria que não fosse. Como a vida lhe parecia frágil, já que vira vidas se despedaçarem, uma após a outra, diante de seus olhos.

– Não suporto ficar olhando para ele. – O buraco em seu coração ficara grande demais, e aumentava a cada segundo. – Toda essa gente... Como você consegue? Como consegue viver deixando um rastro de pessoas arrasadas?

Signa tapou a boca com a mão na mesma hora, odiando o fato de ter feito essa pergunta em voz alta. Mas, a Morte apenas se encostou nela e apoiou o queixo em sua cabeça.

– A vida humana é algo lindo. Vocês, humanos... vocês sentem. Sentem com tamanha intensidade que são consumidos por esses sentimentos. Eu fiquei de olho em alguns humanos, mas era só eu piscar que já estavam cinquenta, sessenta anos mais velhos. E, quando via, estava na hora de eu ir ao encontro dessas pessoas. Por anos e anos, tive pena dos humanos, por terem a vida tão curta. E, admito, Signa, fiquei mais insensível com a idade. Mas, também, passei a admirar os seres humanos. Que têm tão pouco tempo para viver e, sendo assim, precisam sentir intensamente. Precisam vivenciar, ao longo de uma única vida, coisas que levei uma eternidade para vivenciar. Quando vejo homens como Elijah, em vez de me sentir culpado pelo que fiz, lembro que ele sente tristeza porque amava intensamente. E, se eu não existisse, Passarinha, se eu não fosse a Morte, Elijah jamais teria vivenciado tal amor. Então, o que é melhor: viver para sempre ou viver e amar?

O Ceifador, então, acariciou os braços de Signa e segurou as mãos da garota.

– Não tenha medo de mim. – A voz suave dele roçou nos ouvidos de Signa. – Não fique magoada comigo, agora que acabei de encontrar você, por favor, porque sou eu quem torna esse mundo lindo.

Por mais que tentasse, Signa não odiava a Morte – não conseguia odiar. Concluiu que o Ceifador tinha razão, de certo modo, mas isso não mudava o fato dela continuar sendo apenas humana. Se as coisas eram como a Morte havia dito – se os humanos tinham sentimentos tão intensos e amavam de forma tão grandiloquente –, será que era por isso que seu coração doía tanto por causa dessa família e de tudo que passara a representar para ela? Será que era porque Signa amava aquelas pessoas?

De mãos dadas com a Morte, a garota se permitiu ser consumida por esse pensamento que a devorava. Permitiu que enfraquecesse o peso que sentia em seu coração e fortalecesse sua determinação.

Sim, ela amava aquelas pessoas. E, por causa desse amor, faria qualquer coisa para salvar a vida deles, e para que pudessem ser uma família novamente.

QUARENTA E UM

Os dias na Quinta dos Espinhos não tinham mais uma rotina estruturada. As aulas e quaisquer resquícios de etiqueta se foram, substituídos por uma melancolia que envolveu a casa feito um véu de luto. De sua parte, a Quinta dos Espinhos, como um todo, estava ansiosa para voltar a qualquer coisa que lembrasse a normalidade. Isso ficava óbvio na cabeça baixa dos criados e no fato de ninguém ter coragem de falar no que havia acontecido durante o baile, nem sobre o desaparecimento súbito de Marjorie, há três noites.

Sem governanta para supervisionar seus estudos e com toda a família Hawthorne naquele estado, era raro prestarem atenção em Signa, que ficou com muito tempo livre. Passava boa parte desse tempo bisbilhotando pela mansão e esquadrinhando os registros dos empregados que ainda não analisara, na companhia de Sylas. À luz de velas, investigavam os moradores da mansão e tentavam encontrar um caminho por onde seguir. Tentavam encontrar algum tipo de pista que lhes mostrasse onde mais procurar.

Elijah voltara a beber. Passava os dias com os filhos doentes e, as noites, perambulando pelos corredores, procurando a esposa que jamais encontraria.

Blythe se recuperava sozinha no quarto, ainda tão doente que recusava a companhia de todos, menos do pai. E, apesar de Signa querer lhe fazer uma visita mais do que tudo, sabia que, se a prima tinha condições de comunicar que não queria receber visitas, pelo menos estava bem a ponto de se expressar de forma coerente, de ter consciência do próprio estado e ficar constrangida por isso.

Percy, finalmente, conseguia andar sem precisar de ajuda, mas continuava abalado pela aparição da mãe. Sua pele recobrara a cor, e a luz voltara aos seus olhos, mas o rapaz comia e bebia tão pouco que a pele estava grudada nos ossos; o rosto, esquelético de tão magro. Passava os dias como o pai passava as noites, andando de um lado para o outro pelos corredores, resmungando com seus botões, tão perdido nos próprios pensamentos que Signa ficava apenas olhando e não tinha coragem de ir falar com ele. Supunha que o comportamento do primo até que era normal. Percy acreditava ter recebido a visita do fantasma da mãe. Como imaginavam que o rapaz fosse lidar com isso?

O que Signa não esperava era que Percy desenvolvesse o hábito de sumir por horas e horas, à noite, quando achava que ninguém estava olhando. Da sacada aberta de seus aposentos, ouvia o rapaz sair da mansão e via que ele ia até os estábulos e, minutos depois, se dirigia ao bosque, a cavalo. Voltava tarde da noite, com tanta terra nas mãos que Sylas enviara um bilhete na noite anterior, comentando, em detalhes, a aparência do rapaz.

– Você deveria parar para descansar – sugeriu o cavalariço, uma noite em que Signa foi encontrá-lo nos estábulos, depois de Percy ter sumido.

A garota estava determinada a descobrir onde, exatamente, o primo ia. Signa estava abatida, com o cabelo todo espetado, olhar cansado e olheiras fundas e roxas.

– Já fez tanto pela família. Olhe só o que isso está fazendo com a senhorita – continuou Sylas.

Signa se encostou na parede e ficou massageando a ponta do nariz enquanto esperava o rapaz selar os cavalos.

– O que acontece comigo não tem importância.

Ela teve que morder a língua para não dizer isso de forma ríspida, porque não estava brava com o rapaz, apenas frustrada com toda aquela situação.

Havia mais coisas naquele quebra-cabeça que não estava enxergando, e não conseguiria relaxar até descobrir toda a verdade. A família Hawthorne era o mais próximo de uma família de verdade que Signa já tivera na vida. Se tivesse que passar mais mil noites sem dormir até conseguir garantir a segurança deles, assim o faria.

– Você pode, por favor, apenas selar os cavalos?

– O que a senhorita acha que irá descobrir hoje à noite que não pode descobrir amanhã? – insistiu Sylas, com um tom mais firme, dessa vez. – Precisa se cuidar...

Signa o deixou de lado e foi para a sala dos arreios, pegar ela mesma a sela. Seu corpo arqueou com o peso do equipamento e, apesar de Sylas estar logo ali – de braços cruzados, olhando feio para a garota –, não levantou um dedo sequer para ajudá-la. Signa apertou os lábios e espremeu os olhos, e o rapaz simplesmente deu de ombros.

– Vire-se sozinha, já que está se saindo tão bem.

Ela meio que teve vontade de jogar a sela no pé de Sylas. Ele era tão grosseiro que bem merecia, apesar de a garota não ter como negar que era um grosseirão bom de olhar, mesmo através da névoa da dor de cabeça que sentia. Mesmo com tudo o que sentia pela Morte, havia momentos com Sylas – com seu sorriso franco, seus músculos irritantes e seu cabelo despenteado – em que as sombras da dúvida se infiltravam em seus pensamentos. Uma minúscula e persistente curiosidade de como as coisas poderiam ter sido com Sylas, melhor dizendo.

Não que isso significasse alguma coisa, claro. O rapaz já lhe dissera que havia alguém em sua vida por quem nutria um profundo afeto, e agora Signa também tinha alguém em sua vida. Só gostaria de saber *quem*, exatamente, havia fisgado o coração do rapaz. Por ora, entretanto, aquela era uma curiosidade trivial. Havia assuntos muito mais prementes, que exigiam sua atenção.

– Vai comigo ou não? – perguntou Signa, por fim, deixando tais pensamentos de lado.

Então, entrou na baia de Mitra e colocou a sela nas costas da égua. O animal fez carinho na mão dela com o focinho.

Foi só aí que Sylas soltou um suspiro, reconhecendo que não iria vencer aquela briga.

– Claro que vou. Saia da frente.

Ele pegou as rédeas e terminou de selar Mitra, fazendo tudo de modo exasperado. Signa tentou segurar o sorriso.

Saíram logo depois, com Gundry em seu encalço. O cavalariço foi na frente, atravessando os morros cobertos de neve, em direção ao bosque, logo adiante, com seus galhos que esperavam para emboscá-los.

– É bem provável que Percy tenha ido para o jardim – disse Signa, verificando as pegadas de cascos na neve, que iam, em linha reta, em direção às árvores. – Ele nunca disse nada enquanto esperava você selar o cavalo?

– Seu primo não é de falar com a criadagem – zombou Sylas. – Um belo de um cavalheiro, esse rapaz.

Signa seguiu as pegadas, entre as árvores impiedosas, até chegar ao fundo da floresta, onde convergiam com algo que a fez parar – outro par de pegadas na neve, de botas, pequenas demais para serem de Percy.

Sylas desceu do cavalo e se abaixou para examiná-las.

– Quem deixou essas pegadas ainda pode estar por aqui – disse, quase em um sussurro. – Os contornos estão bem definidos, ou seja, são recentes.

Signa analisou as pegadas de Percy mais uma vez. O rapaz não agia normalmente desde que fora envenenado e, para o bem dele, aquelas outras pegadas não podiam ser ignoradas.

– Vá atrás de Percy. Veja se consegue descobrir o que ele anda aprontando e se certifique de que meu primo não vá fazer nada intempestivo. Eu sigo essas outras pegadas. Talvez nos levem até Marjorie.

Ficou óbvio, pelos ombros tensos de Sylas, que o rapaz ficara bem descontente com tal decisão. Ele passou a mão no rosto, soltou um suspiro e montou no cavalo.

– Então nos encontraremos nos estábulos dentro de uma hora – falou, com um tom firme. – Se não estiver lá, virei procurá-la.

– Uma hora – prometeu a garota, olhando feio para o cavalariço e segurando as rédeas. – Até lá.

E, dando um chute de leve na lateral do corpo de Mitra, Signa se separou de Sylas e foi seguindo as pegadas, que a levaram por uma trilha pela qual ainda não se aventurara.

Foi entrando cada vez mais na floresta, até que as pegadas sumiram debaixo da terra, dos espinheiros e tudo o mais que cobria o chão. O bosque era mais denso ali. Uma área onde passava menos gente, e a vegetação seria rica, se não fosse pela neve. Signa desceu de Mitra, esmagando galhos com as botas e segurando bem firme nas rédeas.

Há algo de tranquilo no inverno – uma imobilidade à qual Signa, com frequência, sentia que estava se entregando. Mas, ali, tão fundo no bosque, com a cabeça ainda latejando, era inquietante. Sua pele ficou arrepiada, e ela se encostou no calor do corpo de Mitra, sem saber ao certo o quanto ainda poderiam adentrar em segurança.

Abaixou-se para ver se conseguia tirar um pouco dos espinheiros do caminho, quando uma voz, vinda de trás, suave e conhecida, avisou:

– Cuidado. A casca é venenosa.

Signa virou para trás e deu de cara com Charlotte. O ar de sua respiração formava nuvens. Estava com uma capa grossa, cor de esmeralda, e carregava um cesto de vime.

– Essa planta se chama sumagre-venenoso – explicou, fazendo sinal para Signa se afastar dali. – Se você ou o cavalo encostarem nela, terão uma alergia bem feia. – Então, deu um sorriso. – Descobri da pior maneira possível, há alguns anos, quando comecei a vasculhar esse bosque.

Óbvio que as pegadas eram de Charlotte. Signa se recordou de Blythe falando que a garota morava do outro lado do bosque, mas não conseguia imaginar por que a antiga amiga poderia estar ali, com um tempo daqueles. Signa dirigiu o olhar ao cesto que a outra garota carregava. Quando espremeu os olhos, sua cabeça latejou, e apareceram minúsculos pontinhos de luz em seu campo de visão, na neve debaixo de seus pés. Deve ter cambaleado, porque Charlotte esticou o braço para ampará-la.

– Você está se sentindo mal? A última coisa que precisa fazer agora é andar a cavalo sozinha – censurou Charlotte. – Vamos, sente-se aqui nessa pedra.

Signa fechou os olhos por um instante porque o mundo girava, e permitiu que a outra garota a ajudasse a se sentar.

– É apenas uma dor de cabeça. Logo passa.

Quando abriu os olhos, Charlotte estava de cenho franzido. Abriu a tampa do cesto, revelando uma variedade de coisas que colhera. Castanhas, pinhas, cogumelos minúsculos de cores estranhas e um pedaço de casca de árvore, que entregou para Signa.

– Casca de salgueiro – disse, à guisa de explicação. – É melhor em forma de chá. Mas, se mastigar, ajudará a diminuir sua dor de cabeça.

Signa enfiou a casca de árvore na boca sem questionar e começou a mastigar. Faria qualquer coisa para se livrar daquela dor latejante, que turvava sua visão.

– O que está fazendo aqui? – perguntou, entre uma mastigada e outra, franzindo o nariz de tão amarga que era a casca de árvore.

– Eu poderia lhe fazer a mesma pergunta. Depois do baile de Natal, não esperava vê-la fora de casa, nem ninguém da família Hawthorne, por um bom tempo. E, certamente, não justo aqui.

– Você nem me vê, de todo modo. – Signa se surpreendeu com a franqueza de sua declaração. – Eu gostaria de tê-la visto naquela noite. Ou, em qualquer outro momento, na verdade. Tenho a impressão de que um muro se ergueu entre nós.

– Tenho a mesma impressão – admitiu Charlotte. – Mas não é culpa sua. Você viu os abutres que nos rodeiam, Signa. Se algum deles ficar sabendo de meu passado, se ficarem sabendo do que ocorreu entre minha mãe e seu tio, jamais terei paz. Viemos morar aqui, tão longe, para nos vermos livres do escândalo. Então, pode imaginar minha surpresa quando você apareceu, poucos meses antes de eu debutar. – A garota, então, sentou-se na pedra, e seus olhos castanhos-claros fitaram os de Signa. – Já faz muito tempo, e eu não sabia que tipo de pessoa você havia se tornado. Tudo que quero é conseguir um bom casamento e cuidar de meu pai.

Talvez fosse devido à casca de salgueiro ou, quem sabe, devido à conversa, mas Signa já se sentia um pouco melhor. Por mais frustrante que fosse, ficou feliz em saber que ela e Charlotte tinham sentimentos semelhantes.

– Compreendo – falou.

E foi sincera, porque teve receios parecidos quando viu Charlotte na Quinta dos Espinhos.

– Pensei que você não iria mais colher coisas no bosque, já que sua apresentação à sociedade se aproxima – provocou Signa, fechando os dedos em um limo da pedra. – Certas pessoas diriam que você é bruxa, por causa desse maravilhoso remédio caseiro que me deu.

– Uma bruxa reconhece outra – debochou Charlotte. – Acha que não a vi saindo da botica? Você sempre gostou de plantas tanto quanto eu gosto de descobrir o que os bosques têm a oferecer. – Nessa hora, Charlotte fechou o cesto e ergueu bem o queixo. – Gosto de ter algo para fazer que não exija me embonecar toda nem ficar desfilando por aí, mas o maior motivo para eu continuar fazendo isso é o fato de a casca de salgueiro ajudar a aliviar a artrite de meu pai.

– É muita bondade sua – elogiou Signa, torcendo para que, se suavizasse o tom, Charlotte percebesse que estava sendo sincera.

No fim das contas, a outra garota relaxou um pouco, sim.

– E você? Fico surpresa que tenha permissão de andar a cavalo sozinha. O que está fazendo aqui?

– Tem alguém me acompanhando – explicou Signa, com os dentes doendo de tanto mastigar. Com delicadeza, tirou um pedacinho da casca que ficara grudado em sua língua. – Mas acabamos nos separando. Percy tem vindo aqui ultimamente, e estou preocupada com ele. Por acaso você o viu?

Charlotte demorou para escolher as próximas palavras que disse.

– Ele e Blythe antes me ajudavam a colher plantas, e eu ensinava para os dois o que era comestível e o que não era. Mas fomos crescendo, e passou a ser inapropriado eu e Percy ficarmos a sós. Eu o vejo de vez em quando. Hoje à noite, por exemplo, mas só de passagem. Percy me pareceu estar com pressa, acho que ia visitar a mãe.

A garota disse isso como se fosse algo tão banal. Signa jamais ficara sabendo que o primo ia para o jardim, e Sylas jamais comentara que Percy ia aos estábulos pedir para selar um cavalo, a não ser nos últimos dias.

– Meu primo faz isso com frequência?

– Bem, a mulher *era* mãe dele – respondeu Charlotte, falando sem formalidades, ali no bosque. Mais parecida com a amiga que Signa tinha. – Óbvio que sim. Blythe também vinha, antes do jardim ser trancado e de ficar doente.

Signa cuspiu o que sobrara da casca de salgueiro e ficou ruminando as palavras da outra garota.

– Outras pessoas também aparecem lá?

Não sabia ao certo o que precisava saber, mas tinha uma curiosidade que precisava matar. Ficou de pé quando Charlotte se levantou e foi atrás da antiga amiga, em direção ao jardim.

– Lillian não costumava receber ninguém lá, não – admitiu Charlotte, coçando o pescoço de Mitra enquanto as duas caminhavam. – Mas o Sr. Hawthorne preferia que alguém a acompanhasse até o jardim. Normalmente, uma criada ou alguém dos estábulos.

Uma descarga elétrica percorreu a espinha de Signa. Por mais que gostasse da companhia de Sylas, a curiosidade a consumia, e não conseguia ignorar as perguntas que foram surgindo, uma após a outra: como um cavalariço poderia ter botas e luvas tão caras? Por que, no dia em que deveria acompanhá-la até o jardim, optara por montar o cavalo mais arredio e se perder no bosque? Será que queria impedir que Signa entrasse lá?

O rapaz também conhecia a biblioteca. Sabia como chegar apesar de ser um cavalariço. E também foi ele quem lhe mostrou as passagens secretas.

E, antes disso, depois de Signa ter encontrado o jardim, Sylas aceitara com tanta facilidade a proposta de ajudar a garota em troca de dinheiro, caso não se sentisse mais obrigado a trabalhar para a família Hawthorne. Alegou que queria ajudar alguém de quem gostava, mas Signa não conseguia descobrir quem poderia ser essa pessoa, por mais que tentasse.

Ela *gostava* de Sylas – mais do que gostava da maioria das pessoas, na verdade. Sentia-se à vontade na companhia do rapaz. Signa escolhera Sylas para ser seu confidente, em sua missão de solucionar o mistério da morte de Lillian.

Mas, e se tivesse escolhido a pessoa errada?

– É melhor eu voltar – decidiu, em voz alta, e a aflição em seu tom de voz bastou para assustar Charlotte.

– Claro – respondeu a outra garota, parecendo um pouco incomodada ao perceber o pânico de Signa. – Você sabe... Signa, você viu isso?

Uma nuvem de fumaça cinzenta se erguia no céu.

Signa foi tomada pelo pavor. Em pleno inverno, aquilo não podia ser nenhum acidente.

– Corra até a Quinta dos Espinhos e chame Elijah – pediu para Charlotte. Em seguida, aproximou Mitra da pedra e subiu nela para conseguir montar na sela. – Diga para ele vir rápido.

– Signa...

– Percy pode estar lá dentro! – Sylas também, mas Signa não teve coragem de admitir suas suspeitas em voz alta. Não teve coragem de admitir essa possibilidade. – Por favor, vá logo!

A garota não ficou ali para ver se Charlotte atendera ou não ao seu pedido. Agarrou-se em Mitra e foi direto em direção à origem da fumaça. Em direção ao jardim e das respostas que estavam à sua espera.

QUARENTA E DOIS

Mitra saiu em disparada pela neve, pelos galhos retorcidos que arranhavam as duas. Havia olhos no bosque, escondidos nos espinheiros e nas sombras. Olhos que estavam sempre observando, esperando para ver o que iria acontecer. Lillian estava por perto, atraindo Signa. O vento açoitava seus cabelos, se aninhava em seus ouvidos e sacudia seu cérebro. Os mortos podem ser amargurados. Podem ser deprimidos ou aflitos. Mas, o espírito que atraía Signa até o jardim estava enlouquecendo de uma maneira que a garota jamais havia sentido.

Poucos metros mais adiante, o chão estava cheio de heras despedaçadas, arrancadas dos portões de ferro – agora, escancarados – que, antes, impediam a entrada das pessoas no jardim. O cavalo de Sylas esperava do lado de fora, de orelhas baixas, raspando os cascos no chão. Signa desceu de Mitra e passou correndo pelos portões do jardim, antes que pudesse voltar atrás.

O fogo ainda estava contido na parte de dentro, mas aumentava a cada segundo. As chamas consumiam toda e qualquer vegetação que podiam encontrar pela frente, em meio à neve que derretia. As chamas se alastraram, brasas tentaram se apossar de um arbusto, que pegou fogo ao lado de Signa.

Sylas empurrou a garota para o lado antes que o fogo pudesse queimar suas roupas. Ela nem percebeu que o rapaz se aproximara.

– Está intenso demais! – berrou o cavalariço, e suas palavras quase foram abafadas pelo rugir das chamas e o coaxar dos sapos, que fugiam aos pés dos dois. – Saia daqui!

Signa o ignorou e perguntou:

– Onde está Percy?

– Quando cheguei, o incêndio já havia começado. Não o vi...

A garota agarrou o rapaz pela casaca e conseguiu silenciá-lo.

– Quem é você, Sylas Thorly? Foi o senhor quem deu início ao incêndio na biblioteca?

Meu Deus, como ela ficou irritada ao perceber que sua voz tremia, mas não o suficiente quando viu o rapaz encolher os ombros.

– Claro que não...

Sylas, então, segurou Signa pelo braço e tentou arrastá-la para fora do jardim, a garota se desvencilhou.

– Não encoste em mim!

A raiva se inflamou dentro dela. Uma raiva ardente e sem sentido, que não se importava com a fumaça, nem com o jardim, nem com qualquer coisa além do fato do rapaz ter traído sua confiança. Do fato de Sylas estar destruindo a família Hawthorne.

O cavalariço até poderia ser o culpado, mas sua expressão não revelou nada.

– Não estou envolvido nisso, Signa, juro! Agora, pare de ser tão teimosa, droga, e saia logo daqui!

Gundry ofegava ao lado da garota, cavoucava o chão e andava em círculos, louco para fugir. Mas, mesmo que Signa quisesse sair correndo, seu corpo não permitiria. Estava tentando decifrar se acreditava que a preocupação do rapaz era sincera ou não quando um frio tomou conta dela – o espírito de Lillian, que a prendia no jardim.

– Ela quer que eu fique aqui – disse, para Sylas, sem ar. – Não posso sair.

O rapaz segurou as mãos da garota. Mas, dessa vez, ela não tentou se desvencilhar. A expressão do cavalariço não tinha sinais óbvios de dúvida nem de que achava que a garota estava louca. Signa queria confiar em Sylas, com todas as suas forças. – Pegue os cavalos e saia daqui – sussurrou ela.

As chamas estavam refletidas nos olhos enfumaçados do cavalariço.

– Signa Farrow, a senhorita é uma tola se acredita que eu iria embora e permitiria que qualquer coisa de ruim acontecesse com você.

O calor lambeu a pele da garota, a fumaça dobrava de volume a cada segundo. Ainda não era suficiente para sufocá-los nem para detê-los, mas era suficiente para tornar a sombra de Lillian, que pairava sobre sua cova em chamas, fantasmagórica. Os olhos negros da mulher se dirigiram a um ponto onde havia outro vulto,

escondido pela fumaça.

– Quem está aí? – gritou o vulto, e Signa quase desfaleceu de alívio ao ouvir essa voz.

– Percy! – A garota foi correndo até o primo, que estava com um olhar perturbado e vidrado. O cabelo bagunçado e cheio de folhas, e ainda estava de camisola. – Vimos a fumaça e... – Alguma coisa brilhava nas mãos do rapaz. – Por acaso isso é... Percy, isso é uma caixa de fósforos?

Ele passou o dedo na lateral da caixa e guardou a minúscula caixinha de fósforos de prata no bolso da calça.

– Eu precisava resolver o problema.

O vento soprou, depositando brasas nas mangas de Signa. De sua cova, Lillian rosnou.

– Mas é o jardim de sua mãe – recordou Signa. O rapaz estava tão preso nos próprios pensamentos que não lhe deu a menor atenção, mas Signa não pôde deixar de falar. Ainda mais que Lillian estava observando. – É onde ela... – E foi aí que se deu conta. – Que problema você precisa resolver, Percy?

A garota engoliu o pavor crescente e estendeu a mão para Sylas, porque já sabia a resposta.

Algo na expressão de Percy se desfez.

– Ela não quer me deixar em paz. – A voz do rapaz não deixava transparecer nenhuma gota de tristeza ou medo. Nenhum remorso. – Você também a vê, não vê? É por isso que está aqui? Foi ela quem a mandou para a Quinta dos Espinhos, para me assombrar?

– Signa... – Apesar de baixa, a voz de Sylas cortou feito faca. – Não deveríamos estar aqui.

Ele não deveria estar ali. Mas Signa Farrow não era feita de carne e osso como o rapaz. Era feita de noite e, sendo assim, não se acovardou.

– Você foi envenenado, primo. – Nessa hora, ergueu as mãos, como se estivesse tentando acalmar uma criança pequena. – É normal ter alucinações. Sua mãe lhe amava muito, mas já faleceu...

– Essa mulher não é minha mãe! – O grito explodiu de dentro de Percy, feito uma tempestade. – Nunca foi minha *mãe* porque minha mãe é uma governanta. É uma rameira que fugiu da própria casa porque era a vergonha da família. Meu pai foi tolo de permitir que pusesse os pés em nossa casa...

– Ela só queria o seu bem – argumentou Signa, lembrando das páginas e mais páginas do diário de Marjorie que lera, todas falando de Percy. Lembrou do jeito como a mulher olhava para o rapaz, sempre com um sorriso nos lábios. Sempre com carinho.

– Se quisesse o meu bem, deveria ter ficado fora de minha vida! – Livre do olhar da sociedade, o rapaz falou sem receios. – Se alguém descobrir, será meu fim. Como se fosse *difícil* perceber que somos mãe e filho. Basta olhar para nós: qualquer um que nos vir lado a lado, com certeza, conseguirá ligar os pontos, mais cedo ou mais tarde.

Signa daria qualquer coisa para que o primo lhe permitisse levá-lo para casa e acabar com tudo aquilo. Seu coração doía tanto que não sabia o que fazer, porque, apesar de todos os defeitos do primo, Signa começara a ver Percy como, na sua imaginação, alguém veria um irmão – com uma irritação sem igual, certamente, mas também com amor. A garota queria que Elijah recobrasse a razão e permitisse que o rapaz herdasse os negócios da família. Queria que Percy fosse feliz, como foi quando os dois dançaram, rindo e debochando um do outro a cada passo.

Mas, ao olhar para ele agora, enxergava, com uma clareza súbita, o que o rapaz realmente era: um assassino.

– Você tomou veneno por conta própria – sussurrou a garota, pensando em voz alta, enquanto as peças do quebra-cabeça se encaixavam. – Sabia que eu salvaria sua vida.

– Eu sabia que você ainda tinha uma dose do antídoto. – Signa jamais ouvira uma voz tão amargurada. – Procurei por tudo, mas não consegui encontrar. Precisava me livrar dele.

– E o incêndio na biblioteca? – Nessa hora, a voz de Signa ficou embargada. – Você queria mesmo que a Quinta dos Espinhos fosse reduzida a cinzas?

– Claro que não – Percy fervilhava. – Eu teria salvado a biblioteca depois que alguns livros queimassem. *Eu* teria sido o herói. Mas você tinha que se intrometer e acabar com isso também.

O corpo de Signa estava tão anestesiado que ela mal percebeu que Sylas apertava sua mão, até que o cavalariço se aproximou e sussurrou, com a voz quase abafada pelas chamas crepitantes:

– Você não precisa fazer isso. Eu cuido dele. Quando eu soltar sua mão, saia correndo.

Sylas soltou a mão de Signa, mas ela não conseguiu sair correndo. Lillian ficou pairando atrás do filho, com os olhos rasos de lágrimas sangrentas. A raiva exacerbara a tristeza da mulher. A cada centímetro que se aproximava do filho, a neve derretia, e a terra murchava sob seus pés.

A força da raiva de Lillian fez Signa cair de joelhos, e a mulher se inclinou diante dela, os olhos transmitindo um pedido de desculpas que não podia verbalizar. O espírito estendeu a mão, de forma incisiva, mas não impositiva, e seu olhar era de súplica. Uma súplica que Signa compreendeu imediatamente.

Lillian ia possuir Signa – mas, apenas, se a garota permitisse.

A garota queria dizer "não". Queria esquecer a lembrança daquele frio profundo e terrível que ardia dentro dela. Mas quem mais daria tal oportunidade a Lillian? Quem mais poderia dar essa oportunidade?

Signa se preparou e segurou a mão de Lillian.

O espírito entrou no corpo de Signa. Os olhos da garota se reviraram quando Lillian se apossou dela. Tinha a sensação de que alguém pegara uma colher e cavara seu corpo, até esvaziá-lo de sua presença. Tinha a sensação de que não passava de uma casca de si mesma – de que estava em um terror noturno que virara realidade, não conseguia se mexer nem fazer o próprio corpo obedecer.

Por quê?

A pergunta não veio de seus próprios pensamentos, mas dos de Lillian, que desabrocharam, exercendo uma pressão sem fim na cabeça da garota. Signa não conseguia se mexer. Não conseguia gritar.

POR QUÊ?

A jovem já sentira uma dor como aquela, quando viu a avó morrer. Era uma dor no fundo dos ossos, que estraçalhava a alma.

Por mais que tentasse, não conseguia se proteger dessa dor. Ela era um veículo, e Lillian a condutora.

– Por que fez isso? – gritou, as palavras borbulhando em sua garganta. Cada vez que tentava fechar a boca, seus lábios ardiam, com uma dor lancinante.

Percy começou a falar:

– Não é da sua…

– Não é Signa quem está perguntando! – Apesar de as palavras saírem da boca da garota, foi Lillian quem as pronunciou. O corpo de Signa tremeu, com calafrios tão incessantes que ela teve vontade de se atirar nas chamas. – É sua mãe.

O rapaz ficou petrificado, pálido, com a garganta para dentro, como se estivesse segurando a respiração.

– Diga a verdade. – Signa não teria certeza de ter dito tais palavras em voz alta, caso Percy não tivesse se encolhido todo. – Diga por quê. Diga o que fiz para você me odiar tanto.

O rapaz ergueu o queixo, olhou nos olhos dela e respondeu:

– Não era você que deveria ter morrido.

QUARENTA E TRÊS

– Marjorie deveria ter morrido. – Não havia hesitação nas palavras de Percy, nem culpa nem negação. – Realmente, achou que ninguém jamais descobriria a verdade? A cidade inteira já fofoca sobre os filhos bastardos que papai deve ter por aí. Quanto tempo acha que demoraria para alguém descobrir que sou filho da governanta?

– Tudo o que Marjorie sempre quis foi o seu bem – disse Lillian, pelos lábios de Signa, na esperança de que o filho dissesse algo capaz de redimi-lo.

Se ainda pudesse encontrar amor enterrado lá no fundo do rapaz. Mas Signa viu apenas um jovem insensível que acreditava que ela e Sylas morreriam queimados naquela noite. Era por isso que falava com tanta franqueza.

Apesar de já ter sido desdenhada tantas vezes, dar-se conta disso ainda a cortava feito faca. Havia confiado em Percy. Dançado com ele. Contado com ele. E, para quê?

– Se Marjorie queria o meu bem, jamais deveria ter me contado a verdade. – Não havia o que pudesse aplacar a raiva de Percy. Nem amainar a fúria que ardia em sua voz. – Ela não queria o meu bem: queria um relacionamento. Se eu permitisse, quanto tempo levaria para querer que outras pessoas soubessem? Quanto tempo demoraria até a informação de que sou bastardo vazasse, e meu futuro fosse arruinado? Não consegue perceber? Eu tinha que me proteger e proteger essa família da vergonha.

Lillian só queria perdoar o filho, e Signa precisou reunir cada gota de sua energia para resistir à mulher, e fazê-la se lembrar da verdade. Apesar de, no início, o espírito ter resistido, a jovem pôde sentir que Lillian compreendia por que seu corpo murchou, os ombros se curvaram, e a mulher perguntou:

– Então, por que fui eu quem acabou morrendo?

– Eu é que lhe pergunto! – vociferou Percy. – Coloquei beladona em um bule de chá que Marjorie deveria ter tomado. Mas você é que tomou, não foi? Só percebi quando ficou doente e, aí, já era tarde demais. Você estava morrendo tão lentamente que fez a mansão cair no caos. Então lhe dei mais frutinhos, sempre no chá, para ajudá-la a falecer, para que o sofrimento de todos pudesse chegar ao fim. Mas nunca era o suficiente. Eu lhe dava os frutinhos muito devagar, e seu corpo desenvolveu tolerância a eles muito rápido.

Signa percebeu que Percy estava tremendo de frio, por estar se comunicando com os mortos. Quis que o frio fosse tamanho a ponto de congelá-lo. Foi um pensamento amargo, apesar de, naquele momento, odiar tanto Percy que teria pegado a foice da Morte e cortado o primo ao meio com as próprias mãos. O rapaz não tinha nenhum remorso. Nenhuma compaixão. Falava como naquele dia, na botica – de um modo frio e calculista, de alguém que só se importa com a maneira que os outros o veem. Como é fácil cair nessa armadilha e permitir ser ludibriado por isso.

– E Blythe? – Signa ficou surpresa quando suas próprias palavras foram ditas em voz alta. O poder que Lillian exercia sobre ela estava enfraquecendo. A garota reparou na fumaça, que estava chegando mais perto, e na sombra de Sylas no chão, bem ao seu lado. Meu Deus, jamais deveria ter envolvido o cavalariço naquela confusão. Percy virou o rosto para as chamas e continuou falando:

– Eu tinha de fazer alguma coisa para que papai recobrasse a razão. Ele queria destruir a família. Precisava que se aproximasse de mim. Pensei que poderíamos nos aproximar por meio do sofrimento. Desde que você chegou... – nessa hora, Percy olhou feio para Signa, exalando veneno – papai só se aproximou *dela*.

– E foi por isso que você ficou doente também, de propósito – completou Signa. – Não apenas para se livrar do antídoto, mas porque pensou que conseguiria... o quê? Convencê-lo a não vender o Clube Grey, por medo? A fazê-lo lhe entregar o clube, por compaixão?

As peças do quebra-cabeça estavam, finalmente, encaixando-se.

– Não espero que você entenda. – Percy falava com uma facilidade excessiva. Uma confiança excessiva para quem estava naquela situação, voltando a assumir o papel que costumava, com tanta frequência, desempenhar na alta sociedade. – Meu pai tirou de mim tudo pelo qual passei a vida me esforçando, só porque estava tão afundado no próprio luto que não conseguia entender nada. Fiz o que precisava ser feito. Ele não me deu opção.

– Você teve *todas* as opções. – Foi Lillian quem tornou a falar, com a voz trêmula de cansaço. – Seu pai não o afastou dos negócios porque o odeia. Fez isso porque o *ama*, Percy. Porque se arrepende de ter passado a vida trabalhando, sem nunca ver a família. Não queria que isso acontecesse com o filho, você não é capaz de enxergar?

A expressão de Percy ficou anuviada e, por um instante, Signa pensou que as palavras pudessem ter surtido efeito e que ainda havia uma réstia de luz na alma do rapaz. Mas a escuridão penetrou novamente nos olhos do primo, que ignorou essa ideia, recusando-se a aceitá-la.

Não havia tempo para discutir. Não havia tempo para brigar. O fogo chegava aos calcanhares de Percy.

– Nada disso tem mais importância. – Nessa hora, ele fitou os olhos de Lillian. De Signa. – O fogo irá consumir seu corpo, e me verei livre de você, finalmente. E, dessa vez, Signa, você não terá a oportunidade de salvar a vida de ninguém.

As chamas refletiram um brilho de aço na palma da mão do rapaz – um canivete. Pequeno, afiado e pronto para sentir o gosto de sangue. Ele mirou na garganta de Signa, mas não acertou, porque Sylas a empurrou para o lado com tanta força que ela ficou sem ar, e Percy enterrou a faca no ombro da garota.

Signa sentiu cada uma das emoções de Lillian, mais agudas até que a dor da facada – a tristeza, a dor e a mais potente de todas: a conclusão de que não havia mais volta para Percy. A mulher ergueu a cabeça para ver de relance o filho pela última vez, para recordar dele para sempre como o bebê que fora colocado em seus braços, há vinte anos. Então, Lillian se dirigiu a Sylas:

– Pode fazer o que quiser com ele. Não posso mais protegê-lo – foi tudo o que disse, e cada uma das palavras saiu embargada e pesarosa. Em seguida, a jovem saiu do corpo de Signa.

A garota caiu de quatro no chão, segurando o próprio peito e se engasgando, porque o ar havia voltado aos seus pulmões, bem quando Percy tentou esfaqueá-la novamente. Antes que ele a acertasse, Sylas ficou na frente de Signa, e o canivete se fincou na palma de sua mão. Percy soltou um suspiro de assombro, com um olhar enlouquecido, tentando baixar a mão. Empurrou para baixo sem sucesso, tentando movimentar a faca. Cortar. Fazer qualquer coisa.

– O que é isso? – perguntou. Os lábios tremiam. A pele estava cinzenta. – O que você está fazendo?

Percy olhou para Signa, em busca de uma explicação, tremendo como uma folha na tempestade.

Sylas não se moveu e continuou aparando a faca. Signa esperou o sangue sair. Ele se encolher de dor. Mas não havia sequer um arranhão em sua luva.

A garota teve a sensação de que todo o ar fora expulso de seus pulmões quando o ouviu sussurrar:

– Não era assim que eu pretendia fazer isso. Desculpe, Passarinha.

Os ombros de Sylas estavam ficando borrados, misturando-se à noite. Signa entendeu a tristeza na voz dele quando as sombras começaram a se avolumar em volta dos pés e o engoliram até que não era mais Sylas, mas o Ceifador da noite. O que traz a morte. Uma por uma, as estrelas se apagaram, até que a noite virou um breu, e a única luz vinha das chamas abrasadoras, que reluziram na neve e se curvaram aos seus pés. Ele puxou a noite para dentro de si, apossou-se da lua, sua foice, e dirigiu a sua ponta para a garganta de Percy.

A Morte estava diante de Signa, e ela não conseguia respirar.

Fora Sylas quem a trouxera à Quinta dos Espinhos, que a ajudara, a cada passo do caminho. Foi ele que a levou até o Clube Grey, até o jardim, até a biblioteca. Foi com ele que Signa cavalgou ao luar. Foi ele quem a fez se questionar o que sentia pelo Ceifador.

A Morte e Sylas eram a mesma coisa.

A garota não conseguiu perguntar por quê. Pelo menos, não naquele momento, porque Gundry estava aos pés da Morte. O cão não era mais deste mundo. As sombras, assim como haviam envolvido Sylas, giraram em volta de Gundry, aumentaram sua mandíbula e afiaram seus incisivos. O cachorro triplicou de tamanho, ficou na altura dos ombros da Morte, as patas maiores do que a cabeça de

Signa, os olhos vermelhos como sangue, com sombras pingando de sua boca ofegante. *Faminto,* Signa se deu conta. Ele estava com fome.

– Este é o momento de você tomar sua decisão. – A Morte falou com ela, usando palavras que mais pareciam néctar. Pareciam vinho adocicado com mel, no qual a garota poderia se afogar. – *Este* é o momento em que você decide para qual dos mundos nasceu. São apenas duas opções: deixá-lo fugir e torcer para que seu primo seja outro homem, porque, se você quiser que seja julgado, o rapaz seguramente irá para a forca. Ou…

– Ou?

A Morte se encostou no ombro de Signa, onde o ferimento da faca já havia cicatrizado sozinho. O Ceifador a levantou, apertou as suas costas contra o próprio peito, colocando Signa de frente para Percy e para as chamas que calcinavam a cova de Lillian.

– Ou você se apossa da vida de Percy e, então, dá o tempo de vida que resta a ele para Blythe. Você não é amaldiçoada: é uma ceifadora. É a noite encarnada, a condutora das almas. É a ponte entre os vivos e os mortos, um pássaro engaiolado, pronto para alçar voo. E, sendo assim, abra suas asas, Signa Farrow, porque você não tem limites. Abra suas asas que, ah, como iremos voar!

Isso parecia tão certo. Tão simples, feito algo lá no fundo dela, pulsante, que sabia que essa era a resposta correta. Essa era a coisa certa a fazer.

Você não é uma coisinha fácil de ser contida. As palavras que a Morte havia dito lhe vieram à cabeça, sem parar. *Você é mais intensa do que o sol, Signa Farrow, e está na hora de arder em chamas.*

O Ceifador tinha razão. Signa não mais temia o que se assomava dentro dela, e estava cansada de se desculpar por ser quem era. Não iria apenas arder em chamas – iria incendiar. Iria resplandecer ao lado da Morte, com um calor mais intenso do que o de uma estrela. E, finalmente, tomaria posse de tudo o que era. De tudo que era dela.

Signa se encostou no Ceifador e deixou que a vibração do poder a perpassasse. Um gelo nas veias e um fogo no coração. Dissiparam-se suas preocupações e seus medos, pois, ao permitir que o poder a consumisse, compreendeu que tais medos não significavam nada. Não lhe pertenciam mais. Ela seria a dona da noite. A que traz a morte. Uma ceifadora. E começaria seu reinado naquele exato momento.

– Tem certeza? – A voz da Morte foi uma carícia em meio ao caos.

Signa nunca tivera tanta certeza na vida. Gostava de Percy, começara a amá-lo. Mas agora compreendia por que a Morte havia feito o que fez. Compreendia por que levara pessoas antes da hora, tudo porque fora egoísta. Tudo porque queria protegê-la.

Signa faria a mesma coisa por Blythe. Por Elijah, pela Quinta dos Espinhos – seria egoísta. Percy fizera sua escolha, e agora estava na hora de Signa fazer a dela.

Já que Percy não sentia remorso por seus pecados, Signa faria questão de que o primo se arrependesse.

Quando encarou o rapaz, estava com a noite nos olhos e com o cabelo prateado como a luz das estrelas. Não precisou falar nada. Simplesmente pensou no desejo de fazer o jardim sem vida se erguer atrás do primo, feito uma jaula, e o mundo se dobrou à sua vontade. O espinheiro morto atravessou a neve e as chamas. As raízes se enredaram em Percy, que tentava arrancá-las com a unha, desesperado, tentando se desvencilhar.

– Solte-me! – O rapaz ficou boquiaberto, olhando para a prima através da armadilha farpada de espinhos e cipós que se enroscaram nos pulsos dele, prendendo-o ao chão. – Em nome de Deus, o que você é?

Pela primeira vez na vida, Signa tinha resposta para essa pergunta.

– Sou livre.

E, então, virou-se para Gundry e deixou que o cão do inferno se banqueteasse.

QUARENTA E QUATRO

Signa não esperou para ver qual seria o destino do espírito de Percy. Se ele escolheu ir para o além-túmulo, permanecer no mundo dos vivos ou se a Morte havia se apossado da alma do primo. Não teve nenhuma vontade de saber. Ficou sentada, encostada em uma árvore, do lado de fora do jardim, e mal sentiu o frio da neve molhando sua roupa, nem a fumaça que ainda estava em seus pulmões, mesmo depois que o incêndio do jardim foi apagado.

Era o fim. Depois de todo esse tempo, a família Hawthorne seria poupada de seu tormento. Ou, pelo menos, os que ainda restavam da família, mas Signa não queria pensar nisso. Abraçou os próprios joelhos, tentando processar tudo o que vira e fizera, e só olhou para cima quando dois pés claros e translúcidos surgiram diante dela.

Lillian se sentou ao seu lado, não era mais tão apavorante. As feridas em volta da boca estavam cicatrizando, e seus olhos não eram mais vazios. Era mais mulher do que espírito. Uma mulher jovem, de luto e olhos rasos d'água, que observavam a fumaça se dissipar no céu.

– Muito obrigada – disse Lillian.

As palavras saíram em voz baixa e um tanto roucas, por falta de uso, como se ela tivesse dificuldade de se recordar como pronunciá-las. Signa se virou e fitou o espírito, que colocou a mão no braço da garota. Signa sentiu aquele toque receoso como alguém poderia sentir o roçar do vento na pele, delicado e um tanto frio.

– Você não tem do que me agradecer. – Disse, com um tom mais ríspido do que pretendia. – Não consegui salvar a vida dos dois.

Apesar do som da risada de Percy, rodopiando com ela na sala de estar, ainda ecoar em sua cabeça, a garota não podia se arrepender de sua decisão. Os anos de vida que restavam ao primo iriam para Blythe – era o mínimo que o rapaz devia à irmã. Mas a insensibilidade dessa decisão surpreendera Signa. Teve certeza do que deveria fazer tão rápido, com tanta facilidade, e nem mesmo titubeou.

Signa era mesmo uma ceifadora. E, apesar de não saber o que isso significava para ela ou para seu futuro, não havia mais volta.

A Morte surgiu nos portões do jardim, as sombras se dissipando para revelar os contornos de Sylas, só que com cabelo prateado em vez de preto. O olhar de Signa pousou na sinceridade dos olhos do rapaz, e ela virou o rosto. Logo conversaria com o Ceifador. Mas, como Lillian estava ali, não era o momento. A Morte coçou a nuca, compreendendo, simples assim. Nada em sua expressão deixou transparecer qual teria sido o destino de Percy. Signa, quem sabe, perguntaria isso também, algum dia. Mas, não agora.

A Morte estendeu a mão para o espírito de Lillian e perguntou, com a voz baixa e um tanto rouca:

– Está pronta?

Lillian franziu o cenho e começou a levantar a mão, até que um ruído de cascos que se aproximavam depressa chamou a sua atenção. A mulher virou a cabeça para o lado de repente e soltou um leve suspiro quando Elijah surgiu, galopando apressado, com um olhar ensandecido. O homem dirigiu os olhos para Signa na mesma hora, porque ela era a única que Elijah era capaz de ver, e então se virou para a fumaça.

– O jardim.

O ruído que Elijah soltou ao olhar para o lugar foi algo entre um engasgo e um grito, e ele já foi descendo do cavalo, cambaleando, a caminho do portão.

Lillian virou para o marido, com as duas mãos no peito. Na boca. Seu lábio inferior estremecia. Ela foi ao encontro de Elijah muito lentamente e colocou a mão em suas costas.

Elijah suspirou quando Lillian encostou nele. Com as costas retas, os olhos marejados, virou-se para Signa e perguntou, sussurrando:

– Ela está aqui? – Cada palavra foi frágil. Cada respiração ameaçava desmoroná-lo. – Minha esposa, está aqui?

Foram 19 anos que Signa passou fugindo da verdade. Fugindo de tudo que a tornava diferente. Mas esses seus poderes não lhe pareciam mais algo tão ruim. Parecia que também poderiam ter certa beleza.

– Sim – respondeu a garota, quando Lillian encostou a testa nas costas do marido e o abraçou. – Ela está bem aqui.

Elijah estendeu a mão trêmula na direção de onde os braços de Lillian o envolviam, seu corpo tremia.

– Eu sabia que você estava aqui. Esse tempo todo, eu sabia que você ainda estava comigo.

– Sim, meu amor. – Lillian falou com clareza, o único sinal de hesitação em suas palavras vinha do tremor da emoção que ela mal conseguia conter. – Estive com você esse tempo todo.

Apesar de não conseguir vê-la, provavelmente sequer conseguir ouvi-la, Elijah baixou a cabeça, encostou-a no portão do jardim, fechou os olhos, e as lágrimas escorreram.

– Eu deveria ter cuidado melhor deste lugar – falou. – Jamais deveria ter trancado esses portões.

O vento soprou, escancarando os portões. Não havia nem sinal de Percy lá dentro. Nem sinal de nada, a não ser neve, árvores carbonizadas e resquícios de fumaça, que ainda se dissipavam na noite.

– Então, abra esses portões agora – sussurrou Lillian, encostada na nuca do marido. Seu corpo começava a perder os contornos. Signa sabia que ela ficaria ali para sempre, se pudesse, mas não havia mais tempo. Seu espírito estava se dissipando, feito o próprio vento. – Abra os portões e desfrute de meu jardim. Visite esse lugar e pense em mim.

A Morte deu um passo à frente.

– O tempo está se esgotando, se quer fazer a travessia – declarou o Ceifador, não com um tom severo, mas categórico.

Mesmo que Lillian decidisse não ir, seu espírito não fazia mais parte daquele mundo.

A mulher abraçou o marido mais apertado.

– Ainda estou com você, meu amor, e sempre estarei. Quando quiser me ver, olhe para a filha que nasceu de nosso amor, que lá estarei. Cuide dela, assim como cuidarei de nosso filho.

Então, foi se afastando, até suas mãos caírem nas laterais do corpo.

Como se fosse capaz de sentir a ausência da esposa, Elijah se virou.

– Fique. Irei tratá-la melhor, juro. Mas, fique, Lillian. Fique. Não sei existir sem você.

Em meio às lágrimas, Lillian sorriu.

– Então, irá aprender – falou.

Em seguida, lançou um último e demorado olhar para o marido, virou-se para acariciar a crina de Mitra e dar um último beijo na égua. Mitra baixou as orelhas.

– Fui feliz nesta vida – disse, dirigindo-se a Signa. – Nunca fui tão feliz quanto fui aqui, com ele, e não mudaria nada. Diga isso para Elijah, por favor.

Signa baixou a cabeça, com os olhos ardendo. Aqueles dois diante dela viveram o tipo de amor com o qual a garota sonhara durante toda vida. Podia até não ter sido perfeito, mas foi verdadeiro. Signa olhou para as sombras ao lado de Lillian, onde a Morte esperava, e imaginou como seria uma eternidade com tal amor.

– Direi – prometeu, chamando a atenção de Elijah bem na hora em que Lillian pegou na mão do Ceifador.

A Morte lançou um último olhar para Signa quando Lillian deu seus últimos passos neste mundo.

Volto logo. E explicarei tudo, ouviu a voz do Ceifador dizer.

A garota mal podia esperar – estava farta de quebra-cabeças. Mas, por ora, virou-se para Elijah e disse, delicadamente, com a voz mais baixa possível:

– Ela se foi, Elijah. Finalmente, está em paz.

E, então, abraçou o homem, que caiu de joelhos, do lado de fora do portão do jardim, e chorou.

QUARENTA E CINCO

Quando Signa e Elijah voltaram para os estábulos, o alvorecer se insinuava no céu.

A garota estava aliviada por Elijah não ter insistido por mais detalhes a respeito do que ocorrera no jardim. Por ainda não ter perguntado o que acontecera com Percy, nem como ela sabia que Lillian realmente se fora. Ficou feliz pelo instante de paz que o silêncio do homem lhe trouxe. Pela oportunidade de se enfiar na cama pouco antes do sol despertar.

Signa sentiu a Morte antes de vê-la, aquele frio bem conhecido se infiltrando em seus ossos. Aquele arrepio gelado que passara a esperar ansiosamente, forçando-a a abrir os olhos e a visão a ficar nítida.

O Ceifador não se apresentou em seu ser de sombras, mas como o cavalariço que Signa conhecia, com um cão ao lado. Gundry olhou para a garota, pulou na cama dela, girou algumas vezes e então se aninhou aos seus pés.

– Posso entender se não quiser falar comigo – declarou a Morte. Ou será que, agora, Signa deveria chamar o Ceifador de Sylas? –, mas prometo que responderei às suas perguntas usando nada além de sinceridade, se já estiver disposta a perguntar.

É claro que ela já estava disposta a perguntar. Um milhão de perguntas rodopiavam em sua cabeça.

– Há quanto tempo está na Quinta dos Espinhos? – Foi a primeira pergunta da garota. – Há quanto tempo consegue manter essa farsa?

O Ceifador manteve a cabeça baixa.

– Eu nunca estive na Quinta dos Espinhos, de fato – admitiu. E fez careta ao ver que Signa massageou as têmporas. – Até onde todas as outras pessoas que vivem aqui sabem, Sylas Thorly nunca existiu. Eu era invisível a todos, menos a você.

Ele, então, sentou-se na beirada da cama, ao lado de Gundry, mas foi logo se levantando, porque Signa lhe deu um chute certeiro. A garota não tinha a menor intenção de deixá-lo relaxar, nem por um instante.

Signa demorou para dizer algo, deixando que o Ceifador ficasse na expectativa, enquanto ponderava tudo o que ocorrera nas últimas semanas. Quando Elijah mandou buscá-la na casa de tia Magda, a garota certamente achou estranho o fato de o homem obrigá-la a viajar na companhia de um jovem que não era da família. Na estação de trem, Sylas disparou na frente, sem falar com ninguém, e a deixou para trás. Mas, como tudo na Quinta dos Espinhos era estranho, Signa apenas pensou que o rapaz era grosseiro.

– Os doces no trem – falou a garota, em voz alta, lembrando que o cavalariço devorara os quitutes. Era a primeira vez que os comia, muito provavelmente. – Elijah não me parece o tipo de pessoa que me daria tal presente.

Sylas deixou as sombras formarem uma cadeira debaixo dele. Esparramou-se no assento, tão à vontade que Signa ficou olhando feio até que o rapaz endireitasse a postura.

– Não consegui me controlar. Estava tão bravo quando fui buscá-la aquele dia, Signa. A sua aparência era de quem passa fome.

E passava, mas nem por isso precisava agradecer ao Ceifador por todas as suas mentiras. Sylas a levou até o jardim depois disso... Lá se perdeu, só para poder aparecer em forma de Morte e ajudá-la a entrar. Foi ele quem a ajudou a ir ao Clube Grey também, e a chegar à biblioteca.

A cada passo – estivesse se apresentando naquela forma ou na forma de sombras – o Ceifador estava presente para ajudar. Mas...

– Você realmente estava me ajudando? – sussurrou Signa. – Ou sabia toda a verdade desde o início?

Sob a luz do luar, os olhos dele não eram mais castanho-escuros e enfumaçados, mas da cor da luz das estrelas, como o cabelo. Ainda possuíam uma certa escuridão. Entretanto, parecia que galáxias rodopiantes haviam fixado residência naqueles olhos. Foi aí que Signa compreendeu que aquele era o verdadeiro ser do Ceifador – o rosto que ele jamais revelava a ninguém. Signa nunca o vira tão lindo.

– Se, a qualquer momento, eu ficasse sabendo da verdade, teria lhe contado. – Foi uma resposta firme, honesta. – Nunca quis que você perdesse Blythe. Nunca quis que você perdesse mais *ninguém*. Quando Lillian morreu, não sabia quem a matou e, sendo assim, eu também não sabia. Isso cabia a você descobrir. E você se saiu maravilhosamente bem, Signa. Você salvou uma vida.

– Sim, mas tive que ceifar outra para tanto.

Apesar de ter dito isso com todas as letras, não conseguiu dar o tom de alfinetada que pretendia. Queria ter consertado os laços da família Hawthorne, mas ceifara a vida de outro filho de Elijah. Mesmo assim, a culpa não vinha. A morte de Percy, em seu entendimento, foi justa. E, em troca, Blythe teria o direito de viver uma vida longa e com saúde.

Foi uma vida ceifada para uma vida poupada e, sem o corpo... talvez, a família Hawthorne não precisasse saber o que havia acontecido com Percy, jamais.

– Quero saber por que você fez isso – declarou Signa, de repente. – Por que assumir essa forma se não foi para me enganar, para me fazer de boba?

A Morte mais parecia uma escultura, a luz fraca realçando as concavidades acentuadas dos contornos de suas bochechas. O Ceifador abriu a boca e fechou em seguida.

– Sei que você não é boba, Passarinha. Não foi minha intenção debochar de você, e só me dei conta de onde estava me metendo e da farsa que estava criando quando era tarde demais. E, por isso, peço desculpas. Mas, quanto ao meu motivo, admito que foi simplesmente um desejo egoísta de descobrir quem você era. É como eu já disse: passei toda a minha existência lhe esperando. Esperando alguém com quem pudesse conversar. Alguém que eu pudesse sentir. Quando me dei conta de que era você... precisava saber quem você era.

– E, depois, você pediu minha ajuda – prosseguiu ele –, e eu queria estar ao seu lado. Mas sabia que não poderia ajudá-la assumindo a forma que você conhecia, porque você tinha medo de mim, chegou a dizer que me odiava, então continuei sendo Sylas. Não apenas para fazer você vir para a Quinta dos Espinhos, mas para conhecê-la melhor e ajudá-la, sem o estigma. Sem o medo. Se eu tivesse me aproximado de você com minhas sombras, jamais teria aceitado minha ajuda.

O Ceifador tinha razão e, apesar de Signa estar brava por ele ter mentido, em parte também estava aliviada por ele ficar com ela, independentemente da forma e por Blythe ainda estar viva. E, afinal, isso era tudo que importava.

A Morte ficou em pé e pegou na mão de Signa.

– Não vou fingir que entendo o que você está passando, não nasci como você nasceu e nunca fui um ser humano. Mas estarei ao seu lado a cada passo do caminho, desde que...

– Desde que o quê?

As estrelas eram uma tela atrás do Ceifador, com um brilho tão intenso quanto aqueles olhos prateados. Até a lua, pelo jeito, fez Signa chegar mais perto, quando a Morte perguntou:

– Desde que você me queira?

A Morte, certa vez, dissera para Signa que o destino das pessoas é predeterminado, e ela imaginou que, finalmente, poderia estar cara a cara com o próprio destino, ao qual tanto resistira. Lutara contra esse seu lado por muito tempo – e como estava cansada disso! Estava cansada de fingir. Cansada de se transformar em alguém que não era, e de dar as costas para tudo que a fazia se sentir bem e realizada.

Exausta de perguntas, de quebra-cabeças e de dúvidas.

Ela só... queria *ser*.

Sabia quem era agora e não iria mais se esconder. Era uma ceifadora, era a Morte, e aquela escuridão era o seu lar. *Ele* era o seu lar.

E, sendo assim, entrelaçou os próprios dedos nos do Ceifador.

– Nenhum de nós dois nunca mais ficará sozinho.

QUARENTA E SEIS

Foi um processo lento, a recuperação de Blythe.

Aquele era um destino que Signa não desejava a ninguém. A prima passava dias e dias agonizando, encolhida na cama, com a respiração rasa e a visão turva. Noites e mais noites passadas definhando, a pele esticada nos ossos frágeis, porque nada parava em seu estômago. Signa e Elijah se revezavam ao seu lado, às vezes, contando histórias. Às vezes, conversando, nos dias em que Blythe se sentia melhor. E, às vezes, Signa simplesmente ficava sentada em silêncio, olhando para o canto do quarto enquanto a prima dormia, acreditando que só precisavam ter paciência.

Uma hora, veio a melhora. A garota parou de vomitar dentro de duas semanas e, em uma manhã, mais para o fim do inverno, conseguiu sair da cama sozinha e foi olhar a neve cair na janela. Como um potro recém-nascido, mal conseguia parar em pé. Mas se havia algo que Signa aprendera a ter em sua vida de solidão era paciência.

E, como estava esperando aprontarem a antiga casa de seus pais – a Quinta da Dedaleira – para sua chegada, tinha tempo de sobra.

Durante vários meses, Blythe não encarou bem o fato de precisar de ajuda, e não raro insistia para Signa ir logo embora, já que completara 20 anos e herdara a fortuna da família. Insistia que não queria ajuda, não precisava. Mas Signa aprendera, àquela altura, que Blythe falava da boca para fora, e, como passara boa parte da vida querendo ter alguém que a apoiasse, recusou-se a sair do lado da prima. Levou muitos longos dias para, lentamente, Blythe pôr carne nos ossos e recobrar as forças. Mas, no início da primavera, Blythe estava novamente andando com as próprias pernas.

Elijah não poderia estar mais feliz pela filha, que observava com olhos de lince. As festas na Quinta dos Espinhos pararam completamente, substituídas por momentos em família, no jardim. Signa jamais pensaria que o pai e a filha eram tão parecidos, se não tivesse prova disso todas as manhãs, durante o café, quando os dois se sentavam à mesa de chinelos e faziam declarações taxativas de por que o sabor de pão doce que estavam comendo, no momento, era o melhor de todos. Certa manhã, Blythe pediu para Warwick chamar a cozinheira, que deu risada, enrubescida, ao ouvir Elijah e Blythe discutir os motivos pelos quais simplesmente precisavam ter pão doce de limão, de rosa ou de chocolate na hora do chá.

Agora, os dois eram tão cheios de energia que Signa demorou para se acostumar. Parecia que alguém entrara com uma vassoura na Quinta dos Espinhos e estava varrendo as teias de aranha e a escuridão – abrindo as cortinas e deixando a luz entrar.

Não passava um dia sem que pensassem em Lillian, assim como não passava um dia sem que Signa pensasse em Percy e no destino do primo. Manteve o fardo dessa informação em segredo, porque não queria que o coração de Blythe e de Elijah se partisse novamente, já que ambos estavam começando a se refazer. Tanto Percy quanto Lillian se foram da Quinta dos Espinhos e jamais voltariam.

A vida na mansão estava mudando para melhor, mas ainda faltava algo que Signa precisava resolver.

Marjorie voltara certa tarde. Haviam procurado pela governanta, sem sucesso. Mas, ao ter notícia do desaparecimento do filho, ela aparecera, pedindo explicações. A mulher e Elijah se trancaram no escritório dele, e apesar de Signa ter feito de tudo para ouvir a conversa, foi enxotada por Warwick. Ficou esperando impacientemente depois disso, andando de um lado para o outro no corredor, até que Marjorie foi para o antigo quarto e sumiu. Signa ficou parada lá perto, pulando de um pé para o outro, até que a porta se entreabriu, e a mulher apareceu, carregando um baú de viagem.

Marjorie olhou para ela e apertou os lábios.

– Olá, Srta. Farrow.

– Bom dia, Srta. Hargreaves. – Tudo que Signa planejara dizer sumiu de sua cabeça imediatamente. Ficou ali, em um silêncio constrangedor, com as mãos unidas de preocupação. – Eu gostaria de falar um minutinho, se puder.

Marjorie não era mais a governanta recatada e sempre arrumada que Signa conhecia. Era uma mulher com olheiras fundas que, muito provavelmente, daria qualquer coisa para escapar daquela conversa. Signa não a recriminava, mas ficou aliviada quando Marjorie suspirou, pôs o baú no chão e a convidou para entrar. Seu quarto estava quase vazio. Ela fez sinal para a garota se sentar em uma cadeira de espaldar reto com desenho de flores amarelas pintado à mão, e se sentou na frente de Signa.

– Fico feliz de saber que está bem – disse Signa, arrancando essas palavras reticentes de si mesma. – Procuramos pela senhora por um bom tempo.

– Fiquei sabendo. – Marjorie falava com um tom frio, mas Signa ficou aliviada ao perceber que seu tom não era de censura. Tampouco era de muita afeição, mas a garota pensou que não morreria por causa disso. – Só vim ter notícias de Percy e pegar minhas coisas. Se tem algo a dizer, é melhor fazer isso logo.

Signa respirou fundo para pensar no que dizer.

– Eu lhe devo desculpas. Queria garantir a segurança de Blythe, mas não tinha as provas necessárias para acusá-la. Sinto muito.

Marjorie aceitou as desculpas balançando a cabeça, mas sua expressão continuou severa.

– Não tem problema. Admiro o carinho que tem pela família Hawthorne, e a senhorita sabe, tão bem quanto eu, que não foi uma acusação sem fundamento.

Signa ficou mordendo o lábio inferior. Marjorie tinha razão – apesar de ser inocente, seus dedos estavam manchados de beladona.

– Encontrei os frutinhos pouco antes da senhorita me acusar.

Signa percebeu que a última peça do quebra-cabeça estava bem na sua frente. Não contara a ninguém o que Percy havia feito. Pelo contrário, disse, para todos que perguntaram, que não chegou a encontrar o primo no jardim aquela noite, e não vira quem pôs fogo no local. Disse que o primo havia fugido, com medo de que alguém estivesse tentando matá-lo e motivado pela raiva que sentia do pai, por causa dos planos de Elijah, de vender o Clube Grey. Com a ajuda da Morte, que passava as noites na Quinta dos Espinhos, sussurrando a história de forma subliminar nos ouvidos dos que dormiam, todos na mansão aceitaram essa nova realidade. Boa parte da criadagem foi dispensada, na esperança de que isso acabasse mandando embora quem estava envenenando a comida. E, apesar de Signa se sentir culpada pelas dispensas, a Morte cuidou para que todos conseguissem um bom emprego.

Quando Blythe começou a melhorar, Signa deu a entender para Elijah que ele havia se livrado do criminoso de uma vez por todas. O homem alertou as autoridades, que começaram a investigar. Mas, sem provas nem confissões, o caso vinha, lentamente, malogrando. Apesar de estar insatisfeito com a falta de uma conclusão definitiva, Elijah deixou claro que era mais importante ficar com Blythe do que insistir na questão.

– Então, você sabia que os frutinhos de beladona eram de Percy? – perguntou Signa, porque fazia questão de ir direto ao ponto.

O cabelo ruivo da governanta estava preso na nuca, e sardas salpicavam a pele debaixo de seus olhos cansados. Estava tão parecida com o filho naquele momento, que Signa ficou com o estômago embrulhado.

– Eu não disse que os encontrei.

– Nem precisava. – A garota virou o rosto, não conseguia mais ficar olhando para a semelhança entre os dois nem mais um segundo. – Sei que foi ele. E sou a única que sabe e tenho a intenção de que continue assim. A família Hawthorne não precisa de mais uma mágoa.

Marjorie expressou seu alívio engolindo em seco e soltando um leve suspiro.

– Por favor, entenda que não tive um instante sequer para organizar meus pensamentos nem decidir qual seria a melhor atitude a tomar, quando me dei conta do que estava acontecendo. Eu queria conversar com Percy. Poupá-lo, se fosse possível. Ele é meu filho, e eu precisava de tempo para pensar.

– Tempo era um luxo que Blythe não tinha. – Signa ficou torcendo as saias na mão. – Eu estava enganada. Mas, como você titubeou, tomei uma atitude. E foi essa atitude que salvou a vida de Blythe. Desculpe por tê-la acusado. Mil desculpas. Mas, por favor, entenda que eu também pensei que estava fazendo o melhor que podia com as opções que tinha.

Uma veia na testa da mulher ficou saltada, e ela alisou o vestido.

– Elijah me disse que Percy foi embora. – Havia algo mais que ela queria dizer, o tom de interrogação ficou subentendido. – Meu filho voltará um dia, Srta. Farrow?

Signa tinha absoluta certeza quando resolveu dar os anos de vida que restavam a Percy para Blythe, e ainda tinha a mesma certeza agora, então, ergueu o queixo e olhou nos olhos de Marjorie.

– Percy nunca mais voltará à Quinta dos Espinhos. Disso, eu tenho certeza.

A mulher não esperou nem uma fração de segundo para ficar em pé, com os olhos rasos d'água, decidida.

– Então, está na hora de eu ir embora. Já comprei minha passagem de trem para o interior. Está na hora de eu começar uma vida nova, longe desse lugar.

Signa jurara manter os sentimentos de Percy em relação a Marjorie em segredo para sempre. Era melhor mentir, não era? Deixar que a mulher acreditasse que o filho a amava, que não queria que ela morresse.

– Sendo assim, desejo-lhe sorte – falou, baixando de leve a cabeça, à guisa de reverência. – Espero que vá para um lugar magnífico.

Marjorie aquiesceu, também fez uma reverência para Signa e saiu pelo corredor, porta afora da Quinta dos Espinhos.

Signa lançou um último olhar para aquele quarto vazio, foi para o corredor e fechou a porta. Já que a última peça do quebra-cabeça se encaixara, realmente estava na hora de virar a página.

Você se saiu bem, ouviu a voz da Morte dizer.

Um frio bem conhecido arrepiou seus braços e suas costas, e a Morte apareceu diante dela, passando os braços em sua cintura. A garota se recostou no Ceifador, acalentada por aquele abraço.

– Você estava vendo tudo?

– Sim, mas não porque queria espionar – respondeu ele, em voz alta, falando no ouvido da garota. Então, apertou o abraço, salpicando beijinhos em seu pescoço. Signa imaginou, vagamente, o que poderiam pensar dela, caso passassem pelo corredor, mas não se importou com isso. Foi a Morte quem se afastou primeiro, com uma risadinha gutural. – Que tal irmos para o seu quarto?

– Foi por isso que você veio? – perguntou, em tom de deboche, segurando a mão do Ceifador. Que não precisava pedir duas vezes. A garota passara a semana inteira de janela aberta, indo para a cama e esperando que ele viesse. E, todas as noites, o Ceifador ignorara seu convite.

Signa levou a Morte para seus aposentos. As sombras abandonaram o Ceifador, que virou apenas um jovem de cabelo prateado, com galáxias nos olhos. Suspirou de felicidade quando a garota foi beijando seu pescoço, seu rosto... e se afastou, antes que ela conseguisse beijar seus lábios.

Signa se conteve e perguntou:

– Você não quer? Posso parar, se...

– A última coisa que eu quero é parar, Signa Farrow, mas precisamos conversar. – Ele, então, se sentou na beirada da cama e sussurrou, como se falar em voz baixa pudesse melhorar o que iria dizer: – Será mais difícil nos vermos daqui para a frente.

Signa se sentou ao lado dele, em cima das pernas cruzadas.

– O que você quer dizer com isso?

– Quero dizer que Blythe está melhorando. Você solucionou o assassinato, e a Quinta dos Espinhos vai bem. Você só é capaz de me ver quando o véu entre nossos dois mundos é erguido, e a morte está à espera.

– Mas posso usar os frutinhos de beladona – argumentou a garota. – Posso vê-lo sempre que eu quiser.

O Ceifador pegou uma das mãos de Signa, que estavam no colo dela, e a segurou com suas duas mãos.

– De vez em quando, talvez. Mas não quero ser mais uma jaula onde você passa sua vida, Passarinha. Não quero que você recorra a esse tipo de coisa só para me ver.

– Mas eu *quero* vê-lo. – Nessa hora, ela sentiu um frio na boca do estômago, de pavor. – O que está sugerindo?

O medo de Signa era tão palpável que o Ceifador se aproximou e a cutucou com o ombro.

– Um dia, ficaremos juntos sem barreiras – prometeu a Morte. – E, até lá, ainda nos veremos. Nossos caminhos irão se cruzar, como sempre se cruzaram. Mas quero que você viva. Não quero que se arrependa dos dias que passar neste mundo, quero que se recorde deles com carinho.

Signa acabara de se acostumar com aquela vida – com a informação de que seu destino era diferente daquele que passara tanto tempo tentando alcançar. Acabara de aceitar seu lado mais sombrio, de aceitar o *Ceifador*, e agora ele estava… o quê? Tentando afugentá-la?

– Se é isso que você quer para mim, então, não me abandonará de novo – declarou, bem séria.

– Não porque quero. – O Ceifador, então, apertou a mão dela com força. – Não poderei vê-la todos os dias, e quero ser realista. Não quero que você coma esses frutinhos só para podermos ficar juntos por cinco minutos.

Signa puxou a mão que ele segurava, porque só queria xingá-lo. Mas engoliu em seco aquela emoção que se assomava, porque teria tempo para isso depois.

– Eu já escolhi ficar com você. – Seu tom foi de pura firmeza. – Não ouse tentar ser diplomático agora. O mundo é grande, e tenho certeza de que sempre haverá maneiras de nos encontrarmos.

– Haverá, sim – concordou o Ceifador. – Mas, quando todo mundo que você conhece se for, eu ainda existirei, Signa. Isso também não é fácil para mim: o que mais quero é ficar com você.

Que você queira ficar comigo. Mas não quero que fique tão preocupada com o mundo dos mortos a ponto de se esquecer de aproveitar o mundo dos vivos. Você me entende?

Signa entendia perfeitamente. Mas não tinha a menor intenção de abrir mão de mais uma pessoa que aprendera a amar.

– Viverei minha vida – declarou. – E encontrarei você nesses momentos fortuitos. Sou responsável pelas minhas próprias decisões e estou decidindo que vamos encontrar uma maneira de ficarmos juntos. Vamos tentar. E, nesse ínterim, gostaria de aproveitar o tempo que ainda temos.

A Morte engoliu em seco porque Signa mudou de posição na cama. Ainda bem que ela ainda estava de vestido de chá – sem espartilho, que conseguia facilmente tirar sozinha. Olhou nos olhos dele com uma pergunta silenciosa, e a Morte respondeu se virando, fazendo-a se sentar no seu colo.

– Tem certeza? – perguntou o Ceifador. – Mesmo sabendo que pode demorar até nos vermos de novo?

– A única coisa de que tenho certeza é você. – Signa, então, colocou as mãos dele nos laços do vestido, guiando os dedos do Ceifador. – Vamos encontrar uma maneira de ficarmos juntos.

Só quando os dedos do Ceifador soltaram os laços de seda, a garota fechou os olhos e deixou o vestido cair de seu corpo, tentando memorizar a sensação desses dedos em sua pele, acariciando seu corpo do pescoço até chegar aos quadris. A sensação, instantes depois, do peito dele contra o seu. Do seu dedão acariciando a parte interna de suas coxas.

Não importa o quanto demorasse, Signa estaria esperando pelo Ceifador e, sempre que ficasse em dúvida ou sentisse saudade, recordaria daquele momento, em que o Ceifador a deitou na cama e a própria noite a devorou.

EPÍLOGO

Signa, ultimamente, procurava a Morte em todos os cantos.

O Ceifador não aparecia mais à noite. Nem quando a garota ia ver Mitra nos estábulos, onde outro cavalariço ocupara seu lugar, como se Sylas jamais tivesse existido. A Morte não aparecia nem quando Signa pensava no corpo do Ceifador pressionando o dela nem quando ansiava pelo poder que vibrava em seu sangue ao ter tais pensamentos. E, tampouco, apareceu agora, em meio aos dançarinos e fofoqueiros que estavam na Quinta dos Espinhos. Signa procurou pelo fraque preto do Ceifador, contrastando com as paredes douradas. Pela máscara demoníaca, de chifres, em meio aos convidados. Como fizera em todas as festas desde que debutara, procurou por ele segurando sua taça de champanhe, ficando incomodada porque seus pelos da nuca não se arrepiaram. Ela sentia calor nas costas, não o frio.

Quero ver você, disse a garota.

Pelo menos, ficava feliz de ainda conseguir se comunicar com a Morte. Por mais frustrante que fosse tudo aquilo, ele ainda era um ceifador e, aonde quer que fosse, certamente haveria morte. E Signa tinha de admitir que aprendera a ficar muito à vontade com a vida que levava na Quinta dos Espinhos, e com as pessoas que faziam parte dela. Já estava na hora de seu mundo se acomodar.

A resposta do Ceifador surgiu com um tom melífluo.

Devo lançar uma peste? Se sim, viremo-nos com muita frequência.

Signa soltou uma risada debochada e tomou mais um gole de champanhe, e já ia dizer para a Morte não lhe prometer diversão, quando ouviu uma voz grave, vinda de trás dela.

– Que prazer vê-la novamente, Srta. Farrow.

A garota não tinha notícias do lorde Wakefield desde o baile de Natal, há quatro meses, quando perdera a oportunidade de dançar a última valsa que prometera ao rapaz. Tinha esperanças de que Everett tivesse perdido o interesse nela, mas o brilho nos olhos dele insinuava que estava enganada. Como fizera com todos os pretendentes, contudo, quanto mais cedo o afugentasse, mais cedo poderia dar início à sua vida de solteirona, cuja única companhia era a própria noite.

Naquela noite, contudo, ela e Everett não tiveram escolha, a não ser se reaproximarem.

– Permita-me apresentar meu pai – disse o rapaz –, Vossa Excelência, Julius Wakefield, duque de Berness.

Ao lado de Everett, havia um homem que não podia ser mais parecido com o rapaz. Tinha uns trinta centímetros a mais de altura do que Signa, olhos profundos e ombros largos. E um certo ar que a deixou arrepiada, porque o modo como o duque a olhou a fez pensar que estava examinando um cavalo em exibição, antes de fazer suas apostas.

Só de pensar em fazer uma reverência para uma pessoa que olhava para ela daquela maneira, a pele de Signa se arrepiou, revoltada.

E, apesar disso, a garota fez o cumprimento, porque aquele homem era o novo dono do Clube Grey e iria assumir o controle dos negócios no mês seguinte, depois de assinar o acordo de dividir os lucros com a família Hawthorne. Elijah andava dançando pelos corredores desde que o acordo foi fechado. Nem Byron estrilou com a decisão tanto quanto era esperado. Ainda receberia dinheiro, sua família jamais precisaria se preocupar com o próprio sustento e continuaria tendo seu alto status social. Uma família que, agora, Byron pretendia ter, se o fato de estar cortejando damas pelo salão servisse de indício.

Como aquela ocasião, com a presença de Everett e do pai, era de comemoração, pela venda do clube, Signa mordeu a língua e baixou a cabeça para o lorde Julius, pelo bem de Elijah.

– É um prazer conhecê-lo, Vossa Excelência – disse ela, com um tom bajulador. Precisou de todas as suas forças para continuar sorrindo, porque o homem continuou examinando sua aparência, por tempo demais, até que segurou o ombro do filho.

E foi só aí – quando, ao que tudo indicava, concluíra que Signa era digna do filho –, que o duque sorriu.

– O prazer é todo meu, Srta. Farrow. Meu filho fala muito a seu respeito. A senhorita é deveras parecida com sua mãe, sabia? – Suas palavras tinham um certo tom de crítica. – Apesar de seus olhos serem muito incomuns.

A garota tomou um gole de champanhe e respondeu:

– São de fato muito incomuns, Vossa Excelência. Pois, com eles, sou capaz de ver espíritos.

Quando ela permitiu que os lábios esboçassem um sorriso de falsa timidez, Julius soltou uma risada retumbante, vinda do abdômen.

– Estou perdendo toda a graça? – perguntou Elijah, que apareceu atrás do duque, atraído pelo riso. E estava praticamente radiante, algo que vinha de dentro. – Estamos encantando o duque, Signa?

– Sua sobrinha me parece ser uma excelente dama – respondeu Julius. – Não que eu esperasse menos. Meu filho Everett está muito encantado por ela.

Everett fez cara de quem gostaria de derreter e sumir da face da Terra para sempre. Signa, com as bochechas quentes e o pescoço suado, estava disposta a fazer a mesma coisa. Os dois olharam para as paredes douradas, para o lustre de cristal, para o chão e para as pessoas que dançavam, para qualquer lugar, menos um para o outro.

Você conseguirá me visitar esta noite, caso eu morra de vergonha?, Signa perguntou para a Morte, que escolhera justo aquele dia para ficar em silêncio.

Elijah, que Deus guarde sua bela alma na Terra, logo percebeu e desviou a atenção de Julius:

– Acho que está na hora de nos prepararmos para o brinde. Venha comigo, vamos tomar mais uma antes.

Ele, então, levou Julius dali, deixando Everett e Signa a sós. Ambos ficaram olhando para o chão e tentaram pensar em algo para dizer que não os deixasse ainda mais envergonhados.

– Que conversa mais instigante – comentou Everett. Em seguida, pigarreou e coçou a própria nuca.

O constrangimento do rapaz foi tão encantador que Signa sorriu.

– Como tem passado, lorde Wakefield? Faz tempo que não conversamos.

Signa esperava que o rapaz fosse dar risada e bancar o inocente, mas ele respondeu com um tom de profunda confusão.

– Certamente. Entretanto... e perdoe-me a franqueza... quando a senhorita não voltou para dançar novamente comigo, na noite do baile de Natal, concluí que meu interesse... não era correspondido.

E ele tinha razão. Apesar de dançar com Everett ter sido encantador, não se comparava a dançar nos braços da Morte. Mesmo assim, o lorde era um homem gentil, e a garota não queria magoá-lo.

– Minhas sinceras desculpas. A empolgação daquela noite acabou me contagiando e perdi a noção do tempo.

Infelizmente, Everett não entendeu a indireta, e seu rosto se acendeu.

– Dance comigo esta noite, então.

Signa não sabia como dizer "não". Encabulada e sentindo um frio na barriga de culpa, entregou o carnê de baile para o rapaz, e Everett prontamente reservou não uma dança, mas duas. Depois, a garota teria de encontrar uma maneira de dispensá-lo, com delicadeza. Mas, por ora, torceu para que a Morte não estivesse reparando.

Eliza Wakefield, contudo, estava reparando em tudo. Quando Signa percebeu que a outra garota olhava para ela, Eliza foi logo desviando o olhar e começou a rir de tudo que as pessoas que a rodeavam diziam. Signa se encolheu toda. Torcia para não ter que falar com Eliza nem com aquela amiga-camundongo dela, Diana – já declinara dois convites para o chá da tarde de ambas. Mas era impossível não a ver, já que não parava de abanar aquele abominável leque de paninho de chá.

Everett percebeu que Signa estava olhando e franziu o cenho, já que a garota estava com uma expressão um tanto contrariada, que mal podia controlar.

– Algum problema?

Ela fez que não e respondeu:

– Eu estava apenas admirando o vestido de Eliza. É tão lindo, tão chamativo e... amarelo.

– Papai achou de bom tom que ela usasse algo mais ousado. Mal pode esperar para vê-la casada, acho eu. Tem recebido propostas de cavalheiros a semana inteira. Acredito que minha prima logo será prometida a Sir Bennet.

Então, fez sinal com a cabeça, discretamente, assinalando um homem do outro lado do salão. Signa precisou morder a língua para não dizer nada. Sir Bennet não era um homem feio, mas era bem velho, de cabelo branco e pele enrugada em volta dos olhos. Andava um pouco corcunda, com os ombros encolhidos.

– Não é o mais jovem dos homens – prosseguiu Everett, adivinhando o que Signa estava pensando sem que a garota precisasse dizer uma palavra –, mas é muito respeitável. E lhe dará uma vida boa.

Com certeza daria, desde que o objetivo de Eliza fosse ser uma viúva rica dentro de alguns anos. Apesar disso, Signa fez questão de fazer que sim – querendo perguntar por que a pressa, já que Eliza ainda era tão nova – quando um lindo vestido azul-inverno de seda cintilante e corpete justo chamou sua atenção. Blythe parecia mesmo uma princesa quando pisou no salão. Colheu os olhares e os sussurros das pessoas que comentavam seu nome, como se estivesse sedenta por eles. Sua pele bronzeada voltara a ter viço. Seus olhos vivos voltaram a brilhar.

Quando percebeu que Signa estava olhando, Blythe ficou radiante, aproximou-se da prima e segurou a mão dela.

– Ah, que magnífico – elogiou, lançando olhares para as bandejas de doces e de champanhe.

E, nem se importou com o fato de estar roubando Signa de Everett.

O rapaz pigarreou e falou:

– Boa noite, Srta. Hawthorne.

– Ah, olá, Everett.

Blythe não olhou para ele por tempo suficiente para perceber a surpresa do rapaz por ter lhe dirigido a palavra de modo tão informal. Ficou admirando as mulheres em seus vestidos deslumbrantes, que zanzavam pelo salão. Parecia que um véu cintilante cobrira a festa enquanto Signa observava Blythe examinando as outras mulheres. Tudo lhe pareceu mil vezes mais encantador. Fizera coisas inenarráveis para proteger a prima, mas tudo valera a pena. Valera muito e irremediavelmente a pena.

Os olhos afoitos de Blythe foram analisando os presentes e se acenderam quando viu uma mulher vindo na direção das duas: Charlotte.

Signa sentiu um aperto no peito. Passara os últimos meses fugindo de Charlotte e de seu olhar inquisidor. A garota estava presente no bosque na noite do incêndio e, se havia alguém que poderia desacreditar a história que Signa contara sobre o que aconteceu com Percy, esse alguém era Charlotte.

– Blythe, fico feliz de vê-la bem – falou a garota, radiante e mais linda do que nunca, usando um vestido de seda rosa, cor de peônia. Então, segurou as mãos de Blythe dando um sorriso tímido, mas sincero. – Seu irmão conseguiu vir?

E, apesar de ter perguntado para Blythe, Charlotte olhou para Signa.

– Ainda não tivemos notícia dele – respondeu Blythe, perdendo um pouco de seu brilho. – Mas tenho certeza de que Percy dará notícias assim que conseguir se estabelecer.

– Claro que sim.

Charlotte apertou as mãos de Blythe, mas Signa percebeu a dúvida estampada em seu rosto.

Foi um alívio Elijah ter batido em uma taça de cristal para chamar atenção dos convidados. Todos foram ficando em silêncio, incluindo Eliza, que parou de rir quando Julius olhou feio para, tão feio que a garota, prontamente, baixou o leque.

– Gostaríamos de agradecer a todos por terem vindo esta noite – começou Elijah. Byron estava à sua direita, e Julius, logo atrás. – O Clube Grey é de minha família há quatro gerações. Nós, da família Hawthorne, administramos o local com orgulho e temos um imenso respeito por essa instituição. Tanto respeito que, ao ver que se expandiu além de nosso alcance, não fomos tolos a ponto de acreditar que poderíamos cuidar dele sozinhos. A partir de hoje, gostaríamos de dar as boas-vindas a Vossa Excelência, Julius Wakefield, ao Clube Grey, e anunciar oficialmente que somos sócios da família Wakefield. Também gostaríamos que todos vocês testemunhassem esse momento, em que embarcamos em um novo legado que, assim esperamos, continuará por muitos e muitos anos.

Elijah, então, mostrou o contrato, fazendo um floreio tão exagerado que vários convidados começaram a bater palmas. Entregou os papéis para Julius, que se aproximou, de pena em punho, para assinar o documento. Depois disso, dirigiu-se aos presentes, que batiam palmas, com um sorriso bem ensaiado.

– Mal posso esperar para dar início a esse novo empreendimento e à nossa sociedade!

Elijah não poderia estar mais radiante. E, apesar de não estar tão empolgado, Byron ergueu a taça para fazer o brinde e declarou:

– Viva nossa sociedade. E que dure muitos e muitos anos.

Signa também ergueu sua taça, assim como todos os demais convidados, que brindaram com uma exuberância alegre, que tomou conta do salão.

Julius fez questão de beber seu champanhe de um gole só. E, em seguida, três coisas aconteceram:

Primeiro, o suspiro ofegante de Julius, que arregalou os olhos, levou a mão ao peito e ficou beliscando a própria garganta.

Segundo, o grito de Eliza, quando o homem caiu no chão, com a boca cheia de sangue. Everett correu para o lado do pai, soltando um grito desesperado, e Signa foi atrás.

Terceiro, o arrepio que deixou Signa sem ar e a fez cair de joelhos ao lado de Julius, onde a Morte estava parada. O Ceifador olhou para Signa e deu um suspiro.

– Você precisa tomar mais cuidado com o que deseja, Passarinha.

Em seguida, arrancou o espírito de Julius do corpo.

O espírito olhou para Signa.

Ah, disse Julius, com a cabeça inclinada, olhando para a garota. *Ao que parece, você disse a verdade sobre esses seus olhos.*

Ai, ela seria capaz de *matar* a Morte. Mas não teve essa oportunidade, porque as pessoas ao seu redor começaram a se movimentar mais lentamente, até ficarem petrificadas. A Morte se aproximou de Signa na mesma hora, tensa, porque alguém em quem a garota não havia reparado se agachou ao lado dos dois: um jovem de pele cor de bronze e olhos de ouro derretido.

Ele inspecionou a taça despedaçada que caíra da mão de Julius, pegou um dos cacos e o examinou contra a luz. Ainda havia algumas gotas de líquido, e Signa ficou sem ar ao perceber que a cor estava um tanto azul demais. O cheiro também estava estranho. Um tanto amargo, por trás do álcool. Um certo cheiro de amêndoa amarga.

Não era beladona, mas Signa sabia reconhecer venenos quando via algum.

– O destino é uma coisa engraçada, não é mesmo?

A voz do homem parecia ser tão antiga quanto a própria Terra, as palavras eram um ronco baixo que fizeram as taças de champanhe estremecerem. Signa se encostou na Morte, porque aqueles olhos dourados se dirigiram a ela, e a garota não conseguiu desviar o olhar. E, na mesma hora, sabia de quem eram esses olhos.

– É um prazer finalmente conhecê-la, Signa Farrow – sussurrou o Destino. – Ao que tudo indica, a senhorita tem mais um assassinato para solucionar.

AGRADECIMENTOS

A trajetória de um livro, desde o momento em que é uma ideia na cabeça do autor até se transformar em uma história tangível, que chega às mãos dos leitores, é um feito que exige um pequeno exército de pessoas para ser conquistado, e essas pessoas merecem todos os meus agradecimentos.

E, sendo assim, obrigada, Pete Knapp, por ser o melhor agente que eu poderia querer. Às vezes, tenho a sensação de que você é, literalmente, a outra metade de meu cérebro tipo A, e nem tenho palavras para explicar o quanto isso é maravilhoso. Este mercado mais parece um trem descarrilado, que se transforma em uma montanha-russa sem fim. E é por isso que chega a ser ridículo de tão difícil fazer parte dele, e sou ainda mais grata por poder confiar completamente em meu parceiro de negócios, sabendo que você sempre estará presente para me defender. Você é um agente maravilhoso – por favor: não saia desse mercado jamais. Sou muito mimada e simplesmente não sobreviverei sem você.

Obrigada à minha editora Hallie Tibbets, da Little, Brown Young Readers, por ter dado uma nova e fabulosa casa à história de Signa e da Morte. Você é mestre da edição, e a história ganhou muito mais força e coesão graças a você.

Deirdre Jones, obrigada por ter surgido voando e colocado essa história debaixo de sua asa. Estou muito animada de trabalhar com você no segundo volume.

Alvina Ling, Megan Tingley, Jackie Engel, Marisa Finkelstein e Virginia Lawther, muito obrigada pela participação na criação deste livro, e por ajudá-lo a debutar.

Robin Cruise, obrigada pela maestria de sua preparação de texto e por me ensinar que nem tudo precisa de uma vírgula. Vou me esforçar ao máximo para internalizar essa lição de agora em diante, mas não prometo que as vírgulas deixarão de se infiltrar nos meus textos.

Às revisoras Chandra Wohleber e Kerry Johnson, obrigada pelos olhos de lince e por pegar até os mais diminutos dos erros.

À *designer* Jenny Kimura, à diretora de arte Karina Granda e à ilustradora Elena Masci, obrigada por darem a este livro a mais deslumbrante, impressionante e perfeita capa que eu seria capaz de imaginar. É tudo o que eu esperava e muito mais.

Nas áreas de marketing e comercial, obrigada Stefanie Hoffman, Shanese Mullins, Savannah Kennelly, Christie Michel, Shawn Foster e Danielle Cantarella, por ajudarem a divulgar este livro, e por todo o esforço que fizeram para que ele fosse visto pelo maior número de olhos possível.

À equipe da Hodder & Stoughton no Reino Unido, obrigada, Holly Powell, por estar presente desde o início, com seu brilhante olhar editorial e por ajudar esta história a ganhar vida. Lydia

Blageden e Teagan White, obrigada por dar a esta história uma cara tão linda no Reino Unido, com um *design* tão espetacular. Sou muito mimada, tenho duas das mais deslumbrantes capas de livro. Natasha Quereshi, Callie Robertson, Kate Keehan, Sarah Clay e Matthew Everett, é muito incrível poder trabalhar com esta equipe, e mando meus sinceros agradecimentos por terem apostado neste livro.

Na minha agência, a Park & Fine Literary and Media, agradeço a Abigail Koons e a Ema Barnes, por terem trabalhado com tanta diligência para que *Belladonna* chegasse às mãos do maior número de pessoas possível, no mundo todo.

Stuti Telidevara, muito obrigada por toda a ajuda com o planejamento, com a organização e por ser simplesmente maravilhosa. Emily Sweet e Andrea Mai, obrigada pelo seu pensamento estratégico e por seu trabalho meticuloso.

Abby Ranger, seus comentários durante as fases iniciais da história foram fundamentais, e sou muito grata por isso.

Debbie Deuble Hill, sua agente de cinema maravilhosa, obrigada pela fé e pela confiança inabaláveis que depositou nesta história, e por ter se dedicado tanto a encontrar a casa perfeita para ela no mundo das telas.

A Nicole Otto, esse ser humano maravilhoso, obrigada por ter sido a primeira pessoa a me tirar da lama e por permitir que eu enviasse todos os meus textos amedrontados para publicação. Você é uma joia, e mal posso esperar para rever este seu rostinho.

Obrigada às amigas que foram fundamentais na criação desta história, e sem as quais eu jamais teria sobrevivido à publicação: Rachel Griffin, Adrienne Young, Kristin Dwyer, Shelby Mahurin, Diya Mishra e Haley Marshall. Tenho plena consciência de que não sou fácil. Obrigada por me aturarem. Vocês estão entre as pessoas que eu mais adoro no mundo, e serei sempre grata por tê-las como amigas.

Bri Renae, obrigada por ter sido uma das primeiras leitoras e por me fazer acreditar, de verdade, que esta história era especial. E, também, por ter me dado a ideia de abrir a Shadow Daddies and Scones. Um dia, ainda vamos pôr em prática.

Jordan Gray, obrigada por sua gentileza e pelo seu entusiasmo, e por seu ótimo olhar editorial. Devo o vestido de imitação de veludo no início do livro a você.

Shea Standefer e Tomi Adeyemi, obrigada por depositarem sua fé em mim e por me levarem ao restaurante KBBQ. Sempre agradeço pelo KBBQ.

A todos os autores e críticos que se deram ao trabalho de ler e comentar *Belladonna* logo no início, sou eternamente grata. Amo tanto este livro, e significa muito para mim o fato de vocês também terem amado.

À equipe de *marketing* de rua: não posso citar o nome de todo mundo, mas agradeço muito a cada um de vocês. Pela empolgação, pela divulgação, pelas lindas fotos. Vocês fizeram dessa trajetória algo incrivelmente especial.

Peter Gundry, seria errado não lhe agradecer. Ouvi suas músicas todos os dias por anos e anos, enquanto trabalhava neste livro. Peço desculpas pelo cachorro ter sido o único personagem com o qual pude lhe homenagear, mas você tem que admitir que ele é bem descolado.

Josh, dizer que foi uma caminhada e tanto para chegar até aqui é eufemismo. Obrigada por ter continuado ao meu lado apesar de todo o estresse, do trabalho até tarde, dos fins de semana sem folga, e obrigada por ser um parceiro incrível.

Pai e mãe, eu realmente gostaria que vocês não lessem este livro, mas sei que vão ler e que vão gostar. Obrigada por sempre acreditarem em mim e apoiarem todas as coisas esdrúxulas que resolvo fazer.

Pookie e Rowdy, este foi o último livro que escrevemos juntos, e terei saudade todos os dias de vocês enfiando o focinho molhado na minha cara e tentando me distrair para eu parar de escrever. Não se preocupem: Mooka e Meadow estão se saindo muito bem nessa função.

Deus, obrigada por me dar a história e as palavras, e por ter colocado este livro em boas mãos.

E, finalmente, obrigada a todos os leitores que chegaram até aqui. É por causa de vocês que posso fazer o que faço. Obrigada, obrigada, obrigada.

SUA OPINIÃO É MUITO IMPORTANTE

Mande um e-mail para **opiniao@vreditoras.com.br**
com o título deste livro no campo "Assunto".

1ª edição, jan. 2023 | 2ª reimpressão, maio 2025

FONTE Centaur MT Std Regular 13,5/17pt
PAPEL Pólen Bold 70g/m²
IMPRESSÃO Braspor
LOTE BRAS 200525